U0089141

古典文獻研究輯刊

四 編

曾 永 義 主編

第 21 冊

湯顯祖愛情戲曲取材再創作之研究（下）

陳 貞 吟 著

國家圖書館出版品預行編目資料

湯顯祖愛情戲曲取材再創作之研究（下）／陳貞吟 著 ── 初版
── 新北市：花木蘭文化出版社，2012〔民 101〕
目 4+240 面；19×26 公分
（古典文學研究輯刊　四編：第 21 冊）
ISBN：978-986-254-770-0（精裝）
1.（明）湯顯祖 2.學術思想 3.明代戲曲 4.戲曲評論
820.8　　　　　　　　　　　　　　　　　　　101001745

ISBN-978-986-254-770-0

9 789862 547700

古典文學研究輯刊
四 編 第二一冊　　　　　　　　ISBN：978-986-254-770-0

湯顯祖愛情戲曲取材再創作之研究（下）

作　　者　陳貞吟
主　　編　曾永義
總 編 輯　杜潔祥
出　　版　花木蘭文化出版社
發 行 所　花木蘭文化出版社
發 行 人　高小娟
聯絡地址　新北市永和區中正路五九五號七樓
　　　　　電話：02-2923-1455／傳眞：02-2923-1452
網　　址　http://www.huamulan.tw 信箱 sut81518@ms59.hinet.net
印　　刷　普羅文化出版廣告事業
初　　版　2012 年 3 月
定　　價　四編 32 冊（精裝）新台幣 52,000 元
版權所有・請勿翻印

湯顯祖愛情戲曲取材再創作之研究（下）

陳貞吟　著

目次

第四章　《紫釵記》對〈霍小玉傳〉的再創作

第一節　前人對《紫釵記》的評論

　　身為明代最偉大的戲曲家，湯顯祖的著名劇作即「玉茗堂四夢」，《紫釵記》正是「四夢」的第一本劇作。過去研究者論述湯顯祖，往往偏重他登峰造極的《牡丹亭》，其餘三夢的光彩每被《牡丹亭》所遮掩；《紫釵記》尤其是「四夢」中最被冷落的，深入研究者亦較少〔註1〕。從余悅的〈湯顯祖研究資料索引〉〔註2〕及于曼玲編的《中國古典戲曲小說研究索引》〔註3〕觀看，《紫釵記》的研究是「四夢」中數量最少的，這其實也代表研究者對「四夢」高下的一種看法，《牡丹亭》的研究者最多，其次《邯鄲記》，再次《南柯記》，最後為《紫釵記》。

　　對於《紫釵記》，明清以來的戲曲評論家，大都著眼其曲文，呂天成《曲品》列湯顯祖於「上上品」，並針對其曲詞言：

> 《紫釵》：仍《紫簫》者不多，然猶帶靡縟。描寫閨婦怨夫之情，備
> 極嬌苦，直堪下淚。真絕技也。〔註4〕

〔註1〕　《牡丹亭》及《南柯記》、《邯鄲記》皆有以之作為學位論文研究者，唯獨《紫
　　　　簫記》、《紫釵記》未有取以為專門研究。成功大學梁冰枏教授的《紫簫記與
　　　　紫釵記兩劇的比較研究》為唯一的專著。
〔註2〕　見《湯顯祖研究論文集》附錄，中國戲劇出版社。
〔註3〕　見《中國古典戲曲小說研究索引》，廣東高等教育出版，頁165～174。
〔註4〕　見《中國古典戲曲論著集成》第六冊，中國戲劇出版社，頁230。

認爲《紫釵記》雖「猶帶靡縟」，但傳情動人。

祁彪佳的《遠山堂曲品》列《紫釵記》於「豔品」，言：

> 先生手筆超異，即元人後塵，亦不屑步。會景切事之詞，往往悠然
> 獨至，然傳情處太覺刻露，終是文字脫落不盡耳，故題之以「豔」
> 字。〔註5〕

祁氏以「豔」字形容《紫釵記》的曲詞風貌，「會景切事」已能「悠然獨立」，超越元人而有不可及之境界；但傳情處又不免有太「刻露」的文字斧鑿痕跡。

沈際飛《獨深居本紫釵記》題「惟詠物評花，傷景譽色，穠縟曼衍，皆《花間》、《蘭畹》之餘，碧簫紅牙之拍。」劉世珩〈玉茗堂紫釵記跋〉有言：「是曲驚才絕豔，壓倒元人，言南曲者奉爲圭臬。文章之工，詎必繩趨尺步耶？惜原刻本不可得。」〔註6〕均肯定《紫釵記》的曲詞有穠豔之美。

吳梅對《紫釵記》的曲詞最爲欣賞，他說：

> 此記即將《紫簫》原稿改易，臨川官南都時所作。通本據唐人〈霍
> 小玉傳〉，而詞藻精警，遠出《香囊》、《玉玦》之上。「四夢」中以
> 此爲最豔矣。余嘗謂：工詞者，或不能本色，工白描者，或不能作
> 豔詞。惟此記穠麗處，實合玉溪詩、夢窗詞爲一手；疏雋處，又似
> 貫酸齋、喬孟符諸公。〔註7〕

吳氏稱《紫釵記》兼具穠麗與疏雋，是很精確地看到湯顯祖曲詞的造詣，正如王驥德在《曲律》中稱美湯顯祖言：「其才情在淺深、濃淡、雅俗之間，爲獨得三昧。」〔註8〕吳梅在《顧曲塵談》又以「烹鍊自然」來推許《紫釵記》的曲詞，他於「詞采宜超妙」條中說：

> 詞采上更當注意者拗句是也。何謂拗句，即曲中偶有一、二語，讀
> 之平仄拗戾，棘棘不能上口者，凡遇此等句，填詞時尤宜用意。……
> 若做此等拗句，更宜加倍烹鍊，而復出之以自然。……或曰：「既須
> 烹鍊，又云自然。二事不相類，何能併用爲一法乎？」曰：「君嘗讀

〔註5〕見《中國古典戲曲論著集成》第六冊，頁17。

〔註6〕以上記載，見錄於毛效同，《湯顯祖研究資料彙編》下冊，上海古籍出版社，頁790、803。又見《中國古典戲曲序跋彙編》，齊魯書社出版。

〔註7〕吳梅，《霜厓曲跋》卷二，收於任中敏編《新曲苑》第三冊，中華書局，頁662。

〔註8〕見《中國古典戲曲論著集成》第四冊，《曲律・雜論第三十九下》，頁171。

《四夢》乎？《紫釵記》通本皆用此法也。第一折之『椒花媚早春，
屠蘇偏讓少年人，和東風吹綻了袍花襯。』又云：『眉黃喜入春多分，
酒令香銷少個人。』字字烹鍊，字字自然也。蓋烹鍊者筆意，自然
者筆機，意機交美，斯爲妙句，若只顧烹鍊，乃至語意晦塞，是違
填詞貴淺顯之道矣，又安足取哉！」〔註9〕

推崇《紫釵記》曲詞既烹鍊而又自然；有筆意，有筆機，已臻文字運用的高
妙境界；在諸家評論中，吳梅對《紫釵記》的曲詞有最深入的觀察與肯定。
他發揮了王驥德「淺深、濃淡、雅俗之間」的說法。

　　柳浪館本《紫釵記》總評，對該劇有較多負面的評語，其言：「一部《紫
釵》都無關目，實實填詞，呆呆度曲，有何波瀾？有何趣味？」又言：「《紫
釵》止有曲耳，白殊可厭也；諢間有之，不能開人笑口；若所謂介？作者尚
未夢見在，可恨！可恨！」〔註10〕對《紫釵記》的關目、結構、賓白、介諢
均有批評，甚至曲詞，亦有「不過詩詞富麗，俗眼遂爲其所瞞耳。」的貶語，
幾可謂無一是處了。

　　綜合看來，《紫釵記》受肯定的是表現臨川詩詞造詣的曲文，他本是「少
小詞場得浪名」〔註11〕的人；平心而論，詞采的穠麗、疏雋，烹鍊、自然等
評語，對《紫釵記》而言絕非溢美之辭。除了曲詞倍受肯定之外，吳梅指出
《紫釵記》未顧及角色勞逸的安排，他說：

填詞者當知優伶之勞逸，如上一折以生爲主腳，下一折再不可用生
腳矣；上一折以旦爲主腳，則下一折亦不可用旦腳矣。他腳色亦
然。此其故有二也：一則優伶更番執役，不致十分過勞；二則衣飾
裙釵，更換頗費時間，設使前後二折，同是一腳色任之，衣飾服御
無一更換，猶可勉強而行，倘若必須更換，則萬萬來不及者。……
文人填詞，能歌者已少，能知此理者，非曾經串演不能，故尤少也。
往讀名家傳奇，此失獨多。湯若士之《紫釵記》，徐榆村之《鏡光緣》，
更多是病，此所以不能通常開演也。〔註12〕

上下折不用同一腳色，以注意演員勞逸之安排，這是創作的基本原理，但事

〔註 9〕吳梅，《顧曲麈談》第二章〈製曲〉，商務印書館，頁118。
〔註10〕見《全明傳奇》第四十七種《柳浪館批評玉茗堂紫釵記》卷首。
〔註11〕湯顯祖〈少小〉詩：「少小詞場得浪名，白頭文字總忘情。若非河嶽驅排盡，
　　　　定是煙花撥擻成。」見《湯顯祖集》詩文集卷十九。
〔註12〕吳梅，《顧曲麈談》第二章〈製曲〉「均勞逸」條，商務印書館，頁110～111。

實上是難以完全按此規則來編戲。以《紫釵記》的生腳李益爲例，全本五十三齣戲中，他有二十八齣戲上場，爲了情節發展，連續上場亦屬必然。從第二十三齣「榮歸燕喜」到第二十六齣「隴上題詩」，李益要連續上場四齣戲，對生腳來說，是很吃重的；但這四齣戲生腳都不是第一個上場的人，所以在上下齣之中，演員應還是有時間來應付其需要，表演時是可以很機動的調配安排。

《紫釵記》的排場、曲律也受到批評，王季烈《螾廬曲談》卷二「論作曲」有云：

> 《玉茗四夢》，排場俱欠斟酌。《邯鄲》、《南柯》稍善，而《紫釵》排場最不妥洽，蓋《紫釵》爲《紫簫》之改本，若士祇顧存其曲文，遂至雜糅重疊，曲多而劇情反不得要領。今日《紫釵》中祇有「折柳陽關」一折登之劇場，其餘均無人唱演，蓋實不能演也。明人臧晉叔於「四夢」均有改本，但臧之意在整本演唱，故於各曲芟削太多，不無矯枉過正之嫌。茲譜就《紫釵》中選十四折，加以節改。如「議婚」折，原本鮑四娘先見小玉，小玉私允婚事，後乃見淨持，淨持更喚小玉共議姻事，茲改爲鮑四娘先見淨持，後喚小玉出見四娘，共議姻事，似乎比原本情節，得婚姻之正。「就婚」折，原本有鮑與小玉同登鳳簫樓望十郎一段；試思閨閣處女，於將嫁時，方嬌羞匆急之不暇，豈有肯與媒人登高遠望新郎之理？茲亦刪去之，不惟情節較合，於搬演亦較便利。「邊愁」折，原本首列〔一江風〕四支，其第二、三、四支，即分述沙似雪、月如霜與征人望鄉情事，而其後〔三仙橋〕之第二、三支，亦復如是，未免疊床架屋。茲將〔一江風〕四支併作一支，則前者係總舉，後者係分敘，庶幾蹊徑稍異；且〔一江風〕、〔三仙橋〕，均係慢曲，節去三支，歌者方可勝任也。又「釵圓」一折，原本共有引子四支，過曲十六支，〔不是路〕四支，尾聲及〔哭相思〕三支，如此長劇，南曲中實所罕覯，雖非一人所唱，而其中慢曲居多，安得此銅喉鐵舌以歌之？茲將前半悉刪去，僅留商調一套，而前半劇情另填〔二郎神慢〕二支以包括之，方合套數之格式，歌者亦可勝任矣。此非輕議古人，好爲妄作，實於搬演之道，不得不如此耳。《紫釵》尚有一病，則屢屢用賺是也。賺者，各宮皆有之，亦名〔不是路〕，用之排場改變、移

宮換羽之際，最爲相宜。……惟全部傳奇中用賺者，以一折爲宜。
一折中用賺，亦不宜過二支。《紫釵》則全部用賺者四折，而「托
媒」、「議婚」二折相連，皆用賺。「釵圓」折用賺至四支之多，皆於
曲律排場欠考究也。

王季烈認爲《紫釵記》排場不妥，所以不能搬演；並對臧晉叔選改《紫釵
記》發表看法，其中「議婚」折湯顯祖原作小玉並未私允鮑四娘，乃言「此
事須問老夫人」，未直接應允婚事，而是巧妙迴避正面可否，王氏之說與原作
略有出入。再者，臨川重「曲意」，臧晉叔「芟削」之後，復爲臨川曲乎？更
有利於演出效果乎？試看其所舉「邊愁」折，原作有四支〔一江風〕，三支〔三
仙橋〕，前四支曲主要由李益和眾邊將輪唱，場上較有變化，也藉此四支混雜
曲、白、介的〔一江風〕表現眾人濃厚鄉關之情。其下的三支〔三仙橋〕則
爲李益獨唱，中間連賓白都很簡短，目的在渲染主人翁的心境，與前四支〔一
江風〕搬演情況完全不同，戲曲表演不正是在這些「疊床架屋」中刻劃人物
的悲情嗎？臧氏將〔一江風〕四支并爲一支，王季烈認爲〔一江風〕、〔三仙
橋〕均爲慢曲，節去三支，「歌者方可勝任」；其實劇中〔一江風〕四支均爲
輪唱的曲子，李益獨唱的三支〔三仙橋〕才是歌者重擔，把場上頗富變化的
〔一江風〕刪去三支，搬演效果未必會更好，臨川曲意恐怕卻折損不少。

　　排場是指劇作者將故事情節，藉著腳色的搬演，以具體的方式表現出來
〔註13〕。整體而言，《紫釵記》的曲文賓白已較《紫簫記》精簡許多，如《紫
簫記》第二齣「友集」與《紫釵記》第二齣「春日言懷」內容相近，套式一
樣，但後者較前者少用二曲。又《紫簫記》第二十齣「勝遊」與《紫釵記》
第十六齣「花院盟香」，情節相近，而後者較前者減少四曲；因此，《紫釵記》
劇情進行的節奏，也比《紫簫記》來得快。

　　曲律的被批評，是臨川劇作的共同現象，臧晉叔《元曲選》序二言其「識
乏通方之見，學罕協律之功，所下句字，往往乖謬，其失也疏。」王驥德《曲
律》卷四亦云：「臨川湯若士，婉麗妖冶，語動刺骨，獨字句平仄，多逸三尺，
然其妙處，往往非詞人工力所及。」音律乖舛，誠是明清以來曲家對湯顯祖
劇作的強力批評，諸多刪改作，也常是針對音律不合而來。但刪改之後又如
何？劉世珩〈玉茗堂紫釵記跋〉言：

_____

〔註13〕見曾永義先生《中國古典戲劇論集》，台北：聯經出版社，民國75年2月版，
　　　　頁289。

> 玉茗塡詞，皆滿心而發，肆口而成，不屑齗齗龥律，多強譜以就
> 詞。沈詞隱貽書規之，玉茗昕然笑曰：「余意所至，不妨拗折天下人
> 嗓子！」不朽之業當日早已自定。是曲驚才絕豔，壓倒元人，言南
> 曲者奉爲圭臬，文章之工詎必繩趨尺步耶？惜原刻本不可得。臧晉
> 叔刻本改削泰半，往往點金成鐵。如「佳期議允」折，〔三學士〕曲
> 首句，玉茗原文云，「是俺不合向天街倚暮花」，正得元人渾脫之
> 意；晉叔改爲「這是我不合向天街事遊耍」，強協格調，自謂勝玉
> 茗，而於文字竟全無生動之氣。抑知元文之妙，政可解不可解；如
> 此改法，豈非黑漆斷紋琴乎？葉懷庭譏其爲孟浪漢，文律曲律皆非
> 所知，不知薶沒元人幾許佳曲，大氐面目全非，以《紫釵記》爲尤
> 甚耳。〔註14〕

刪改以合律的結果往往是「點金成鐵」，生動全失。吳梅偏愛《紫釵記》的曲
詞，對於舛律一事，他的看法是：

> 惟記中舛律處頗多。緣臨川當時尚無南北宮譜，所據以塡詞者，僅
> 《太和正音譜》、《雍熙樂府》、《詞林摘豔》諸種而已。不得以後人
> 之律，輕議前人之詞也。且自乾隆間《葉譜》出世後，《紫釵》已盛
> 行一時。其不合譜處改作集曲者，十有六七。其聲別有幽逸爽朗處，
> 非尋常洞簫玉笛可比。然則謂此詞不合律者，僅皮相之評耳。試讀
> 臧晉叔刪改本，律則合矣，其詞何如？〔註15〕

「不得以後人之律，輕議前人之詞」洵一針見血之論見，以後世形成制定的
森嚴律法，去挑剔前人作品，自然有「音律乖舛」的「皮相之評」了。

　　值得注意的是，《葉譜》就文以定律，把不合譜處改作集曲，竟得到「其
聲別有幽逸爽朗處，非尋常洞簫玉笛可比」的結果；清人王文治也驚嘆湯顯
祖「四夢」的聲音之妙，他在〈納書楹玉茗堂四夢曲譜序〉云：

> 吾友葉君懷庭，誠哉玉茗之功臣也。《嚴楞經》云：「琴瑟箜篌，雖
> 有妙音，若無妙指，終不能發。」《玉茗四夢》，不獨詞家之極則，
> 抑亦文律之總持；及被之管絃，又別有一種幽深豔異之致，爲古今
> 諸曲所不能到。俗工作譜諧聲，何能傳其旨趣於萬一，非吾懷庭有
> 以發之，千載而下，孰知《玉茗四夢》聲音之妙一至於此哉！〔註16〕

〔註14〕同註6。
〔註15〕吳梅，《霜厓曲跋》卷二。
〔註16〕毛效同，《湯顯祖研究資料彙編》下冊，頁685。

認為俗工無法傳達出湯曲的旨趣；葉堂在〈納書楹四夢全譜自序〉也說「顧其詞句往往不守宮格，俗伶罕有能協律者。」這或許便是臨川對音律的獨特掌握與表現，是他不可言傳的境界。

　　湯顯祖追求的聲律之道是自然的「聲依永」，或不盡合人工曲譜之音律，自有他心領神會之把握。丁邦新先生〈從聲韻學看文學〉一文，提出「人工音律」為「明律」，「自然音律」為「暗律」之說，「暗律」之說正可用以瞭解臨川之音律：

> 暗律是潛在字裡行間的一種默契，藉以溝通作者和讀者的感受。不管散文、韻文，不管是詩是詞，暗律可以說無所不用。它是因人而異的藝術創造的奧秘，每個作家按照自己的造詣與穎悟來探索這一層奧秘。有的人成就高，有的人成就低。〔註17〕

葉懷庭能就文定律，嘆賞湯氏聲音之妙，即證有此「暗律」。大家每被指「不諧音律」，如蘇軾的「自是曲子中傳不住者」，均因為其自有把握自然音律的過人能力，此固非泥守格律，依樣畫葫蘆之作家所可瞭解。

　　曲詞、音律是明清曲家評論《紫釵記》的主要著眼，也許因為是第一本完整的創作，藝術技巧未臻熟練，因此，《紫釵記》在四夢評論中居最下，清人梁廷枏《曲話》卷三云：

> 玉茗四夢，《牡丹亭》最佳，《邯鄲》次之，《南柯》又次之，《紫釵》則強弩之末耳。〔註18〕

這代表明清曲家對《紫釵記》的一般看法；近來學者則對湯顯祖「曲意」所代表的創作思想較為關注，《紫釵記》的研究也有了新的拓展，如陳宗琳的〈紫釵記淺析〉，探討湯顯祖對〈霍小玉傳〉的改造〔註19〕。王河的〈從紫釵記到牡丹亭〉，探論湯顯祖創作思想的飛躍〔註20〕。萬斌生的〈從霍小玉傳到紫釵記的得失〉，討論小說到劇本的得失〔註21〕。姚品文的〈紫釵記思想初探〉〔註22〕、張清華的〈湯顯祖五傳創作思想淺探〉〔註23〕、徐朔方的〈湯

〔註17〕丁邦新，〈從聲韻學看文學〉，見《中外文學》四卷一期。
〔註18〕《中國古典戲曲論著集成》第八冊，頁276。
〔註19〕見《貴州大學學報》第四期，1987年，頁57～60。
〔註20〕見《江西社會科學》第五期，1983年，頁101～103。
〔註21〕收於《湯顯祖研究論文集》，中國戲劇出版社，頁444～462。
〔註22〕見《江西師院學報》（哲社版）第三期，1983年，頁86～90。
〔註23〕見《學術研究輯刊》第二期，1980年，頁76～82。

顯祖的思想發展和他的「四夢」〕〔註24〕、黃文錫的〈論湯顯祖創作思想的發展〉〔註25〕等等，均從創作思想的角度探討《紫釵記》，重新認識《紫釵記》在湯顯祖創作歷程上的意義與地位。

第二節　主題思想

一、愛情堅定的頌美

《紫釵記》亦取材唐傳奇〈霍小玉傳〉，愛情自是劇情的主軸，試看第一齣「本傳開宗」所揭示的大意和本事：

> 【西江月】〔末上〕堂上教成燕子，窗前學畫娥兒。清歌妙舞駐遊絲，一段煙花佐使。點綴紅泉舊本，標題玉茗新詞。人間何處說相思？我輩鍾情似此。

> 【沁園春】李子君虞，霍家小玉，才貌雙奇。湊元夕相逢，墮釵留意；鮑娘媒妁，盟誓結佳期。為登科抗壯，參軍遠去，三載幽閨怨別離。盧太尉設謀招贅，移鎮孟門西。還朝別館禁持，苦書信因循未得歸。致玉人猜慮，訪尋貲費；賣釵盧府，消息李郎疑。故友崔韋，賞花譏諷，纔覺風聞事兩非。黃衣客迴生起死，釵玉永重暉。

「人間何處說相思，我輩鍾情似此」，點明主情的劇作思想。長達五十三齣的《紫釵記》，雖以唐傳奇故事為本，但在愛情主題的表現上，有著不同的發展和旨趣。小說揭發了門閥、功名觀念對愛情的傷害，是唐代社會現象忠實的反映。戲曲中男女主角則堅守愛情，世俗的功名、權勢、金錢，都在愛情之前變得渺小不足惜，這代表作者的人生思想觀念，在劇作中可以看到其價值取捨。

〈霍小玉傳〉和《紫釵記》同樣寫了個情深動人的霍小玉，但寫了兩個完全不同的李十郎。小說中屈服、順應現實，另娶高門女子的李十郎，戲曲中改寫為堅守盟約，不為權貴誘逼的至情男子。就愛情主題來看，小說和戲曲有三個主要不同：

1. 愛情的基礎不同

〈霍小玉傳〉中男女主角的愛情基礎是很薄弱的，小玉愛才，十郎重色，

〔註24〕《戲曲研究》第九輯，頁187～201。
〔註25〕見《江西社會科學》第五期，1983年，頁41～84。

在鮑十一娘攝合下，即成雲雨歡好。《紫釵記》則安排元宵觀燈，使十郎、小玉先在拾釵事中彼此鍾情，十郎說「就中憐取則俺兩心知」，又說「不爲淫邪，非貪貲篋，眼裡心頭，要安頓得定迭」，指出「愛」在生旦結合上的重要性；加上鮑四娘從中攝合，有媒有聘，如此之婚姻自較小說具備更爲堅實的愛情基礎。

2. 愛情的阻力不同

〈霍小玉傳〉的愛情阻力來自社會上的門閥觀念，來自李十郎軟弱的性格，也來自李母的威嚴命令，這些匯集成愛情的悲劇。《紫釵記》的愛情阻力主要來自外在的豪權勢力，這是作者有意的創作，在至情的十郎和小玉當中，插入一個仗勢欺人的盧太尉，權勢威逼的形象，含藏深刻警人的現實意義。

3. 愛情的結局不同

小說中李十郎既屈服現實，愛情悲劇成爲必然結局；霍小玉化爲厲鬼報復負心郎的收結，也算爲讀者不平的心境找到了發洩。《紫釵記》生旦均堅心愛情，然而強權逼人的客觀事實無法化解，作者只好安排一個理想的黃衫客來仗義除不平，他憑藉的是「暗通宮掖」的權勢，以權勢除權勢，這也是湯顯祖面臨的時代現實。

由於《紫簫記》所帶來的意外風波，臨川再次以蔣防〈霍小玉傳〉爲取材時，大部分情節便承自小說中。爲了改變愛情悲劇爲團圓收場，把李益負心薄倖作了完全的調整，戲中李益和霍小玉都堅心於愛情，二人之中增加一個「霸掌朝綱」的盧太尉，由於他想招李益爲婿，百般設法拆散霍、李的婚姻。在霍小玉傷心絕望，幾乎病亡之際，代表正義的神秘豪俠黃衫客，以他能「暗通宮掖」的權勢，對奸佞權臣盧太尉作了制裁，讓李益、霍小玉得以誤會冰釋，夫妻團圓；盧太尉則被皇帝削去官職。黃衫豪士在劇中發揮了重要功能，所以王思任曾說：「《紫釵》，俠也。」〔註26〕認爲「俠」是《紫釵記》的「立言神指」；吳梅則進一步指出黃衫客爲劇作「主觀的主人」〔註27〕。黃衫客在劇中僅有五齣戲上場，次數不多，但他發揮扭轉劇情的大力，爲現實主義頗爲濃厚的《紫釵記》，增添一股浪漫豪壯的神秘色彩，成爲作者理想的代言人。

〔註26〕王思任，〈批點玉茗堂牡丹亭詞敘〉，見《湯顯祖研究資料彙編》下冊，頁857。

〔註27〕吳梅，《霜厓曲跋》卷二，載《新曲苑》第三冊，中華書局，頁664。

「我輩鍾情似此」的開宗，已點明愛情的劇作主題，就此一主題而言，《紫釵記》較先前的《紫簫記》更符合清戲劇家李漁提出的「立主腦」、「減頭緒」的劇作理論要求〔註28〕。《紫簫記》中鮑四娘、杜秋娘、櫻桃等人的情思都被刪除，但以霍小玉和李益的愛情發展爲情節主軸；就劇情而言，有更明晰的「主腦」，劇作思想明確突出，但人物趣味沒有《紫簫記》那麼多樣、豐富。

霍李二人堅定不移的愛情，是透過戲劇的分合情節來傳達。綜觀全劇，在第十三齣「花朝合卺」前，寫十郎與小玉一見鍾情，在鮑四娘的攝合下，終成眷屬。此後功名、仕途成爲生旦分離的客觀因素；第十七齣「春闈赴洛」到第二十三齣「榮歸燕喜」，兩人有了第一次的分合，十郎中狀元歸來之際，卻又隨即接獲往玉門關參軍的任命，其中的原因在於十郎未往盧太尉府中參謁，而遭設陷。第二十四齣「門楣絮別」、二十五齣「折柳陽關」，作者著力描寫離情別緒；從第二十三齣到第二十五齣，連續三齣都是生旦同場，氣氛則由喜轉悲，作者以重筆鋪寫離情，因爲此後生旦便一直處於分離狀態，直到第五十二齣「劍合釵圓」、第五十三齣「節鎮宣恩」，生旦才又同場上戲。在長達二十六齣的時間，占全劇二分之一的戲，十郎和小玉有漫長的分離歲月；其中十郎先奉令往玉門關參劉公濟軍事，三年後又往參盧太尉孟門軍事，這段仕途遭遇，是在盧太尉弄權使勢下進行。愛情在長期分離及盧太尉的介入、破壞、欺壓等曲折情節中，面臨嚴重考驗，劇情也隨之節節上升。十郎和小玉對愛情的堅定不渝，便在重重考驗的驚濤駭浪中，得以具現出來。

堅定的愛情是不能憑空而來，十郎和小玉因元宵觀燈，在墮釵拾釵中一見鍾情，良緣天配。第十六齣「花院盟香」，婢女浣紗說「俺看李郎和郡主十分相愛，今早又分付花園遊憩」，藉浣紗之口，道出二人婚後如膠情感，遊園時的〔畫眉序〕、〔黃鶯兒〕、〔皂羅袍〕、〔啄木兒〕諸曲婉轉寫情，此時家僮秋鴻來報「天子留幸洛陽，開場選士，京兆府文書起送，即日餞程，不得遲誤」，眼看分離在即，小玉心有不安，於是十郎寫下「水上鴛鴦，雲中翡翠。

〔註28〕李漁，《閒情偶寄》於「結構第一」中提到七事：戒諷刺、立主腦、脫窠臼、密針線、減頭緒、戒荒唐、審虛實；大都與劇作情節有關。「立主腦」謂要有中心人物和樞紐情節；「減頭緒」說情節線索宜單純，勿蕪雜枝蔓。可參姚品文撰，〈李漁「立主腦」論辨析〉，《江西師範大學學報》第二十五卷第一期，1992年1月。

日夜相從，生死無悔。引喻山河，指誠日月。生則同衾，死則同穴。」的誓言，為愛情作堅定的保證，強調的是一個「心」字。遊園的盟誓，是主情思想直接而正面的傳遞，也是日後長期分離下，愛情堅定不渝的力量所在。

在刻劃愛情堅定這一主題思想上，湯顯祖選擇了最世俗的功名與金錢來與愛情對比。劇中，李十郎不為功名而拋棄愛情，霍小玉則為愛情而揮灑金錢，「若為愛情故，兩者皆可拋」，作者藉著生旦對世俗功名、金錢的看輕，來凸顯愛情的可貴與重要。以下由此分述：

（一）李十郎輕功名重愛情

男子的功名仕途，每是愛情分離的主要因素，從《紫簫記》到《紫釵記》，劇中表現的功名觀念卻有了若干變化，十郎和小玉婚後的離別，依然是為著男子求取功名一事而來，但十郎心態上已有主動積極與順隨自然的不同變化。試看《紫簫記》第二十四齣「送別」和《紫釵記》第二十五齣「折柳陽關」即知，二齣情境相似，寫小玉送別十郎，她悲泣不止，淚如雨下；而即將往邊塞參軍的十郎，在兩劇的心情則有所不同。試以兩劇同樣填寫的六支〔北寄生草〕作為比較，先看《紫簫記》：

【北寄生草】一曲陽關淚：朱絃迸玉壺。江干桃葉凌波渡，汀洲草碧離情暮，霸橋柳色愁眉妒。纖腰倩作縮人絲，可笑他自家飛絮渾難住。

〔十郎〕豈無閨秀情，仗劍為功名。今日愁腸斷，陽關第四聲。

〔小玉〕還是無情，陽關第一聲也可腸斷了。再進酒。

【前腔】〔小玉〕繡褶殘金縷，悒紅疊錦氍。衾窩宛轉春無數，花心歷亂魂難駐，陽臺半霎雲何處？起來驚袖欲分飛，問才郎是誰斷送春歸去？〔十郎長吁低頭科〕

【前腔】〔小玉〕綠慘花愁語，紅蹙柳怯舒。春纖亂點檀霞注，明眸謾覷回波顧，長裙皺拂行雲步。送君南浦恨何如？想今宵相思有夢歡難做。

〔十郎〕再奏一曲，便分手了。〔小玉〕

【前腔】懶拂鴛鴦柱，空連翡翠襦。芙蓉帳額春眠度，茱萸帶眼愁寬素，紅蘭燭影香銷炷。畫屏山障彩雲圖，到如今靡蕪怕作相逢路。

〔十郎〕有甚相贈？〔小玉〕更有淚珠兒千萬串，可將袖來承著。

〔十郎〕郡主怎般悲切哩！

【前腔】〔小玉〕這淚呵，慢煩垂紅縷，嬌啼走碧珠。冰壺迸裂薔薇露，闌干碎滴梨花雨，鮫盤濺濕紅綃霧。層波淚眼別來枯，這袖呵班枝染盡雙璃筯。

十郎也下些淚，著妾袖上。〔十郎〕丈夫非無淚，不灑婦人衣。〔玉作惱科〕好狠心的夫也！〔十郎〕妻，俺丈夫的眼淚在肚裏落。

【前腔】俊語閑根觸，迴腸轉轆轤。俺去後呵，一個人睡，不要著寒了。雙絲襪腹輕輕束，連心腰綵柔柔護，沾身襯褥微微絮。分明殘夢有些兒，睡醒時好生收拾疼人處。

〔小玉〕聽這話，想不是輕薄的。只是眼下呵。

再看《紫釵記》的六支〔北寄生草〕：

【北寄生草】怕奏陽關曲，生寒渭水都。是江干桃葉凌波渡，汀洲草碧黏雲漬，這河橋柳色迎風訴。〔折柳介〕柳呵，纖腰倩作綰人絲，可笑他自家飛絮渾難住。

〔生〕想昨夜歡娛也：

【前腔】倒鳳心無阻，交鴛畫不如。衾窩宛轉春無數，花心歷亂魂難駐。陽臺半霎雲何處？起來鶯袖欲分飛，問芳卿為誰斷送春歸去？

〔旦〕有淚珠千點，沾君袖也！

【前腔】這淚呵，慢煩垂紅縷，嬌啼走碧珠。冰壺迸裂薔薇露，闌干碎滴梨花雨，珠盤濺濕紅綃霧。怕層波溜折海雲枯，這袖呵，瀟湘染就斑文筯。

〔生〕只恁啼得苦也。

【前腔】不語花含悴，長顰翠怯舒。你春纖亂點檀霞注，明眸謾蹙回波顧，長裙皺拂行雲步。便千金一刻待何如？想今宵相思有夢歡難做。

〔旦〕夫，玉關向那頭去？

【前腔】路轉橫波處，塵飄淚點初。你去呵，則怕芙蓉帳額寒凝綠，茱萸帶眼圍寬素，藥荷燭影香銷炷。看畫屏山障彩雲圖，到大來蘼蕪怕作相逢路。

　　李郎，你可有甚囑付？

　　【前腔】〔生〕和悶將閒度，留春伴影居，你通心紐扣菶菶束，連心腰綵柔柔護，驚心的襯縛微微絮。分明殘夢有些兒，睡醒時好生收拾疼人處。

　　〔旦〕聽這話，想不是輕薄的，只是眼下呵。

這一段送別的戲，哀感動人，但《紫簫記》的十郎在離情依依中，懷抱著對功名前程的憧憬，他說「豈無閨秀情，仗劍為功名」，因為內心有著追求功名前程的企盼和希望，故傷感的離情中，又摻雜著一種奮迅心志，面對小玉提出「十郎也下些淚，著妾袖上」時，他意氣昂揚地說：「丈夫非無淚，不灑婦人衣」，充分表露一種追求功名仕途的豪壯心情。《紫簫記》是湯顯祖未踏入仕途時的劇作，求取功名亦是他年輕時的心情寫照。

　　《紫釵記》「折柳陽關」的六支〔北寄生草〕，由小玉和十郎輪流唱出，表達了兩人同樣的傷別心情，不像《紫簫記》是由小玉唱了五曲，最後一曲才是十郎所唱，小玉的傷情遠超過十郎。就劇情思想而言，《紫釵記》的李十郎已沒有《紫簫記》中主動積極的功名企圖心，他是在京兆府尹的起送下被動地赴舉，得中狀元也不赴盧太尉府去參謁權貴，便逕自返回家中，一切隨順自然。灞橋送別時，他和小玉同樣滿懷傷別，藉曲情抒懷，原本《紫簫記》由小玉唱的「問才郎是誰斷送春歸去」、「送君南浦恨何如？想今宵相思有夢歡難做」，改為十郎唱曲的「問芳卿為誰斷送春歸去」、「便千金一刻待何如？想今宵相思有夢歡難做」，由生旦輪唱〔北寄生草〕，更能營造出兩人濃濃深情。《紫釵記》刪去了十郎的功名意圖，集中舖寫離情別緒，生旦感情藉此再次外現、凸顯，「鍾情」的主旨也得以不被功名思想所沖淡，主題思想更顯明晰。

　　再看送別之後，寫十郎往邊塞參軍途中，《紫簫記》第二十五齣「征途」〔朝元歌〕曲文有：

　　　　隴上謾尋芳信，顧恩不顧身，無用想羅裙。戍邏笳鳴，關山笛引，不管梅花落盡。氣色河源，天街旄頭猶未隕。長笑立功勳，邊頭麴米春。

此曲明毛晉汲古閣本為「卒子」所唱，但明金陵富春堂刻本則作十郎唱；不論何人唱，曲中傳達出作者的創作思想，在「長笑立功勳」的功名憧憬下，發出「無用想羅裙」的豪情。但同樣情境的《紫釵記》第二十六齣「隴上題

詩」〔朝元歌〕曲則改爲：

> 隴上謾尋芳信，顧恩不顧身，還自想羅裙。古戌笳鳴，關山笛引，
> 也不管梅花落盡。立馬逡巡，流水聲中無定準。飲馬斷腸津，思鄉
> 淚滿巾。

《紫釵記》的曲文更見婉轉自然，十郎滿懷的是「思鄉」之情。值得注意的
是《紫簫記》言「無用想羅裙」，此處則改爲「還自想羅裙」，主情思想較爲
濃厚，功名觀念則淡去不少。又，第五十二齣「劍合釵圓」，當小玉「倒地悶
絕」時，十郎甚至有「年光去，辜負了如花似玉妻。嘆一線功名成甚的？」
的感慨，明白指出夫妻至情較功名仕宦更爲重要。

功名仕途本爲封建社會下男子熱切追求的目標，但湯顯祖筆下的李十
郎，一反小說中爲功名宦達而另娶高門的作法，反是堅守愛情，不因功名前
程而背棄誓盟。作者在最現實的功名與愛情的關係上，藉著生角的抉擇，表
現了主情的劇作思想。「移參孟門」齣，十郎不爲盧太尉「再結豪門，可爲進
身之路」所誘惑，後來盧太尉令其友韋夏卿前往說媒，他以拖延再議的方式
來「婉拒強婚」，面對「第一富貴人家」有意招婿，這本是一大好前程的機會，
且「貴易妻」亦一平常現象，然而十郎從未動搖過對小玉愛情的堅心；「我輩
鍾情似此」的主旨在功名與愛情的衝突中展現出來。

《紫釵記》淡化的功名觀念，是可以在湯顯祖的仕途際遇中找到瞭解，
他本不汲汲求於宦達，尤其不願違背做人原則去爭取官位，所以一生中幾
次「機會」都被他放棄，鄒迪光〈臨川湯先生傳〉中有關其仕途波折之記載
如下：

> 丁丑會試，江陵公屬其私人啗以巍甲而不應。庚辰，江陵子懋修與
> 其鄉之人王篆來結納，復啗以巍甲而亦不應。……至癸未舉進士……
> 時相蒲州、蘇州兩公，其子皆中進士，皆公同門友也。亦欲要之入
> 幕，酬以館選，而公率不應，亦如其所以拒江陵時者。以樂留都山
> 川，乞得南太常博士。至則閉門距躍，絕不懷半刺津上。……時典
> 選某者，起家臨川令。公其所取士也。以書相貽曰：「第一通政府，
> 而吾爲之慫恿，則北銓省可望。」而公亦不應，亦如其所以拒館選
> 時者。尋以博士轉南祠部郎。部雖無所事事，而公奉職愊慎，不以
> 閒局故，稍自隤弛。謂兩政府進私人而塞言者路，抗疏論之，謫粵
> 之徐聞尉。……居久之，轉遂昌令。……一時醇吏聲爲兩浙冠。而

公以倜儻夷易，不能耆轎鞠臆，睨長吏色而得其便。又以礦稅事多
所踦戾，計偕之日，便向吏部堂告歸。雖主爵留之，典選留之，御
史大夫留之，而公浩然長往，神武之冠竟不可挽矣。已抵家，浙開
府以復任招，不赴。浙直指以京學薦，不出。已無意仕路，而忌者
不察，懼捉鼻之不免而爲後憂，遂於辛丑大計，褫奪其官。比有從
旁解之者曰：「遂昌久無小草意，何必乃爾。」當事者曰：「此君高
尚，吾正欲成其遠志耳。」〔註29〕

從未舉進士前到辭官之後，在湯顯祖短暫的仕途生涯中，一路走來，他其實
有多次「宦達」的機會、但均因不刻意營求，始終居於下位。對於功名宦達，
湯顯祖隨順自然不營求的作法，和《紫釵記》中李十郎的態度是一樣的，而
《紫釵記》正是他居官南京、遂昌這一段時期的作品。踏上仕途之後，他親
身經歷官場上的種種機巧及黑暗面，爲了保持自我，不願隨波逐流，臨川對
功名有了更爲淡然的態度，這和他未入仕途之前寫《紫簫記》時是不同的，
在前述所引六支〔北寄生草〕可以明顯看到其中的轉變。

湯顯祖任南京太常博士時，他對仕宦的想法，有自己的觀點，〈與司吏部〉
書婉拒司汝霖內徵他的好意，指出自己寧願留在一般人認爲較無仕途發展的
南都，不願北去，是有五種因素考慮，請看其陳述：

仕宦固爭濃淡之路矣，置之淡則無色，與貴人親易媒，遠則難致。
故南都者，仕人所謂遲迴厭息之者也。鳳棄於風，龍棄於雲，仕宦
乘於時。聖賢亦若而人耳。向長安而笑，僕豈惡風雲之壯捷哉。知
門下有意留僕內徵也。雖然，僕有私願，而特不願去南。僕之有
南，如魚之有水，精氣之有埌宅也。斷不可北者有五。父母與子，
異息分身，絲忽懸慮。縱以受事乏其溫清，何得更忍闊離疏隔聞問
乎！南都去家，水行風利，可五日所。家大人不遠一來至，月一相
聞也。北則違絕常百餘日，子不知父母。一也。僕亡婦二年矣。遺
息阿蘧八齡，阿耆六周耳。推燥分甘，用父代母，至今兩兒尚枕藉
懷腕，行則牽人衣帶，引涼避風，衣食加損，視病汗下，非僕不
可。在北鞅掌，何能視兒。二也。僕縱北徒，正可得六品郎。歲食
錢可四萬。而所僦門室兩進，雜糴疏糈，買水上而食，一馬二隸，
費已不下七萬錢。人客過餉，十三酬折，裁足家累衣物，歲時伏臘

〔註29〕見《湯顯祖集》附錄鄒迪光撰〈臨川湯先生傳〉。

耳。其餘經紀，不能無求。南郎多宮舍，人從酒米家來。三也。僕
素羸，裁過時不得食臥，輒病惙數日。每自親擇藥。常嘆曰，神農
於人有功，一得其食，二得其藥。徒北則朝請謝謁，常盡辰午，失
食。道地精藥，多不至北。取假頻數，大吏所惡。且曹事沓迫，寧
當舒枕臥邪？四也。又南北地性，暑雨寒風，清污既別；飛蟲之
屬，各有所多。南暑可就陰息，雨適斷客爲趣耳。吏於北者，雖有
盲風灰人之面，糞人之齒，猶將扶馬揚呼而造也。乃至寒時，冰厚
六尺，雪高三丈。明星以朝，鼓絕而進，折風洞門，噫鳴卻立。沉
陰凌競，痹瀧中骨。餐煤食炕，爍經銷液。又弱不受稼，行見通都
道頭不清，每爲眩頓。春深溝發尤甚，遂有游光赤疫，流行瘇首，
不避頑俊。是生青蠅，常白日萬日，橫飛集前，意不可忍。舊都清
麗娛人，獨夜苦蚊音，妨人眠臥。至於垂玄幬，燧青煙，未嘗不杳
然而去也。土風有宜，五也。〔註30〕

這段書信，也相當程度說明了湯顯祖的人生價值觀，功名仕途固人之所願，
他亦言「向長安而笑，僕豈惡風雲之壯捷哉」，但在「仕宦」和「私願」兩相
比較下，他更重視的是一己私願。五點私願所考慮的有：奉養父母、照顧兒
女、經濟開支、服藥方便及風土適宜等事。父母、子女乃他列爲首要考慮事，
湯顯祖重視親情倫理的人生態度由此可見，主情的劇作思想也反映了他這樣
的個人性情，這也是他詩文、尺牘中時常流露出的人格特質。經濟開支的考
慮則是針對實際生活問題，北徒的六品郎官職，歲食錢可四萬，計算之下卻
是入不敷出的；趙翼《廿二史箚記》有「明官俸最薄」〔註31〕之記載，湯顯
祖對生活經濟的顧慮，正是官俸微薄的證明。第四、第五點有關服藥及風土
的考慮，是由於他「素羸」的身體因素。鐘鼎山林，人各有志，〈與司吏部〉
書末，他提出自己恬淡的人生觀：

人各有章，偃仰澹淡，歷落隱映者，此亦鄙人之章也。

明白湯顯祖這樣的心情，便可瞭解同樣取材〈霍小玉傳〉的愛情題材，何以
《紫簫記》與《紫釵記》在愛情發展中，卻挾雜著濃淡不同的功名觀念，這
種不同，對作者創作歷程而言，具有一定程度的思想意義。

〔註30〕《湯顯祖集》詩文集卷四十四〈與司吏部〉。

〔註31〕趙翼，《廿二史箚記》卷三十二「明官俸最薄」條言：「《明史·食貨志》謂：
自古官俸之薄，未有若此者」，世界書局，頁473。

　　《紫釵記》堅定的愛情信念，尤其表現在生旦分離後的重要考驗，第三十七齣「移參孟門」，十郎告訴盧太尉，他和小玉「已有盟言，不忍相負」；第四十一齣「延媒勸贅」，藉友人韋夏卿之口說「他有了頭妻小玉盟誓無雙，怕做不得負心喬樣」，側寫了十郎的堅心。第四十六齣「哭收釵燕」是十郎愛情信念最深刻的表現，此齣盧太尉因買得小玉為尋訪十郎消息而變賣的紫玉釵，於是心生一計，令堂候的妻子假扮為鮑三娘，前來賣釵，謊說小玉已改嫁他人，欲令十郎死心而答應招贅盧府，十郎聞言「悶倒」，責備自己說「是俺負了你也」，這種面對打擊而不怨怪對方，反先責備自己，正是愛情至誠的一種表現，且看十郎當時心境：

【賞宮花】是眞是假？似釵頭玉筍芽。便做道釵無價，做不得玉無瑕。〔丑〕參軍爺，夫人忘了你去哩。〔生〕妻呵，你去即無妨誰伴咱？他縱然忘俺依舊俺憐他。

〔丑〕好個參軍爺念舊。〔生再提釵看介〕

【降黃龍】冤家，眞個無差。好些時肉跳心驚，這場兜答。妻呵，常言道配了千個，不如先個。你聽後夫說，賣了釵，有日想李十郎來，要你悔也。妻，那人怎麼？記當年曾愛西家。〔盧〕參軍，婦人水性，大丈夫何愁無女子乎！昨遣韋夏卿相勸，今霍家既去，此天緣也。〔生〕休喳，俺見鞍思馬，難道他是野草閒花？小玉姐，痛殺我也！氣咽喉嗄，恨不得把玉釵吞下。

〔盧〕不消如此，嗄死了人身難得！參軍不如且收此釵，百萬價府中自還。〔生謝尉收釵介〕

【大聖樂】懷袖裏細捧輕拿，似當初梅月下。還記他齊眉舉案斜飛插，枕雲橫惜著香肩壓。〔盧〕便倩鮑三娘為媒，將此玉釵行聘小女如何？〔生〕早難道釵分意絕由他罷？少不得鈿合心堅要再見他。

〔盧〕待咱敲斷了這釵。〔生〕伊聞刮，您玉釵敲斷鎮淚珠盈把。

誠如盧太尉所說：「大丈夫何愁無女子」，十郎的悲痛情緒，乃因「除卻巫山不是雲」的愛情執著。曲中說「他縱然忘俺依舊俺憐他」，又說「少不得鈿合心堅要再見他」，十郎堅定的心意，在這裡表現的最深刻。在人證、物證齊備之下，他仍未輕信小玉變節而心存疑慮。第五十齣「玩釵疑嘆」言「縱然他水性言難定，俺則怕風聞事欠明」，在小玉改嫁之事，彷彿眞實而毋庸置疑的情形下，他有「怕風聞事欠明」的懷疑，所秉持的便是對愛情堅定的信心。

第五十二齣「劍合釵圓」，十郎告訴小玉「說伊家忘舊把釵兒棄，咱堅心不信俏地籠將去」，是這份堅心，使飽受波折的愛情終能團圓收場。十郎處於盧太尉權勢威逼、利誘、訛傳及奸計下，始終未改變他堅守愛情的心，可說是情眞意堅；雖然劇中對他未斷然拒絕盧太尉的性格，有所批評，但他用實際行動來堅守愛情，改變小說中負心的李十郎爲專情形象，正可看見作者主情的思想理念，十郎的堅定與執著，也有湯顯祖人格特質的投射。

（二）霍小玉輕金錢重愛情

〈紫釵記題詞〉已言「霍小玉能作有情痴」，湯顯祖是有感於霍小玉的癡情，他兩度取此故事爲劇作題材，自有其深刻感受。「情癡」可說是一種非理性、近乎傻氣的執著，這尤其表現在金錢財富和愛情的關係上。十郎參軍後一去三年，改參孟門又一年，久不歸來，又傳來招贅盧府的消息，第四十四齣「凍賣玉釵」，小玉對王哨兒及韋夏卿的傳言，仍未相信，她對愛情亦有其堅定信心，爲尋求十郎消息，她變賣家當，不惜財貨，但求音訊。由於「情癡」，故連尼姑、道姑都輕易地騙取了她的錢財：

> 【水底魚】一點凡胎，到了九蓮臺。相思打乖，救苦的那些來？
> 自家水月院中小尼姑便是。久聞鄭小玉姐爲夫遠離，祈求施捨，不
> 免奉此靈籤，哄他幾貫鈔使。又一道姑來也。〔道姑拿畫軸小龜上〕

> 【前腔】冠兒正歪，人道小仙才。這龜兒俊哉，前去打光來。
> 〔尼惱介〕光頭儘你打！〔道〕不是，吾乃王母觀道姑，聞得鄭小玉
> 姐尋夫施捨，要去光他一光。

哄錢的尼道和虔誠的小玉形成一種對比。小玉把浣紗典賣得來的七十餘萬，布施給尼道各三十萬貫，作爲香錢，神明則許她「夫妻團圓」。在家門已漸次寒落之際，她毫不吝惜揮灑金錢於尋訪十郎事上，尼道二人利用她的癡傻哄騙錢財，藉著布施金錢一事，凸顯小玉重視愛情的「情癡」形象，也批判了尼姑、道姑的欺騙行爲。

寫尼道藉宗教以騙財，亦屬社會現實的反映。明世宗朝，道士甚至僞造五色靈龜、天降仙桃、靈芝仙草，化物爲金銀等事來欺騙崇拜仙道的皇帝〔註32〕，嘉靖皇帝迷信道教，他甚至自封爲「太上大羅天仙紫極長生聖智昭

〔註32〕參谷應泰，《明史記事本末》卷五十二「世宗崇道教」條，三民書局，頁547
　　　～558。

靈統三元證應玉虛總掌五雷大眞人玄都境萬壽帝君」。宋明理學原本就是儒學摻和佛學的產物，道教更在帝王的信奉下盛行，湯顯祖雖亦有佛道思想，但不流於迷信，對佛道不法的社會現象，他藉戲曲加以披露，其不滿亦可知。

第四十七齣「怨撒金錢」，把金錢和愛情作了強有力的對比，也是作者刻劃霍小玉「情痴」的濃重一筆。為了尋訪十郎，小玉甚至典賣掉具有特殊意義的紫玉釵，她說「他既忘懷，俺何用此！」未料紫玉釵竟賣到盧府，盧家小姐成婚的對象是她日夜賣釵探尋的夫婿。面對命運如此無情的捉弄，賣釵得的百萬錢變得可笑、可恨而又充滿諷刺，她從來是揮灑金錢去尋訪愛情訊息，如今愛情失去希望，金錢何用！她怒撒金錢，唱道：

> 【下山虎】一條紅線，幾個「開元」。濟不得俺閒貧賤，綴不得俺永團圓。他死圖個子母連環，生買斷俺夫妻分緣。你沒耳的錢神聽俺言：正道錢無眼，我爲他疊盡同心把淚滴穿，覻不上青苔面。〔撒錢介〕俺把他亂撒東風，一似榆荚錢。

想到「霍小玉釵頭，到去盧家插戴」，怨恨難當的〔下山虎〕曲，她滿腔憤怒，不由得向著賣釵所得的百萬錢財發洩，向著沒耳無眼的錢神罵去，恨他「買斷俺夫妻分緣」，恨他不見「我爲他疊盡同心把淚滴穿」，用漫撒金錢，來鄙棄金錢無用。對小玉而言，金錢是用來尋訪愛情；一般人總看重金錢，然而作者藉小玉的「撒錢」行動，具體表現了愛情至上的主題思想。

取最通俗的金錢和愛情作對比，來凸顯愛情的重要性，此或有得於〈霍小玉傳〉中娶甲族女要聘財百萬及小玉「尋求既切，資用屢空」的情節，但經過湯顯祖的匠心獨運後，主情思想得到深刻傳達，劇作內容有了更為豐富的意涵，令人佩服臨川眞大家手筆。

小 結

綜合前述，我們可以看到作者在表達愛情主題時，選擇了最世俗的功名和金錢來和愛情作對比，在取材表達上可謂慧眼獨具。在愛情之前，功名、愛情皆可拋棄，主情的劇作思想得以具體而強烈地傳達出來。第五十二齣「節鎭宣恩」更透過聖旨，對堅定的愛情作了直接而明白的頌美：

> 皇帝詔曰：朕惟伉儷之義，末世所輕；任俠之風，昔賢所重。每觀圖史，在意斯人。若爾參軍李益，冠世文才，驚人武略。不婚權豔，甚曉夫綱。可封賢集殿學士、鸞臺侍郎。霍小玉憐才誓死，有望夫石不語之心；破產回生，有懷清臺衛足之智。可封太原郡夫人。

鄭氏相夫翦桐葉而王，擇婿顯桃夭之女。慈而能訓，老益幽貞。可進封滎陽郡太夫人。盧太尉徒以勢壓郎才，強其奠雁；幾乎威逼人命，碎此團鸞。宜削太尉之銜，以申少婦之氣。其黃衣豪客，拔釵幽叔女，有助綱常；提劍不平人，無傷律令。可遙封無名郡公。嗚呼！凡贊相于王風，皆揚名于白日。受茲敕命，欽哉！謝恩。〔生眾作謝恩介〕

聖旨的賞罰，正代表作者的思想觀念，所謂「伉儷之義，末世所輕」，是作者對時代的一種批判，藉著十郎和小玉堅定不移的愛情，湯顯祖要頌揚「伉儷之義」，尤其讚美十郎「不婚權豔，甚曉夫綱」，這表現出湯顯祖不同世俗的價值觀念。明代是色情泛濫和極端貞節並存的異化時代，理學家有「失節事極大，餓死事極小」的觀念，《明史》中的貞女烈婦遠較其他時代更多；但上從皇帝下到市民階層，明代又是一個情欲泛濫的時代，小說、話本中的描述，便是活生生地社會寫實反映。男子每每縱欲而又以貞操要求女子，湯顯祖提出「夫綱」，是針對時弊而值得喝采的思想；也見其之所以倍受推崇，除藝術才華外，更因其劇作中表現出的思想精神所致。

二、權勢逼人的批判

《紫釵記》的愛情阻力，來自一個小說中沒有的全新人物盧太尉。他先以個人權勢來威逼十郎臣服，接著欲招這位新科狀元為女婿，目的仍是要才子俯首聽命，他用各種方法來破壞生旦的愛情，所憑藉的便是權勢。與〈霍小玉傳〉比較，《紫釵記》主要的批評指向封建統治階層利用特權來欺人的角度上，權與情的對立，亦劇作主要的思想。

強權勢力出現在《紫釵記》，它反映了此階段作者的生活經歷，踏上仕途後的湯顯祖對官場的權勢、貪賄有更多瞭解，也有更多不滿；《紫釵記》中加入蠻橫不法的盧太尉，是具有深刻的現實意義。胡忌、劉致中所著《昆劇發展史》言：「無論《紫簫》或《紫釵》，寫的『閨婦怨夫』離合嬌苦之情，由于缺乏深刻的社會意義，和並時的其他佳人才子劇出入差距不大。」〔註33〕這樣的評語對《紫釵記》而言，是不合適的。以目前所見之半本《紫簫記》而言，或可謂其缺少社會現實意義；但《紫釵記》藉生旦愛情來反映權勢逼人的現象，則是深具現實意義的一部戲，也是作者仕途經歷的真實體驗。

〔註33〕胡忌、劉致中著，《昆劇發展史》第四章，中國戲劇出版社，頁126。

試看《紫釵記》對盧太尉的描述，他在第十五齣「權夸選士」上場，此齣僅有一曲〔蠻牌令〕，屬小過場戲。他說自己「獨坐掌朝樞，出入近乘輿」，是皇帝身邊的紅人，「盧杞丞相，是我家兄；盧中貴公公，是我舍弟。一門貴盛，霸掌朝綱。」憑藉權勢，他下令「說與禮部，凡天下中式士子，都要參謁太尉府，方許註選。」其目的是藉「參謁」時挑選女婿；這齣小過場的「權夸選士」，作者已特別在齣目上標出一個「權」字，也強調了太尉的「霸」氣。「參謁」和「選婿」二事關係往後劇情的發展，此齣雖僅一曲，但地位重要。盧太尉上場次數總計只有七齣，但自第二十二齣「權嗔計貶」開始，劇情發展全在其權勢籠罩之下，成為生旦悲離的巨大主控者。

書生不向權貴妥協，是《紫釵記》面對權勢所表現的劇作思想。李十郎中舉後因不「參謁」而得罪權貴，遭到往玉門關外參軍的命運，「權嗔計貶」的下場詩說「堪笑書生直恁愚，教他性氣走邊隅。人從有理稱君子，自信無毒不丈夫。」三年之後，第三十二齣「計局收才」〔夜行船〕曲盧太尉唱道：

> 一品當朝橫玉帶，姻連外戚勢遊中貴。世事推呆，人情起賽，可嗔
> 那書生無賴。

對李益恃才氣高，不參謁之事仍有嗔言，於是奏他從玉門關回來之後改參孟門軍事；曲中點出對書生不依附權貴的責怪。第三十七齣「移參孟門」寫盧太尉裁取李益「不上望京樓」詩句來含沙影射，下場詩言：「八柱擎天起畫樓，一般才子要低頭。非關鬼蜮含沙影，自要蛟龍上釣鉤。」劇中李益的遭遇相似於作者萬曆十五年任職南京時，其〈京察後小述〉詩有如是語：「含沙吹幾度，鬼彈落一箇」，兩相對照，李益的遭遇不正似於湯顯祖！要才子向權勢低頭是反面角色盧太尉所一再表現的想法，書生和權勢對立的精神，在情節發展中傳達出來。

第四十一齣「延媒勸贅」，演從孟門還都之後，盧太尉找韋夏卿來勸十郎入贅，在盧、韋二人的曲文賓白中，再寫出書生和權貴的對立，盧太尉唱道：

> 【一疋布】倚君王，為將相，勢壓朝綱。三台印信都權掌，誰敢居吾上！
>
> 身居太尉勢傾朝，有女盧家字莫愁。選得鳳凰飛不偶，可堪駕鴦意難投。盧太尉，從孟門召取還都，仍管太尉府事。又賜俺勢刀銅鍛

一副，凡都城內著俺巡緝，有不如意的，都許先斬後奏。單生一女，未逢佳婿。我一心看上了李參軍，可恨此人性資奇怪，一味撇清。在孟門關外年餘，都未通說。昨日還朝，恐他回去，安置他招賢館內，分付把門官校，不許通其出入，要他慣見俺家威勢，自然從允。雖然如此，還須請他朋友韋夏卿勸他，可知來也。

【玉井蓮】〔韋上〕太尉勢傾朝堂，何事書生相訪？

李十郎的「一味撇清」，「都未通說」爲盧太尉所不能忍受，也是其大不同於一般人「奇怪」的地方。第四十六齣「哭收釵燕」，盧太尉上場言：「欲作江河惟畫地，能迴日月試排天。人生得意雖如此，卻笑書生強項前。我盧太尉，嫁女豈無他士，只爲李參軍作挺，偏要降伏其心。」明白指出權貴仗勢定要使書生低頭的想法。這種權勢逼人，書生不妥協的情節內容，正可見湯顯祖的時代及其個人的精神於其中。

就湯顯祖一生言談、行事觀看，他不是個激進份子，但卻是有骨氣、有原則的讀書人。《紫釵記》李十郎不向盧太尉臣服的行爲表現，可說是作者個人處世態度的投射。明人沈演在〈玉茗堂尺牘序〉指出：「不欲使其身一日參於權貴之間者，性也；不能使其身安於朝廷之上者，命也。」〔註34〕是對臨川深有瞭解的話。湯顯祖在科舉仕途上不向張居正、申時行等人附和，表現他忠於自我的行事作風。此種性格，在明代充斥朋黨徇私的官場上，自然難以平步青雲；不論爲人爲學，臨川都有一己「不屑依傍人門戶」〔註35〕的獨特精神。例如，在文學上他不附和前後七子的復古主張，有自己創新的藝術觀；在政治立場上，他雖與東林黨的鄒元標、李三才、顧憲成等人友善，但並非事事贊同之，也未成爲其黨人〔註36〕；反之，他雖對張居正的專擅有不滿，但亦未全盤否定其人，湯顯祖就是這樣一個有自我原則的人。〈答岳石帆〉書言：

〔註34〕見毛效同編，《湯顯祖研究資料彙編》上冊，頁356。

〔註35〕陳石麟，〈玉茗堂文集序〉語，見《湯顯祖集》附錄。

〔註36〕湯顯祖和東林黨人士在政治見解和私人關係上都很接近，但在學術思想、處世態度和人物褒貶上均有差異。尤其在對王學的態度上，東林領袖大都標榜程朱理學，反對陽明心學，尤厭惡泰州學派；湯顯祖卻深受羅汝芳、李贄等泰州學者的影響。此外，東林黨中固多血性君子，但亦有不屑之徒，湯顯祖始終未「深附」他們，自有其偏不倚的立場。參周育德，《湯顯祖論稿》，北京文化藝術出版社，頁128～141。

兄書，謂弟不知何以輒爲世疑。正以疑處有佳。若都爲人所了，趣
義何云？似弟習氣矯屬，蚩蚩者故當忘言，即世喜名好事之英，弟
亦敬之，未能深附也，往往得其疑。世疑何傷，當自有不疑於行者
在。〔註37〕

他說自己爲「世疑」是因爲「未能深附」他人，對此，他並不準備改變自己
來遷就世俗；「疑處有佳」，不附和他人，正是他自認爲的「佳處」。沈際飛評
曰：「只是個不依附人，臨川腳跟站地。」洵爲一針見血的確論。

　　湯顯祖堅持自我，不附和權貴的性情，始終未變。萬曆五年、八年，他
拒絕張居正的結納，以致科場失利。萬曆十一年中舉後，觀政長安，看到當
時所謂「賢人長者」無根抵的屈伸進退，他深不以爲然，於是決定「掩門自
貞」〔註38〕，往任南都閒職。在南京，他發出「從官迫鬱有三年」〔註39〕的
慨嘆，這種「迫鬱」感，自然和他有守有爲，獨立自主的性格有關，看看他
〈答王宇泰太史〉書的陳述：

門下殆眞人耶。世之假人，常爲眞人苦。眞人得意，假人影響而附
之，以相得意。眞人失意，假人影響而伺之，以自得意。邊境有人，
其名曰竊。人之所畏。吾得不畏哉！僕不敢自謂聖地中人，亦幾乎
眞者也。南都偶與一二君名人而假者，持平理而論天下大事，其二
人裁伺得僕半語，便推衍傳說，幾爲僕大戻。彼假人者，果足與言
天下事歟哉！然觀今執政之去就，人亦未有以定眞假何在也。大勢
眞之得意處少，而假之得意時多。僕欲門下深言無由矣。門下且宜
遵時養晦，以存其眞。〔註40〕

自認「持平」論事的眞言，卻爲人所中傷，他萬曆十五年所作〈京察後小述〉
詩也提及南都時被論「不謹」〔註41〕的扴心之嘆。此時他「曲度自教作」，應
正在《紫釵記》創作的過程，官場上的際遇與想法，自會融入劇作中。湯顯
祖堅持「遵時養晦，以存其眞」，不願隨波逐流阿附世俗之「假人」，這種重

〔註37〕《湯顯祖集》詩文集卷四十四。
〔註38〕見〈答管東溟〉，《湯顯祖集》詩文集卷四十四。
〔註39〕見〈吹笙歌送梅禹金〉詩，《湯顯祖集》詩文集卷八。
〔註40〕《湯顯祖集》詩文集卷四十四。
〔註41〕《湯顯祖集》詩文集卷八〈京察後小述〉詩有：「浮躁今已免，不謹當前坐」。
　　　　明制，京官六年一察，其目有八，曰：貪、酷、浮躁、不及、老、病、罷、
　　　　不謹。

視自我眞實的性格，自不會與人朋比營私，偏明世宗朝以來，官場上盛行朋黨風氣，他曾感嘆：「近時名卿大夫，亦多上比執政而以爲用。執政尚刑名，則亦殺人；執政惡言者，則亦不善言者。」〔註42〕唯「執政」馬首是瞻，是官場上一般現象；《紫釵記》中李十郎偏是「一味撇清」，不「上比」盧太尉的作風，正爲湯顯祖人格精神在劇作的投射。

《紫釵記》對權臣勢力刻意描述，因這正是劇作思想的關注點。湯顯祖對嘉靖、隆慶以來的政壇，頗爲關注，在〈答呂玉繩書〉曾言：「弟去春稍有意嘉、隆事」〔註43〕，而從嘉靖元年到萬曆初年，掌權的內閣首輔更換頻仍，楊廷和、張孚敬、夏言、嚴嵩、徐階、高拱、張居正、申時行等，先後擁有相當權勢，每隨著一位首輔的更換，總有一大班朝臣隨之浮沈，大臣們爲了自己的政治目的，常用各種手段，打擊異己，結黨營私。《紫釵記》的盧太尉，應是湯顯祖所看到嘉隆以來政壇上諸多權臣的寫照，是形象的總和，非特定對象的指斥。當他身處仕途中，對權勢逼人感受尤深，這也由於他不依附循私所致。

湯顯祖對時政最直接的批評，便是改變他仕途命運的〈論輔臣科臣疏〉，此疏上於萬曆十九年，這一年因爲星變，神宗藉此指責言官說「邇來風尙賄囑，事向趨附。內之劾，外之參，甚無公直，好生欺蔽。且前者天垂星示，群奸不道，汝等職司言責，何以無一喙之忠，以免辱曠之罪？」〔註44〕於是六科十三道，各罰停俸一年。神宗指責「事向趨附」的政治現象，湯〈疏〉則探此現象的根源乃因「皇上威福之柄，潛爲輔臣申時行所移」，言官被輔臣箝制，不敢公直進諫。他舉「首揭科場欺蔽」的丁此呂及言「邊鎭欺蔽」的萬國欽爲例，二人均因言事而遭貶謫，證明「風尙賄囑，事向趨附」都因申時行以權謀私所造成。湯顯祖這封奏疏，震動朝廷，因而被貶徐聞，是他政治道路上的重大挫折，但不是他的失敗。〈疏〉中所及的楊文舉、胡汝寧、申時行終究先後罷官下臺，顯祖也因而得以政治家地位列入史冊而不朽。對於政治上權臣循私迫害的深刻觀察，使《紫釵記》中得以創作出權勢威逼的盧太尉角色，寫出湯顯祖此階段的感受；李十郎的不妥協，可說是作者思想、

〔註42〕 見〈再奉張龍峰先生〉，《湯顯祖集》詩文集卷四十四。張龍峰即張岳，此書作於萬曆十一年，湯顯祖成進士，觀政北京禮部時。

〔註43〕 〈答呂玉繩〉，《湯顯祖集》詩文集卷四十四。

〔註44〕 事見《明神宗實錄》卷二三四。〈論輔臣科臣疏〉見《湯顯祖集》詩文集卷四十三。

精神的代言人。

權臣盧太尉對愛情的巨大阻力，賴黃衫客仗義除不平來化解；然而，黃衫客所憑藉的依舊是權勢，試看第五十三齣「節鎮宣恩」崔允明的敘述：

〔崔〕你不知道，那黃衫豪士雖係隱姓埋名，他力量又能暗通宮掖。他近日探得主上因盧府專權，心上也忌他了；他有人在主上前行了一譜，聖上益發忿怒，如今盧府著忙，不暇理論到此事。那黃衫豪士隨有人竄掇言官，將小玉姐這段節義上了，又見得盧府強婚之情。蒙主上褒嘉，遣劉節鎮來處分，怕甚麼事！

活脫脫地呈現出明代官場權力相傾軋的現象。以權勢除權勢，是明代內閣權臣轉換的寫照，亦是作者面對的時代局限；其中皇帝、宦官均有重要關係。明代內閣大臣權力的鞏固和宦官有關係，試看世宗朝夏言的下台與嚴嵩近二十年的主政便知；《明史》卷一九六〈夏言傳〉記載：「帝數使小內笠詣言所，言負氣岸奴視之。嵩必延坐，親納金銀袖中，以故日譽嵩而短言。」可見嚴嵩取代夏言的地位，與其善交結內侍有關。嚴嵩之後的內閣首輔徐階則因專權和干預宮禁事務而被迫退位〔註45〕；神宗即位之初，高拱「以主上幼沖，懲中宮專政，條奏請詘司禮權，還之內閣。」〔註46〕他結怨內官，反為張居正及內官馮保所逐，「居正遂代拱為首輔」，明代內閣「傾軋相尋，有自來已」〔註47〕；戲曲寫黃衫客「暗通宮掖」藉機除去權臣盧太尉，不正是《明史》上權力傾軋的現象。

大臣們在爭權的過程中，往往藉著交結宦官來探得皇帝的意向，例如世宗喜好長生之術，大臣常以撰寫「青詞」〔註48〕來媚上取寵，嚴嵩尤其是箇中能手。博得皇帝信任才能鞏固權勢；失去君心，便失去原有的權威地位。《紫釵記》寫「盧府專權」，連皇上也「忌他」，終被罷官；這很容易令人想起張居正的際遇，《明史》本傳贊云：「威柄之操，幾於震主，卒致禍發身後。」他死後被抄家，禍及子孫，終萬曆朝無人敢為之辨白，主要便在神宗對張居

〔註45〕《明史》卷二一三〈徐階傳〉記載：「階所持諍多宮禁事，行者十八九，中宮多側目。」

〔註46〕《明史》卷二一三〈高拱傳〉。

〔註47〕《明史》卷二一三〈張居正傳〉。

〔註48〕明世宗虔心向道，切望能與神意相通，他認為最好的方法是焚化「青詞」，亦即用一種近乎賦體的駢文，把心中想法寫出，再敬謹焚化，使得通向上天。「青詞」要求詞藻華麗，聲調鏗鏘，對仗工整，韻律合諧，最初大多出於閣臣之手。參溫功義，《明代的宦官和宮廷》，重慶出版社，頁273。

正長期的忌憚所致。史傳記載:「帝甚憚居正。及帝漸長,心厭之。」張居正在穆宗陳皇后及神宗生母李貴妃的信任下,對年方十歲的神宗有諸多要求與勸勉,成為明代最為權威的內閣首輔;但他「震主」的下場,也使往後的閣輔權臣,心生警惕,為了保住自己的地位,便對君主唯唯諾諾,缺乏政治責任感,如申時行「柔而有欲」便是。

《紫釵記》藉盧太尉、黃衫客、皇帝三者,寫出明代內閣政治上的權勢關係,反映了政壇現實。劇末以聖旨下詔來獎善懲惡收場,也說明撰寫此劇時,湯顯祖是對封建君主懷抱期望,就像他〈與顧涇陽〉書所言:

> 天下公事,邇來大吏常竊而私之,欲使神器不神。旁觀有惻,知龍
> 德須深耳。〔註49〕

顧涇陽即東林黨領袖顧憲成,《明史》卷二三一有傳。此書信作於遂昌任上,其中對大吏私心有批評,對君主「龍德」有期許,這和他萬曆十九年上〈論輔臣科臣疏〉的心情一樣。在戲曲中,作者藉著盧太尉被皇帝削去官職,表達了他對權勢奸邪的批判態度。這樣的結局,可使曲終人散時,沒有遺憾,天理昭昭,報應不爽。

三、門閥觀念的反對

　　《紫釵記》所取材的〈霍小玉傳〉,對造成愛情悲劇的封建門閥思想,有其批判;《紫釵記》雖把矛頭指向權勢逼人的盧太尉,但並未拋棄〈霍小玉傳〉中對封建門閥的批評,作者吸取了小說的精髓,並有進一步發展,從而豐富和深化了作品的主題思想。

　　無疑地,〈霍小玉傳〉是一本愛情的悲劇小說,《紫釵記》雖改為「劍合釵圓」的收場,但並未轉化成為一齣喜劇,全劇仍帶著濃濃的悲劇氣氛。具體而言,在第二十二齣「權嗔計貶」之後,是盧太尉運用權勢迫使李益離開小玉;但盧太尉介入之前,霍小玉仍始終潛藏著一種擔憂,她害怕十郎富貴之後棄她另娶,這種封建門閥的社會現實,使霍小玉朝向悲劇性格發展。

　　霍小玉潛藏的擔憂是伴隨著愛情而來,在新婚之時,崔允明、韋夏卿二友來賀,並勸取功名大事,小玉即道出心中憂慮:「李郎自是富貴中人,只怕富貴時撇了人也。」「婚姻簿是咱為妻,怕登科記註了別氏」;蜜月中,夫妻遊園,秋鴻來報天子開場選士,小玉再次說出心中的悲感:「妾本輕微,自知

〔註49〕〈與顧涇陽〉,見《湯顯祖集》詩文集卷四十五。

非匹。今以色愛，託其仁賢。但慮一旦色衰，恩移情替。使女蘿無託，秋扇見捐。極歡之際，不覺悲生。」她是霍王寵姬所生，「出自微庶」，身份「輕微」，社會現實使她產生色衰被棄的憂慮，儘管李益信誓旦旦，「引喻山河，指誠日月」，寫下「生則同衾，死則同穴」的誓言，她的憂慮仍繼續存在。這其實反映了傳統婦女的共同悲哀，色衰被棄，富貴易妻，是以男性為主的封建社會現象。南宋諸多婚變戲，不正反映了這種社會現實的存在，此前劇已有述及。霍小玉的悲感正是廣大古代婦女共同的悲哀，在兩性關係上，女子色衰被遺棄的事，遠在《詩經》時代便已出現，《衛風·氓》篇的女主人公感嘆道：

> 桑之落矣，其黃而隕。自我徂爾，三歲食貧。淇水湯湯，漸車帷裳。
> 女也不爽，士貳其行。士也罔極，二三其德。

用桑葉黃落，比喻婦人色衰被棄；當初也曾希望「與爾偕老」，但男子「二三其德」，改變初心，棄婦只有無可奈何的怨嘆。翻開中國詩史，有關棄婦、閨怨的詩，代代皆有，在男尊女卑的封建社會制度下，婦女長期柔順地遵守三從四德的禮教，逆來順受，除了接受命運，別無他路。霍小玉潛藏的悲劇心態，正來自婦女在傳統婚姻關係中，毫無保障的愛情與幸福所致。

　　第二十齣「春愁望捷」，細膩而真實地寫出小玉面對夫婿求取金榜題名的矛盾心情，對於李益赴舉，她開始有「悔教夫婿覓封侯」的惶恐與不安，〔傍妝臺〕曲唱道：

> 錦袍穿上了御街遊，怕有個做媒人攔住紫驊騮。美人圖開在手，央及煞狀元收。等閒便把絲鞭受，容易難將錦纜抽。笙歌晝引，平康笑留。煙花夜擁，掩秦樓訴休。憑時節費人勾管爭似不風流。

她擔心李益中舉後，有媒人為他另牽紅線，這種想法不是杞人憂天，據《唐摭言》記載：

> 曲江之宴，行市羅列，長安幾於半空，公卿之家，率以其日擇揀東床。〔註50〕

可見小玉內心的擔憂及盧太尉準備「乘此觀才選婿」，都有唐代社會背景的真實反映。在盧太尉介入之前，霍小玉便對愛情的天長地久有所憂慮，在封建門閥觀念存在的社會裡，女子的幸福缺少保障，男子功名成就之後，富貴易妻的事便屢屢發生，於是詩中有「閨中少婦不知愁，春日凝妝上翠樓。忽見

〔註50〕唐·王定保，《唐摭言》卷三〈散序〉，收見《筆記小說大觀》第二十編。

陌頭楊柳色，悔教夫婿覓封侯」的閨怨〔註51〕，也有「新人新人聽我語，洛陽無限紅樓女。但願將軍重立功，更有新人勝於汝。」的憤恨〔註52〕。痴情女子每在分離後，興起「算前言，總輕負。早知恁地難拼，悔不當初留住。」〔註53〕的悔嘆；「春愁望捷」齣霍小玉心中惶恐不安，她「悔教夫婿覓封侯」的矛盾心情，正是古來廣大婦女共同的悲情。

　　李益中舉榮歸，隨即奉命往玉門關參軍，臨行之際，小玉終於把內心積壓長久的不安向李益道出：

> 〔旦〕李郎，以君才貌名聲，人家景慕，願結婚媾，固亦眾矣。離思縈懷，歸期未卜。官身轉徙，或就佳姻。盟約之言，恐成虛語。然妾有短願，欲輒指陳。未委君心，復能聽否？〔生驚怪介〕有何罪過？忽發此辭。試說所言，必當敬奉。〔旦〕妾年始十八，君才二十有二。逮君壯室之秋，猶有八歲。一生懽愛，願畢此期。然後妙選高門，以求秦晉，亦未為晚。妾便捨棄人事，翦髮披緇。夙昔之願，於此足矣。

小玉存在的不安來自「貴易妻」的傳統風尚，門第觀念造成唐代〈霍小玉傳〉的悲劇收結，也仍是明代《紫釵記》中女主角深藏的悲哀，更是廣大封建社會中婦女共同的無奈。果然，以強權出現的盧太尉提出：「古人貴易妻，參軍如此人才，何不再結豪門？可為進身之路。」為功名仕途，棄妻再娶，是世俗一般作法，但十郎以「已有盟言，不忍相負。」婉拒了盧太尉的建議。湯顯祖藉著劇情表達她對婚姻與愛情的進步思想，一反門閥觀念的傳統陋習，重視婚姻中男女對愛情的堅心與忠實；外在的功名富貴，金錢財利，都不如人間至情的可貴與重要。《牡丹亭》提出的「情至」思想，已可在霍小玉的「情痴」身上看到劇作思想的演進。

　　小玉潛藏的擔憂，隨著盧太尉的出現，成為真實存在的威脅，「似乎」該來的終於來了。在「淚燭裁詩」齣中，王哨兒奉令來訛傳李益議婚盧府的消

〔註51〕唐王昌齡，〈閨怨〉詩。
〔註52〕唐白居易，〈母別子〉詩。寫男人因立戰功作了將軍，將已生有兒子的妻子休掉，另娶新人，棄婦情甚憤激。
〔註53〕宋柳永，〈晝夜樂〉詞：「洞房記得初相遇，便只合，長相聚。何期小會幽歡，變作離情別緒。況值闌珊春色暮，對滿目，亂花狂絮，直恐好風光，盡隨伊歸去。一場寂寞憑誰訴。算前言，總輕負。早知恁地難拼，悔不當時留住。其奈風流端正外，更別有，繫人心處。一日不思量，也攢眉千度。」寫女子離情別緒，淋漓盡致，細膩動人。

息,面對富貴易妻的薄倖,她只有悲泣,寫詩寄去提醒十郎「見新莫忘故」、「勿學西流水」。在封建門閥的社會裡,小玉的愛情與婚姻,都沒有保障;何況對方是當朝「第一富貴人家」,她想退一步委屈求全:

> 【漁家犯】〔旦〕俺為甚懶腰肢似楊柳線欹斜?暈眉窩似紅蕉心窄狹?有家法拘當得才子天涯,沒朝綱對付的宰相人家。比似你插金花招小姐,做官人自古有偏房正榻。也索是,從大小那些商度,做姐妹大家懂恰。

〔撲燈蛾〕曲唱出心中的哀怨:

> 書生直恁邪,見色心兒那。把他看不上,早則吞他不下也。是風流儒雅,沒禁持做出些些,也則索輕憐輕罵。說他知咱小膽兒,見了士女爭夫怕。

打從兩姓好合成婚開始,小玉便有「士女爭夫」的害怕,何況女子色衰被棄,男子富貴易妻,原是傳統社會中可見的一般現象,霍小玉的悲感來自她對現實的認知。湯顯祖反對封建門閥造成棄婦的不幸,他用劇作宣揚心中的理想;此外,在南京任官時,有一首〈怨婦詩〉,亦可見他對婦女的同情和不滿男子薄倖,此詩可以側見湯顯祖創作《紫釵記》之際,對愛情的態度與想法。全詩如下:

> 行出鳳臺門,遙見一婦人。懷愁須借問,雪泣始言因。
> 本是皋臺女,穿珠遊漢濱。相逢拾翠子,聘以百流銀。
> 阿母結香纓,阿爹持繡輪。江陽萬餘里,飄搖一女身。
> 遊絲亦有高,芙蓉定無深。恃此朝雲色,常懷明月音。
> 何言朱雀桁,別有鳳凰簪。棄妾青樓晚,閉妾重門陰。
> 陽霞珠似粒,陰雨桂如薪。珠花全轉折,侍女罄隨人。
> 寧惜容華變,恆愁芳潔淪。永束青苔恨,去赴綠楊津。
> 繞驚忿鶩躍,瞥見孤鴛沉。江妃倚浪笑,漢女逐風吟。
> 失意已從古,傷心非獨今。無緣拾香骨,持寄薄人心。 〔註54〕

「失意已從古,傷心非獨今」,寫出作者對傳統婦女命運的瞭解,「無緣拾香骨,持寄薄人心」則表達了他的同情與批判。

　　湯顯祖藉著內容多樣繁富的戲曲,反映時代與社會,也表達個人不隨世逐流的理想和希望。封建後期的明代,經濟繁榮與市民階層興起、壯大,帶

〔註54〕〈怨婦詩〉,見《湯顯祖集》詩文集卷十。

來整個社會人生觀、價值觀和道德觀的衝擊，明代可說是一個思想觀念兩極化的矛盾時代，充滿了轉變中的混亂現象。世俗人們追求財、利、勢、色，道德日漸淪喪。湯顯祖以《紫釵記》來反對俗世的價值觀念，在生旦的結合上，沒有世俗的財帛婚姻關係，只有「白玉一雙，文錦十疋」，重要的是雙方真心的愛情。十郎中舉後也沒有易妻另結豪門，他用行動反對世俗的價值觀念。《紫釵記》具有濃厚現實色彩，同時，也表達作者反對封建門閥的積極態度，精神思想是湯劇得以不朽之所在。

四、俠義精神的強調

明人王思任〈批點玉茗堂牡丹亭詞敍〉言：「《紫釵》，俠也。」〔註55〕認為「俠」字是《紫釵記》的「立言神指」。從齣目上看，第二十七齣「女俠輕財」、四十八齣「醉俠閒評」，五十一齣「花前遇俠」，都點出一個「俠」字〔註56〕；再從《紫釵記》的劇情觀察，亦可知「俠」確是劇中主要思想精神之一。

《紫釵記》承自小說，寫了個俠義行事的黃衫豪士，戲曲中他不但使生旦得以再見面，並且改變悲劇為大團圓收場，發揮了扭轉乾坤的大力量，比小說中更具積極之作用。吳梅對《紫釵記》的黃衫客有深入體會，認為他是劇中「主觀的主人」〔註57〕。這是深有見地的論見。代表正義精神的黃衫客剷除了權勢第一的盧太尉，因而扭轉原本無可奈何的現實；黃衫客確是作者理想和希望的化身，是劇中最重要的俠義之士，但並非唯一的俠情角色。《紫釵記》的俠義精神在霍小玉、鮑四娘、崔允明、韋夏卿，乃至老玉工侯景先及崇敬寺酒保等人的身上，都有所流露；即便是作者認為「何足道哉」（〈紫釵記題詞〉）的李益，當他感劉公濟知遇，寫下「感恩知有地，不上望京樓」詩句時，也有若干俠情義氣。可以說在劇中正面人物的身上，或多或少呈現出俠的氣概，王思任為《紫釵記》點出一個「俠」字，誠有精見。

「俠」的精神，尤其表現在人與人間的情義上，十郎離家後，小玉慨然相助崔允明、韋夏卿二位友人的貧窘，說「衣食薪芻，咱家支分」，她不吝錢

〔註55〕著壇刻《清暉閣批點牡丹亭》卷首，錄見毛效同編《湯顯祖研究資料彙編》下冊，頁857。

〔註56〕此依毛晉汲古閣本齣目，至於柳浪館本齣目只題兩字，分別為「女俠」、「醉俠」、「遇俠」，亦點出「俠」字。

〔註57〕見吳梅，《霜厓曲跋》卷二「南柯記」條。

財濟助窮秀才，但求能代傳知十郎消息。「女俠輕財」齣〔尾聲〕曲稱小玉「女俠叢中他可也出的手」，作者顯然是讚美這種疏財之義，尤其是濟助窮困的書生。且看看湯顯祖〈鄲水朱康侯行義記〉一文對俠義行事的觀點：

> 人之大致，惟俠與儒。而人生大患，莫急于有生而無食，尤莫急于有士才而蒙世難。庸庶人視之，曰：「此皆無與吾事也。」天下皆若人之見，則人盡可以餓死而我獨飽，天下才士皆可辱可殺，而我獨頑然以生。推類以盡，天下寧復有兄弟宗黨朋友相拯絕寄妻子之事耶。此俠者之所不欲聞，而亦非儒者之所欲見也。以予所聞，亡友河內太守蘄朱子得之弟康侯有足記者。〔註58〕

推崇「俠」和「儒」，俠儒能為天下有意義事，尤其急才士之難，文中稱美朱康侯以財助人，急友人之難的行義之風；康侯從兄「破千金之產，豪浪結客」亦稱之為「俠」。可知霍小玉本兄弟朋友相助之義，在物質上支持崔、韋二寒士，是符合臨川心中的俠義精神。

在「凍賣玉釵」、「怨撒金錢」齣中，小玉揮灑金錢尋訪愛情所表現的豪舉，不吝錢財，有慨然俠氣。當崔允明抱不平說要「數落」李十郎時，她即將錢奉上為酒資，冀望「若得他心香轉作迴心院，抵多少買賦千金這酒十千」，認為「買斷人間不平事，金錢還自有圓時」；在役使金錢買斷「不平」的行事作風，小玉誠可謂為「女俠」。

劇中稱鮑四娘為「閨中俠」，她也有一股俠氣。第三十八齣「計哨訛傳」，聽王哨兒說十郎「敢招贅在盧家了」，她滿懷不平便罵：「秀才無賴，死去也不著骸。越樣風流賽，真個難猜，不道將人害。」又說「他歸來時，待扭碎花枝打。」憤激之情，溢於言表。「醉俠閒評」齣，崇敬寺酒保為黃衫客介紹四娘時，稱她為「雌豪」：

> 這京兆府前，有個鮑四娘，揮金養客，韜玉抬身。如常富貴，不能得其歡心；越樣風流，纏足回其美盼。可不是雌豪也？

黃衫客亦久聞她有「女中俠氣」，稱其「閨中俠，錦陣豪」。四娘的俠情義氣，表現在她為李益薄倖的氣憤不平上，表現在她古道熱腸的支持、照顧與同情小玉上，她把小玉病重不起的消息告訴了黃衫客，責怪十郎說：「再休提薄倖，咱為他煩惱。」為人煩惱，仗義執言，在四娘身上顯見俠義不平的精神。

〔註58〕《湯顯祖集》詩文集卷三十四。

　　《紫釵記》中數言「不平」，可見作者有意於此。黃衫客聽了酒保轉述崔允明、韋夏卿商量小玉之事，便說「原來有此不平之事」，再聽四娘說小玉傷春病重，更道：「世間怎有這不平之事！」當知小玉已爲十郎耗盡家貲，他恨惱淚下「倩盈盈衫袖，灑酒臨風，決住這英雄淚落」，和四娘分手後，便決定仗義相救：

　　〔豪弔場〕冷眼便爲無用物，熱心常爲不平人。花前側看千金笑，醉後平消萬古嗔。俺看李十郎這負心人，爲盧府所劫，使前妻小玉一寒至此。此乃人間第一不平事也，俺不拔刀相救，枉爲一世英雄！

俠義不平的精神，爲湯顯祖所肯定與推崇，可惜「天下多有不平事，世上難遇有心人」（「節鎮宣恩」齣語），他看到周遭許多令人不平事，但如黃衫客仗義的有心俠士誠爲難遇，劇曲中簡短兩句話，其實正是作者心中深沈的嘆息。在他所處的時代，俠士也難以有爲，深爲湯顯祖敬重的達觀和尚，即對世事有積極熱腸，曾說「我當斷髮時，已如斷頭。第求有威智人可與言天下事者。」〔註59〕他早已置個人生死於度外，最後死於獄中。湯顯祖感嘆：「達觀以俠故，不可以竟行於世。」又言：「若吾豫章之劍，能干斗柄，成蛟龍，終不能已世之亂。」〔註60〕湯顯祖對時代的感嘆和無奈，是文章中經常流露出的心情。尤其在萬曆十九年上〈論輔臣科臣疏〉後，更覺心灰意冷，〈答張起潛先生〉書云：「睹時事，上疏一通，或曰上震怒甚，今待罪三月不下。弟子不精不神，蓋可知矣。」〔註61〕《紫釵記》中力能扭轉局勢的黃衫客，代表湯顯祖的理想與渴望，只是現實中卻難以遇到這等美事。當人們自身無力擺脫黑暗勢力壓迫的時候，往往把得救的希望寄托在非現實，甚至帶有某種神秘色彩的外在力量上；俠士解決問題的非凡能力，正是創作者心中理想的寄託。唐傳奇〈無雙傳〉的古押衙，〈柳氏傳〉的許俊，〈崑崙奴〉的摩勒，乃至元雜劇中代表正義清官的包龍圖，都是創作者理想的化身。

　　俠義不平的精神，普遍存在於《紫釵記》中正面角色的身上，如「玉工傷感」齣侯景先對李益的「罵曲」及同情小玉而問道：「李益參軍怎生發付那前妻？」他代替浣紗去賣玉釵，「提起賣釵情事淚痕淹，略效驅勞半點」，老玉工具有打抱不平，熱心助人的俠義精神。「婉拒強婚」齣韋夏卿不滿十郎對

〔註59〕《湯顯祖集》詩文集卷二十九〈滕趙仲一生祠記序〉。
〔註60〕《湯顯祖集》詩文集卷三十一〈李超無問劍集序〉。
〔註61〕《湯顯祖集》詩文集卷四十四。

盧府婚事的模糊言語，說「我且在此評跋他一番」，表現出他為痴心女子抱不平。「怨撒金錢」齣崔允明聽說十郎要盧府成親，也決定若遇著時要「數落你一番」，後來他和韋夏卿在酒館內商量李十郎事，又說要「攢眙得他慌，不由不回頭也」，「盡你我一點心也」；雖然崔、韋二友貧窮無力，但打從生旦成親時，他二人便代十郎去張羅人馬，如今又「熱心腸，替煩惱」，可說是有義氣的朋友。即便是間接得知小玉遭遇的崇敬寺前酒保，也流露為小玉仗義不平的情感，潸然淚下道：「說起那前妻，好不悽惶人也！」這些不平，匯集成《紫釵記》的俠情義氣，而由黃衫客作具體突出的象徵與代表。

〈霍小玉傳〉有云：「風流之士，共感玉之多情；豪俠之倫，皆怒生之薄行。」湯顯祖有取於此，藉著劇中人物搬演來凸顯小說之旨，且刻意強調出俠義不平的精神。鄒迪光〈臨川湯先生傳〉記載：

> 公又喜任達，急人之難甚於己。人有困鬥，昏夜叩門戶而請。即有
> 弗逮，必旁宛助之。不以貧無力解。人謂公迂。公曰：「施濟不系富
> 有力，必富有力，安所得信義之士乎？」〔註62〕

臨川有急人之難的義氣，《紫釵記》所呈現俠義不平的精神，和作者的人格精神是一致的。崔允明、韋夏卿可說是「施濟不系富有力」的「信義之士」，但惡劣的現實則仍有待非現實的黃衫俠士來解決。從湯顯祖詩文所表露的人格思想，可更深刻體會其戲曲深意。

五、書生窮酸的凸顯

《紫釵記》對書生窮酸的現實，有刻意著墨，在嘲弄中隱含作者的同情，這是小說中所沒有，也是前劇《紫簫記》所未見。

錢財一事，在《紫釵記》頗為突出，劇中不同人物與錢財產生不同的關係，人生如同舞台，對錢財的價值看法亦因人而異，撰寫此劇時，作者顯然對世俗錢財深有感觸。苦哈哈的窮書生，為生活「終日奔波覓錢」；痴情女子為愛情「怨撒金錢」，權勢人家聚斂財物，出家人訛騙金錢，俠客豪士不吝出錢出力，周全好事。戲曲多角度地反映了俗世人情，當然也在主角人物的身上，看到作者超越物質的精神追求。

身為讀書人，湯顯祖對明代士人貧寒困窘的情況，有不滿，也有同情，《紫釵記》中他以嘲諷的文筆，寫出這種社會現實。士人困窘和社會經濟的變動

〔註62〕《湯顯祖集》附錄。

有關，由於商品經濟興起，市民階層抬頭，封建後期的明代，「士」已不再是四民之首。王陽明爲商人方麟（節庵）所寫的一篇墓表，便肯定士農工商四業，提出「古者四民異業而同道」，並指出當時的「士」好「利」尤過於商賈，不過異其「名」而已；王陽明以儒學宗師的身份對商人給予明確的肯定，不能不說是儒家倫理史上的一件大事。商人地位的抬頭也代表士人地位的漸低落，其實明清以來，也漸走向「四民不分」的社會現象〔註63〕。由於社會結構的改變，讀書人的地位大不如往昔「萬般皆下品，唯有讀書高」的時代。第九齣「得鮑成言」李十郎說：「近新來時勢把書生瞥」，第三十二齣「計局收才」韋夏卿也說：「怎知的千金賦今人不買？枉了筆生災，題〈鸚鵡〉教誰喝采？」讀書人不受重視的慨嘆盡在字裡行間，瞭解作者所處的時代與社會，便更明白簡短曲文中所傳達的深沈嘆息。第二齣「春日言懷」，韋夏卿稱李益「你內材兒抵直的〈錢神論〉」，把人才與錢財對舉，只可惜「千金賦今人不買」，讀書人並不被看重。錢財代表最現實的物品，《紫釵記》多角度地關涉「錢」事，劇中並兩度提及「錢神」，而「錢」是面對生活現實所不可避免的課題；因此《紫釵記》的現實色彩也較爲濃重。

〈錢神論〉是西晉魯褒的作品，爲流傳至今最早的專門描寫金錢的作品，此文《晉書》卷九十四〈魯褒傳〉，《全晉文》卷一一三，《太平御覽》卷八三六均有節錄，但皆非全文。《晉書》言魯褒「字元道，南陽人也。好學多聞，以貧素自立。元康之後，綱紀大壞，褒傷時之貪鄙，乃隱姓名，而著〈錢神論〉以刺之。」爲諷刺世俗貪鄙風氣而作。文中假設一拜金的司空公子，盛讚錢爲「神物」，他說「錢之所在，危可使安，死可使活；錢之所去，貴可使賤，生可使殺。是故忿諍辯訟，非錢不勝；孤弱幽滯，非錢不拔；怨愁嫌恨，非錢不解；令問笑談，非錢不發」，認爲金錢萬能，甚至提出「天有所短，錢有所長」，「死生無命，富貴在錢」的說法。《紫釵記》第二次提及「錢神」，是在「怨撒金錢」齣，小玉把賣釵得來的錢亂撒，罵道：「你沒耳的錢神聽俺言：正道錢無眼，我爲他疊盡同心把淚滴穿，覷不上青苔面。」俗諺說「錢無耳」，霍小玉激憤之下更認爲錢神無耳又無眼，湯顯祖總是不落陳套的。魯褒的〈錢神論〉也記載「諺云錢無耳可闇使，豈虛也哉；又曰有錢可使鬼，而況于人乎！」「錢無耳」正是一句通行諺語。

〔註63〕清人沈垚（1798～1804）在〈費席山先生七十雙壽序〉中描述宋元以後商人地位的變化，有「古者四民分，後世四民不分」之說。

明代讀書人特別艱苦，仕途不易，舉業難售。名雜劇家徐渭（1521～1593）自幼雖有神童之名，卻八次落第，終生未能考上舉人，一生貧病潦倒；萬曆首輔張居正的父親七舉不第，湯顯祖亦有四次落第經驗，舉業困難的原因很複雜，除科舉不公外，人口大增，但錄取名額沒有相對增加，亦是科考困難之一因素。縱使中舉任官，明代官俸又最爲微薄，也常使官吏生活陷入困窘。現實生活的因素，使讀書人的社會地位受到影響，「近新來時勢把書生瞥」的曲文，正符合於時代現實。

唐傳奇〈霍小玉傳〉記載「有明經崔允明者，生之中表弟也……玉常以薪芻衣服，資給於崔。」《紫釵記》對明代士人貧困的現實，深有所感，在十郎及好友崔允明、韋夏卿身上，大力強調他們的窮酸景況。前一劇《紫簫記》也寫了十郎的三個好友：花卿、石雄和尚子毗，但未有貧困之說，乃強調三友各自有不同的人生追求，懷抱不同的人生理想。可見，臨川踏入仕途後創作的《紫釵記》，具有更濃厚的現實色彩。

「得鮑成言」齣，鮑四娘說十郎「寒酸」，成親之日要他「金鞍駿馬，著几個伴當去」，偏十郎是「出入惟驢」，於是崔、韋二友代他去向長安豪家借人馬。「僕馬臨門」齣有一段家僮秋鴻和豪家人馬的科諢對白，笑罵嘲諷中，凸顯十郎的貧困：

〔秋鴻〕昨日相公轉託韋崔借人借馬，榮耀成親，分付到時好生安頓。可知道哩？奴要白飯，馬要青芻，都不備一些子，叫俺管頓，好不頹氣也！且看門外如何？〔雜豪家翦髮胡奴一人牽馬一匹上〕白面兒郎宜俊馬，洞簫才子借翦奴。昨有韋崔二先生借俺豪家人馬，與個隴西李十郎往那家去。這是他寓所，高叫一聲。〔鴻〕好，好，人馬一齊到。馬少一匹。〔雜〕因何？〔鴻〕俺家十郎配那家主兒，俺也同這吉日，配上那家一個俊不了的穿房，因此多要一匹。〔雜〕好命也！纏脫了人騎，就要騎馬，早哩。〔鴻〕也罷。看你馬，馬去得，再看人。〔笑介〕原來你前身是馬。〔雜〕怎見得？〔鴻〕馬翦駿，人也翦駿；馬老子黑，你們臉通黑，知馬是你前身。〔雜惱介〕呀！

你家借馬借人，白飯青芻不見些兒，倒來罵俺，好打這廝！〔打介〕

人馬是借來了，可是竟連供食白飯青芻都成問題，困窘之甚，在科諢中誇張地顯現。再配合典籍來看，謝肇淛《五雜組》卷十四有記載：

國朝進士皆步行，後稍騎驢。至弘、正間，有二三人共僱馬者，其

後遂皆乘馬。余以萬曆壬辰登第，其時郎署及諸進士皆騎也，遇大
風雨時，間有乘輿者。

可見在萬曆二十年（壬辰）的社會風氣是騎馬的，劇中李益「出入惟驢」，正
凸顯其寒酸貧困。

「花朝合卺」齣也在婚禮進行的科諢中暗含嘲弄：

〔鮑諢介〕好個豪家婆也。〔賓〕禮畢，新郎新人就位，人從叩頭。〔秋
鴻胡奴見介〕〔鴻〕的的親親的小秋鴻叩頭。〔老〕那些人從都是李
家麼。〔鴻〕不是李家是桃家。〔老〕那個桃家？〔雜〕豪家。〔老〕
那個豪家？〔雜〕李家做了豪家。〔老〕好好，原來李郎豪家子也。
馬可是李家？〔鴻〕不是李家是桃家。〔老〕怎生又是桃家馬？〔生〕
不是桃家馬，是桃花馬。〔老〕李郎，好一個桃之夭夭。浣紗，請這
賓相一班騎從別館筵宴。

再三把貧寒的李益說成「豪家」，正充滿辛辣的反諷〔註64〕，人馬其實均是從
豪家借來充場面而已。十郎成親後，對書生窮酸的嘲諷便集中寫在崔、韋身
上，崔允明言：「君虞，三人中你到有了鳳凰巢，俺二人居然窮鳥，不論麼家
麼室，兼之無食無衣，如何活計？」竟困厄到衣食不繼。後來小玉濟助二人，
浣紗則說：「兩個窮酸，貼他怎的？」語帶輕鄙；終日為生活奔波覓錢的書生，
顯得如此可憐、輕微。

第四十八齣「醉俠閒評」崔、韋二友在崇敬寺前商量十郎事，又見一段
對窮酸的嘲弄文字：

〔豪笑目送二生云〕何處擺出兩個大酸徠。〔從〕這兩個秀才好生眼
熟，似三年前一個借鞍馬的韋先兒，一個求俊僮的崔先兒。〔豪〕借
人馬何用？〔從〕李十郎就親霍府，借去風光也。〔豪問保〕兩個酸
徠到此許久？〔保〕好一會了。〔豪覷殘殽笑介〕這盤中何所有？〔保〕
是五香豆豉。〔豪〕那盤中？〔保〕十樣錦豆腐。〔豪作笑介〕這狗
才，幾縷兒豆腐皮，作出這十樣錦去哄弄那窮酸，可憐人也！兩個
消了你幾大瓶酒？〔保〕每人倒了一瓶。〔豪看壺介〕呀，是夾鐵壺，
人不上五六小盃，有甚商量，消停許久？

〔註64〕D. C. Muecke 著，顏銀淵譯《反諷》云：「當一個人所看到的表面情況與真實
情況相反，而他又懵然無知時，我們稱之為戲劇性的反諷。」黎明文化事業
公司出版，民國 70 年 12 月再版，頁 96。

「保」指酒保，對話中每稱「酸徠」、「窮酸」，在酒食的寒儉上見書生可憐的窮困樣，透過語言諷刺，刻意凸顯出來。「花前遇俠」齣李十郎和二友在崇敬寺碰頭，黃衫客尾隨其後，他說：「兩三個細酸徠在茲，消受些喫一看二拿三說四。」再次嘲弄書生的窮酸困境。

《紫釵記》刻意諷刺書生窮酸的現實，這是作者對現實不滿的反映。他自己遭貧受困，鄒迪光〈臨川湯先生傳〉云：「公與予約遊具區、靈巖、虎丘諸山川，而不能辦三月糧，逡巡中輟。然不自言貧，人亦不盡知公貧。公非自信其心者耶。予雖爲之執鞭，所忻慕焉。」仕途中的湯顯祖是貧困的，萬曆二十八年他哀痛長子去世的〈重得亡蘧訃二十二絕〉便有「從來亢壯少情親，宦不成遊家累貧」的述說，選擇南都任官，便有經濟考慮在其中〔註65〕；任官貧，去官更貧，他曾說：「棄官一年，便有速貧之嘆」，「讀書人治生，終不可得饒。世路良難，吏道殊迫。」〔註66〕指出讀書人「治生」的困難，重視「治生」是明清社會的一個新變化，獨立的經濟生活能力常關係著獨立的人格。湯開遠說其父「食貧二十餘季」〔註67〕，讀書人的貧困是明代的通象，非獨湯顯祖一人，〈答平昌孝廉〉云：「諸君貧而病，令尹病而貧。山水寥寥，愛莫能助。」〔註68〕這是他遂昌任上的情況。〈與門人劉大甫〉書有云：「貧者士之常，措大亦別無逐貧法也。」〔註69〕〈與朱以功〉亦云：

> 天下非水則旱，而儒之貧者尤苦，儒之眞者猶若，則門下是也。北
> 門賢者，固不諱窮，獨如世道何？〔註70〕

世道艱難，儒士貧困，是湯顯祖面臨的時代世局，無可奈何的嘆息常在文章中流露。

此外，朋友的貧困也令他喟然，如言周宗鎬「老而飢」〔註71〕，王子聲「窮愁」〔註72〕，黃棟「孤貧」〔註73〕等。〈與李九我宗伯〉書云：

〔註65〕見〈與司吏部〉，《湯顯祖集》詩文集卷四十四。
〔註66〕見〈答山陰王遂東〉，《湯顯祖集》詩文集卷四十六。
〔註67〕湯開遠，〈玉茗堂尺牘序〉，收於毛效同編《湯顯祖研究資料彙編》上冊，頁357。
〔註68〕《湯顯祖集》詩文集卷四十五。
〔註69〕《湯顯祖集》詩文集卷四十八。
〔註70〕《湯顯祖集》詩文集卷四十七。
〔註71〕見〈周青萊家譜序〉，《湯顯祖集》詩文集卷二十九。
〔註72〕見〈王生借山齋詩帙序〉，《湯顯祖集》詩文集卷三十二。
〔註73〕見〈哀黃生賦〉，《湯顯祖集》詩文集卷二十二。

從京師來者，言丈蔬食敝衣。或以丈爲貧，或以丈爲偏。夫世人何足與言眞偽也。馬心易作縣，食嘗不飽；趙仲一爲銓部歸來，幾爲索債人所斃。貧而仕，仕遂不貧耶！古人云：「匈奴未滅，何以家爲。」此時亦非吾輩作家時也。惟丈有以自礪。〔註74〕

趙仲一名邦清，湯顯祖曾拿漢代范滂與之相比〔註75〕，治滕縣有功於民。由馬心易、趙仲一的遭遇可見到仕宦之貧困。〈與門人許伯厚〉書也提到：「馬心易仕至爲郎，而飯常不足，世道又復何言！」〔註76〕明代官俸最薄，而且科名難求，於是不少士人棄學經商。翻檢明代官私纂述及地方史乘的人物傳，因家貧而棄學就賈的例子很多。江西吉水人周憲有「使予而儒，母氏劬劬；使予而商，身劬母康，吾何擇哉！」之說〔註77〕，爲了家計生活拋棄儒業，這種現象在明代小說中也屢見不鮮，小說正反映了時代景況。不論仕宦與否，明代讀書人的貧困是湯顯祖深有感受的事，而其家鄉江西人民勤儉，據陸容《菽園雜記》卷三有這樣記載：

江西民俗勤儉，每事各有節制之法，然亦各有一名，如喫飯先一碗不許喫菜，第二碗纔以菜助之，名曰「齋打底」。饌品好買豬雜臟，名曰「狗靜坐」，以其無骨可遺也。勸酒果品以木雕刻彩色飾之中，惟時果一品可食，名曰「子孫果盒」。獻神牲品賃於食店，獻畢還之，名曰「人沒分」。節儉至此，可謂極矣。學生讀書人各獨坐一木榻，不許設長凳，恐其睡也，名曰「沒得睡」，此法可取。

如此節制生活，其地之貧困亦可知也。在《紫釵記》中他重複使用「寒酸」的字眼來形容貧士，嘲弄的語句中，夾雜著作者的辛酸與同情。

第三節　關目情節

明代中葉曲家，對戲曲的關目情節已漸多討論，如呂天成的《曲品》，徐復祚的《曲論》、凌濛初的《譚曲雜箚》，祁彪佳的遠山堂《曲品》、《劇品》等，都可看見對戲曲關目結構的論見。萬曆年間曲家王驥德論述戲曲創作的結構，有如是說：

〔註74〕《湯顯祖集》詩文集卷四十六。
〔註75〕見〈壽趙仲一母太夫人八十二歲序〉，《湯顯祖集》詩文集卷二十八。
〔註76〕《湯顯祖集》詩文集卷四十六。
〔註77〕羅洪先，《念庵羅先生文集》卷十六〈董岑周君松岡墓志銘〉。

作曲，猶造宮室者然。工師之作室也，必先定規式，自前門而廳、而堂、而樓，或三進、或五進、或七進，又自兩廂而及軒寮，以至廩庾、庖湢、藩垣、苑榭之類，前後、左右，高低、遠近，尺寸無不了然胸中，而後可施斤斲。作曲者，亦必先分段數，以何意起，何意接，何意作中段敷衍，何意作後段收煞，整整在目，而後可施結撰。〔註78〕

王氏以工師築室爲比喻，說明布局架構的重要性。凌濛初《譚曲雜箚》也說：「戲曲搭架，亦是要事，不妥則全傳可憎矣。」〔註79〕認爲關目情節安排的妥當與否，與劇作成敗有密切關係。

　　李漁《閒情偶寄》論戲曲結構一事，顯然受到王驥德的啟發影響，他說：

至於「結構」二字，則在引商刻羽之先，拈韻抽毫之始，如造物之賦形，當其精血初凝，胞胎未就，先爲制定全形，使點血而具五官百骸之勢。倘先無成局，而由頂及踵，逐段滋生，則人之一身，當有無數段續之痕，而血氣爲之中阻矣。工師之建宅亦然，基址初平，間架未立，先籌何處建廳，何方開戶，棟需何木，梁用何材，必俟成局了然，始可揮斤運斧。倘造成一架，而後再籌一架，則便於前者，不便於後，勢必改而就之，未成先毀，猶之築舍道旁，兼數宅之匠資，不足供一廳一堂之用矣。故作傳奇者，不宜卒急拈毫。袖手於前，始能疾書於後。有奇事，方有奇文。未有命題不佳，而能出其錦心、揚爲繡口者也。嘗讀時髦所撰，惜其滲澹經營，用心良苦，而不得被管絃、副優孟者，非審音協律之難，而結構全部規模之未善也。〔註80〕

認爲劇作家在落筆之前，要有全劇的整體構思；李漁論曲，把「結構」置於第一，可見其重視程度。就戲劇創作的關目布置而言，《紫釵記》有較明確的「主腦」，「頭緒」也比《紫簫記》減少；由於主題思想的凸顯，使《紫釵記》具有濃厚現實色彩。沈際飛獨深居本〈題紫釵記〉便說：

《紫釵》之能，在筆不在舌，在實不在虛，在渾成不在變化。以筆

〔註78〕王驥德，《曲律》卷三〈論章法〉。
〔註79〕凌濛初，《譚曲雜箚》，見《中國古典戲曲論著集成》第四冊，頁258。
〔註80〕李漁，《閒情偶寄》〈結構第一〉，長安出版社，頁6。

為舌，以實為虛，以渾成為變化，非臨川之不欲與於斯也；而《紫釵》則否。〔註81〕

沈氏指出《紫釵記》的特點在「有筆、有實、有渾成」，此劇表現的精神乃「在實不在虛」。

一、柳浪館對《紫釵記》關目的批評

《柳浪館批評玉茗堂紫釵記》，今收入《全明傳奇》中；柳浪館為袁宏道中郎所居，此評本究為其別署，抑為他人托名，仍未有定論。柳浪館本對《紫釵記》的關目有較多批評，故論之。其〈紫釵記總評〉全文如下：

一部《紫釵》都無關目，實實填詞，呆呆度曲，有何波瀾？有何趣味？臨川判《紫簫》云：「此案頭之書，非台上之曲。」余謂《紫釵》猶然案頭之書也，可為台上之曲乎？傳奇自有曲白介諢，《紫釵》止有曲耳，白殊可厭也；諢間有之，不能開人笑口；若所謂介，作者尚未夢見在，可恨可恨！凡樂府家，詞是肉，介是筋骨，白諢是顏色。如《紫釵》者，第有肉耳，如何轉動？卻不是一塊肉屍而何？此詞家所大忌也，不意臨川乃亦犯此。

元之大家，必胸中先具一大結構，玲玲瓏瓏，變變化化，然後下筆，方得一齣變幻一齣，令觀者不可端倪，乃為作手。今《紫釵》亦有此乎？

或曰：「子謂《紫釵》有曲白而無介諢，大非元人妙技。向嘗見董解元《西廂》，亦有曲白而無介諢者也，此又何說？」曰：「臨川序中已言之矣，是案頭之書，非台上之曲也；雖然，亦不可概論。如董解元《西廂》，姿態橫生，風情迭出，試檢《紫釵》，亦復有此否？不過詩詞富麗，俗眼遂為其所瞞耳。曾讀過江曲子，知辨臨川與董解元天淵處也。」

此外，其各齣之評語有涉及關目情節者，列述如下：

第 一 齣　本傳　此本傳奇，絕無變化，最為悶人。

第 七 齣　托鮑　都無關目，讀之最欺人意。

第 八 齣　議允　如此容易，那裡是好事多磨。

〔註81〕沈際飛題，《獨深居本紫釵記》，見《湯顯祖研究資料彙編》下冊，頁790。

第十一齣	妝臺	絕無波瀾，反爲可厭。
第十二齣	僕馬	略無盧宕之致，可厭可厭。
第十三齣	合巹	有曲白而無關目，讀之最爲可厭。
第十六齣	盟香	曲白介俱無恣態，何筆端拘局一至此也，讀之殊 爲悶人。
第十九齣	登壇	敘置得沒趣。
第卅九齣	裁詩	絕少關目，可厭可厭。
第四五齣	傷感	絕無關目，直逐可恨。
第五十齣	玩釵	絕無宛轉，好似一個直頭布袋。

柳浪館本每齣之下未標齣目，卷首目錄則俱作二字標目，此不同於毛晉汲古閣本。

　　前述評語中所舉「無變化」、「悶人」、「可厭」、「無波瀾」、「無恣態」、「沒趣」、「無宛轉」等，乃針對情節不能生動引人，「筆端拘局」所發表的批評。平心而論，《紫釵記》在關目情節的安排處理上，確有柳浪館評語所指陳的缺失；甚且，有些還不如《紫簫記》來得生動有情趣。何以如此？究其原因或有二：一則《紫釵記》創作時以合於原傳小說爲本，二則《紫釵記》爲《紫簫記》改作之本，爲顧存曲文，「曲多而劇情反不得要領」〔註82〕；有這兩層牽絆，造成《紫釵記》在關目情節上的細密不足，顯得疏略。然而，柳浪館對關目的批評，較多集中在前段戲，《紫釵記》在加入反派角色盧太尉後，劇情便因衝突而曲折多變化，關目情節也令人有倒吃甘蔗之感。

二、劇情發展分析

第 一 齣	本傳開宗	略述全劇概要
第 二 齣	春日言懷	李益與崔允明、韋夏卿飲酒抒懷，有求偶之 意。
第 三 齣	插釵新賞	鄭六娘與小玉，母女遊春。侯景先送來紫玉 釵，得酬賞萬金。
第 四 齣	謁鮑述嬌	李益託鮑四娘求佳偶，鮑擬爲之攝合小玉。
第 五 齣	許放觀燈	京兆尹宣旨，上元節可通宵遊賞。

〔註82〕王季烈，《螾廬曲談》卷二〈論作曲〉：「《紫釵》排場最不妥洽，蓋《紫釵》爲《紫簫》之改本，若士祇顧存其曲文，遂至雜糅重疊，曲多而劇情反不得要領。」商務印書館，頁32。

第 六 齣　　墮釵燈影　　眾人往觀燈，黃衫客亦在其中。小玉墮釵爲
　　　　　　　　　　　　李益拾得，二人初見面，互有情意。

第 七 齣　　託鮑謀釵　　四娘來訪，李益持紫玉釵託其爲媒。

第 八 齣　　佳期議允　　四娘往霍府議婚，六娘問知小玉意願乃允
　　　　　　　　　　　　婚。

第 九 齣　　得鮑成言　　李益得喜訊，準備就婚。

第 十 齣　　回求僕馬　　李益託崔、韋二友代借僕馬。

第十一齣　　妝臺巧絮　　四娘來教小玉新婚夜事。

第十二齣　　僕馬臨門　　李益所借豪家僕馬到來。

第十三齣　　花朝合巹　　李益往霍府與小玉成親。

第十四齣　　狂朋試喜　　崔、韋二友來賀婚，並勉李益求取功名。

第十五齣　　權夸選士　　盧太尉令中式士子須往參謁，擬選高才爲
　　　　　　　　　　　　婿。

第十六齣　　花院盟香　　李益與小玉遊園，秋鴻來報開場選士事。益
　　　　　　　　　　　　寫誓盟以安小玉憂心。

第十七齣　　春闈赴洛　　李益赴洛應試，與小玉相別。

第十八齣　　黃堂言餞　　京兆府尹送別李益。

第十九齣　　節鎮登壇　　關西節鎮劉公濟上表請派新科翰林爲參軍。

第二十齣　　春愁望捷　　小玉思盼佳音。

第廿一齣　　杏苑題名　　李益狀元及第。

第廿二齣　　權嗔計貶　　盧太尉恨李益未來拜謁，於是表薦他往玉門
　　　　　　　　　　　　關外參軍。

第廿三齣　　榮歸燕喜　　李益衣錦還鄉，隨即得報赴邊關參軍事。

第廿四齣　　門楣絮別　　李益將赴邊，眾人送行。

第廿五齣　　折柳陽關　　小玉送至灞橋，二人揮淚而別。

第廿六齣　　隴上題詩　　李益在途中滿懷思鄉情。

第廿七齣　　女俠輕財　　小玉託崔、韋二友轉傳李益消息，並助濟二
　　　　　　　　　　　　人生活之衣食薪芻。

第廿八齣　　雄番竊霸　　吐蕃擬騷擾大小河西國。

第廿九齣　　高宴飛書　　李益參劉公濟軍事，獻計作檄以服大小河西
　　　　　　　　　　　　國。

第三十齣	河西款檄	大小河西國降服於大唐，吐蕃怒而搶殺。
第卅一齣	吹臺避暑	李益與劉公濟飲酒嚐瓜，感而吟不上望京樓詩。
第卅二齣	計局收才	劉公濟奉召還朝，盧太尉奏李益改參孟門軍事，在己帳下。
第卅三齣	巧夕驚秋	七夕乞巧，小玉思夫。
第卅四齣	邊愁寫意	李益將邊愁畫於屏風上，託王哨兒寄回家。
第卅五齣	節鎮還朝	劉公濟還朝，邊將送行。
第卅六齣	淚展銀屏	小玉收到李益手繪屏風，三年乃此一信。
第卅七齣	移參孟門	李益移參盧太尉軍事，盧勸其富貴易妻。
第卅八齣	計哨訛傳	王哨兒訛傳李益招贅消息給鮑四娘。
第卅九齣	淚燭裁詩	小玉聞李益議親盧府，將傷懷寄詩一首，託王哨兒帶去。
第四十齣	開箋泣玉	李益見小玉詩意蹺蹊，責備王哨兒胡言。
第四一齣	延媒勸贅	太尉命韋夏卿往勸李益。
第四二齣	婉拒強婚	韋和堂候官同來勸婚，要李益從權機變，再取次支吾脫綻。
第四三齣	緩婚收翠	太尉聞堂候官言李益不敢推辭，準備收買好玉以備婚事。
第四四齣	凍賣珠釵	小玉典賣家物以為尋訪李益消息之費用，最後紫玉釵亦出售。
第四五齣	玉工傷感	老玉工感傷小玉遭遇，代浣紗去賣釵，竟售予盧府。
第四六齣	哭收釵燕	盧太尉安排鮑三娘以玉釵欺騙，謂小玉改嫁，李益傷痛收釵。
第四七齣	怨撒金錢	小玉知玉釵賣往盧府，怨撒賣釵所得金錢，崔允明擬設法見李益。
第四八齣	醉俠閒評	黃衫豪客在酒館聞知小玉事，欲拔刀相助。
第四九齣	曉窗圓夢	小玉臥病中，夢黃衣人遞與鞋兒，鮑四娘言為吉兆。
第五十齣	玩釵疑歎	李益持釵疑歎；酒保代崔韋二人設計邀其明

　　　　　　　　　日賞花。

第五一齣　　花前遇俠　　益應邀賞花，爲黃衫客半邀半挾，行近霍府。

第五二齣　　劍合釵圓　　夫妻團圓，誤會冰釋。

第五三齣　　節鎮宣恩　　聖旨封誥李益等人節義，削去盧太尉官職。

《紫釵記》五十三齣的情節，可分爲五個段落，自第一齣「本傳開宗」至第十三齣「花朝合巹」爲第一段，演李益及小玉由初識到結合。主要人物在前四齣均一一登場，這是符合於傳奇體製，關係劇情重大的物件紫玉釵，也已在第三齣引出，黃衫客則在第六齣露面，並在借馬一事上述及之，預留伏筆，頗爲神秘。本段情節緊湊，賓白、曲文都較《紫簫記》簡省，因此就生旦婚事的發展過程而言，活潑氣氛便較前劇不如。

　　第十四齣「狂朋試喜」到第二十三齣「榮歸燕喜」爲第二段，演李益赴試中舉事。盧太尉、劉公濟的出現，使劇情複雜化，暗潮洶湧，有許多潛伏的危機暗藏其中；場面也不像前段的平緩文靜。在李益中舉的喜事下，暗含他觸怒權貴的危機，一明一暗，一喜一憂，再加上霍小玉有被拋棄的憂慮；全段主線雖是十郎中舉的喜，但副線的第十五、十九、二十二齣又暗示波折即將來臨，這一段戲是喜中有悲。「榮歸燕喜」是衣錦還鄉的喜事高潮，卻又旋即得往邊關消息，爲喜劇氣氛添上一層陰影。

　　第二十四齣「門楣絮別」到第三十七齣「移參孟門」爲第三段，演李益赴邊與小玉別後相思爲主。「雄番竊霸」、「河西款檄」有吐番及大小回國人物登場，粗細雜陳，舞台上較前熱鬧，氣氛也有剛柔相濟的變化效果。前段的暗潮已在此段開始搬上場面，盧太尉設陷李益，方跨出第一步。此段「折柳陽關」的送別場面，是《紫釵記》最常上演的折子戲。「門楣絮別」、「折柳陽關」、「隴上題詩」、「巧夕驚秋」、「邊愁寫意」、「淚展銀屏」都表現濃重的離情別思，是此段情節之主線，也是愛情主題的強化。

　　第三十八齣「計哨訛傳」到第四十七齣「怨撒金錢」爲第四段，演生旦愛情受到盧太尉威逼、設計的破壞；由於衝突升高，戲劇性也增強，高潮迭起，全無冷場。「淚燭裁詩」、「開箋泣玉」、「凍賣珠釵」、「怨撒金錢」等齣霍小玉感情愈見深化；「哭收釵燕」齣李益也有深刻的痴心。衝突與深化，使這段戲情節繁富疑重而又憾人心弦，劇情被逐步推上最高潮，是愛情主題的深化。

　　第四十八齣「醉俠閒評」到第五十三齣「節鎮宣恩」爲第五段，寫黃衫

豪士扭轉全局，劇情驟轉直下，由悲入喜，終於封誥團圓，是愛情主題的完成。小玉起死回生，夫婦重諧，善惡公理終在聖旨下得到申張；結局雖落俗套，卻永遠是最快人心，最受觀眾歡迎的收場。

　　綜合前述五段情節，可知其「主腦」明確，全部情節均關涉愛情主題的完成，由愛情的開始、發展、深化到完成，是劇作的主線，其餘參軍邊塞、盧府招贅等副線風波，都環繞主題而來。雖然劇作情節大體以原傳小說爲本，但增加的戲劇衝突及愛情的開始與收結，均有若干增變，論述於後。

三、情節與小說相近似處

　　《紫釵記》就李益和霍小玉二人的愛情而言，除外加進來的觀燈拾釵、佳期議允等情節外，大致以原傳小說爲本；主要不同者有三：一爲霍小玉身分爲王女，非如小說的「妾本倡家」。二爲李益奉母命另娶盧氏女的情節改爲盧太尉意圖屈服才子，設計招贅等事端風波。三爲小玉夢黃衫客使之「脫鞋」事，改爲「分明遞與，一輛小鞋兒」；結局也由小說的化爲厲鬼冥報，改爲小玉起死回生的團圓收場。

　　《曲海總目提要》言《紫釵記》：「明湯顯祖作。傳奇中始末皆本唐蔣防所撰〈霍小玉傳〉。但傳奇至李益與霍小玉重逢而止，以劍合、釵圓、節鎮、宣恩作收場，益就婚盧氏事不及也。」〔註83〕焦循《劇說》也說：「《紫釵記》猶與傳合，其不合者止復甦一段耳，然猶存其意。」〔註84〕均指出《紫釵記》的創作以合於小說原傳爲本。情節相同處，賓白甚至是照著小說原文搬移過來。試將其文字之相近似者列表如下：

齣數	齣目	紫釵記	霍小玉傳	備註
四	謁鮑述嬌	（鮑）自家鮑四娘，乃故薛駙馬家歌妓也，折券從良，十餘年矣。生性輕盈，巧於言語。豪家貴戚，無不經過。挾策追風，推爲渠帥。	長安有媒鮑十一娘者，故薛駙馬家青衣也；折券從良，十餘年矣。性便辟，巧言語，豪家戚里，無不經過，追風挾策，推爲渠帥。	（1）小異
四	謁鮑述嬌	（鮑）十郎，蘇姑子作好夢也。有一仙人，謫在下界，不邀財貨，但慕風流。如此色目，共十郎相當矣。	鮑笑曰：「蘇姑子作好夢也未？有一仙人，謫在下界，不邀財貨，但慕風流。如此色目，共十郎相當矣。」	（2）相同

〔註83〕見黃文暘原本，董康校訂，《曲海總目提要》卷六，天津市古籍書店出版，頁235。
〔註84〕焦循，《劇說》卷二，廣文書局，頁23。

四	謁鮑述嬌	（鮑）是故霍王小女，字小玉，王甚愛之；母曰淨持。淨持，即王之寵姬也。王初薨，諸弟兄以其出自微庶，不甚收錄，因分與資財，遣居於外。易姓爲鄭氏，人亦不知其王女。姿質穠豔，一生未見。高情逸態，事事過人。音樂詩書，無不通解。昨遣求一好兒郎，格調相稱者。俺具說十郎，他亦知有十郎名字，非常歡愜。	鮑具說曰：「故霍王小女，字小玉，王甚愛之。母曰淨持。淨持，即王之寵婢也。王之初薨，諸弟兄以其出自賤庶，不甚收錄。因分與資財，遣居於外，易姓爲鄭氏，人亦不知其王女。姿質穠豔，一生未見，高情逸態，事事過人，音樂詩書，無不通解。昨遣某求一好兒郎格調相稱者。某具說十郎。他亦知有李十郎名字，非常歡愜。	（3）小異
六	墮釵燈影	（旦作打覷低鬟微笑介）鮑四娘處聞李生詩名，咱終日吟想，乃今見面不如聞名，才子豈能無貌！（生作聽徑前請見科）呀！小姐憐才，鄙人重貌。兩好相映，何幸今宵。	玉乃低鬟微笑，細語曰：「見面不如聞名。才子豈能無貌？」生遂連起拜曰：「小娘子愛才，鄙夫重色。兩好相映，才貌相兼。」	（4）小異
八	佳期議允	（鮑）若論此生，門族清華，少有才思。麗詞佳句，時謂無雙；先達丈人，翕然推伏。每自矜風調，思得佳偶。博求名閣，久而未諧。	生門族清華，少有才思，麗詞嘉句，時謂無雙；先達丈人，翕然推伏。每自矜風調，思得佳偶，博求名妓，久而未諧。	（5）小異
十三	花朝合巹	（老）李郎，素聞才調風流，今見儀容雅秀，名下固無虛士。小女雖拙教訓，顏色不至醜陋。得配君子，頗爲相宜。（生謝介）拙鄙庸愚，不意顧盼。幸垂錄采，生死爲榮。	（淨持）因謂生曰：「素聞十郎才調風流，今又見儀容雅秀，名下固無虛士。某有一女子，雖拙教訓，顏色不至醜陋，得配君子，頗爲相宜。……」生謝曰：「鄙拙庸愚，不意顧盼，倘垂採錄，生死爲榮。」	（6）相同
十四	狂朋試喜	（生）小玉姐，初見你時，一室之中，若瓊林玉樹，交枝皎映，轉盼之間，精采射人；聽你言敘溫和，詞旨宛媚，解羅衣之際，態有餘妍；到得低幃暱枕，極其歡愛。小生自忖，巫山洛浦不如也。	小玉自堂東閣子中而出。生即拜迎。但覺一室之中，若瓊林玉樹，互相照耀，轉盼精彩射人。……須臾，玉至，言敘溫和，辭氣宛媚。解羅衣之際，態有餘妍，低幃暱枕，極其歡愛。生自以爲巫山洛浦不過也。	（7）小異
十六	花院盟香	（旦）妾本輕微，自知非匹。今以色愛，託其仁賢。但慮一旦色衰，恩移情替，使女蘿無託，秋扇見捐。極歡之際，不覺悲生。（泣嘆介）（生）平生志願，今日獲從。粉骨碎身，誓不相捨。小玉姐何發此言？請以素縑，著我盟約。	中宵之夜，玉忽流涕觀生曰：「妾本倡家，自知非匹。今以色愛，託其仁賢。但慮一旦色衰，恩移情替，使女蘿無託，秋扇見捐。極歡之際，不覺悲生。」生聞之，不勝感嘆。乃引臂替枕，徐謂玉曰：「平生志願，今日獲從，粉骨碎身，誓不相捨。夫人何發此言！請以素縑，著之盟約。」	（8）小異

廿五	折柳陽關	（旦）李郎，以君才貌名聲，人家景慕，願結婚媾，固亦眾矣。離思縈懷，歸期未卜。官身轉徙，或就佳姻。盟約之言，恐成虛語。然妾有短願，欲輒指陳。未委君心，復能聽否？（生驚怪介）有何罪過？忽發此辭。試說所言，必當敬奉。（旦）妾年始十八，君才二十有二。逮君壯室之秋，猶有八歲。一生懽愛，願畢此期。然後妙選高門，以求秦晉，亦未爲晚。妾便捨棄人事，翦髮披緇。	酒闌賓散，離思縈懷。玉謂生曰：「以君才地名聲，人多景慕，願結婚媾，固亦眾矣。況堂有嚴親，室無冢婦，君之此去，必就佳姻。盟約之言，徒虛語耳。然妾有短願，欲輒指陳。永委君心，復能聽否？」生驚怪曰：「有何罪過，忽發此辭？試說所言，必當敬奉。」玉曰：「妾年始十八，君纔二十有二，迨君壯室之秋，猶有八歲，一生歡愛，願畢此期。然後妙選高門，以諧秦晉，亦未爲晚。妾便捨棄人事，翦髮披緇。凤昔之，翦髮披緇。凤昔之願，於此足矣。」	（9）小異
廿五	折柳陽關	（生作涕介）皎日之誓，死生以之。與卿偕老，猶恐未愜素志，豈敢輒有二三！固請不疑，端居相待。	生且愧且感，不覺涕流。因謂玉曰：「皎日之誓，死生以之，與卿偕老，猶恐未愜素志，豈敢輒有二三。固請不疑，端居相待。……」	（10）相同
四四	凍賣珠釵	（旦）已曾博求師巫，遍詢卜筮。果有靈驗，何惜布施。一向賒遣親知，使求消息。尋求既切，資用屢空。	博求師巫，遍詢卜筮，懷憂抱恨，周歲有餘，羸臥空閨，遂成沈疾。雖生之書題竟絕，而玉之想望不移，賒遣親知，使通消息。尋求既切，資用屢空。	（11）小異
四五	玉工傷感	（侯）（作泣介）貴人男女，失機落節，一至于此！我殘年向盡，見此盛衰，不勝感傷也。	玉工悽然下泣曰：「貴人男女，失機落節，一至於此！我殘年向盡，見此盛衰，不勝感傷也。」	（12）相同
四九	曉窗圓夢	（浣）郡主，你日夜悲啼，都忘寢食。期一相見，竟無因由。冤憤益深，委頓床枕。	玉日夜涕泣，都忘寢食，期一相見，竟無因由。冤憤益深，委頓床枕。	（13）相同
五一	花前遇俠	（豪士）公非李十郎者乎？某族本山東，姻連外戚，雖乏文藻，心嘗樂賢。仰公聲華，常思觀止。今日幸會，得睹清揚。某之敝居，去此不遠，亦有聲樂，足以娛情。妖姬八九人。駿馬十數匹，惟公所要，但願一過。	（豪士）俄而前揖生曰：「公非李十郎者乎？某族本山東，姻連外戚，雖乏文藻，心嘗樂賢。仰公聲華，常思觀止。今日幸會，得睹清揚。某之敝居，去此不遠，亦有聲樂，足以娛情。妖姬八九人，駿馬十數匹，唯公所欲。但願一過。」	（14）相同
五一	花前遇俠	（生）天晚，小生薄有事故，改日奉拜。（作鞭馬欲回）（豪控生袖介）敝居咫尺	生以近鄭之所止，意不欲過，便託事故，欲回馬首。豪士曰：「敝居咫尺，忍相棄，忍相棄乎！乎！」	（15）相同

| 五二 | 劍合釵圓 | （旦作嘆介）我為女子，薄命如斯；君是丈夫，負心若此！韶顏稚齒，飲恨而終。慈母在堂，不能供養。綺羅絃管，從此永休。徵痛黃泉，皆君所致。李君，李君，今當永訣矣！（作左手握生臂，擲盃于地，長歎數聲倒地悶絕介）（老做扶旦倒于生懷）（笑介）憑十郎喚醒也。 | 王乃側身轉面，斜視生良久，遂舉杯酒，酬地曰：「我為女子，薄命如斯。君是丈夫，負心若此。韶顏稚齒，飲恨而終。慈母在堂，不能供養。綺羅絃管，從此永休。徵痛黃泉，皆君所致。李君，李君，今當永訣！我死之後，必為厲鬼，使君妻妾，終日不安！」乃引左手握生臂，擲盃于地，長慟號哭數聲而絕。母乃舉尸，寘於生懷，令喚之，遂不復蘇矣。 | （16）前同後異 |

上表所列十六條文字，是《紫釵記》賓白文字明顯同於〈霍小玉傳〉處；除新增加的情節外，作者力求以原傳為本的創作意圖，在列表對照下，清晰可見。表中打「△」符號者，為情節相異處，雖只是「小異」，但常是具有關鍵意義：如第八齣「佳期議允」把小說中李益「博求名妓」改為「博求名閥」，一字之差，小玉的身分全然改變，由倡家女變成閥閱女，也呼應了第四齣「謁鮑述嬌」鮑四娘言李益「幣厚言甘，豈無深意？必是託我豪門覓求佳色」。又如第二十五齣「折柳陽關」，把小說中李益必然負心的「必就佳姻」改為「或就佳姻」，盟約「徒虛語耳」改為「恐成虛語」，都僅一字異動，但意義全然不同；可見作者在合於原傳之際，心思依然縝密不含糊。小說中斷然決然的肯定語氣，在戲曲中轉為未定的語氣，留下轉圜的空間。

大體而言，文字小異處，常關係到人物的性格、身分，或是情節有所改變者。鮑四娘由小說的「性便辟」改為「性輕盈」，鄭六娘由霍王「寵婢」改為「寵姬」，小玉由「化為厲鬼」改為被「喚醒」回生等，均可見「小異」處不可等閒看待，總關係著劇情整體發展而來。

四、主要增加之情節

吳梅《顧曲麈談》論製曲時的「酌事實」，有如是觀點：

> 詞家所譜事實，宜合於情理之中。最妙以前人說部中可感可泣，有關風化之事，揆情度理而飾之以文藻，則感動人心，改易社會，其功可券也。且以愚意論之，用故事較臆造為易，何也？故事已有古人成作在前，其篇幅結構，不必自我用心；但就原文編次，自無前後不接，頭腳不稱之病。至若自造一事，必須先將事實布置妥貼，其有挂漏之處，尤宜隨時補湊；以較用故事編次者，其勞逸為何如？

事半功倍，文人亦何樂而不為哉！〔註85〕

吳氏認為「用故事較臆造為易」，這也是歷來戲劇題材多改編前人故事的主要因素之一，取材前人說部故事，是可在編劇時收事半功倍的效果。但，戲曲畢竟要搬演於觀眾面前，畢竟要合於時代現實，也一定會有劇作家主觀心情的呈現；因此，只要我們用心閱讀，長達四、五十齣的戲曲，常包含有豐富而多樣的「曲意」，即令是改編前人之作；《紫釵記》亦如是。通過生旦的悲歡離合來反映時事與劇作旨意，可謂取唐人故事寫明人之事。

《紫釵記》以原傳故事為本，主要加入的情節有紫釵串情、參軍移鎮、設謀招贅及回生起死團圓收結等劇情。

茲先臚列各齣情節如下：

（一）紫釵串情

湯顯祖在〈紫釵記題詞〉中說「名《紫釵》，中有紫玉釵也」，紫玉釵正是劇作命名的由來。又，依毛晉汲古閣本，齣目上見「釵」字有：「插釵新賞」、「墮釵燈影」、「託鮑謀釵」、「凍賣玉釵」、「哭收釵燕」、「玩釵疑歡」、「劍合釵圓」等七齣，紫釵在劇中的重要性已然可見。

1. 拾 釵

紫玉釵是貫串生旦愛情的針線，也是愛情分合的象徵，湯顯祖對此物著墨不少，乃其創作時用力之點。第三齣「插釵新賞」特別在母女遊春的抒情場面中，著意寫出紫玉釵的由來。鄭六娘因小玉「愛戴紫玉燕釵」而教內作玉工侯景先雕綴之；由此小小情事，既見鄭氏愛女之心，又見小玉王府千金倍受呵護的身分背景。春遊之際，侯景先送來「琢成雙玉燕」而得「酬賞萬金蚨」，指出紫玉釵精巧而價值不貲。這齣母女春遊戲在情節結構上，因紫玉釵的加入而更具有劇情發展上的意義，相較於《紫簫記》同樣寫母女春遊的第三齣「探春」，可看見作者在情節構思上的進步。二戲可略加比較：「插釵新賞」和「探春」同是安排在第三齣上演，同是以鄭六娘和霍小玉春遊為主內容，曲牌聯套同是〔滿宮花〕（越調）、〔滿宮花後〕（越調引）、〔綿搭絮〕四支（越調）、尾聲的組合。在賓白上則《紫簫記》較長的四六文已在《紫釵記》中有所刪改，如鄭六娘上場，自我介紹之後述及其女小玉的一段賓白：

生下女兒一人，名喚小玉。年方二八，才色殊人。畫出天仙，生成

〔註85〕吳梅，《顧曲麈談》第二章〈製曲〉「酌事實」條，商務書局，頁113～114。

月姐。南都石黛，分翠羽之雙娥；北地燕脂，寫芙蓉之兩頰。稱詩
說禮，唾東鄰之自媒；雅舞清歌，哂西施之被教。鶯鶯冶袖，誰偷
得韓掾之香；繡蝶長裙，未結下漢妹之佩。住下紅樓一座，金枝掩
映，玉樹玲瓏。起紅壁之朱塵，寫青錢之翠影。窺窗玉女，靈光殿
上神仙；聚陌春人，行雨山前氣色。此際春新明媚，梅花待落，柳
葉新開。王孫苑裡，便有春游士女。不免喚出小玉，望春一會。(《紫
簫記》「探春」)

生下女兒，名呼小玉。年方二八，貌不尋常。昔時於老身處涉獵詩
書，新近請鮑四娘商量絲竹。南都石黛，分翠葉之雙娥；北地燕脂，
寫芙蓉之兩頰。鶯鶯冶袖，誰偷得韓掾之香？繡蝶長裙，未結下漢
妹之佩。愛戴紫玉燕釵，此釵已教内作老玉工侯景先雕綴，還未送
來。正是新春時候，不免喚他出來，一望渭橋春色。(《紫釵記》「插
釵新賞」)

兩相對照比較，可看到四六賓白在《紫釵記》中大幅刪減，保留下來的依舊
為賓白中最可稱道的優美文辭。《紫簫記》的賓白純為抒情，《紫釵記》此段
則把鮑四娘教唱及紫玉釵的製作緣由一併寫入，在劇情發展上更具作用。《紫
簫記》寫情以刻劃人物內心感情為主，所以「探春」齣中，六娘、小玉、浣
紗、櫻桃都有春思情懷。《紫釵記》寫情則藉戲劇衝突來強化人物情感，所以
「插釵新賞」刻意加入具有重要劇情意義的紫玉釵，以為伏筆。

原傳小說及《紫簫記》，李益和小玉在結合前雙方未曾謀面，《紫釵記》
則有理想的愛情發展觀念，作者安排男女主角在浪漫的元宵之夜，因李益拾
得小玉墮釵而有一段眉目傳情的初遇，紫玉釵成為生旦愛情的引線。這一齣
「墮釵燈影」的元宵夜，上場人數多達十人以上，是全戲最熱鬧的大場，一
般情況各齣人數大約在二至五人不等；《紫簫記》也有一齣元宵觀燈的「拾簫」
戲，演在生旦結婚之後，為點題戲，上場人數亦有十人，為該劇場上人數最
多的一齣。《紫釵記》把元宵觀燈的戲移前到第六齣，演出生旦二人一見鍾情
的元夕初遇，為後來的結合奠下愛情基石；婚姻不是建立在媒妁之言，也不
是建立在門當戶對，而是在彼此眉目傳情的愛情基礎上。紫玉釵既發揮串情
作用，引導劇情發展，也呈現作者進步的愛情思想。

「墮釵燈影」自是一齣精彩的高潮戲，尤其男女主角對手演出，更引人
注目。李益手持拾得的墮釵表明心意，他說「梅者，媒也；燕者，于飛也。

便當寶此飛瓊，用為媒采，尊見何如？」小玉含羞帶笑，其實「眼尾眉稍，
多少神情拋接」，所謂「春消息漏洩在花燈節」。鮑四娘受李益之託前來說媒，
鄭六娘見著玉釵，仍要徵詢小玉意見，她說「婚姻事須問女兒情願」，這是湯
顯祖在《紫簫》、《紫釵》二劇同樣強調的一種婚姻觀，也是湯顯祖不同於同
時代其他作家的地方。在傳統封建社會裡，婦女被三從四德、三綱五常的倫
理道德所禁錮，對於愛情，她們沒有自主的權力，父母之命，媒妁之言乃天
經地義。許多以男女愛情為題材的故事，總寫出主人翁和封建家長的對立與
衝突，如《牆頭馬上》、《倩女離魂》、《嬌紅記》等都是，像鄭六娘這樣與女
兒商量婚姻大事的母親，是絕無僅有的；霍小玉面對鮑四娘持釵求盟定事，
她則說「此事須問老夫人」，母女之間，互相尊重，家庭與婚姻關係是一片和
諧，這樣的劇情安排，其實正符合作者的思想與生活經驗；在湯顯祖的文章
中，我們知道他是一個愛家顧家，孝順父母，慈愛子女的人，由此來看他劇
作中的婚姻態度，一切便很真實自然。他有進步的、人性的、建設性的愛情
婚姻觀，因此，《紫簫記》因重視當事人意願而演出一段遣派俏櫻桃巧探十郎
的活潑劇情，小玉參與了自己終身大事的決定。《紫釵記》因在元宵相逢戲中，
小玉的意願已在眉目含情中表露，劇情重點既放到婚前愛情建立上，故未在
說媒之時引發新的情節。鄭六娘在得知女兒意願後，便首肯這門親事，認為
既然「拾釵為定」，也是天賜之緣。紫玉釵固為感情發展的媒介，但主人翁的
「意願」依然最為重要。

2. 賣釵

第七齣「託鮑謀釵」設定親事後，紫釵功成暫退，待到第四十四齣「凍
賣玉釵」開始，才又具有積極的情節作用及象徵意義。紫釵為生旦結合的聘
釵，也是兩人愛情的引線，但小玉迫於家資，為尋訪十郎消息，也只好將去
變賣，她說「他既忘懷，俺何用此！」紫釵在小玉心目中，實愛情之象徵；
因此，眼看浣紗拿釵離去，她悲泣「當初為此諧，一旦將他賣」，仍寄望重贖
回玉釵：

> 【香柳娘】燕釵梁乍飛，燕釵梁乍飛，舊人看待，你休似古釵落井差
> 池壞。倘那人到來，倘那人到來，百萬與差排，贖取你歸來戴。

賣釵之後，她懷無限玉釵情，看這一曲〔玉山鴛〕：

> 玉釵拋樣，上頭時紫紅膩香。為冤家物在人亡，這幾日意迷神恍。
> 每早起呵，窺妝索向，還疑在枕邊床上，又似在妝奩響。猛思量，

　　原來賣了，空自搵啼妝。

「意迷神恍」、「還疑在枕邊床上，又似在妝奩響」，刻劃出小玉對玉釵特殊的情感；玉釵象徵二人愛情，賣釵之後的傷感亦由此來。

　　原傳小說也有紫玉釵，是出現在霍小玉訪十郎消息，因資用耗盡而賣釵事上：

> 曾令侍婢浣沙將紫玉釵一隻，詣景先家貨之。路逢內作老玉工，見浣沙所執，前來認之曰：「此釵，吾所作也。昔歲霍王小女將欲上鬟，令我作此，酬我萬錢。我嘗不忘。汝是何人，從何而得？」浣沙曰：「我小娘子，即霍王女也。家事破散，失身於人。夫婿昨向東都，更無消息。悒怏成疾，今欲二年。令我賣此，賂遺於人，使求音信。」玉工悽然下泣曰：「貴人男女，失機落節，一至於此。我殘年向盡，見此盛衰，不勝傷感。」遂引至延先公主宅，具言前事。公主亦為之悲歎良久，給錢十二萬焉。

此段〈霍小玉傳〉中有關紫玉釵的記述，和《紫釵記》有幾點不同：(1)紫玉釵由一隻改為一雙。(2)小說中寄附舖侯景先和內作老玉工為二人，戲曲中老玉工即名侯景先。(3)小說由老玉工引介浣沙，將釵賣與延先公主；戲曲中由侯景先代浣紗去賣釵，竟賣與盧太尉府，由此才劇情急轉直下，衝突加大，誤會加深。小說中玉釵賣給不相關的延先公主，作者此處改為賣至盧府，確是劇情安排上的神來之筆，紫釵與劇情發展因而密切結合。排除浣紗，使侯景先單獨賣釵，才能造成這種陰錯陽差的，千不合萬不該的釵落盧府事，開啟往後更為跌宕的劇情。如果浣紗與侯景先同去賣釵，便不可能將釵賣給盧府。此處，可見作者改寫時心思細密之安排。(4)紫玉釵的賣價由十二萬提高為百萬，強調其價不貲。茲列製一簡表如下：

項目　書名	紫玉釵	賣釵人	買釵人	價　錢	影　響
霍小玉傳	一　隻	浣　沙　侯景先	延先公主	十二萬錢	無關故事發展
紫釵記	一　雙	侯景先	盧太尉府	百萬錢	劇情直轉急下

　　從〈霍小玉傳〉到《紫釵記》，紫玉釵的地位、身價都大有改造，這也是湯顯祖取材再創作時的一大改變，賦予玉釵更大更重要的劇情作用，使小說中原本無甚重要的紫玉釵和愛情緊密結合。

3. 釵 合

盧太尉府藉買來的紫玉釵，導演出一段鮑三娘賣釵的戲，以詭騙李益說霍小玉已另改嫁他人。鮑三娘其實是盧府堂候之妻假扮，劇中自稱乃鮑四娘姊，不過，在湯顯祖家鄉江西的儺戲中，有一面具即名「鮑三娘」〔註86〕，湯顯祖或取名於此。李益見著玉釵，他「悶倒」，「氣咽喉嗄，恨不得把玉釵吞下」；隨著鮑三娘賣釵的情節，使人物情感、主情思想都有更為深刻的發展；「哭收釵燕」齣有李益深刻的內心戲。同樣地，因著紫玉釵賣到盧府，引來霍小玉「怨撒金錢」，亦是人物情感深化的戲，她怪怨玉釵：「俺不是見錢兒熱賣圖長便，誰承望這一對金釵胡串？」從此她「看落花飛絮是俺命絲懸」，奄奄病倒。賣去的玉釵成為生旦愛情幻滅的證物，帶來彼此濃重的悲情，場上一片悲苦。

在玉釵主導劇情急下發展的愛情危機中，雖賴神秘黃衫豪士仗義挾李益往會小玉，但也必待李益從袖中取出玉釵為證，小玉乃轉變態度，重拾笑顏，一場誤會方告落幕。紫玉釵作為愛情的信物，其象徵意義至為明顯，「成也玉釵，敗也玉釵」；紫玉釵貫串了愛情的分與合，也發揮指引情節發展的作用，這是原傳小說所沒有的新意。

小 結

在才子佳人的戀愛戲中，物件常具有縮合愛情的作用，如《荊釵記》有縮合王十朋與錢玉蓮的荊釵，《鴛鴦被》有縮合王仙客與劉無雙的明珠，《玉玦記》有縮合王商和秦慶娘的玉玦，《劉希必金釵記》有縮合劉文龍及其妻蕭氏的金釵、弓鞋和菱花鏡〔註87〕，《珍珠記》有縮合高文舉與王金真的珍珠，

〔註86〕 江西南豐縣儺班，表演節目《竹馬》，為兩演員腹前繫上馬頭木偶，分別佩戴「花關索」與「鮑三娘」面具，手執長矛雙刀，戎馬金甲，先是騎馬跑陣（關索出兵），爾後是一陣對打，搬演鮑三娘與花關索對陣招親一折。贛西萬載縣沙江橋儺班，供奉「歐陽金甲大將軍」，共有十七個節目，二十四個面具，「文儺」、「武儺」羼雜一堂，二十四個面具分別為：開山、走地、先鋒、功曹、綠品、楊帥、鮑三娘、花關索、小鬼、判官、上關、下關、全師郎、童男、童女、皂班（二面）、城隍、土地、點兵、馬將軍、殷將軍、王將軍、趙將軍（即四大天將）。「花鮑陣前招親」是江西儺戲中穿插的一個娛樂節目。參見余大喜，〈贛儺二題〉，《中華戲曲》第十四輯。

〔註87〕 徐渭，《南詞敘錄》於「宋元舊篇」中著錄有《劉文龍菱花鏡》一種，《永樂大典》卷一三九七三「戲文九」著錄有《劉文龍》戲文一種，然此兩本今均失傳，僅存佚曲；1975 年 12 月 3 日，在廣東省潮安縣西山溪的一座明代墓葬中，發現明宣宗宣德七年（1432）抄寫的《劉希必金釵記》，亦即宋元南戲《劉

《金雀記》有綰合潘岳、井文鸞、巫彩鳳的金雀,《玉合記》有綰合韓翊與柳氏的玉合,《金翠寒衣記》有綰合金定與劉翠翠的寒衣,《玉簪記》有綰合潘必正與陳嬌蓮(妙常)的定婚信物碧玉鸞簪和白玉扇墜等等;物件代表愛情的分合,對主題呈現、人物刻劃及情節發展都具有重要作用。偌多才子佳人戀愛劇,也代表明代文士階層的品味與愛好,徐復祚《曲論》曾舉梅鼎祚(禹金)《玉合記》言:「士林爭購之,紙為之貴」〔註88〕,「士林」自代表文士階層而言。

紫玉釵在《紫釵記》中,是湯顯祖刻意用心之筆,所以在全劇收結時,又藉劉公濟之口言「君虞,別來久矣,紫玉釵一事,細說一番。」由眾人輪流唱五支大石調〔催拍〕,敘述紫玉釵貫串愛情分合事;最後收結到「儘人間諸眷屬,看到兩團圓」,紫玉釵和主情思想,再一次宣示性的結合在一起。

(二)參軍邊鎮

唐人小說〈霍小玉傳〉寫李益和小玉的分離是在二人「日夜相從」的兩年之後,十郎「以書判拔萃登科,授鄭縣主簿」,因為赴任的緣故離開,此後又奉母命另娶高門而結束這一段長安戀情。湯顯祖取材〈霍小玉傳〉,也為李益的負心翻案;愛情的分離,不是肇因於李益授鄭縣主簿的史實〔註89〕,而是來自於虛構人物盧太尉的設陷,演出李益參軍關西和移參孟門的情節。

中國古典戲曲的戲劇性,主要是表現在人物的悲歡離合上;《紫釵記》演至第二十一齣「杏苑題名」,李益既已與小玉良緣天定,此番又狀元及第,萬般順利的情況下,也應到了情節要逆轉的階段,所以緊接的第二十二齣「權嗔計貶」,雖是僅有二人三曲的粗口過場戲,但卻是劇情發展的關鍵。反派人物盧太尉怨怒李益中舉之後未前來參謁,因而表薦他玉門關外去參劉公濟軍事;三年之後,又奏他改參自己移鎮孟門之軍事,如此際遇,造成生旦長期分離的劇情。自二十五齣「折柳陽關」之後,十郎小玉便在盧太尉的介入下,兩地分隔,直到五十二齣「劍合釵圓」才又聚首,故有半部戲的場面是悲離的。

文龍菱花鏡》的故事全貌。參見徐培均、范民聲主編,《中國古典名劇鑑賞辭典》,上海古籍出版,頁269。
〔註88〕徐復祚,《曲論》,見《中國古典戲曲論著集成》第四冊,頁237。
〔註89〕李益於大曆四年登進士第,時年二十三,越二年授華州鄭縣尉(即今陝西華縣),不久遷主簿。參見王亦軍、裴豫敏,《李益集註》,甘肅人民出版。

—216—

　　李益參軍的情節，為原傳小說所無，乃湯顯祖取材再創作時新增加的部分，但也更符合人物的歷史真實。其中參劉濟軍事有本於史實，但移參孟門，又為虛構，作者以虛實相半的創作方式經營劇情。

1. 參軍關西

　　「折柳陽關」（第二十五齣）之後，李益踏上征途，往邊塞為關西節制劉公濟參軍，十郎赴邊乃肇因於盧太尉對「書生狂妄」的陰謀設陷。此種劇情安排可產生下列作用：一使生旦「不得已」的愛情分離，令人同情；二使十郎不諂權貴的形象，得以凸顯；三使盧太尉的權奸霸道，令人生厭；因此，從軍邊塞的情節，使劇作主題，人物形貌，都有所發揮。

　　第二十九齣「高宴飛書」，劉公濟自言：「承天子命，拜朔方、河西二道節鎮，近移軍玉門關外，奏准聖旨，親點狀元李益參軍，乃吾故人也。」十郎到任，劉公濟即以「軍中大事」請教，說大小河西二國受「吐蕃挾制，貢獻全疏，意欲興兵，相煩草奏」，李益則提出他的策略：

〔生〕老節鎮在上，河西貢獻不至，興兵主見不錯。但是四五月間，晴雨不常，天氣未便。下官叨以筆墨從事，願草咫尺之書，先寒二國之膽；更容下官分兵，戍守回中受降城外，綴吐蕃之路，使他不敢空國而西。則酒泉不竭于唐，甘瓜復延于漢矣。〔劉〕參軍高見，此乃王粲登樓之才，李白嚇蠻之計也。左右，取大觥進酒。

本齣藉劇情刻寫人物，主要在展現十郎運籌帷幄的才能。參軍邊塞及長於運籌事，也都確有見於唐詩人李益的典籍記載，非湯顯祖憑空杜撰。

　　李益（748～829）為唐代宗大曆年間享有盛名的詩人，他從進士及第（大曆四年）到德宗貞元末的二十多年間，為其軍旅生活〔註90〕，邊塞詩成為他作品中最有成就的一部分，如〈邊思〉、〈塞下曲〉、〈過五原胡兒飲馬泉〉、〈登夏州城觀送行人，賦得六州胡兒歌〉、〈從軍有苦樂行〉、〈從軍北征〉、〈五城道中〉、〈征人歌〉、〈暮過回樂烽〉、〈夜上受降城聞笛〉、〈聽曉角〉、〈夜上西城聽梁州曲二首〉、〈涼州曲〉、〈野田行〉、〈赴邠寧留別〉等等，佳篇無數，邊塞詩作使李益成為中唐詩人中可以上繼盛唐岑參、高適的人。明胡震亨（1569～1642）《唐音癸籤》卷七言：

李君虞益生長西涼，負才尚氣，流落戎游，坎壈世故。所作從軍詩，悲壯宛轉，樂人譜入聲歌，至今誦之，令人淒慘。

────────────

〔註90〕同註89，另參卞孝萱〈李益年譜稿〉，載《中華文史論叢》第八輯。

同書卷十又有：

> 七言絕，開元之下，便當以李益爲第一，如〈從軍〉諸篇，皆可與
> 太白、龍標竟爽，非中唐所得有也。

尤推崇李益的七言絕句，此論同樣見於明胡應麟（1551～1602）《詩藪》內編卷六，明許學夷《詩源辨體》卷二十三及清毛先舒（1620～1688）《詩辨坻》卷三等書。清沈德潛（1673～1769）《唐詩別裁集》卷二稱評李益邊塞詩：

> 君虞邊塞詩最佳，〈征人歌〉、〈早行〉等篇，好事者畫爲屏障。

清人吳喬《圍爐詩話》，則對李益詩作有一段頗爲實際的評價，他說：

> 中唐多佳句，其不及盛唐者，氣力減耳。雅淡則不能高深，雄奇則
> 不能沈靜，清新則不能深厚。至貞元後，苦寒、放誕、纖縟之音作
> 矣！唯李益風氣不墜。

「風氣不墜」使李益成爲那個時代一個具有特色的詩人。由上述記載，也看到中唐詩人李益所受到的肯定，尤其他從軍邊塞時期的作品，倍受後代論者稱譽。

李益自己有一篇〈從軍詩序〉，他回顧塞上戎幕之生活及抒發其身爲西州世將後代子孫的慷慨心情，全文如下：

> 君虞長始八歲，燕戎亂華；出身二十年，三受末秩；從事十八載，
> 五在兵間。故其爲文咸多軍旅之思。自建中初，故府司空巡行朔野；
> 迨貞元初，又忝今尚書之命，從此出上郡、五原四五年、荏苒從役。
> 其中雖流落南北，避多在軍戎，凡所作邊塞諸文及書奏餘事，同時
> 幕府選辟，多出詞人，或因軍中酒酣；或時塞上兵寢，相與拔劍秉
> 筆，散懷於斯文，率皆出於慷慨意氣、武毅獷屬，本其涼國，則世
> 將之後，乃西州之遺民歟！亦其坎壈當世，發憤之所致也。時左補
> 闕盧景亮見知於文者，令予輯錄，遂成五十首贈之。〔註91〕

「西州」即指關西地區（今西北地區），爲唐時州名，貞元七年沒於吐蕃。李益遠祖李信、李廣、李暠、李寶皆爲名將，故其自言西州遺民，世將之後。他所選五十首贈送盧景亮的從軍詩，今已散佚，而這篇序文，對從軍生活有相當陳述，值得珍視。湯顯祖爲《紫釵記》的愛情過程中，添加生角李益從軍邊塞的曲折，其實相當眞切地把握了人物的歷史眞實。第二十六齣「隴上

〔註91〕 見《李益集註》，頁39。附錄有〈從軍詩序眞僞考〉，認爲清以前典籍雖未見
〈從軍詩序〉全文，但從宋元以來有關資料考訂，確定其應非僞文。

題詩」，演李益赴邊途中，劇中他占詩一首：

> 綠楊著水草如煙，舊是胡兒飲馬泉。幾處吹笳明月夜，何人倚劍白
> 雲天。從來凍合關山路，今日分流漢使前。莫遣行人照容鬢，恐驚
> 憔悴入新年。

這首詩正是李益集中的〈過五原胡兒飲馬泉〉詩，為其路過鹽州（按：今陝
西省）時所作，寫來情景交融，含蓄而又深邃，清人方東樹曾論此詩曰：

> 此等詩有過此地之人，有命此題之人，有作此題詩之人之性情面目，
> 流露其中，所以耐人吟詠。〔註92〕

贊許〈過五原胡兒飲馬泉〉耐人吟詠的情味，湯顯祖取入戲中，巧置於赴邊
途中，亦見他對李益詩作的熟悉。在《紫簫記》的第二十五齣「征途」，同樣
寫十郎往邊塞途中，但並未引用李益詩作，可知作者在創作第二本劇作時，
歷史真實度較前劇提高許多。

前述「高宴飛書」齣李益所表現的運籌策略之長，此亦有見於典籍記載，
元人辛文房《唐才子傳》卷四對李益有如是說：

> 二十，三受策秩，從軍十年，運籌決勝，尤其所長。

辛文房的敘述，有相似於〈從軍詩序〉的地方，或許他曾看到過該篇序文。
有關長於運籌決勝，新舊唐書及其他有關李益事跡的記載，並未見標舉，辛
氏《唐才子傳》則明確點出；《紫釵記》「高宴飛書」取李益運籌之長，寫入
劇中，也更貼近人物「秉筆參帷幄，從軍別朔方」〔註93〕的真實面貌。

第三十一齣「吹臺避暑」，演劉公濟面對大小河西國貢物，推許「參軍之
功也」，李益「感公侯知遇」而占詩一首：「日日醉涼州，笙歌卒未休。感恩
知有地，不上望京樓。」這首詩為往後劇情的伏筆，盧太尉以此詩「怨望朝
廷」來脅制李益，生旦之間諸多誤會，均導因李益對太尉之「畏」。李益參劉
濟軍事，並有語涉怨望的獻詩，這是典籍對李益最普遍的記載，宋人晁公武
《郡齋讀書志》卷四有：

> 唐李益，君虞也，姑臧人，大曆四年進士，調鄭縣尉。幽州劉濟辟
> 從事，憲宗雅聞其名，召為集賢殿學士，負才凌藉士，眾不能堪，
> 暴其獻濟詩，「不上望京樓」之句，以涉怨望，詔降秩。

有關李益為劉濟幕府及獻詩遭降秩事，宋以後多見記載，除兩唐書外，計有

〔註92〕見方東樹，《昭昧詹言》卷十八。
〔註93〕見李益，〈從軍有苦樂行〉詩。

功《唐詩紀事》卷三十，尤袤（1127～1194）《全唐詩話》卷二，元人辛文房《唐才子傳》卷四，明人高棅（1350～1423）《唐詩品彙》均提及此事。戲曲和史載的小小差異是：

（1）劉濟改名為劉公濟

在第十九齣「節鎮登壇」，劉公濟自道「叨承將種，慣握兵機。初當塞北擒胡，今拜官關西節制」，據唐史記載，劉濟的父親劉怦，祖父劉貢都是有軍功的將領，「叨承將種」是合於史實；劇中劉濟擬對未進貢的大小河西國「興兵」，在其奉詔回朝時（三十五齣），眾邊將揮淚送別，他傳授眾人「兵法」八字：「奈苦同甘，信賞必罰」，刻劃出一個勇於任事的良將形象，這也是史書上呈現的劉濟。《舊唐書》卷一四三有云：

> 濟，怦之長子。初，母難產，既產，侍者初見濟是一大蛇，黑氣勃勃，莫不驚走。及長，頗異常童。……貞元五年，遷左僕射，充幽州節度使。時烏桓、鮮卑數寇邊，濟率軍擊走之，深入千餘里，虜獲不可勝紀，東北晏然。貞元中，朝廷優容藩鎮方甚，兩河擅自繼襲者，尤驕蹇不奉法。惟濟最務恭順，朝獻相繼，德宗亦以恩禮接之。

劉濟的靖邊軍功與奉法不驕，誠可讚頌。明代朝廷的朋黨政治和北方邊患，均有似於唐代，對於劉濟這樣一位將軍，湯顯祖的敬佩可以在戲曲人物的塑造上看到；無獨有偶的，明代也有一位劉濟，但他不是邊關將帥，卻是一鯁直的朝廷言官。

據《明史》記載，劉濟為正德六年進士，由庶吉士授吏科給事中，嘉靖改元，進刑科給事中。「六科給事中」為明代專設官職，以「稽察六部百司之事」〔註94〕，主要職責在監察。劉濟為官的正直耿介見於史冊，《明史》卷一九二云：

> 給事中劉最以劾中官崔文調外任，景賢（按：太監芮景賢）復劾其違禁，與御史黃國用皆逮下詔獄，戍最而謫國用。法司爭不得，濟言：「國家置三法司，專理刑獄，或主質成，或主平反。權臣不得以恩怨為出入，天子不得以喜怒為重輕。自錦衣鎮撫之官專理詔獄，而法司幾成虛設。如最等小過耳，羅織於告密之門，鍛鍊於詔獄之手，旨從內降，大臣初不與知，為聖政累非淺。且李洪、陳宣罪至殺人，降級而已。王欽兄弟黨奸亂政，謫戍而已。以最等視之，奚

〔註94〕參袁庭棟，《古代職官漫話》，巴蜀書社，頁79。

> 當天淵，而罪顧一律，何以示天下。」帝怒，奪濟俸一月。……濟
> 在諫垣久，言論侃侃，多與權幸相枝柱，直聲甚震，帝滋不能堪。「大
> 禮」議起，廷臣爭者多得罪，濟疏救修撰呂柟，編修鄒守益……，
> 不聽。既而遮諸朝臣於金水橋，伏哭左順門，受杖闕廷。越十二日
> 再杖，謫戍遼東。

《明史》記載劉濟據理力爭，不畏權勢，鯁直地表現言官應有的態度，但也造成自己坎坷的際遇。「權臣不得以恩怨爲出入」，他道出當時政治上的重大弊端，《紫釵記》的盧太尉不正寫出一個「以恩怨爲出入」的權臣。

　　湯顯祖對嘉靖年間的史事是很熟悉的，他曾有撰史的意願，〈答呂玉繩〉書說：

> 承問，弟去春稍有意嘉、隆事，誠有之。忽一奇僧唾弟曰：嚴、徐、
> 高、張，陳死人也，以筆綴之，如以帚聚塵，不如因任人間，自有
> 作者。弟感其言，不復厝意。趙宋事蕪不可理。近芟之，〈紀〉、〈傳〉
> 而止。〈志〉無可如何也。〔註95〕

自言曾撰寫宋史。既有意嘉、隆事，他必然熟悉兩朝史事，對於嘉靖年間「與權幸相枝柱，直聲甚震」的劉濟，必然是心懷敬重的，這也或許是《紫釵記》中把唐代劉濟改名爲劉公濟的緣故，避免直呼明代劉濟之名。

（2）《紫釵記》寫劉公濟與李益為「八拜之交」的故人

　　此爲典籍記載所無，第二齣「春日言懷」，李益上場便有「我有故人劉公濟，官拜關西節鎮，今早相賀回來」的話語，強調二人密切關係，也使「獻詩」顯得更爲合理。「不上望京樓」句取自李益〈獻劉濟〉詩：

> 草綠古燕州，鶯聲引獨游。雁歸天北畔，春盡海西頭。向日花偏落，
> 馳年水自流。感恩知有地，不上望京樓。

湯顯祖僅取末二句入劇。此詩句對李益造成重大影響，史實上是仕途的「降秩」，戲曲上演爲愛情曲折的一大因素。

　　此外，在參軍關西的期間，作者特別安排「邊愁寫意」一齣，演李益及邊將望鄉之情，此際巧逢盧太尉府中王哨兒取軍情要返回京師，李益將邊塞情景，繪入屏風，並題詩一首權充家書，請王哨兒帶回；題詩云：

> 回樂峰前沙似雪，受降城外月如霜。不知何處吹蘆管，一夜征人盡
> 望鄉。

〔註95〕《湯顯祖集》詩文集卷四十四。

這段情節亦虛實相半，繪詩之事屬實，王哨兒傳書則爲虛構，此盧府小人物卻成爲生旦之間消息傳遞與引起誤會的中介。劇中李益屏風所題詩正是其七絕代表作〈夜上受降城聞笛〉，明人胡應麟《詩藪》內編卷六推崇此詩爲中唐七絕之冠，清人沈德潛《唐詩別裁》亦譽爲「絕唱」。李益詩的繪入圖畫及傳唱事，多見於典籍記載，唐李肇《國史補》卷下有：

> 李益詩名早著。有〈征人歌〉〈早行篇〉，好事者畫爲圖障。又有云「回樂峰前沙似雪，受降城外月如霜；不知何處吹蘆管，一夜征人盡望鄉。」天下亦唱爲樂曲。

「邊愁寫意」齣之情節安排取材於李益詩作，並與典籍記載之繪詩、傳唱事相結合。本齣湯顯祖的創作亦甚動人，試看下列二曲：

> 【一江風】據胡床，沙月浮清況，〔內吹笛介〕猛聽的音嘹亮。〔眾〕何處吹笛也？這吹的是關山月也？是思歸引也？〔眾作回頭望鄉介〕〔指云〕那不是俺家鄉洛陽？那不是俺家鄉長安？那不是他家鄉隴頭？〔生亦作望鄉掩泣〕〔眾〕被關山橫笛驚吹，一夜征人望。家山在那方？家山在那方？離情到此傷，斷腸聲淚譜在羅衫上。

> 【三仙橋】一笛關山韻高，偏趁著月明風裊，把一夜征人，故鄉心暗叫。齊回首，鄉淚閣，並城堞兒相偎靠，望眼兒直恁喬。想故園楊柳，正西風搖落。便做洗邊塵霜天乍曉，也星似嘹雲飄，衝入遍梁州未了。屏風呵，比似俺吹徹梅花，怎遞送的倚樓人知道？

> 畫完，題詩一絕：回樂峰前沙似雪，受降城外月如霜。不知何處吹蘆管？一夜征人盡望鄉。詩已題下，王哨兒寄去也。〔哨〕自有回報。

文情並茂，堪稱絕妙好詞，耐人再三吟詠。

征人回首望鄉的描寫，在李益詩集曾出現多次，不僅〈夜上受降城聞笛〉而已；如〈從軍北征〉有「磧里征人三十萬，一時回首月中看」，〈登夏州城觀送行人，賦得六州胡兒歌〉有「回頭忽作異方聲，一聲回盡征人首」，都是他邊塞詩中的佳句，湯顯祖把李益最具特色的詩作演入「邊愁寫意」，已然抓住重點，場上「眾作回頭望鄉介」的唱和中，渲染出濃濃鄉情，湯顯祖可說是把最好的詩作譜成最好的戲曲再創作。

2. 移參孟門

李益參劉公濟軍事的戲曲情節，在第三十二齣「計局收才」有新的變化；

盧太尉繼續操控狂妄書生李益的前程，他如是算計：

> 兵權掌握勢爲尊，奉詔移軍鎭孟門。獨倚文章傲朝貴，賈生空遇聖明君。自家盧太尉，三年前因李益恃才氣高，計遣參軍西塞。聽見李生有詩獻劉鎭帥：感恩知有地，不上望京樓。即當奏知，怨望朝廷。只是一件，咱方奉命把守河陽孟門山外，召回劉節鎭暫掌殿前諸軍。咱將計就計，今早奏准聖人，加李君虞祕書郎，改參孟門軍事，不必過家。看他到咱軍中，情意如何？招他爲婿，如再不從，奏他怨望未晚。

結束參劉公濟邊塞軍事的李十郎，又面臨移參盧太尉孟門軍事的安排，「不必過家」的命令，致使生旦長期分別，愛情風波也由此而來。

李益移參孟門軍事的情節，其產生之主要作用有：一使前述獻劉公濟詩與人物命運緊密結合；二使盧太尉直接脅制李益行動，造成更大戲劇衝突。盧太尉是湯顯祖取材再創作時新增添的角色，無人物之歷史眞實可資依據，故李益移參盧太尉孟門軍事，亦屬作者爲情節所設的構思，但取材來源，仍有本於李益詩作；「孟門」曾見於前章（第三章第四節）所引李益〈雜曲〉詩。這首詩中有一個對愛情大膽追求的蠶家女，明確提出「嫁女莫望高，女心願所宜」的婚姻基礎，把感情視作婚姻和愛情的基石，她「寧以賤相守，不願貴相離」，又說「誰言配君子，以奉百年身。有義即夫婿，無義還他人」，這種婚姻和愛情的觀念與湯顯祖劇作的思想相當一致，或許這也是湯顯祖兩度以李益爲創作對象的緣故之一。

時代稍早於湯顯祖的楊愼（1488～1559），在其《升庵詩話》卷九提及李益的〈雜曲〉詩，他說：

> 《李益集》有樂府〈雜體〉一首云：「藍葉鬱重重，藍花石榴色。少婦歸少年，光華自相得。愛如寒爐火，棄若秋風扇。山岳起面前，相看不相見。春至草亦生，誰能無別情。殷勤展心素，見新莫忘故。遙望孟門山，殷勤報君子。既爲隨陽雁，勿學西流水。」此詩比興有古樂府之風，唐人鮮及。或云非李益詩，乃無名氏代霍小玉寄益之詩也。

〈雜曲〉詩本爲五十八句，楊愼只引了其中十六句，值得注意的是，《紫釵記》第三十九齣「淚燭裁詩」霍小玉托王哨兒帶一首詩給李十郎，用的正是前述楊愼所引的十六句〈雜曲〉詩，可見湯顯祖是看到《升庵詩話》對李益

的評論，在湯氏詩集有一首〈送趙舍人出守永昌，追憶楊用修太史〉，見其對楊慎有一份情懷。李益這首〈雜曲〉的思想深爲湯顯祖所贊同，其中重視夫婦恩義也同於《紫釵記》末齣聖旨中的詔言；但把該詩取入劇中，全首長達五十八句自是太長，因此才取用楊慎所裁取局部的十六句，並且兩度引入劇作中。

由此可知〈雜曲〉詩所言「遙望孟門山，殷勤報君子」，正是《紫釵記》十郎移參孟門軍事情節取材的來源。

小　結

不論參軍關西或移參孟門，戲曲情節大致本於李益詩作及人物的典籍記載，由此敷演引申。然回歸作者本身，在湯顯祖詩作中卻也看到與戲曲創作相同的用語，此或可爲作者創作歷程的一種佐證。《紫釵記》主要創作時間爲湯顯祖居官南京時，察看此時之詩作則有〈送右武出關〉、〈右武從辰沅移鎮甘州〉、〈憶丁右武關西〉、〈遙憶右武自蜀赴關西〉等，「關西」、「移鎮」的用詞同於戲曲中的造語，《紫釵記》寫劉公濟爲「關西節制」，寫盧太尉「移鎮孟門」，作者的生活經歷和戲曲創作應有所關連，且詩題上有「關西」、「移鎮」也只見於作者南京任官之時。〈憶丁右武關西〉有「姜笛梅花戍樓裡，可堪春色對吳關」，據徐朔方的編年，這首詩「或作於萬曆十八年」，丁此呂此時爲陝西副使莊浪兵備，「關西」所指爲陝西、甘肅一帶。丁此呂是湯顯祖的江西同鄉，《明史》卷二二九記載：「丁此呂，字右武，新建人。萬曆五年進士。由漳州推官徵授御史。」因劾禮部侍郎高啓愚被貶，後又謫戍邊。他和湯顯祖關係密切，二人有諸多相同處：同年生，同年中舉，同年得子，同是「白頭傷壯子」，兩家爲「年少通家弟子親」〔註96〕。湯氏在〈哭丁元禮十二絕〉詩序中，滿腹傷痛溢於言表，哀感動人，足見交情匪淺〔註97〕。作者南京任

〔註96〕〈哭丁元禮十二絕〉首句，見《湯顯祖集》詩文集卷十五。

〔註97〕〈哭丁元禮十二絕〉序言如下：「右武兄同予生庚之戌，舉庚之午，友善。丁丑右武第進士，理閩漳。舉元禮，小字漳哥，殊偉麗。是臘，予子蓬生。貌寢而羸。讀書各數千卷，瑰于文詞，能鉤抉時勢物情之變，而好深言之。予時時憂二子早慧，而右武頗不爲然。謂當兩家懂勞歷落之際，而壯子能爾，殆亦荒年穀也。已而二子各厭其鄉，遊成均以去。意亦一當紓其內急耳。然而遠于嚴慈之規，骨肉之養，各以雄飛，自行其意。童孤羈旅，飲食醫餌之不時，至庚子秋七月初，蓬以就試南雍，病殍下死。逾年痛定，爲壬寅春，予過右武所，見漳哥心動，而未敢言。時時語漳哥自愛，語其弟叔兼好護其兄而已。癸卯秋，就試都下而病作歸，逾年七月初而甚，能自知死日。曰：『吾

官時的見聞、慨歎應會寫入《紫釵記》,「關西」、「移鎮」用詞之相同於劇作,依《明實錄》,丁此呂陞任陝西副使莊浪兵備,是在萬曆十八年八月以後,先有經歷而後寫入創作中,此或可作爲《紫釵記》創作年代的一個旁證。

　　劇中演了一段搶番的戲,也和萬曆年間邊事相同。第三十齣「河西款檄」,演大小河西國已先降唐,後吐蕃徠來騷擾,不滿河西國降唐,於是令「把都們且搶殺他一番」,打殺一場。「搶番」事在明神宗朝也曾引起重視;萬曆十八年六月,韃靼的撦力克、火落赤等部落屢次入侵陝西洮州衛。火落赤等部落縱火渡過洮河,撦力克也提兵渡河,趕捏工川。明兵集合,他們就四面散開,向歸化的番民進行搶劫,總兵李繼芳分兵追趕,中伏陣亡〔註 98〕。神宗召申時行詢問洮州失事,折將損兵之事,申時行但求苟安,把入侵之事淡化爲搶番。湯顯祖的好友萬國欽,曾上疏論申時行,揭露其主和畏敵的怯懦無能,然卻落得「淆亂國事,誣污大臣,謫劍州判官」〔註 99〕。湯顯祖有〈寄萬二愚〉書:

> 讀兄大疏,甚善。一不負江西,二不負友,三不負翁。聞新太宰清,新御史明,或能久兄。兄亦可效外人法,移病去官。已作殿中御史,不爲朝廷用,更何如!〔註 100〕

萬國欽爲江西新建人,上疏文時任山西道御史,「不負翁」是指不負自己。後來湯氏還有〈萬侍御赴判劍州,過金陵有贈〉詩,稱其「參軍翁自好,灑洒絕倫才」。〔註 101〕

　　搶番的邊事論,顯然在湯顯祖的關注中,爲萬國欽的不平,在其萬曆十九年〈論輔臣科臣疏〉又提及之。可見《紫釵記》李益參軍的情節,除取材人物史實外,湯顯祖的交友、閱歷亦在其中。

（三）設謀招贅

〈霍小玉傳〉以李益奉母命聘盧氏女爲情海生變的外在因素,《紫釵記》

> 夢見某所,若一王者,將以某日享予。』如期再絕而蘇,誠三日無動,我將反,然不能待矣。嗚呼,哀哉,天乎!死而其容熒熒如生,迨含猶視,有恨于子才之不盡耶,父怨之未舒與?嗟乎,已矣!玉已折矣,劍已摧矣!兩家之痛,曷其已矣!每一斷腸,輒成絕章,得十二首。歌之娛殯前,漳哥其有知,哭示地下亡蓬否?」

〔註 98〕見《明實錄》卷二二四及《明史》卷三二七〈韃靼傳〉。
〔註 99〕見《明史》卷二三○〈萬國欽傳〉。
〔註 100〕《湯顯祖集》詩文集卷四十四。
〔註 101〕《湯顯祖集》詩文集卷九。

則改爲權臣盧太尉欲招李益爲婿的脅迫。同樣有一個「盧氏女」，但戲曲已把衝突的根源由門閥移至權奸。

李益中舉後參軍邊塞、移參孟門的情節，基本上是奉皇帝之命，雖然是盧太尉奏請，但仍假皇命行事。移參孟門之後，李益在太尉屬下做事，爲使李益低頭，盧太尉軟硬兼施，劇場的氣氛趨於緊張。他用了下列方法：

1. 功名利誘

以「貴易妻」、「再結豪門，可爲進身之路」來誘引李益另娶豪門。

2. 詩句威脅

盧太尉告訴李益「聞參軍有詩，不上望京樓」，使李益爲此語涉怨望朝廷的詩句，心存畏懼；乃至孟門關外還朝，李益被安排在招賢館，形同軟禁。

3. 友情遊說

「延媒勸贅」及「婉拒強婚」兩齣，好友韋夏卿迫於太尉命令來向李益說媒，由於雙方言語模糊，誤會反而滋生。

4. 計謀欺騙

「騙局」是奸人常用的手法，在「計哨訛傳」齣先讓王哨兒去傳盧府招贅的消息給小玉，再由堂候之妻假扮鮑四娘之姊三娘來賣紫玉釵，欺騙說小玉已另嫁丈夫。造成生旦雙方因愛情變化而悲傷，籠罩在一片愁雲慘霧中。

從「計哨訛傳」到「怨撒金錢」，情節因誤會（王哨兒、韋夏卿的傳言）、巧合（紫玉釵爲盧府買去）及欺騙（詐僞之鮑三娘前來賣釵），而波濤洶湧，曲折萬端。接二連三的事件逼使原本堅定的愛情開始搖擺不安，主角人物含悲傷痛，劇情扣人心絃。這一段情節，除「賣釵」之事有所本於原傳小說外，都出於湯顯祖再創作時的匠心獨運。盧太尉對生旦愛情的迫害愈大，就愈能考驗男女主角彼此的情意，也愈凸顯人物性格之貞定，主題思想和人物刻劃都在節節上升的情節中得以完成。最富戲劇化的情節，集中在這一階段，誤會、巧合、欺騙等事端，爲劇情帶來一波波高潮。

盧太尉挾權勢設謀欺騙，以達其招贅李益的目的。他上場不多，但卻是情節的主控者；他利用王哨兒、韋夏卿、鮑三娘等人來遂行計謀，必要使才子低頭聽命。

王哨兒曾赴邊關取消息，並且順道幫十郎傳遞畫屏爲家書，他是盧府中

人，這也是作者有意設造，總讓人物之間有「巧合」關係。王哨兒不是個壞人，但因爲十郎送家書而遭太尉責罰，要他再傳消息：「差你到京師慶賀劉節鎮還朝，便到參軍家，說咱府招贅，好歹氣死他前妻，是你功也。」他奉主人之命把盧府招婿的消息訛傳給小玉，但卻又好心地爲小玉帶詩作與十郎，「淚燭裁詩」、「開箋泣玉」兩齣，他成爲男女主角互通音訊的橋梁。王哨兒這個盧府小人物，在傳遞書信的劇情中，扮演盧太尉、李益及霍小玉三角關係的中間人，是作者爲劇情而設的小人物，把他定位爲盧府家人，也是很有巧思的。他有小人物單純的善良，所以雖然被責罵過，卻再爲小玉傳了詩箋，或許因爲主人並未明令禁止，這也顯出小人物的單純與善良本性。

　　韋夏卿在盧府招婿的過程中，迫於太尉權威，奉命勸親。且看盧、夏二人對話：

> 【瑣窗郎】李參軍蓋世文章，俺家中有淑女正紅妝。夏卿呵，你和他好友借重你商量，要他坦腹不須強項。夏卿知俺家威勢否？俺撈龍打鳳由他撞，怎脫得，這羅網。
> 〔韋背介〕原來太尉要招贅李君虞，怕不孤了那小玉姐一段心事，俺且告稟他知：

> 【前腔】論攀高貴婿非常，有一言須代稟試參詳。他有了頭妻小玉盟誓無雙，怕做不得負心喬樣。〔盧笑嗔介〕說甚麼「小玉」，便大玉要粉碎他不難！〔韋背介〕李郎，這太山只好作冰山傍，怕難做，這冰相。

> 〔堂候低云〕韋先生，俺太尉爺小姐招人，托先生贊相，誰敢不從！

韋夏卿其實是同情小玉，但又不敢說抗逆太尉之令，「婉拒強婚」齣，他和盧府堂候官同來勸李益。李益不敢驟然觸忤的爲難，其實和韋夏卿不得已前來勸婚，有相同的難處。堂候勸李益「你且從權機變，暫時應諾，再取次支吾脫綻」，韋夏卿也說「堂候此言有理」，準備用「拖延」的方式來應付盧太尉。堂候和韋夏卿的立場都很曖昧不清，堂候似幫著李益，韋夏卿又似勸李益暫允婚，李益也沒有斷然表明態度；三個人的態度都有若干模糊，作者製造了一種容易產生誤會的局面。韋夏卿臨去時，李益又特別叮囑他「柳影風聲莫浪傳」，或許他是有鑑於王哨兒傳話引來小玉擔心的前車之鑑，李益才如是交待。韋夏卿不滿李益態度不夠決斷，把這「風聲」說與崔允明；如是，又引起小玉傷懷，乃有賣釵尋訪的決定。在盧太尉設謀招贅的過程中，韋夏卿的

「柳影風聲」造成的影響是很大的，畢竟他是生旦雙方所信任的朋友，小玉可以懷疑王哨兒訛傳，但來自韋夏卿的訊息，更教小玉心碎，所以有了賣釵之舉。

韋夏卿勸親，自是小說所無，原傳小說中記載其人：

> 有京兆韋夏卿者，生之密友，時亦同行。謂生曰：「風光甚麗，草木榮華。傷哉鄭卿，銜冤空室！足下終能棄置，實是忍人。丈夫之心，不宜如此。足下宜爲思之！」

僅此一小段爲小玉抱不平的情節；戲曲中大大增加了他在情節中的重要性，五十三齣的戲，十一齣有他上場，盧太尉準備移李益參孟門軍事及勸婚事都找他商量。小說與戲曲都把李益與韋夏卿的交往定位在「密友」關係上。此或因爲史傳上有韋夏卿「知人」的記載，《舊唐書》卷一六五云：

> 夏卿有風韻，善談謔，與人同處終年而喜慍不形於色。撫孤姪恩瑜己子，早有時稱，其所與遊辟之賓佐，皆一時名士。爲政務通適，不喜改作。始在東都，傾心辟士，頗得才彦，其後多至卿相，世謂之知人。

他與李益都是大曆文人，韋夏卿交往皆「一時名士」，李益應在其中，至於是否如故事描述的密切關係，則很難說。

盧府招婿的最大陰謀與騙局，便在鮑三娘賣紫玉釵的情節上。前述王哨兒和韋夏卿的傳言，打擊霍小玉的愛情信心；但太尉亟欲威逼使低頭的李益，仍未應允婚事。巧合著紫玉釵賣到盧府，反被利用爲小玉變心的物證，再配合堂候妻假扮爲鮑四娘之姐三娘，前來賣玉釵，於是人證、物證皆在眼前，使「哭收釵燕」齣成爲李益內心感情呈現的重要戲碼。設謀招贅的過程中，分別用訛言、騙局來對生旦雙方進行愛情的分化，「淚燭裁詩」、「婉拒強婚」、「凍賣珠釵」、「哭收釵燕」、「怨撒金錢」等齣，分別刻劃主角人物深層的情感，是《紫釵記》的連場好戲，劇情在急遽上升階段。盧太尉的陰謀一步步得逞，相對地，主角人物的悲苦也在擴大中。

賣釵的鮑三娘，由堂候妻假扮。「鮑三娘」本是花關索儺戲的面具人物，湯氏巧取其名入戲中。她說代其妹四娘來賣釵，由於四娘一向與小玉往來密切，此騙局便更顯天衣無縫，難以不信。「騙局」是明代小說、戲曲中奸人常用的技倆，這也反映了明中葉以來市井抬頭，商業興起所出現的社會現象。萬曆年間有一本短篇小說集《杜騙新書》，把詐騙的形式和手法加以暴露，目

的是要揭穿騙術，教人防騙，作爲「救世之良策」，此書應世，也見得明代社會騙風之盛〔註102〕。《紫釵記》除以鮑三娘欺騙李益外，「凍賣珠釵」也寫僧尼藉宗教哄騙小玉錢財，這些情節乃戲曲作品對社會現實面的呈現，也是作者源於生活的取材。

（四）夢回生死

1. 夢　鞋

在取材再創作時，故事的結尾有重大改變，小玉化爲厲鬼的報復情節，已然不見於戲曲中。面對痴情不移的霍小玉，小說與戲曲均安排黃衫豪士挾持李益來相見，此後，小說的發展是「永訣」，戲曲則是魂兮歸來。情節發展不同的關鍵，從小玉「夢鞋」開始。〈霍小玉傳〉是：

> 先此一夕，玉夢黃衫丈夫抱生來，至席，使玉脫鞋。驚寤而告母。因自解曰：「鞋者，諧也。夫婦再合。脫者，解也。既合而解，亦當永訣。由此徵之，必遂相見，相見之後，當死矣。」

霍小玉自己對夢境作了解析。《紫釵記》四十九齣「曉窗圓夢」是：

> 【黃鶯兒】正好夢來時，戶通籠一覺回。〔鮑〕可夢到好處？〔旦〕陽臺暮雨愁難做，〔鮑〕李郎可來夢中？〔旦〕咱思量夢伊，他精神傍誰？四娘，咱夢來，見一人似劍俠非常遇，著黃衣。分明遞與，一緉小鞋兒。〔鮑〕鞋者，諧也。李郎必重諧連理。

夢黃衣人「分明遞與一緉小鞋兒」，鮑四娘解夢爲「重諧連理」。由「脫鞋」到「遞鞋」，一字之差，情節迥異。

夢鞋一事，在傳統解夢書中，有其象徵性意義。《敦煌遺書·伯三九○八》中的《新集周公解夢書·衣服章第十》記載象徵性的占夢之辭，如：

> 夢見著新衣者，疾病。夢見衣裳鮮者，口舌。夢見著青衣者，得官。夢見著黃衣者，大喜。夢見綠衣者，妻有娠。夢見白衣者，主大吉。夢見著緋衣者，官事。夢見著女人衣者，大凶。夢見著衣服者，大吉。夢見衣服砂（破），憂妻病。夢見戴晴（幘）者，主官位。夢見

〔註102〕《杜騙新書》爲明張應瑜著，浙江人，生平不詳。此書敘言作于「萬曆丁巳年春正月之吉」，即萬曆四十五年（1616），亦即湯顯祖去世之年。書中反應的時代世風，自當爲萬曆四十五年以前，正是湯顯祖所見的明代社會。參黃霖撰〈《杜騙新書》與晚明世風〉，《文學遺產》第一期，1995年，頁92～102。

> 新戴幞頭，死亡。夢見破巾子，兇；新，吉。夢見新襪吉，破者兇。
> 夢見鞋履，百事和合。夢見腰帶者，有官府。夢見錢帛者，主口舌。
> 夢見被幞等，有喜事。〔註103〕

夢鞋象徵「百事和合」，小說與戲曲都取「鞋者，諧也」，義同於此。《新集周公解夢書》是敦煌唐人的手寫本，寫卷完整地保存了解夢書的序言和第一章至二十三章的解夢條款，是可以代表唐人的占夢思想。不論「脫鞋」或「遞鞋」，夢境都預兆著往後情節的發展；雖然故事發展悲喜不同，但小說和戲曲在「夢鞋」一事上的情節預兆作用是相同。

夢中的黃衣人，依舊可從占夢術上暸解。〈霍小玉傳〉寫「黃衫丈夫抱生來」，《紫釵記》寫「見一人似劍俠非常遇，著黃衣」，前述敦煌本《新集周公解夢書》稱「夢見著黃衣者，大喜。」高國藩認為古人篤信夢黃為喜，他從傳統官制解釋夢兆說：

> 在隋唐時代黃衣專為皇帝之服，士庶都不得穿著。隋制，皇帝常服
> 黃袍，唐高祖武德初也規定黃袍為皇帝專用。據宋李燾《讀資治通
> 鑑長編》云：建隆元年，宋太祖被黃袍加身當了皇帝，宋代也是禁
> 用黃色布給士庶製衣的，宋王楙《野客叢書》卷八寫有專文〈禁用
> 黃〉。所以此條，夢見著黃衣，自然是「大喜」，意味成了皇親國戚
> 或神護之人。著黃衣者之所以為吉利，又與漫延古代的黃色崇拜密
> 切的關係。唐朝以前和唐朝以後的民間傳說中也說，凡是夢見著黃
> 衣者，均有喜事。〔註104〕

實際生活中的黃衣，不是一般人可以穿著，它象徵著皇族與尊貴，也成為一般人潛藏心中的仰慕。黃衣人帶來小玉日思夜念而不得見的丈夫，代表得貴人相助，放在夢中，象徵意味更為濃厚；雖然，夢外的情節，依然有個黃衫豪士。故事可以脫離現實，夢境更可展翅於荒誕世界，「黃衣」傳達出人們心靈的渴慕。

〈霍小玉傳〉寫夢的重點放在「脫鞋」事上，這可從小玉的解夢說辭看到。《紫釵記》則把「黃衣」和「遞鞋」事並重，試看鮑四娘對夢境解說的一曲〔黃鶯兒〕：

〔註103〕參高國藩著，《敦煌古俗與民俗流變》第七章，河海大學出版，1989 年版。
　　　　姚偉鈞著，《神秘的占夢》，廣西人民出版，1992 年版。曉峰編，《中國圓夢
　　　　寶典》卷下，西北工業大學，1993 年 9 月版等書之記載。
〔註104〕見高國藩，《敦煌古俗與民俗流變》，河海大學出版，頁 268。

此夢不須疑，是黃神喜可知，一尖生色鞋兒記。費金貲訪遺，卜金錢禱祈，惹下這劍天仙託上金蓮配。賀郎回，同諧並履，行住似錦鴛齊。

除了「鞋者，諧也」的象徵意義外，她把「黃衣」釋爲「是黃神喜可知」，正吻合敦煌本《解夢書》的說法。黃衣的尊貴從「神」字可以體會，夢黃衣爲「大喜」亦在鮑四娘的唱曲中點出。黃衫豪士的神秘力量及轉悲爲喜的戲劇功能，已隱含於夢境中，相較於原傳小說，有更積極的情節作用；化解盧太尉的強權，全仗黃衣人能「暗通宮掖」，他確是劇中一個神化人物，稱爲「黃神」頗適合於劇情。夢境與現實，交融爲一，眞與幻，虛與實，已在《紫釵記》的「夢鞋」小小地模糊了彼此的界線，爲作者「因情成夢，因夢成戲」〔註105〕創作思想的展現，也是《牡丹亭》以後更大夢境的創作試筆。

2. 回生起死

「夢鞋」幾乎可說是原傳小說悲劇氣氛的引爆點，在霍小玉怨怒的誓言，長慟號哭而絕之下，愛情走向永遠的遺憾，再也喚不回，令人低迴再三，黃衫豪士在力促二人見面後，又悄然退出故事。《紫釵記》的遞鞋之夢，恰好相反，劇情正要逐步由悲轉喜，「劍合釵圓」齣雖然小玉病體懨懨上場，她「傷神，病在心頭一個人。消魂，人似風中一片雲」，但缺少小說中強烈的怨怒情緒，霍小玉似悲非悲，即使她幾乎一命歸陰，作者仍使場上一片輕鬆，他是以喜感的手法來經營這一段劇情。試看豪士挾李益至霍府的戲：

〔豪眾作擁生馬進門〕〔豪指生問老云〕認得此人否？〔老驚哭介〕薄情郎，何處來也？〔豪〕且下了馬，請小玉姐來對付他。〔老〕小女沈綿日久，轉側須人，不能自起。〔且作在內介〕娘，你孩兒起的來也。〔鮑扶旦上〕

豪士說要小玉來「對付」十郎，似乎等著看一場熱鬧，觀眾企盼生旦同場已久，好戲正要上場。反觀小說此處的描述下筆沈重：「玉沈綿日久，轉側須人。忽聞生來，欻然自起，更衣而出，恍若有神。」凝重的氣氛和戲曲大不相同。

小玉回生起死，也是劇情轉喜的重要關鍵。小說中小玉慟絕後，「母乃舉尸，寘於生懷，令喚之，遂不復蘇矣。」「不復」使小玉永訣十郎。戲曲此處更動爲「喚醒」，情節爲之幡然：

〔註105〕見〈復甘義麓〉，《湯顯祖集》詩文集卷四十七。

〔老做扶旦倒于生懷〕〔哭介〕憑十郎喚醒也。

【二郎神】〔生〕年光去，辜負了如花似玉妻。嘆一線功名成甚的？生生的無情似翦，有命如絲。妻呵，別的來形模都不似你。〔作扶旦不起介〕怎抬的起這一座望夫山石？〔合〕尋思起，你恁般捨得死別生離。

【前腔】〔旦作醒介〕昏迷，知他何處，醉裏夢裏？纏博的俺郎君一口氣。俺娘呵，怕香魂無著，甚東風把柳絮扶飛？〔生〕是我扶你。〔旦〕扶我則甚那？生不面死時偏背了你，活現的陰司訴你。〔合前〕

二支〔二郎神〕，命如遊絲的霍小玉還魂回陽，湯顯祖掌握一個「喚」字，教戲曲有全新的情節發展，亦其高妙手法。此處小玉還魂，「活現的陰司訴你」只是一筆掠過，這些構思在《牡丹亭》中得以大力發揮，湯氏創作歷程的鍛鍊可以循序看到。

回生情節所帶來的喜感氣氛，也表現在生旦誤會冰釋的過程中。李益說要尋鮑三娘來問小玉有「後生」之事，引來一陣嬌嗔：

〔旦惱介〕好不羞！那裏有鮑三娘？是玉工侯景先哩。甚麼後生，都是你先坐下俺一個罪名兒。

【啄水鸝】你為男子不敬妻，轉關兒使見識，到底你看成甚的？〔生〕怎又討氣！〔旦〕不如死他甚的淘閒氣。既說我忘舊，取釵還我。〔生〕要還不難。〔旦〕是了，還了咱家，討個明白去。他妝奩厭的餘香膩，待拋還別上個新興髻。你還咱也好。〔合前〕

〔老〕也罷，此事問秋鴻。〔鴻上〕盧府親事，真個不曾成。

小玉終於可以當面責怪十郎，一吐怨氣，李益則退讓三分，這場對手戲，相信觀眾也會感到快意滿足，是很討喜的一段戲。霍小玉回生的情節，使劇作愛情主題得以完成，進而使神秘黃衫豪士抱不平的義行有其結果，盧太尉的奸謀害人有所懲處；因此，回生情節對《紫釵記》的主題與人物，都是必須而重要的安排，也是戲曲和小說收結大異的關鍵之一。

3.《紫釵記》的三個夢境

湯顯祖擅長寫夢，他的戲曲都有夢入其中。《紫釵記》共寫了三個夢，除了前述「曉窗圓夢」的黃衣遞鞋之夢外；另有兩個短夢，敘述於下。

　　其一：第二十三齣「榮歸燕喜」，十郎赴試未歸，小玉上場，敘及「昨夢兒夫洛陽中式，奴家梳妝赴任，好喜也。」這個夢一則藉以傳達人物內心思緒，所謂「日有所思，夜有所夢」，夢是很好的「寫心」方式。二則此夢也和緊接而來的劇情相合，當齣上演十郎中狀元歸來，夢境也暗示著劇情，雖然未具引導作用。

　　其二：第二十七齣「女俠輕財」，灞橋相別後，小玉正等待十郎的出境回音，她敘述夢境：

　　　〔旦〕浣紗，咱夜夢見也。

　　　【銷金帳】心情宛舊，遠定咱身前後。咱低聲問還去否？問他這般不
　　　湊，那般不抖。〔低介〕便待窗前，窗前推枕兒索就。呀！回首空床，
　　　斜月疏鐘後。猛跳起人兒不見，不見枕根底扣。

這個相思夢境，呈現的正是小玉內心的企盼和面臨的寂寞。「回首空床，斜月疏鐘」寓情於景，寂然清冷。此夢主要作用在表達人物情感，也配合著劇情內容。

　　以上兩個短夢，藉夢境傳達人物心情。據西方精神分析學者弗洛依德的觀點，夢是人類潛意識的呈現，夢的內容在於願望的達成〔註106〕，並認為文藝創作乃作家的白日夢；如此則生活中夢的經驗便成為創作中夢境的基礎。「日有所思，夜有所夢」，故夢每用來刻劃最深摯的情感，如唐人金昌緒〈春怨〉詩有「打起黃鶯兒，莫教枝上啼。啼時驚妾夢，不得到遼西。」蘇東坡「乙卯正月二十日夜記夢」悼亡妻的〈江城子〉詞下闋有「夜來幽夢忽還鄉。小軒窗，正梳妝。相顧無言，惟有淚千行。料得年年腸斷處，明月夜，短松岡。」明代民歌寫〈夢〉有「害相思，害得十分沈重。他在西，我在東。怎得相逢。昨宵得一箇團圓夢。方纔雲雨罷，醒來被又空。白日裡不來也，你到夢兒裡將人哄。」〔註107〕刻骨銘心的深情，化成文學上數不清的夢。

　　湯顯祖對夢別有體認，他萬曆十五年任南京太常博士時，歸省臨川，有〈赴帥生夢作〉的詩，其序言：

　　　丁亥十二月，予以太常上計過家。先一日，帥惟審夢予來，相喜慰
　　　曰：「帥生微瘦乎？」則止。予以冠帶就飲，帥生別取山巾著予，甚

〔註106〕參弗洛依德，《夢的解析》第二章。
〔註107〕馮夢龍編，《掛枝兒・想部》卷三。見《明清民歌時調集》，上海古籍出版，
　　　　1987年9月版。

適予首。嘆曰：「人言我兩同心，止各一頭然也。」嗟乎！夢生於情，

情生於適。郡中人適予者，帥生無如矣。乃即留酌，果取巾相易，

不差分寸，旁客駭嘆。記之。〔註108〕

詩中云「易巾果所宜，夢與形骸真」，這個易巾之夢，竟和真實吻合。帥機是湯顯祖忘年知交，顯祖認為夢是因著感情而來，感情則由於彼此的契合，帥機正是他最相「適」的朋友；「夢生於情」，這樣的想法，又見於其戲曲中的夢運用。

《紫釵記》寫三個夢，都相應著情節的進行，做夢的人均是思情濃重的霍小玉；但前述兩個夢境一喜一悲，乃配合劇情來刻劃人物深層心境，第三個黃衣遞鞋之夢，則以預兆情節之作用為主。

五、情節安排的疏與密

《紫釵記》在劇情進行的過程中，針線之埋伏、照映依然有條不紊，層層推進，符合「前顧數折，後顧數折」的編劇原則，環環相扣者俯拾皆是。但因以原傳小說為本，細節之處，《紫釵記》確不如《紫簫記》那般精密，大的情節架構固有勝於前劇；然牽絆多，細密之針線確有減少。試舉三例說之。

例一：《紫簫記》十九齣，小玉由女官內臣送回家，她敘述遭遇、「一從相失了阿娘和十郎，內家傳呼轉急，怎生出得？走得慌呵，丹墀一跌，原來是管紫玉簫滑著。尋思計來，外間看燈人鬧，都是少年遊冶兒，從出得宮門，不得清白還家。」其下一齣「遊園」，小玉「作跌」，十郎扶起她並說：「有俺丈夫在此，帶月而行，未為不可！著甚干忙，跌了腿子，綻了鞋兒？起來慢慢行，月上了。」這個「跌」，妙用無窮，「跌」出拾簫的劇情，也「跌」出小玉的貞心，十郎的貼心；前後劇情相映，作者細密巧思，令人讚嘆。《紫釵記》十六齣「花院盟香」，生旦亦是一齣遊園的戲，同樣在二人盟誓之後，歸途間「且作跌介」，同樣安排「跌」的動作，但這一「跌」，卻全無前劇的趣味與妙用，只是一個簡單的科介，不似《紫簫記》的埋伏照映，在「跌」中包含情節與人物的豐富作用。

例二：《紫簫記》與《紫釵記》皆有一段鮑四娘對霍小玉的婚前性教育，安排在《紫簫記》第十三齣「納聘」及《紫釵記》第十一齣「妝臺巧絮」。這

〔註108〕《湯顯祖集》詩文集卷八。

個情節可以看到《紫簫記》劇情處理較爲細密，其於第十二齣「捧盒」，櫻桃便對鮑四娘說小玉「作樣」，要四娘「扯定郡主，對了這鏡，簪上這釵，笑他一會。氳他對鏡簪釵，問他喜不喜？」故緊接的下一齣，鮑四娘即藉「插釵」向小玉傳授新婚進房之事，劇情前後埋伏照映，頗爲自然。反觀《紫釵記》的同樣情節，缺少前有伏筆，故「妝臺巧絮」齣四娘對小玉說「教你個『喜』字來，新婚那夜呵！」展開一番婚前性教育，劇情顯然較《紫簫記》突兀，巧妙不如但卻含蓄得多。

　　例三：在生旦婚禮之前，有一段霍小玉和鮑四娘登樓望見十郎前來迎親的情節；《紫簫記》演於十五齣「完婚」，《紫釵記》演於第十三齣「花朝含叠」。《紫簫記》寫小玉因睡不著，五更便起來梳洗早膳，因此同四娘登樓：

　　〔做望介〕〔四娘〕郡主，你看那東頭一派衙門，遠著皇城的是十六衛，中有個驍騎衛花老爺府？這西頭尚冠里一帶高房子，是令公府，俺郭小侯在此中住。〔小玉〕四娘，你有許多來路。〔四娘〕瞞你不得哩。俺還曉得一個去處，那向北去一所，不大不小，粉牆八字門兒，正對著章臺街，紅簾兒裏有個人兒，生得絕精，與俺相識來。〔小玉〕你的眼會走。〔四娘〕你卻不要走了眼，守那人兒出來。〔小玉作望介〕呀！四娘，委的一個騎馬官兒出來了。〔四娘〕看在那邊去？

　　〔小玉〕呀！望南頭來了。〔十郎走馬，三人跟上〕

「走眼」的科諢，一語雙關，終身大事是不能「走眼」的。逗趣的賓白增添場上的氣氛，她依四娘指引看到十郎，「驚喜」說：「四娘，你看那人走那一灣馬呵！風情似柳，有如張緒少年；迴策如縈，不減王家叔父。眞個愛人也！」知道這人正是新郎時，更「喜介」說「當眞生受你了！」在此之前生旦未曾謀面，藉登樓遠望，寫小玉初見十郎欣喜之情，人物刻劃效果極佳。《紫釵記》仍演登樓情節，仍演小玉「驚喜介」，並有一段相同的「張緒少年」的賓白；但事實上，小玉和十郎在元宵觀燈已經見過面，此處「驚喜」反成爲情節疏忽的敗筆，失去《紫簫記》人物刻劃的良好效果。王季烈《螾廬曲談》曾引臧晉叔之「節改」，批評《紫釵記》此段情節說：

　　試思閨閣處女，於將嫁時，方嬌羞匆急之不暇，豈有肯與媒人都高
　　遠望新郎之理？茲亦刪去之，不惟情節較合，於搬演亦較便利。
認爲刪掉此段登樓情節較佳；其實，這段情節本自《紫簫記》，原是人物刻劃上有所表現的一段。

　　然而，《紫釵記》亦有幾處針線頗為密縫的情節，分述如下：

　　（一）第六齣「墜釵燈影」的元宵佳節，上場人數最多，其中有一騎著白馬的黃衫大漢帶著二、三個胡奴上場，飄然而來，又飄然而去，不道名姓，但說「本山東向長安作傻家」；這幾個人形貌特殊，令人印象深刻。到了第十齣「回求僕馬」，李益為張羅婚事排場的人馬找韋夏卿、崔允明幫忙，二人言「長安中有一豪家，養俊馬十餘匹，金鞍玉轡，事事俱全，當為君一倍。」這裡提及「長安豪家」，「長安」二字正映照前面元宵夜神秘黃衫豪士的自述，隱然貫串在劇情中；但此處他未上場。第四十八齣「醉俠閒評」豪士再度上場，並大力干預劇情走向，成為場上最重要的人物。豪士正是第十齣崔、韋二人所提之長安豪家，此可由其隨從之言談，作劇情上的回映：

> 〔豪笑目送二生云〕何處擺出兩個大酸徒。〔從〕這兩個秀才好生眼
> 熟，似三年前一個借鞍馬的韋先兒，一個求俊僮的崔先兒。〔豪〕借
> 人馬何用？〔從〕李十郎就婚霍府，借去風光也。

這一段說明，可知豪士與生旦婚事始終有所牽引。由第四十八齣的照映，那麼第六、第十齣可說是預留伏筆，見作者有全盤的構思。

　　清梁廷枏《曲話》卷三，對《紫釵記》黃衫豪士的情節安排，有所稱譽，其言：

> 《紫釵記》最得手處，在「觀燈」時即出黃衫客，下文「劍合」自
> 不覺突，而中「借馬」折避卻不出，便有草蛇灰線之妙。〔註109〕

黃衫豪士若「草蛇灰線」的情節安排，是《紫釵記》極可稱道者，幾可謂埋伏、照映貫串全劇。

　　（二）第六齣「墜釵燈影」，生旦因拾釵而相逢，有一番眉目傳情，十郎說要用玉釵為媒采；小玉臨去時，低聲說「明朝記取休向人邊說」，短短一句唱詞，看似平常。然下一齣，十郎迫不急待地找上鮑四娘說媒，對四娘詢問的「昨夜燈前，有何所見？」他卻回答：「人中嚷嚷，都無所見。但拾得墜釵紫玉燕一枝，煩卿賞鑑。」這句「都無所見」的謊言，正照映前齣小玉交待的「休向人邊說」的情節。這是作者一個針線細密的地方，一句說辭，亦不含糊放過。

　　（三）第二十五齣「折柳陽關」，生旦灞橋傷別，小玉〔解三酲〕曲中有「從今後怕愁來無著處，聽郎馬盼音書」，「音書」有王哨兒代傳畫屏的情節

〔註109〕梁廷枏，《曲話》，收於《中國古典戲曲論著集成》第八冊。

相應；「郎馬」則有見於第五十二齣「劍合釵圓」，十郎被挾來之前，小玉心有感應，唱道：「聽呵那馬啼聲則俺心坎兒上打盤旋。浣紗，敢踏著門那人來不遠」，「郎馬」二字於此得到照映；此亦劇中一密針線處。

　　以上所舉三處，為《紫釵記》情節細密之地方。此外，亦有其疏略處，敘述如下：

　　（一）李益在玉門關外三年，然後改參盧太尉孟門軍事，「在孟門關外年餘」（「延媒勸贅」齣語），如是，前後參軍至少應有四年光陰，回京之後，他又被強置於太尉的招賢館內。然而後半段劇情，作者似乎遺忘了有「孟門關外年餘」的劇情過程，總是說及「三年」而已。如第四十六齣「哭收釵燕」，十郎〔太平歌〕曲道：「別他三載，長是泣年華，眼見得去後人亡將物化」，「三載」時間上是錯誤的。第四十七齣「怨撒金錢」，崔允明說「俺三年間受之惶愧」，四十八齣「醉俠閒評」又提「似三年前一個借鞍馬的韋先兒」，可見作者忽略了第四十一齣「延媒勸贅」中盧太尉所言「在孟門關外年餘」的時間交待，這確是情節上的一個疏忽。

　　（二）第四十三齣「緩婚收翠」，盧太尉準備先為女兒準備首飾，吩咐堂侯「五色玉釵齊備方好」，要「好玉多收買」。「五色玉釵」之說是合理的，然第四十五齣「玉工傷感」，玉工侯景先言「數日前盧太尉堂候哥來說，盧小姐成婚，要對紫玉釵」，明指「紫玉釵」就有疏漏，此時玉釵尚未賣至盧府，何知「紫玉釵」？這是劇情上一個小小的混淆；應當如盧太尉言「五色玉釵」才合理。

　　《紫釵記》一則為本於原傳小說，二則又改自《紫簫記》，三則在曲文上多見用心，使更為自然；但關目情節反有失趣味。柳浪館總評的「實實填詞，呆呆度曲，有何波瀾，有何趣味」，雖語太極端，然可由此情節針線之疏密，得到若干理解。

第四節　人物塑造

一、人物上場之概況

　　與〈霍小玉傳〉比較，主要人物名稱大致相同，小說提及人物約二十人，《紫釵記》除「雜」「眾」之外，有名稱（人名、身分或職官等）者計有二十五人。《紫簫記》中侍婢以櫻桃為主，家僮以青兒為主，《紫釵記》均回歸小

說中的浣紗與秋鴻二人。小玉父親霍王亦同於小說，已經亡故。劇中李十郎的主要友人也回歸小說提及的崔允明與韋夏卿，不再是《紫簫記》的花卿、石雄、尚子毗三友。《紫釵記》主要增加的人物是盧太尉、劉公濟、王哨等人，此外有應劇情需要而增添的吐蕃將領、大小河西王、尼姑、道姑、無相法師、酒保等腳色。

　　劇中人物大都以人名、官名或身分爲稱，此是湯顯祖劇作的特殊現象。《紫簫記》除開場的「末」之外，未有腳色分配之名稱。《紫釵記》大都以人名爲稱，但作者已有若干腳色分配如下：

　　　生：李益
　　　旦：霍小玉
　　　老旦：鄭六娘、酒保
　　　淨：盧太尉、吐蕃將
　　　外：無相法師
　　　末：豪奴、無相弟子、開場者
　　　丑：鮑三娘、無相弟子
　　　雜（眾）：邊將、兵卒、軍校、隨從

雖然有以上分配，但除生、旦、老旦之外，大都仍以名稱爲主。

　　茲列表見人物在各齣上場之情況，其順序依出場先後排列：

人名 ＼ 齣目	1 李益	2 秋鴻	3 韋夏卿	4 崔允明	5 鄭六娘	6 霍小玉	7 浣紗	8 侯景先	9 鮑四娘	10 府尹	11 黃衫客	12 盧太尉	13 堂侯	14 劉公濟	15 吐蕃將	16 大河西王	17 小河西王	18 王哨	19 尼姑	20 道姑	21 鮑三娘	22 酒保	23 無相法師	24 無相弟子	25 雜眾官使
1.本傳開宗																									
2.春日言懷	✓	✓	✓	✓																					
3.插釵新賞					✓	✓	✓	✓																	
4.謁鮑述嬌	✓								✓																
5.許放觀燈					✓	✓	✓			✓															✓
6.墮釵燈影	✓		✓	✓	✓	✓	✓				✓														
7.託鮑謀釵	✓								✓																
8.佳期亦允					✓	✓	✓		✓																
9.得鮑成言	✓								✓																
10.回求僕馬	✓	✓	✓	✓																					

齣目 / 人名	1 李益	2 秋鴻	3 韋夏卿	4 崔允明	5 鄭六娘	6 霍小玉	7 浣紗	8 侯景先	9 鮑四娘	10 府尹	11 黃衫客	12 盧太尉	13 堂侯	14 劉公濟	15 吐番將	16 大河西王	17 小河西王	18 王哨	19 尼姑	20 道姑	21 鮑三娘	22 酒保	23 無相法師	24 無相弟子	25 雜眾官使
11. 妝臺巧絮						✓			✓																
12. 僕馬臨門	✓	✓																							✓
13. 花朝合巹	✓	✓			✓	✓	✓		✓																✓
14. 狂朋試喜	✓		✓	✓		✓	✓																		
15. 權夸選士												✓	✓												✓
16. 花院盟香	✓	✓				✓	✓																		
17. 春闈赴洛	✓	✓				✓	✓																		
18. 黃堂言餞	✓									✓															
19. 節鎮登壇														✓											✓
20. 春愁望捷						✓	✓																		
21. 杏苑題名	✓																								✓
22. 權嗔計貶												✓	✓												
23. 榮歸燕喜	✓	✓			✓	✓	✓																		✓
24. 門楣絮別	✓				✓	✓	✓		✓																✓
25. 折柳陽關	✓		✓	✓		✓	✓																		
26. 隴上題詩	✓																								✓
27. 女俠輕財			✓	✓		✓	✓																		
28. 雄番竊霸															✓										✓
29. 高宴飛書	✓													✓											✓
30. 河西款檄															✓	✓	✓								✓
31. 吹臺避暑	✓													✓											✓
32. 計局收才			✓									✓	✓												
33. 巧夕驚秋					✓	✓	✓		✓																
34. 邊愁寫意																		✓							✓
35. 節鎮還朝														✓											✓
36. 淚展銀屏						✓	✓											✓							
37. 移參孟門	✓											✓	✓					✓							
38. 計哨訛傳									✓									✓							
39. 淚燭裁詩					✓	✓	✓		✓									✓							

齣目 ＼ 人名	1李益	2秋鴻	3韋夏卿	4崔允明	5鄭六娘	6霍小玉	7浣紗	8侯景先	9鮑四娘	10府尹	11黃衫客	12盧太尉	13堂侯	14劉公濟	15吐番將	16大河西王	17小河西王	18王哨	19尼姑	20道姑	21鮑三娘	22酒保	23無相法師	24無相弟子	25雜眾官使
40.開箋泣玉	✓																	✓							
41.延媒勸贅			✓									✓	✓												
42.婉拒強婚	✓		✓									✓													
43.緩婚收翠												✓	✓												
44.凍賣玉釵				✓		✓	✓													✓	✓				
45.玉工傷感						✓	✓					✓													
46.哭收釵燕												✓	✓									✓			
47.怨撒金錢				✓		✓	✓																		
48.醉俠鬧評			✓	✓					✓		✓											✓			✓
49.曉窗圓夢						✓	✓																		✓
50.玩釵疑嘆	✓	✓																				✓			✓
51.花前遇俠	✓		✓	✓							✓											✓	✓	✓	✓
52.劍合釵圓	✓	✓			✓	✓	✓		✓		✓														✓
53.節鎮宣恩	✓		✓	✓	✓	✓								✓											
上場齣數	28	9	12	11	11	22	21	3	13	2	4	7	9	5	2	1	1	6	1	1	1	3	1	1	

由列表可知李益、韋夏卿、崔允明、鄭六娘、霍小玉、浣紗、鮑四娘等人，出場均在十齣以上，戲份較重。李益出場共二十八齣，佔全劇 52.8%，其中第二十三到二十六齣及五十到五十三齣都是連續出場四齣，吳梅《顧曲塵談》論作劇法曾論及填詞當知優伶勞逸，認為如上一折以生為主腳，則下一折不可再用生腳〔註110〕，然如李益出場齣次高達 50% 以上，劇情要求亦不可能間隔上場，故連續上場之情況必不可免。考察腳色勞逸，則雖連續四齣亦有其變通於其中，試分析之：

第二十三齣「榮歸燕喜」共十三支曲，李益是中途上場，全齣他僅〔齊天樂〕、〔畫眉樂〕二支曲獨唱。第二十四齣「門楣絮別」共十支曲，李益亦中途上場，僅三支曲有唱，且是與鄭六娘、霍小玉輪唱，戲份不算重。第二十五齣「折柳陽關」共十六支曲，生旦各有一半唱曲，此齣是較吃重，但先

〔註110〕見吳梅，《顧曲塵談》第二章〈論作劇法〉「均勞逸」條，台灣商務印書館，民國 77 年臺四版，頁 110。

上場的亦不是李益。第二十六齣「隴上題詩」有六支曲，由「生」和「眾」輪唱，其中李益獨唱的僅〔滿庭芳〕、〔朝元歌」二支曲。由以上四齣觀察，「生」雖連上四齣戲，但均非第一個上場；其中僅「折柳陽關」一齣擔綱較重，其餘有其他腳色共同分擔，勞逸安排在劇場上是可以靈活彈性，上一折出下一折不出的作劇理論，反是拘泥不可能的。

除了主角人物之外，上場齣次並不能完全作爲人物重要性的依據，如浣紗出場共二十一齣，她是陪伴霍小玉的貼身侍婢，上場次數多，但大都居陪襯地位。反觀對劇情有重大影響的盧太尉與黃衫客，盧太尉有七齣戲，黃衫客僅四齣戲，但卻是情節上的重要腳色。戲曲此綜合藝術的靈活性，由此又一見，湯顯祖創作之巧妙亦由此見之，其腳色大量以人名、官名爲稱，或有靈活不受限的積極意義於其中。

二、賢俠貞順霍小玉

〈霍小玉傳〉、《紫簫記》、《紫釵記》三故事中的霍小玉，各有其人物特色。除了共同的堅定愛情的「情痴」形象外，原傳小說的霍小玉，在堅定之外，有一種激烈的性情，尤其表現在由愛生恨的訣別時刻；《紫釵記》亦有近乎訣別的情節，然其人物性情則大異於小說之表現，試比較之。

小說寫霍小玉訣別李十郎時，她「含怒凝視，不復有言」，「側身轉面，斜視生良久」，「舉杯酒酬地」發出「必爲厲鬼，使君妻妾，終日不安」的激烈誓言，最後「左手握生臂，擲杯於地，長慟號哭數聲而絕」；酬酒發誓、擲杯長慟，激烈的性情表現在這訣別前一連串的言語、動作中，最後她以「死亡」對十郎負心作出最強烈的抗議。原傳小說霍小玉的性格是堅定中有其激烈，由愛生恨，她不屬傳統溫柔敦厚的溫婉個性。

同樣寫奄奄病倒的霍小玉，《紫釵記》「劍合釵圓」齣，她交待訣別言語，我們看到的是賢德小玉：

> 〔老〕還有甚話也？兒。〔旦〕娘叫俺道個甚來？特爲俺把多才拜上：
>
> 【山桃紅】叫他看俺萱堂一面，半子前緣。叫浣紗，若秋鴻回來，你夫妻好生看覷奶奶。待拜你呵，〔作跌介〕你當了嫡親眷，替俺看他老年。鮑四娘，早晚也來看覷奶奶。當初是你作媒，以後見那薄倖呵，教他好生兒看待新人，休爲俺把懽情慘然。倘然他念舊情過墓邊，把碗涼漿瀽也。便死了呵，也做個蝴蝶單飛向紙錢。〔合前〕

〔山桃紅〕曲刻劃了一個楚楚可憐、孝順賢德的霍小玉，表現出傳統賢良女子的婦德，這段訣別言語和原傳小說的霍小玉相去真不可以道里計，配合劇情也刻劃了人物同中有異的性格。

《紫釵記》塑造一個賢俠貞順，完美婦德的霍小玉。她的賢俠與智慧尤其表現在「女俠輕財」齣，試觀下曲：

〔浣〕小姐，且向相公書房中閒走散心。〔行介〕

【銷金帳】〔旦〕綠窗塵覆，硯中琉璃漚。〔浣〕怎生秋鴻遺下這文房四寶哩？〔旦〕行箱內他自有。瑣窗兒都是嫩苔也，看他那邊鋪皺，這邊縈繡。不信蒼苔，蒼苔比情較厚。浣紗，想有人來也。〔低〕榻影明窗，曾和他書齋後。〔浣〕有人來。〔旦作慌介〕猛抬頭聽窗外，窗外啼鶯一畫。浣紗，書窗外半枝青梅，好摘下也。〔虛避介〕〔韋崔上〕

這是「折柳陽關」後的情節，小玉滿懷愁緒，睹物思人，「不信蒼苔，蒼苔比情較厚」，曲情細膩，亦反映人物細膩心思；她發現有人來到，即「慌」忙避開，但拋下一句「浣紗，書窗外半枝青梅，好摘下也」，藉以淡化自己慌忙避開，也不使來者感到唐突。這樣一句簡單的賓白，是很體貼入微地傳達人物細膩心思及其善良可愛，此處作者正以工筆刻劃人物。蔡鍾翔《中國古典劇論概要》言人物與情節之關係，有如是論說：「要深刻地表現人物，只有情節的大關節目是不夠的，還需有細節描寫、心理分析。因此，要求作者於極細微處留意，在不惹人注目的地方生發出文章來。」〔註 111〕這是對人物刻劃深有見地的觀點，細節描繪正是在「極微」〔註 112〕處活現人物性格。霍小玉慌忙避開的小動作，表現出她含蓄、體貼、端莊的賢淑形象。

接著，小玉讓浣紗「請韋、崔外坐」，這一小動作又見她謹守禮儀，潔身自愛；丈夫外出，她格外謹慎言行。此外，她又深謀遠慮，知道崔、韋二人貧窘，暗思「不如因而濟之，以收其用」，如此則有友人幫她訪知十郎消息，一舉兩得，此情節傳達出人物的聰明智慧：

〔註 111〕見蔡鍾翔，《中國古典劇論概要》，北京：中國人民大學出版社，1988 年 10 月版，頁 137。

〔註 112〕金聖嘆，《西廂記‧酬韻》總評有「極微」說：「曼殊空利菩薩好論『極微』，昔者聖嘆聞之而甚樂焉。夫娑婆世界大至無量由延，而其故乃起於極微，以至娑婆世界中間之一切所有，其故無不一一起於極微。此其事甚大，非今所得論，今者借菩薩『極微』之一言，以觀行文之人之心。」引見前書。

【風入松】鳳抛凰去。孤冷了鵲巢鳩。既無眷屬，二位先生便是嫡親相看也，緩急要個鵝鴒兒答救。〔崔〕二生客中貧忙，怕沒工夫看管。〔旦〕這個不妨，衣食薪芻，咱家支分。尋常金幣不著你求，咱家私要的是有。毛詩云：丈夫之友，將雜佩以贈之。雜佩因何贈投，望看承報瓊玖。〔韋〕既承委託，凡有所聞，託崔兄轉聞。〔崔〕使得。

作者藉情節刻劃霍小玉的賢德與智慧，並由崔、韋二人給予正面讚美，說：「這女子賢哉！女俠叢中他可也出的手」，這稱許道出作者心目中的霍小玉，他「設身處地」的代霍小玉「立心」、「立言」，其實表現的正是自己的「腎腸」；生活中，湯顯祖亦讚賞豪俠的人。

　　霍小玉對愛情的堅貞，尤其表現在「凍賣珠釵」及「怨撒金錢」事上，此於主題思想已有論及。於貞定中又顯其有主見、果決的人物性格，此固本於原傳小說堅定的霍小玉，戲曲中更藉情節來彰顯她有主見、能果斷行事的形象，濟助三友、賣釵尋訪，均見其處事決斷，在「怨撒金錢」的悲憤中，她聽崔允明要數落十郎，又即令浣紗「將錢奉上」，懇託相助；見俐落行事，性格明快果決。其實在元宵觀燈和李十郎初遇時，她雖含羞、「低鬟微笑」，但當浣紗惱於「書生無禮」開口罵人時，小玉阻止她說「劣丫頭，是怎的來！」這句賓白，又是一「細微」刻劃，人物的內心在此洩露，也表示小玉對感情一事自有主見。但鮑四娘持釵求盟定時，小玉卻說「此事須問老夫人」，她雖心有主見但又謹守傳統尊親孝道。除此，小玉的孝心又見於「劍合釵圓」齣，她自認不久人世，交待要十郎有「半子前緣」，浣紗和秋鴻「好生看覷奶奶」，「替俺看他老年」；小說中霍小玉飲恨而終，亦遺憾於「慈母在堂，不能供養」，《紫釵記》透過表演，小玉的孝心更被具體呈現，這是作者在人物塑造上刻意強化的形象。

　　傳統婦德的貞定與柔順，霍小玉兼而有之。「折柳陽關」齣她提出「八年短願」之說，乃取材原傳小說之辭，在《紫釵記》中這段賓白，略覺突兀不自然，固然「貴易妻」仍是社會之現象。戲曲中小玉的貞定要在金錢、生命皆不足惜中去對比愛情的重要。柔順婦德則可見於「淚燭裁詩」齣，當知道有一個盧小姐來爭夫，她有如是想法：「做官人自古有偏房正榻。也索是，從大小那些商度，做姐妹大家懂恰」，她持著柔順的婦德觀念，同時存有被拋棄的憂慮。她沒有抗議「偏房正榻」，還希望「姐妹」歡洽，並不代表她軟弱，

我們必須回到屬於她的一夫多妻的時代論事。霍小玉有主見又守傳統的人物形象，是符合於湯顯祖的人格特質，他具備傳統的倫理觀念，孝順父母、慈愛子女，在仕途上他堅持獨立自主的人格精神，不詭隨附和，但也不離經叛道，在溫和中有其堅持。瞭解湯顯祖的立身處世，便可明白霍小玉的精神面貌；「偏房正榻」、「姐妹懽恰」呈現其傳統婦德柔順的思想觀念，並非「忍辱求全」與「軟弱」﹝註113﹞的性格表現。

關於霍小玉的身分，小說與戲曲均稱爲霍王之女，但原傳小說其已因霍王亡故而淪落爲「倡家」，愛情悲劇一則因性格所致，一則也因身分微賤。《紫簫記》以霍王未亡並安排其遊仙情節，來證明小玉王女之身分地位；《紫釵記》回歸霍王已故，但塑造其爲大家閨秀，鮑四娘說「此女尋常不離閨閣」（第四齣語），「淚燭裁詩」齣面對十郎議親盧府消息，鮑四娘說「又不是路牆花朵，則問他怎生奚落，好人家的女嬌娃？」均肯定霍小玉「大家閨秀」的淑女身分，有異於小說之「倡家」。戲中，鄭六娘教她詩書，使學絲竹，並插戴萬錢之紫玉釵，小玉被刻劃成賢俠貞順的性格均吻合其閨閣淑女的身分背景。病重時，她溫柔敦厚的性情和小說的激烈不同，「淑女」自不同於「倡家」也。雖然，同中有異，不論小說或戲曲，霍小玉人物性格的塑造是合理而成功的。

相較於《紫簫記》，霍小玉的人物塑造也有所不同；同樣寫一個聰慧、貞定的女子，但《紫簫記》的小玉個性較爲活潑、精明，尤其「巧探」一齣，連鄭六娘也歎道：「我兒眞個老成也。」《紫釵記》的小玉則較偏向含蓄、溫婉，「玩釵疑歡」齣，十郎便說「妻，你敢疑我招了盧府也？你那知俺客舍閒風景，常則怕幽閨欠老成。」可知《紫釵記》的小玉在人物塑造上不若《紫簫記》的「老成」，活潑、精明不如，但由於外力介入，其對愛情的貞定則大有刻劃與表現，此又《紫簫記》所不如。兩劇的霍小玉因劇情取向不同，形貌也就同中有異，《紫簫記》的小玉活潑動人，《紫釵記》的小玉溫婉感人，各有所長。

綜言之，《紫釵記》塑造的霍小玉爲堅貞、果決、有主見、有智慧、孝親

﹝註113﹞ 今人王河〈從《紫釵記》到《牡丹亭》〉文中論霍小玉，認爲「當她得知盧太尉要招李益爲婿也忍辱求全。由於這種軟弱，霍小玉只能借助黃衫客豪士的外力才取得愛情勝利。」其實，霍小玉面臨的愛情問題不是她「軟弱」或「堅強」所可以解決的。王河之文見《江西社會科學》第五期，1983年，頁103。

順夫、溫柔敦厚的賢德女子，爲劇中完全正面人物。透過「三年一字三千里」的相思煎熬及賣釵尋訪十郎消息的悲痛心情，小玉「情痴」的形象在曲折劇情中獲得不斷深化的呈現；乃至生死一線，無怨無悔，其情痴如是。

三、毀譽參半李十郎

　　不論小說或戲曲，李十郎的形象總是複雜而多樣，〈霍小玉傳〉中他面臨愛情與門第婚姻的選擇；《紫釵記》則面臨權貴逼親的困境，外在環境的複雜，致使人物形象不似女主角的單純、深刻與完美。

　　〈霍小玉傳〉以厲鬼冥報來譴責十郎負心，《紫釵記》則以皇帝詔書肯定十郎重「伉儷之義」、「甚曉夫綱」。從小說到戲曲，男主角的形貌可謂大異小同，是故事中改變最大的人物。「小同」的地方在人物的家世背景及對愛情的渴慕等細節，試列述之：

（一）與小說「小同」的地方

1. 名門才子

　　〈霍小玉傳〉言其「門族清華，少有才思，麗詞嘉句，時謂無雙。」《紫簫記》亦言「先君忝參前朝相國，先母累封大郡夫人。富貴無常，才情有種。」相國之後的名門出身，當本於兩唐書本傳記載，李益爲肅宗朝宰相李揆之族子，《舊唐書》卷一二六〈李揆傳〉記載：「李揆字端卿，隴西成紀人，而家于鄭州，代爲冠族。」肅宗曾稱揆「門地、人物、文章，皆當代所推」，因有「三絕」之時稱；如是背景爲小說、戲曲所共同取材，《紫釵記》「才情有種」之說可與李揆「三絕」之史載相映。才子形貌爲小說和戲曲對十郎共同的塑造，寫霍小玉對十郎才名早就有所仰慕，小說還特別標舉小玉愛其「開簾風動竹，疑是故人來」〔註114〕的詩句，《紫釵記》未舉詩爲媒，但指出「頗愛慕十郎風調」，此或因戲曲已安排觀燈拾釵情節，故不必再藉詩句作爲二人感情之連繫。李益於大曆四年登進士第，年約二十二，在「三十老明經，五十少進士」的唐代科舉中，可說是年輕才子了；故事中名門才子的人物形象大致本於史傳。

〔註114〕此爲李益之〈竹窗聞風寄苗發、司空曙〉之詩句，其詩如下：「微風驚暮坐，臨牖思悠哉。開門復動竹，疑是故人來。時滴枝上露，稍沾階下苔。何當一入幌，爲拂綠琴埃。」三、四兩句將思念友人之神痴情態躍於紙上，此傳神文筆乃變化南朝樂府〈華山畿〉詩句「夜相思，風吹窗簾動，言是所歡來！」而來。

2. 求偶心切

〈霍小玉傳〉寫李益「思得佳偶」而「誠託厚賂」於鮑十一娘，知道有消息時，他說「一生作奴，死亦不憚」，興奮之情溢於言表。《紫釵記》十郎亦「厚幣言甘」於鮑四娘，主動追求愛情的態度尤其表現在「墮釵燈影」齣，小玉尋釵而遇生，一方是「羞避笑介」、「且低聲」、「且作打覷低鬟微笑介」；一方則「生做見科」、「生作聽徑前請見科」、「生揖科」，浣紗說「秀才，你把個香閨女覷得眼也斜」，除科介外，李益在言語上也顯主動直接，他說要以釵為媒：

> 【玉交枝】花燈磨折，爲書生言長意賒。秀才，咱釵直千金也！〔生〕此會千金也！〔旦背笑介〕道千金一笑相逢夜，似近藍橋那般歡恓。還俺釵來！〔生〕選個良媒送上，玉花釵他丟下聲長短嗟，玉梅梢咱賺著影高低說。

這一齣戲，刻劃出十郎對愛情表現主動積極的態度，比小說有過之。

3. 貧窮景況

〈霍小玉傳〉的李益初往霍家時，他「於從兄京兆參軍尚公處假青驪駒，黃金勒。」其後，婚聘甲族盧氏的百萬聘財，因「生家素貧，事須求貸」，都寫出一個家境貧困的李十郎。《紫釵記》李益與小玉婚事說妥後，鮑四娘言「看你好不寒酸」，建議他借人馬來充場面，「僕馬臨門」齣藉豪家胡奴和家僮秋鴻的科諢，正嘲弄出十郎貧困的窘境。此於主題思想已曾論述，不再贅言。小說和戲曲都寫李益家境貧窮，此於史傳上未見記載，《紫釵記》言「富貴無常，才情有種」，李益貧困之說或仍有取於其堂伯父李揆，《舊唐書》一二六卷〈李揆傳〉記載：

> 初，揆秉政，侍中苗晉卿累薦元載爲重官。揆自恃門望，以載地寒，意甚輕易，不納，而謂晉卿曰：「龍章鳳姿之士不見用，獐頭鼠目之子乃求官。」載銜恨頗深。及載登相位，因揆當徙職，遂奏爲試秘書監，江淮養疾。既無祿俸，家復貧乏，孀孤百口，丐食取給。

相國之後的李益，故事中言其貧困，或許和史傳上李揆「孀孤百口，丐食取給」有關；此外，貧困也是作者個人生活中的深刻遭遇。

（二）與小說「大異」的形象

〈紫釵記題詞〉雖然說「第如李生者，何足道哉。」但李十郎在劇中的形象仍甚可稱道，劇末「節鎮宣恩」又藉聖旨頌揚其文才武略及「不婚權豔，

甚曉夫綱」的品格。小說中逡巡、負心、屈服現實的李十郎，在戲曲中已大
爲不同，變成情堅有義、不屈服權貴的文武雙全形貌；但雖不屈服現實卻也
不能扭轉現實，爲了凸顯無法解決的現實難題，也造成人物刻劃上的若干矛
盾，李十郎的形象因而無法如霍小玉的單純與完美，也不似小說中的李益，
有著前後一致的人格形貌，劇中他是毀譽參半的。

1. 從屈服現實到獨立不依附人

原傳小說的李十郎，缺少一種承擔的道德勇氣，他是隨世浮沈，屈服於
現實的負面人物。《紫釵記》劇情牽涉政治現實，李益面對「情」與「權」的
糾葛，在事件處理上看到人物形貌，他特立獨行，有自己的堅持與人格。第
二齣韋夏卿告以「聞得你故人劉公濟節鎮關西，今年主上來巡，未知開科
早晚，你且相隨節鎮西行，此亦功名之會也。」功名本是讀書人所追求，然
李益認爲：「豪傑自當致身青雲上，未可依人。」這幾句其實道盡作者心聲，
「致身青雲」固士子所願，但必須循正當途徑，不取巧於依附權貴，湯顯
祖仕途上不依附張居正、申時行、王世貞兄弟等，正同於他劇中塑造的十郎
形象。

盧太尉下令「凡天下中式士子，都要參謁太尉府，方許註選」，李益卻獨
不到，致仕途不順，被派往玉門關外。強調李益不依附人的性格，又見於盧
太尉的述說：「我一心看上了李參軍，可恨此人性資奇怪，一味撇清。在孟門
關外年餘，都未通說。」這種不通說的獨立自主人格，在權貴眼中是很「奇
怪」的行事風格，倘若吾人瞭解湯顯祖「骨勁」、「心平」的仕途觀念，便會
明白《紫釵記》中李十郎的人物形象有著劇作家的時代及身影。〈答馬心易〉
書湯氏看到的社會現象是「此時男子多化爲婦人，側行俛立，好語巧笑，乃
得立於時。不然，則如海母目蝦，隨人浮沈，都無眉目，方稱盛德。」〔註115〕
一般人巧言佞色，失去自我，難怪盧太尉眼中的李十郎眞是「性資奇怪」。
此外，〈上馬映台先生〉言：「庚午之秋，所錄者弟子某一人而已。而弟子復
以性氣乖時，遊宦不達，無以報稱。」〔註116〕再看《紫釵記》「黃堂言餞」
齣，京兆府尹說「聖駕幸洛陽，開場選士，俺京兆府長安縣單起送李益秀才
一人。」「權嗔計貶」齣下場詩云：「堪笑書生直恁愚，教他性氣走邊隅」，這

〔註115〕《湯顯祖集》詩文集卷四十八。
〔註116〕《湯顯祖集》詩文集卷四十七。隆慶四年，歲次庚午，湯顯祖赴舉，馬映台
　　　　爲此次試官。

些劇中細節，都合著作者生平事情，「性氣乖時」既是湯顯祖，也是劇中李益的性格形象。

小說中李十郎拋棄小玉，另娶甲族是為利於一己仕途；戲曲中的十郎，一上場即表明「致身青雲」但「未可依人」，作者賦予男主角有品有格的形象，使成為正面受肯定的人物，原傳小說那個軟弱、屈服現實的十郎已被改頭換面。

2. 從負心到情堅有義

〈霍小玉傳〉情海生變由李益奉母命擬聘盧氏開始，在事件中，呈現其逡巡、負心、軟弱、逃避的負面形象。《紫釵記》改寫十郎，使不再是軟弱負心，反成為堅強不屈的痴情男子，有義丈夫。「移參孟門」齣盧太尉利誘他：

〔盧〕參軍，可有夫人在家？〔生〕秀才時已贅霍王府中。〔盧〕原來如此。古人貴易妻，參軍如此人才，何不再結豪門？可為進身之路。〔生〕已有盟言，不忍相負。

真實坦率的個性於此見到，坦承贅於霍府，無所隱瞞，不相負的真心也始終未曾動搖。「延媒勸贅」齣韋夏卿的一番話，也是十郎形象的側寫，【瑣窗郎】曲說：「他有了頭妻小玉盟誓無雙，怕做不得負心喬樣」。李十郎最深刻的情痴形貌，表現在「哭收釵燕」齣，這是劇情曲折的高點，面對定情的紫玉釵，耳聞小玉妻「招了個後生相伴」，他「哭介」、「悶倒」，卻沒有怨怪對方，反自責「是俺負了你也！」，又說「他縱然忘俺依舊俺憐他」，「早難道釵分意絕由他罷？少不得鈿合心堅要再見他。」這一幕的李十郎，情痴感人，深刻傳達人物重情之面貌。最悲痛的時候，他仍堅持感情，也沒有答應盧太尉「將此玉釵行聘小女如何」趁虛而入的建議。後來，李益半信半疑端詳著紫玉釵，心中反覆思量，「縱然他水性言難定，俺則怕風聞事欠明」，他堅守對小玉愛情的盟誓；情真意堅，未曾動搖。

《紫釵記》寫的不只是男女之情，更指向夫妻之義，生旦重逢後，小玉生氣十郎所提空穴來風的「後生」事，她說「你為男子不敬妻，轉關兒使見識，到底你看成甚的？」由於「伉儷之義，末世所輕」，在李益身上，作者欲刻劃其為有情義的君子形象。湯顯祖在〈旗亭記題詞〉極稱頌劇中董元卿夫婦「伉儷之義甚奇」，同樣的，《紫釵記》的愛情是包含著夫妻之義，對重視親情倫理的湯顯祖，正是其人格思想的表露。他在〈答鄒爾瞻〉書曾云：「大

見聞全在新聲，不令聽新聲，恐終吳下阿蒙耳。」〔註117〕透過戲曲，我們看到湯顯祖的思想，點點滴滴，具現在其筆下的人物與情節中。

3. 無法突破現實的逡巡

〈霍小玉傳〉李益逡巡的行爲來自其性格上的軟弱、疑懼，《紫釵記》十郎同樣有所逡巡，不夠決斷，但不是來自性格軟弱，而是因他所面臨的客觀現實難以解決。吳志達《明清文學史》言：

> 對於李生，固然沒有寫成薄幸負心的卑鄙之徒，甚至還有所同情，但是對於他性格的軟弱，缺乏深摯堅貞之情，則不無貶意，只是批判的主要對象是權豪貴要盧太尉之流的封建邪惡勢力，所以在一定程度上也就原諒了李生這種「何足道哉」的人物。〔註118〕

「性格軟弱，缺乏深摯堅貞之情」對《紫釵記》的李生而言，不能算是恰當的評論，前述十郎不依附人的仕途態度，堅守愛情盟誓的行爲表現，都證明其非性格軟弱的人。但《紫釵記》劇中確實藉鮑四娘、韋夏卿、崔允明、侯景先等人對李十郎有直接批評，使成爲毀譽參半的複雜人物。

鮑四娘的批評在「計哨訛傳」齣，聽說李益招贅在盧府消息，她唱曲罵道：

> 【香遍滿】秀才無賴，死去也不著骸。越樣風流賽，眞個難猜，不道將人害。是佳人命薄，慣了些呆打孩。咱橫枝兒聽著，也不分把闌干拍。

韋夏卿奉太尉令去勸婚，他問：「你就此親受用也？」十郎低語：「夏卿，李君虞何處不討得受用，豈須于此？只此人兄弟將相，文武皆拜其下風，既有此情，不可驟然觸忤。承顧眷，只說俺多愁緒成病看看。」堂候官建議「從權機變，暫時應諾」，韋夏卿亦認爲「有理」，但這一齣「婉拒強婚」下場前，韋夏卿卻對李益有段批評：

> 〔韋弔場〕嫦娥不見影沈沈，儘把閒愁占伏吟。畫虎畫皮難畫骨，知人知面不知心。俺夏卿怎生道這幾句？當初李十郎花燈之下，看上鄭家小玉姐，拾釵定盟，拈香發誓，擬待雙眠雙起，必須同死同生。一旦征驂，三年斷雁。現留西府，還推無可奈何；聽說東床，全不見有些決斷。言來語去，盡屬模糊；移高就低，總成繾綣。看來世

〔註117〕《湯顯祖集》詩文集卷四十九。
〔註118〕吳志達，《明清文學史》明代卷，武漢大學出版，1991年12月，頁366。

間痴心女子，反面男兒也。我且在此評跋他一番：

【金梧桐】才子忒多才，才子多人愛。插上短金釵，又袗上個同心帶。看他呵，心兒裏則弄乖，口兒裏則道白。李生一句分明罷了，卻又囑付我柳影風聲莫浪傳。呀！這段風聲，也不索燕猜鶯怪。待說與崔允明去。小玉姐呵，送紅顏這一段腌臢害。

老玉工侯景先同情霍小玉遭遇，他熱心代浣紗去賣釵，未料持釵賣向盧府，得知十郎正是盧府新婿，也唱曲罵「喬才」：

〔侯歎介〕這般一個薄情人，也唱個曲兒罵他：

【清江引】籠花撇柳不透風兒颺，知他火死要絕了燄。逐廟裏討靈籤，卦上早陰人占。李十郎，李十郎，怕你一處無情處處情兒欠。

崔允明得知盧府買釵事，說：「真個了，李君虞，你可也有時遇著俺崔允明，數落你一番，怕你不動頭也！」後來他找韋夏卿商量：「聞得崇敬寺牡丹盛開，小弟要將小玉姐所贈金錢作酒，邀請李君虞吟賞，席上使幾句，攢聒得他慌，不由不回頭也。」

以上眾人對李益的批評、責罵，或本原傳小說所言：「風流之士，共感玉之多情，豪俠之倫，皆怒生之薄行。」然作者既把人物形象徹底改變了，這一切批評則又皆因盧太尉阻隔，所造成彼此的誤會，當黃衫客挾李生「回家」時，作者安排李益作一番陳述：

〔生〕則怕盧太尉害了人也。〔豪〕怎生這般畏之如虎！〔生〕足下不知，小生當初玉門關外參軍，受了劉節鎮之恩，題詩感遇，有『不上望京樓』之句。因此盧太尉常以此語相挾，說要奏過當今，罪以怨望。所畏一也。又他分付，但回顧霍家，先將小玉姐了當，無益有損。所畏二也。白梃手日夜跟隨廝禁，反傷朋友。所畏三也。因此沈吟去就，不然，小生豈是十分薄倖之人。今日相見，怎生嘴臉也！〔豪〕結髮夫妻，賠個小心便了。盧太尉俺自有計處，不索驚心。

以「三畏」為李益「薄倖」開脫，將批判指向現實的權貴勢力。作者為凸顯權奸之惡，卻也使李益的人物形象塑造，有若干不能自圓的缺陷，如：王哨兒帶來小玉「詩意蹊蹺」的家信，他若關心小玉情緒怎能不為之耿耿？韋夏卿來時，何以不趕快要他代轉訊息？和崔、韋二人好不容易約見崇敬寺前，得知小玉「早晚待君永訣」，還有何事比小玉生死事更嚴重，卻仍未見到十郎

「急切」往見之心，還說：「怎敢造次便去」？這些情節，都使李益的行為與其情堅形貌有所矛盾；雖然一切歸於外力控制，但情節仍嫌有牽強不合理之感。

李益面對權勢惡力，雖未屈服，但他的逡巡態度，也表示在「情」與「權」的對抗中，主觀內在的「情」並不能解決客觀外在的「權」，也因此人物形象有其不能自圓的地方，唯有神秘豪俠黃衫客所擁有的更大的「權」，才是解決愛情困境的力量。李益形貌的毀譽參半及逡巡態度，皆來自客觀現實不能解決，他說：「聽的盧太尉有招親之意，俺這裡只作不知。呀！怎忘的我小玉妻也！」(「開箋泣玉」齣)，他用逡巡逃避的方式來應付，這是劇中人物的困難，也是作者無以解除的時代困境。

此外，李益正面的形象塑造，也較符合史實上詩人在作品中傳達的精神面貌。他有朋友、兄弟之情義，此可見於〈竹窗聞風寄苗發、司空曙〉、〈城西竹園送裴佶、王達〉、〈聞亡友王七嘉禾寺得素琴〉等詩，其〈嘉禾寺見亡友王七題壁〉詩云：

> 今日憶君處，憶君君豈知。空餘暗塵字，讀罷淚仍垂。

明白如話的詩句，表現詩人對亡友的懷念深情。〈喜見外弟又言別〉寫兄弟之情真切動人：

> 十年離亂後，長大一相逢。問姓驚初見，稱名憶舊容。別來滄海事，
> 語罷暮天鐘。明日巴陵道，秋山又幾重。

一句句刻劃出人世滄桑的無奈，兄弟珍惜此難得相逢，一夜長談，明日又遠別，再逢何時？心中無窮盡的情緒，只有望向幾重秋山。除此，在李益偌多的從軍邊塞詩，還可見其「雄心逐鼓鼙」〔註119〕的凌雲壯志；「去矣勿復言，所酬知音遇」〔註120〕，「一旦承嘉惠，輕身重恩光」〔註121〕的感恩思想，都和《紫釵記》有情有義，文才武略的李十郎形象相近。

四、鮑四娘、浣紗與鄭六娘

(一)俠情雌豪鮑四娘

小說中「性便辟，巧言語」的媒婆鮑十一娘，一變而為《紫簫記》中「容

〔註119〕見李益，〈送常曾侍御使西蕃，寄題西川〉詩。王亦軍、裴豫敏編注，《李益集註》，甘肅人民出版社，1989年12月版，頁80。
〔註120〕見李益，〈將赴朔方，早發漢武泉〉詩。《李益集註》，頁84。
〔註121〕見李益，〈從軍有苦樂行〉詩。《李益集註》，頁106。

色多情」的鮑四娘，再變而為《紫釵記》中俠義有情的「雌豪」鮑四娘；同是扮演生旦愛情穿針引線的媒婆腳色，然隨著劇情變化，作者於創作人物性格形貌之際，亦賦予其不同之特色。戲曲中的鮑四娘是霍小玉之外的重要女性腳色，《紫簫記》全劇三十四齣，四娘有十齣戲上場，占 29.4%，戲份甚重。《紫釵記》計五十三齣，四娘有十三齣戲上場，占 24.5%，份量較前劇略為減輕。

《紫釵記》讓鮑四娘回歸小說中純粹的媒婆腳色，《紫簫記》所演四娘和花卿的一段動人愛情，已盡刪去，仍回到「薛駙馬家歌妓也，折券從良，十餘年矣」的身分背景，以扮演生旦愛情的橋樑為主。但小說中「性便辟」略顯輕佻的鮑十一娘，又不見於《紫釵記》，戲曲凸顯她多情有義的形象。「謁鮑述嬌」齣四娘上場自述：「生性輕盈，巧于言語。豪家貴戚，無不經過。挾策追風，推為渠帥。」大致同於小說敘述，但以「性輕盈」取代「性便辟」，湯顯祖取材再創作時，已改變媒婆鮑氏之基本性情，更加肯定此人物之形象。小小兩個字更動，也看到作家嚴謹的創作態度。

在霍小玉的愛情故事裡，戲曲中鮑四娘的形象比起小說豐富許多，除了仍是媒婆之外，她更是一個多情有義的朋友，作者刻意營造人物之間彼此的關係，使劇情發展有合理的基礎。首先，強調四娘與李益「舊識」的關係，戲一開始，李益告訴崔、韋二友「鮑四娘于小生處略有往來」，即顯出彼此原本認識，這關係相同於原傳小說，但透過搬演，更被強調。第四齣「謁鮑述嬌」對四娘的內在心情有深入刻劃，她帶著一種淡淡幽情，無奈於逝去的青春年華，尤其面對「門庭蕭索」的景象。她說「俺也曾一笑千金，一曲紅綃，宸遊鳳吹人家。參差，憔悴損鏡裡鴛鴦，冷落門前馬。」四娘傷感於今非昔比，李益則安慰她「似秋娘，渾不減舊時聲價」，從彼此對話中，人物的性情、關係得到若干程度的傳達。李益溫厚體貼的良善，四娘傷感年華的心情，彼此間情誼關係都有所刻劃，這也為四娘成為其充滿義氣的朋友建構基礎；因此，十郎要赴邊參軍，四娘亦來送行，李益託付她「鮑四娘，他娘女，伊家早晚間好看覷」，劇情突破她媒婆形象，更塑造為一個可以重託的朋友。

俠情義氣是《紫釵記》鮑四娘的形象重點，她為十郎作媒，即因其「時時金帛見遺，無恩可報」，又說「禮有所求，必有所下。寸心相剖，妾為圖之。」呈現四娘重恩義的性情，她主動要為十郎效勞，以報其恩，這和小說中「常受生誠託厚賂」而代尋「佳偶」的媒婆鮑十一娘，還是有若干不同。《紫釵記》

強調她有恩圖報的義氣形象，小說中則見其謀事之忠。不論李益抑或四娘，在求偶及作媒的情節上，二人的形象均較原傳小說更為美好。

李益赴邊後，四娘本朋友之義照顧霍府；「計哨訛傳」齣奉令來傳消息的王哨便說：「打聽得這曲頭有個鮑四娘，走動他家，且向他一問」，可知鮑四娘於李益離家之後，便時常「走動他家」，為的是陪伴小玉，這份情義正是四娘在戲曲中的人物形貌。聞李益負心，她仗義發不平，罵十郎「秀才無賴，死去也不著骸」，淺白曲文，流露她率直性情。四娘的「雌豪」形象，更在「醉俠閒評」齣由酒保向黃衫客的介紹中明白指陳，此前已述及。除了俠義之氣，四娘總帶著一種多愁善感的情緒上場，她不似小說中帶著「笑」的媒婆，倒接近《紫簫記》「容色多情」的鮑四娘。《紫釵記》未寫四娘的愛情，她的傷懷是緣於年華老去，「俺因自想青樓時節，伴著五陵年少，今日獨自，好悽惶也呵！」寂寞使四娘悶悶不樂，且看下列一曲〔羅江怨〕：

> 無奈這秋光老去何，香消翠謵。聽秋蛩度枕沒騰那，數秋螢團扇暗消磨，也怎生個芭扇夜雨閒吟聑？燈兒和咱麼，影兒和咱麼，好一個悽惶的我！

生動地描述了四娘秋光老去的寂寞情懷，吳梅曾稱美《紫釵記》曲詞既烹鍊又自然，此可一見。湯顯祖用精鍊的文辭寫出自然婉轉的曲子，恍如信手拈來，隨口道出，誠大家出神入化之筆。

刻劃四娘多情有義的形象，「醉俠閒評」齣頗著墨於此。酒保稱她「雌豪」，黃衫客稱她「閨中俠，錦陣豪，聞名幾年還未老」，四娘為豪士進酒歌道「金盃小，把偌大的閒愁向此消，多情長似無聊。」點出自己「多情」的本性，豪士眼中的她亦「恁多情似伊個中絕少」，作者有意強調四娘「多情」之人物形象；而「情」與「義」是分不開的，代表俠義的黃衫豪士和四娘初見面時，四娘「打覷」道：「覷他豐神俊，結束標。料多情，非惡少。」在四娘眼中看黃衫客是「多情」，這一則符合其媒婆閱人無數之經歷背景，再則也藉人物宣揚情與義的創作精神。

帶著幾分淡淡傷情的鮑四娘，戲曲中她始終是個有情有義之人，但《紫簫記》著重其「情」，《紫釵記》著重其「義」，故前者淒美，後者傷感，因劇情傾向而有其形貌不同的著力。

（二）不曉事的浣紗

女主角的貼身婢女，《紫簫記》演了個俏皮可人的櫻桃，其主動活潑，令

人印象深刻；《紫釵記》則捨櫻桃取浣紗，主要因原傳小說中賣玉釵者為浣紗，故以其為主。男主角的隨身家僮也回歸小說之秋鴻，並與浣紗配對，試列一表見小說與戲曲此人物異動情形。

人物 \ 篇目	霍小玉傳	紫簫記	紫釵記	備　註
侍　婢	桂子、櫻桃、浣紗	櫻桃（配青兒） 浣紗（配烏兒）	浣紗（配秋鴻） △櫻桃（配烏兒）	「△」表未上場
家　僮	秋鴻	青兒、△烏兒	秋鴻、△烏兒	

　　就上場齣數看，浣紗有二十一齣戲有她，只比霍小玉少了一齣戲，但這不代表其重要性有如許之高，依情節論，她其實還不如上場十三齣戲的鮑四娘來的深刻與重要。浣紗在《紫釵記》出場之作用，常是陪襯霍小玉，她或者附和主人的言語，或者應主人之呼喚，有時則只是成為一個道具般，充充場面，如「淚燭裁詩」齣，場上計有小玉、鄭六娘、鮑四娘、王哨、浣紗五人，但浣紗未發一言，只有小玉對著她說「浣紗，這幾日鮑四娘都不見來……」，後來又要她「張燈上來」，她完全居於配角的地位。再看「折柳陽關」齣，浣紗伴主人上場，她應和小玉的傷別情懷，只有一句「忍聽御溝殘漏，迸一聲悽咽」的賓白為她所獨有，此外，她站在場上只成為小玉發言的對象而已，小玉對她說「浣紗，這灞橋是銷魂橋也！」齣末又對她說「浣紗，送語參軍，教他關河到處休離劍，驛路逢人數寄書」；她被動地呼應著劇情需要，不似《紫簫記》的櫻桃積極、主動地參與劇情，有著明顯的人物性格。浣紗大不如櫻桃的突出，亦表示湯顯祖對人物在劇情中的輕重分配，有更明顯的區分。

　　短篇文言小說的〈霍小玉傳〉，其浣紗只是情節一環而已，無人物刻劃可言，《紫簫記》有浣紗與櫻桃，但小玉隨身婢女為櫻桃，她活潑、機伶，很貼心地參與主人的憂與喜，好似個俏皮小紅娘。《紫釵記》浣紗就顯得不那麼知情識趣，尤其「墮釵燈影」拾釵之戲，生旦二人眉來眼去，互有情意時，浣紗還「惱介」地罵起十郎「書生無禮」，逼得小玉只好說「劣丫頭，是怎的來！」原本的矜持、羞避，被浣紗的不識趣逼洩出心底真意。不曉事的浣紗看不出主人心意，她且認為十郎「留了咱燕釵兒貪他那些」，這一齣生旦初相逢的戲，在傳情會心的雙方中間，夾雜個不太進入情況的遲鈍丫頭，演來則又十分討喜。

作者對浣紗的人物塑造，可於「春愁望捷」齣探之，全劇也僅此一場是其主僕二人的戲，作者寫了四支〔傍妝臺〕，由主僕輪唱；小玉因十郎赴舉，心中掛慮，不禁嘆「悔教夫婿覓封侯」，浣紗則道：

> 【傍妝臺】〔浣〕謾凝眸，他可在杜鵑橋上數歸舟。你合的是夫妻樂，他分的是帝王憂。怎做得尋常般兒女儔，蟲蟻樣雌雄守？他是西京才子，教他罷休。洛陽春老，知他逗遛。只願他插花筵上占定酒頭籌。

這一番才子分帝王之憂，不可如尋常兒女般守在一起的大道理，豈瞭解小玉心緒，柳浪館評浣紗此曲「全不知她痛癢」，是一針見血的論見。再看小玉擔心「錦袍穿上了御街遊，怕有個做媒人闌住紫驊騮」，如同《西廂記》的鶯鶯在張君瑞赴舉後，也擔心他停妻再娶；浣紗卻唱道：

> 【傍妝臺】〔浣〕你好似一眉新月上簾鉤，百年人帖不上半年週。雨雲香猶自有，絲羅契急難丟。你夜香不冷花前呪，他畫錦還歸月下遊。你花冠領取，因何恁憂？香車穩載，因何恁愁？少不的卿卿榮耀占住了小紅樓。

由四支〔傍妝臺〕曲看到浣紗和小玉真是兩樣情懷，她全不解主人心情，這樣的浣紗大不如《紫簫記》的櫻桃靈巧懂事。《紫簫記》也有一齣主僕二人的戲，十郎新婚一月即從軍去，小玉滿懷「幽思」（第二十七齣），櫻桃勸她「少女少郎，相樂不忘。恰待好處，又蚤撇下。你是聰明人，且自消遣。」小玉說「側身兒委的是難眠」，她則道「一時著他慣了，久後較可」；小玉問「有何仙宮道院，去燒些香也」，她則提「杜秋娘在西王母觀，四月十五日王母娘娘生日，好去燒香排遣」，我們看到一個分勞解憂的體貼櫻桃，這和不曉事的浣紗全然兩樣。

賣釵是浣紗另一場重要的戲，取材於原傳小說加以點染為「玉工傷感」。浣紗路逢玉工侯景先，她說「腳小，走不得也那」，又說賣釵事「也辱沒了王家體面」，玉工稱「到好一個丫頭，小妮子非拋閃，知羞識廉」，終答應代為賣釵，浣紗則不忘叮囑「休貶了價也」，其實她把這「價值萬鎰」的玉釵轉交他人，見思慮有欠周密；但也必須如此安排，玉釵乃能由霍府轉至盧府，掀起更大波折，故浣紗賣釵主要作用在情節功能，人物刻劃是極有限的。對戲中謹守配角地位的浣紗而言，卻是她一段較具份量的戲，尤其下面這段賓白：

〔侯〕且住，說與俺那薄倖是誰？俺一面賣釵，一面尋訪，可不兩便？

〔浣〕你這老兒，俺教你出個招子，帖在長安街上：某年某月某日，有霍王府小玉姐，走出漢子一名李益，派行十郎，隴西人也；官拜參軍，年可二十多歲；頭戴烏紗冠帽，身穿紫羅袍，腰繫鞓金寶帶，腳踏倒提雲一線粉朝靴；身中材，面團白，微鬚。有人收得者，謝銀一錢；報信者，銀二錢。〔侯〕忒輕薄了。〔浣〕俺浣紗昔年跟人走失了一次，也是這般招帖，酬謝也只是一錢二錢。

「招子」相當於「招牌」，宋元時代伎藝表演要先「掛招子」，告知表演之內容，用來招攬觀眾。藉著浣紗的諢語來批評李益，也為場上帶來一種詼諧趣味，李漁曾稱科諢可以「驅睡魔」，也是看戲之「人參湯」，可養精益神〔註122〕，此處即如是。徐朔方推許這段說白「為逐漸擺託傳統文人的舊習，作家正在探索新的創作方法，並且取得成就。」〔註123〕由侍婢來說這一段「輕薄」諢語，也很符合腳色的身分背景。

滑稽逗趣的科諢，《紫釵記》劇中並不多見，由於寫了個權奸盧太尉，劇情顯得較為凝重，浣紗反倒成為一個較輕鬆有趣的人物；如崔、韋二友送別十郎之後來向小玉回話：

〔浣〕還有甚話？〔崔〕秋鴻叫你個浣紗姐，不要胡行亂走。〔浣〕啐！帶腳的不飛勾了。

浣紗的粗鄙如在眼前；《西廂記》鶯鶯曾交僕人琴童帶六樣物品給張生，其中有「襪色一雙」，其意為「拘管他胡行亂走」，希望對方「安分」；秋鴻意亦如此，浣紗啐語「不飛勾了」，誇張而又另有意趣。浣紗與秋鴻是劇中兩個較輕鬆、詼諧的腳色，其他人物或正或反，總背負著必然的意旨上場，只有身為奴僕的腳色無必然的旨意，能發揮調劑效果，帶來輕鬆的感覺。

綜言之，《紫釵記》的浣紗顯得粗略、不曉事，但頗適切於腳色的身分、地位，輕重合宜。

（三）慈祥母親鄭六娘

小說與《紫釵記》均寫霍王已薨，《紫簫記》那多情欲隨霍王出家的母親鄭六娘又不見於此。在姓名上，小說寫「母曰淨持。淨持，即王之寵婢

〔註122〕見李漁，《閒情偶寄・詞曲部・科諢第五》。
〔註123〕見徐朔方，《湯顯祖評論》第二章，南京大學出版社，1993 年 7 月一版，頁65。

也。……遣居於外，易姓爲鄭氏」，《紫釵記》則名鄭六娘，「晚年供佛，改號淨持」。小說中「年可四十餘，綽約多姿，談笑甚媚」的形象符合其「王之寵婢」的人物背景。戲曲中不強調其「媚」，由「老旦」扮演六娘，又自稱「老身」，言「晚年供佛」，人物形象不再是原傳小說呈現的中年美婦人。

　　面對「老大年華」，六娘有一些傷感，這和鮑四娘的心情相同，也幾乎是年老婦女的共同情緒，歲月無情，婦女對青春逝去，感慨尤深。霍王既逝，女兒成爲六娘生活的重心，她教小玉讀詩書，另請鮑四娘來教絲竹音樂，又爲她打造價值不凡的紫玉釵插戴，王府千金的教養與嬌貴由此見到。《紫釵記》塑造六娘爲典型的慈母形象，她邀女兒一同春遊，說「爲多嬌，探聽春韶。那管得翠幃人老，香夢無聊！兀自裡暗換年華，怕樓外鶯聲到碧簫」，把年華歲月都付出在女兒身上，母女同遊，也看到六娘不是古撤的老夫人，有較良好和諧的親子關係。所以在婚姻大事上，母女二人又彼此尊重，小玉說「此事須問老夫人」，六娘則又說「婚姻事須問女兒情願」，這正描繪出作者心目中的家庭和諧氣氛，親子之間彼此尊重與體諒。當然，就婚姻自主事，湯顯祖更強調的仍是當事人心中意願，故劇情有元夕相逢，鮑四娘說媒時是先問小玉心聲，再尋鄭六娘同意，此皆透露作者之創作思想，既主張婚姻自主，又不樹立封建家長阻撓之刻板形式，湯顯祖呈現的是更美好的和諧關係。

　　面對「女大不中留」的提親事，六娘自有一番打算：

　　【宜春令】〔老〕催人老可嘆嗟，論從來女生外家。眼前怎捨，穩倩
　　個乘龍嬌客來招嫁。起西樓備著吹簫，展東床留教下榻。誰家養女
　　兒，尋思似咱？

「誰家養女兒，尋思似咱」，既捨不得嫁出女兒，故萌招贅意，她爲女兒思慮長遠，說「你百歲姻緣非笑要，關心事兒女由他。知他肯住長安下，怕燕爾翻飛碧海涯？輕可的定婚梅月下，怕相逢一線差？」這些地方看到鄭六娘慎重面對小玉終生幸福，希望對方「肯住長安」，深知姻緣是百歲之事，年輕人或者看得不遠，長安住下，她才看得到小玉，也才能放心。

　　「門楣架別」齣凸顯鄭六娘的情感，這齣戲寫十郎中舉後奉令參軍，六娘爲此傷懷不已，她「悲介」、「哭介」，是場上最悲苦的人物，鮑四娘說：「鄭夫人，你爲十郎遠征，眼梢兒啼得好苦也！」側寫出其傷情如此。縱然「苦殺老娘也」，但六娘仍告訴十郎「深閨淑女，何須疑慮？便待你侯封絕塞奇男子，咱身是當門女丈夫」，其爲母者的堅強令人好生敬佩。

　　劇末聖旨稱許鄭六娘「慈而能訓，老益幽貞」，這正是作者賦予人物的形貌，一個完全的慈祥母親；既不精明，也不嚴峻，從霍小玉能自主於婚事及家計，也看到鄭六娘的開明家教。她沒有扮演掌控大權的老夫人，但教女兒詩書，與女兒同悲喜，是一個可以共商量的慈母。充滿親情的家庭，是湯顯祖生活的眞實，也化爲他筆下的藝術眞實。

五、盧太尉、黃衫客、崔允明、韋夏卿

　　這四個男性腳色，是類型化的人物，盧太尉寫「權」，黃衫客寫「俠」，崔允明及韋夏卿則寫「窮」。類型化的腳色，作者主要藉以表達其創作思想，人物其實缺少性格發展之刻劃。權、俠、窮已述於主題思想一節，此處於人物略作補述。

（一）盧太尉的「權」

　　盧太尉是《紫釵記》最大的負面腳色，亦作者取材再創作時增加的重要人物，他製造戲劇衝突，左右劇情發展，但卻只有七齣戲上場，占約 13% 而已。這七齣戲又多是過場、短場的戲，分列如下：

　　　　第十五齣　　權夸選士　　小過場
　　　　第廿二齣　　權嗔計貶　　粗口過場
　　　　第卅二齣　　計局收才　　半過場
　　　　第卅七齣　　移參孟門　　粗細短場
　　　　第四一齣　　延媒勸贅　　粗口短場
　　　　第四三齣　　緩婚收翠　　半過場
　　　　第四六齣　　哭收釵燕　　粗細同場

就傳奇的排場〔註124〕而言，過場具起承連絡的地位，半過場則既補苴漏隙，又開啓後來場面之趨勢，短場用來濟正場、過場之窮。可見盧太尉的戲都放在情節作用上，只有最後一次上場的「哭收釵燕」不具影響情節功能，屬一齣「同場」的戲；所謂「同場」是多數腳色在同一場面，但其唱作份量有顯著的差別。這場「哭收釵燕」乃以李益的感情表達爲主的一場戲。

　　盧太尉始終是飛揚跋扈的形象，他上場時自道：「盧杞丞相，是我家兄；盧中貴公公，是我舍弟，一門貴盛，霸掌朝綱」，朝臣和宦官結合，便可以左

〔註124〕傳奇排場之說，參張敬先生《明清傳奇導論》，盧師元駿《曲學》及曾永義先
　　　　生《詩歌與戲曲》之〈說排場〉一文。

右政治，唐代如此，明代亦復如此。盧杞是唐德宗的宰相，唐代宦官稱盛也開始於德宗時，此因藩鎮割據之勢已形成，天子對領兵在外的將領未放心，於是派出親信宦官去監視，漸漸地京畿禁軍便落入宦官手中，常握兵力遂使唐代宦官能操縱皇帝的廢立。湯顯祖對此歷史深有瞭解，他說「唐之患，未有大於宦官典禁軍者也。前後執事，多依倚其中，以容以進，慮無及除滅之者。」〔註125〕洵有見地。明代則是宦官用事最久的朝代，從明成祖奪取帝位到崇禎十七年明亡，歷二百多年。然由於事權分散，並由皇帝統大權，故明之宦官雖用事久，卻未如漢唐之能操縱君主的廢立生死〔註126〕。朋黨營私的官場現實，恍如歷史重演，雖不完全一樣，卻都融合在劇作家筆下。

　　盧太尉的形象和史傳盧杞相似，作者已言兩人為兄弟關係。《新唐書》卷二二三〈盧杞傳〉云：

　　　　既得志，險賊寖露，賢者媚，能者忌，小忤己，不傳死地不止。

《舊唐書》卷一三五則記載：

　　　　既居相位，忌能妒賢，迎吠陰害，小不附者，必致之於死，將起勢
　　　　立威，以久其權。

盧杞這種必要人附於己的作法，正是「盧太尉」人物形象塑造的重點，他咬定李十郎，即肇因於其未向權勢低頭。他強調自己「婣連外戚勢遊中貴」，「倚君王，為將相，勢壓朝綱。三台印信都權掌，誰敢居吾上」，強行安置十郎於「招賢館」中，並派軍校跟隨，不使自由行動。韋夏卿告與崔允明：「你不知盧太尉當朝權勢，出入有兵校挾著，分付有說及霍府事者，以白梃推之；且盧家刺客布滿長安，好不精細哩！」這一段敘述，令人想起明代特務機構的錦衣衛，宦官利用錦衣衛殘酷地對待反對的官員，羅織罪名，嚴刑酷打，是明代政治史上黑暗的一頁；湯顯祖任職南京時，有〈錦衣鳥〉一詩，即寫錦衣衛之殺害人，詩如下：

　　　　太常東署門，連垣街親衛。中有怪大鳥，好作犬號吠。

　　　　悲嘯無時徙，吉凶須意對。非有伯勞沈，豈無子規廢。

　　　　開天殺人處，陰風覺沈昧。

藉鳥寓意，對陰霾害人的錦衣衛有所批評。盧太尉的形貌以唐丞相盧杞為依據，寫其仗勢橫行，派王哨赴邊探軍情，是合於唐史的；但盧府堂候藉辦事

〔註125〕見〈明故朝列大夫國子監祭酒劉公墓表〉，《湯顯祖集》詩文集卷四十一。
〔註126〕參溫功義，《明代的宦官和宮廷》，重慶出版社，1989 年 3 月。

非法斂財，堂候妻幫太尉訛騙李益而得「事成，賞你丈夫一個中軍官」，派軍校持棍跟隨十郎等事又映著明代官場若干不良現象。

盧太尉這個反面腳色，代表權勢惡力，他是否一無可取，其實又不然，他本要書生低頭，後來「爲憐才肯把仙郎盼」，欲招才郎爲婿。爲女兒婚事頗費心，並著堂候去「好玉多收買」；這些地方，他又有善爲人父的一番心情。當然，作者藉此人物凸顯一個「權」字的意圖是極明顯的，不論他上場與否，其權勢逼人的影響伴隨著劇情發展。

以唐相盧杞的形象來創作一個小說中所無的盧太尉，此固合於原傳小說提及李益娶盧氏女爲妻，就歷史眞實言，李益也確有盧姓妻子，其詩集中有〈贈內兄盧綸〉一首，盧綸亦大曆十才子之一；可知兩家有姻親關係。此外，從史傳上另可看到盧杞和李益先人李揆的恩怨，《新唐書》盧杞傳記載：

> 故宰相李揆有雅望，畏復用，遣爲吐蕃會盟使，卒于行。（卷二二三）

《舊唐書》記載：

> 李揆舊德，慮德宗復用，乃遣使西蕃，天下無不扼腕痛憤，然無敢言者。（卷一三五）

湯顯祖在劇中既言李益爲前朝相國之後，又言盧太尉爲盧杞之弟，故其創作盧太尉與李益對立關係，亦頗切合史傳上兩家之恩怨。

（二）黃衫客的「俠」

黃衫客的身分背景，完全同於〈霍小玉傳〉，其人和權勢也有關係，自言「某本族山東，姻連外戚」。他能行俠仗義，除去盧太尉，一賴其「暗通宮掖」的力量，二又掌握到皇帝心意，三則隨有人竄掇言官的機會上奏小玉事。在三條件配合下，專權的盧太尉終於被削職。水到渠成，時機成熟，乃能順利除去盧太尉，這是湯顯祖對官場權利傾軋的體認，故其寫黃衫客成功的條件便是如此。

湯顯祖爲友人劉應秋所寫之墓表，感嘆其與張位被劾，湯氏對二人有其肯定，但張位被「除名爲民，遇赦不宥」〔註127〕，劉應秋因與之親近，連帶被貶；湯顯祖對此周遭人物的際遇，有如是觀點：

> 嗟夫，士亦視其所親何耳。張公（按：張位）豈不可親者耶！言道

〔註127〕《明史》卷一〇七〈張位傳〉。

德而負經濟，故天下所屬心望爲名相者。一出而陰爲國本重，顯與
定邊計，意念皆在國家。獨其發決大蚤，未能收拾天下賢士，厚集
其勢，而輕有所爲，臣不密則失身，勢固然耳。豈張公爲人眞有不
可親者耶！君（按：劉應秋）畢生蘊積憤發，欲有所施用于時，誠
不欲厚自遠引。然亦何以遠引爲也！且吾與君私語張公行事，君亦
常爲感然，非苟爲同而已。〔註128〕

由這段議論，看到湯顯祖對於「所親」的謹愼，故其一生在朋黨盛行的官場
上，始終保持一個冷靜的立場，對於周遭人物的善惡有清楚的判斷。張位「發
決大蚤」，是其失敗之主因，未「厚集其勢」而「輕有所爲」，時機未熟故終
不可有所爲。這樣的認知，表現於《紫釵記》的收場，黃衫客能掌握到適當
時機才能使權傾一時的盧太尉被聖詔懲處，透過人物命運的安排，顯現作者
的諸多見解，正是湯氏所言「大見聞全在新聲」。

　　〈霍小玉傳〉描寫黃衫客「衣輕黃紵紗，挾弓彈，丰神雋美，衣服輕華，
唯有一剪頭胡雛從後」，主要情節是挾十郎至小玉處及出資辦「酒餚數十盤」，
《紫釵記》則把黃衫客寫得更加豪邁與多情義，並爲其蒙上一層神秘外衣。
元宵觀燈時，先使其在群眾之中上場，如是黃衫大漢，騎白馬，又跟隨二三
胡奴，是很特殊的一組人馬；李益籌辦婚事之人馬乃向「長安豪家」借來，
此豪家未上場，又帶著幾分神秘感，直到劇末，黃衫客才再度上場，酒保說
「遠處一個活神道來也」，「活神道」三個字確是代表作者創作此人物的一種
心情。小說中爲俠義的豪士，在戲曲中他另有掃除不平的「權」，這樣的人物
在現實中不易尋到，神秘的「埋名豪客」身上，有俠、有權、有情，實劇中
一個理想神化的人物。

　　俠者多情，黃衫客的豪邁多情，在「醉俠閒評」有所刻劃，他和鮑四娘
二人把盞暢飲，雄豪和雌豪聚首，彼此相談甚歡，同爲霍小玉抱不平，曲終
之際，「胡雛，取紅絹十匹，與四娘作爲纏頭之費」，他說「四娘，一笑相逢
咱兩人心上曉」，透過二人唱詞、說白，呈現出豪俠之人多情本色；黃衫客的
豪氣並經由他對金錢的揮灑上表露，正如以霍小玉怨撒金錢來襯托愛情的重
要；黃衫客紅絹十匹作纏頭之費，又以金錢十萬送至霍府張酒筵，比起小說
的「酒餚數十盤」，豪氣有過之而無不及。隨著情節細描，展現人物形貌，見
俠士重人間情義，金錢身外之物，不足爲惜。

〔註128〕同註125。

面對緊隨十郎的持棍軍校，一曲〔收江南〕見黃衫客快人快語，氣勢凌人：

> 【收江南】〔豪〕呀！禁持的李學士沒參差，盧太尉甚娘兒！比似俺
> 將你老東床去了也那廝，和你家小姐對情詞。〔做拔劍介〕看劍兒雄
> 雌，不甫你一個來一個兒死。

挾持李益往霍府，見其羞愧不行，他又語帶詼諧說「秀才，不是請你到俺家
去，是請你到你家去。」俗而有趣。把十郎交到霍府，他灑脫下場：

> 李郎，我聞東方朔先生云，惟酒可以消憂，咱已送金錢辦酒。酒呵，
> 能消鬱塊忘憂散。只一味〔指生介〕當歸勾七還。俺去也！〔生〕
> 感足下高義，杯酒爲謝，何去之速也？〔豪〕某非爲酒而來。〔生〕
> 願留姓名，書之不朽。〔豪笑介〕休也！英雄眼，偶然蘸上你紅絲綻，
> 爲誰羈絆？爲誰羈絆？

他「舉手介」，道聲「請了！」飄然遠去。黃衫客的豪氣、俠義、多情、神秘，
比起小說更爲豐富。「當歸勾七還」此一味藥，「七」諧音「妻」，用中藥名表
意，亦一種流行的文字遊戲。〔註129〕

黃衫客上場只有「墮釵燈影」、「醉俠閒評」、「花前遇俠」、「劍合釵圓」
四齣戲，都是腳色眾多的大場或同場戲，眾腳色也襯托出黃衫豪士的不同凡
俗，他總是灑脫的「舉手介」，表現豪俠氣概，語言亦莊亦諧，粗中有細。與
小說中的黃衫客比較，《紫釵記》更寫了俠者之情與俠者之權，徒有俠義依然
不能有圓滿結局，必使盧太尉遭聖旨削職，乃結束這一場愛情離合風波，「盡
人間諸眷屬，看到兩團圓」。

（三）崔允明與韋夏卿的「窮」

崔允明爲李益之中表弟，韋夏卿爲其密友，《紫釵記》藉此二人物主要刻
劃書生寒酸的窘境，前於主題思想一節已有論述，此從略。原傳小說並未凸
顯「窮困」之事，於崔允明有如是敘述：

> 有明經崔允明者，生之中表弟也。性甚長厚，昔歲常與生同歡於鄭

〔註129〕明代馮夢龍編集的民歌《掛枝兒》曲有〈藥名〉三篇，試錄其中一首見此文
字之趣味：「想人參最是離別恨。只爲甘草口甜甜的哄到如今。因此黃連心苦
苦裡爲伊擔悶。白芷兒寫不盡離情字。囑付使君子切莫做負恩人。你果是半
夏的當歸也。我情願對著天南星徹夜的等。」見收於《明清民歌時調集》、《掛
枝兒‧想部》，上海古籍出版，1987 年 9 月版。

氏之室，盃盤笑語，曾不相間。每得生信，必誠告於玉。玉常以薪
芻衣服，資給於崔。崔頗感之。生既至，崔具以誠告玉。

於韋夏卿之敘述爲：

有京兆韋夏卿者，生之密友，時亦同行（按：賞牡丹）。謂生曰：「風
光甚麗，草木榮華。傷哉鄭卿，銜冤空室！足下終能棄置，實是忍
人。丈夫之心，不宜如此。足下宜爲思之！」

《紫釵記》取此原傳小說之敘述並擴充之。戲曲中霍小玉資給的是崔、韋二
人，他們參與生旦愛情分合的全部過程，是一對有情義的窮酸朋友。打從元
宵觀燈拾釵相逢後，崔允明即告李生：「既此女子於兄分上非淺，不可負也。」
二人是霍小玉愛情的支持者。

　　韋夏卿上場十二齣戲，崔允明十一齣，但大多是陪襯、連貫劇情之作用，
如「墮釵燈影」，二人陪李益上場，中途避開：「俺二人前門看燈去，兄可與
之小立片言」，使生旦單獨碰面，待小玉離開後，二人再上場陪襯十郎。「折
柳陽關」齣生旦難分捨，齣末二友才上場，也爲此齣作收場，言「早聞得李
君虞起行，到日午還在紅亭佇俟也」，勸小玉「郡主，俺兩人還送君虞數程，
回來便有平安寄上。軍行有程，未可滯他行色。」賴二人上場濟助，乃使此
難分捨場面得以落幕。此二友每扮演濟補情節之作用，雖上場齣數多，但有
時僅短暫露面，一則完成其情節作用，再則也具現朋友情義。

　　在人物刻劃上，崔、韋二人缺少內心戲之呈現，主要寫其朋友情義及塑
造書生窮寒之形象。「回求僕馬」李益與二人共商婚禮大事，場上書生們舞文
弄墨掉一番書袋，但面對現實則得向豪家商借，亦甚可悲。崔允明去借馬，
韋夏卿去借人，「你逞精神去坦東床腹，那些兒幫襯工夫」，發揮朋友相助之
情義。

　　十郎離家之後，崔、韋二人與小玉站同一線，小玉濟助二人衣食，他們
則應允倘有十郎消息，便由崔允明來轉告，言「不便頻來，怕外觀不雅往來
稠」，呈現書生謹守禮的形象。安排由崔允明傳遞消息予霍小玉，此有本於原
傳小說；韋夏卿則作爲盧太尉與李益的中間人，此又與人物史實有若干契合，
《新唐書》卷一六二〈韋夏卿傳〉記其人「爲政務通理，不甚作條教。所辟
士如路隋、張賈、李景儉等，至宰相達官，故世稱知人。」韋夏卿有此背景，
戲曲安排盧太尉找上他也頗合人物之歷史眞實。然史傳有其不受賄金的記
載，未有其貧困之說。《紫釵記》使李益及崔、韋二友均以窮書生之形貌見於

場上，此亦作者欲凸顯的創作思想之一。

　　綜言之，小說中各不相干的崔、韋二人，在《紫釵記》成為一個組合，他們貧困、有義，是謹守禮義的拘拘儒者。劇末二人言：「俺們生受小玉姐許多錢鈔，到惹起黃衫豪客來，與這段煙花結了公案。真乃是千家吃酒，一家還錢，事不偶然。」真可謂「百無一用是書生」，作者在此二人物身上寫出這樣的慨嘆，有情有義的貧窮書生，面對惡勢力的現實，徒呼負負而已。

第五章 《牡丹亭》對〈杜麗娘慕色還魂〉的再創作

第一節 前人對《牡丹亭》的評論

　　《牡丹亭》完成於萬曆二十六年秋天，此時湯顯祖已無官累，寫劇、看戲、教唱是他生活中事，《牡丹亭》甫問世即不斷演出，並引起廣泛熱切的愛好與討論。湯顯祖詩作有〈滕王閣看王有信演《牡丹亭》二首〉、〈傷歌者〉、〈聽于采唱牡丹亭〉，都記載他自己觀賞《牡丹亭》的演出，其友人萬曆曲家潘之恆（1556～1622）甚至有「不慧抱恙一冬，五觀《牡丹亭記》，覺有起色。」事〔註1〕，說觀劇而使病有起色，其力量若此。當時鄒迪光、王錫爵、潘之恆、劉同升、錢岱、徐鳳儀等人都有家伶演唱《牡丹亭》〔註2〕，演唱既盛，評論亦隨之增多。明清以來，戲曲評論家有關《牡丹亭》之論說無以勝計，批評固有，讚賞者實多。主要之論說有：關於四夢高下之說，關於曲詞、賓白、音律，內容思想，人物形象，題材來源，故事影射，劇本刪改、搬演、影響等等，有關《牡丹亭》的評論可說是全面性的，鉅細靡遺，由案頭到場上皆有所論，其造成的影響也是無以估計的。本節擬舉其大要者論述之。

〔註1〕 見汪效倚輯注《潘之恆曲話》之〈情癡〉（觀演《牡丹亭還魂記》書贈二孺）一文，北京：中國戲劇出版社，1988年8月一版，頁73。原載潘之恆《鸞嘯小品》卷三。

〔註2〕 參見徐扶明編著，《牡丹亭研究資料考釋》第三編，上海古籍出版社，1987年6月一版，頁140。

一、有關於四夢高下之說

以今人之觀點，四夢之中，無論思想性、藝術性，《牡丹亭》均應居於首位；但前人對此，卻有不同看法，如明呂天成《曲品》一書，將湯顯祖劇作五本，俱列為「上上品」，無區分高下，此為一見。

認為《牡丹亭》應列為首位者，如明末張琦《衡曲麈談》之〈作家偶評〉條言：

> 今玉茗堂諸曲，爭膾人口，其最者，《杜麗娘》一劇，上薄風騷，下奪屈宋，可與實甫《西廂》交勝。

明張岱《瑯嬛文集》卷三〈答袁籜庵〉云：

> 湯海若初作《紫釵》，尚多痕跡。乃作《還魂》，靈奇高妙，已到極處。《蟻夢》（按：指《南柯》）、《邯鄲》，比之前劇，更能脫化一番，學問較前更進，而詞學較前反為遜色。蓋《紫釵》則不及，而「二夢」則太過；過猶不及，故總於《還魂》遜美也。

清乾隆進士李調元《雨村曲話》卷下云：

> 玉茗堂四種：《還魂記》、《南柯記》、《邯鄲夢》、《紫釵記》；以《還魂》為第一部，俗呼《牡丹亭》，句如「雨絲風片，煙波畫船」，皆酷肖元人。惜其使才，於韻腳所限，多出以鄉音，如「子」與「宰」叶之類；其病處在此，佳處亦在此。

清梁廷枏《曲話》卷三有云：

> 玉茗堂四夢，《牡丹亭》最佳，《邯鄲》次之，《南柯》又次之，《紫釵》則強弩之末耳。

清石韞玉〈吟香堂曲譜序〉亦言：

> 余生平愛讀傳奇院本，心竊許《牡丹亭》為第一種。

以上諸說，均以《牡丹亭》居於首位。大抵合於王思任〈批點玉茗堂牡丹亭詞敘〉中所引述「若士自謂一生四夢，得意處惟在《牡丹》」之說，湯顯祖自己亦以《牡丹亭》為最得意作品。

另有認為《牡丹亭》不及《南柯記》、《邯鄲記》二夢者，如王驥德《曲律》卷四〈雜論第三十九下〉言：

> 所作五傳，《紫簫》、《紫釵》第脩藻艷，語多瑣屑，不成篇章；《還魂》妙處種種，奇麗動人，然無奈腐木敗草，時時纏繞筆端；至《南柯》、《邯鄲》二記，則漸削蕪纇，俛就矩度，布格既新，遣詞復俊，

其掇拾本色，參錯麗語，境往神來，巧湊妙合，又視元人別一蹊徑，
技出天縱，匪由人造。

與王氏意見相接近的還有明末黃周星；其《製曲枝語》云：

曲至元人，尚矣。若近代傳奇，余惟取湯臨川「四夢」，而「四夢」
之中，《邯鄲》第一，《南柯》次之，《牡丹亭》又次之。若《紫釵》，
不過與《曇花》、《玉合》相伯仲，要非臨川得意之筆也。〔註3〕

明馮夢龍《邯鄲記》總評曰：

玉茗堂諸作，《紫釵》《牡丹亭》以情，《南柯》以幻，獨此因情入
道，即幻悟真。閱之，令凡夫濁子俱有厭薄塵埃之想，四夢中當推
第一。〔註4〕

可知馮夢龍以《邯鄲記》為「四夢」第一。又有清初陳棟《北涇草堂曲論》
之說：

玉茗《還魂》，較實甫而又過之，特溟滓已穿，頗纇未除。《南柯》、
《邯鄲》二種，斂才就範，風格道上，實足前無古人，後無來者。

陳氏從符合「矩度」的觀點上看「二夢」，故置之於《牡丹亭》之上。前述諸
說，乃以後二夢勝於《牡丹亭》，代表審美觀點之一種。

對《牡丹亭》評價最異者，當屬清初凌仲子，據楊懋建《夢華瑣簿》引
述，凌仲子於揚州局修曲譜時，「且謂四夢中以《牡丹亭》為最下」，凌氏不
喜玉茗堂，故有此評；亦知審美之趣，有若是差異。今人則大致從思想、藝
術的角度，肯定《牡丹亭》的文學成就，置之第一，殆無異議，其次《邯鄲》，
其次《南柯》，最後《紫釵》。審美有其主觀愛好之因素，有其不同之著眼點；
自明清以來，四夢高下之論見，便始終是見仁見智，今人列《牡丹亭》為第
一，看法大致相近。

二、有關於曲詞

評論《牡丹亭》之曲詞者，大抵有三端，一為對其曲詞之褒貶，二為論
其南曲與北曲之優劣，三為指其源於元人。依臨川之意，則其曲詞以意趣神
色之「曲意」為主，此又不可不知。

論臨川曲詞者大都稱美其造詣，甚至喻為「曲仙」，此見冰絲館重刻清暉

〔註3〕黃周星，《製曲枝語》收於《中國古典戲曲論著集成》第七冊，北京中國戲劇
　　　出版社，1982年11月四版。
〔註4〕見蔡毅編，《中國古典戲曲序跋彙編》第二冊，齊魯書社出版，頁1266。

閣批點《牡丹亭》之凡例：

> 《牡丹亭》傳奇，以詩人忠厚之旨，爲詞人麗則之言，句必尖新，
> 義歸渾雅。高東嘉爲曲聖，湯玉茗爲曲仙，洵樂府中醇乎醇者。稱
> 爲「曲仙」，贊其「樂府中醇乎醇者」，推許已達最高點。

清初吳人（字吳山）〈還魂記或問〉十七條有云：

> 吳山曰：爲曲者有四類：深入情思，文質互見，《琵琶》、《拜月》其
> 尚也；審音協律，雅尚本色，《荊釵》、《牧羊》其次也；呑剝方言讕
> 語，《白兔》、《殺狗》之流也；專事雕章逸辭，《曇花》、《玉合》之
> 亞也。案頭場上，交相爲譏，下此無足觀矣。《牡丹亭》之工，不可
> 以是四者名之，其妙在神情之際。試觀記中佳句，非唐詩即宋詞，
> 非宋詞即元曲，然皆若若士之自造，不得指之爲唐、爲宋、爲元
> 也。〔註5〕

吳山從獨創運化的角度，稱許《牡丹亭》妙在神情之際，非他作所可及，在
所言「爲曲四類」之上，難以「名之」。

清初毛先舒《詩辯坻》卷四〈詞曲〉云：

> 曲至臨川，臨川曲至《牡丹亭》，驚奇瑰壯，出驪淡沲，古法新製，
> 機杼遞見，謂之集成，謂之詣極。

以「詣極」稱美《牡丹亭》之曲。此外，清胡介祉〈格正還魂記詞調序〉有
云：「湯臨川先生所著傳奇，文情兼美；其膾炙人口者，以《牡丹亭》爲最」，
王應奎《柳南隨筆》稱「王實甫《西廂記》，湯若士《還魂記》，詞曲之最工
者也」〔註6〕，俱評《牡丹亭》爲詞曲之最。

至於《牡丹亭》之南曲與北曲，評論者之見解則出現較大差異，明臧懋
循〈元曲選序〉言：

> 湯義仍《紫釵》四記，中間北曲，駸駸乎涉其藩矣。獨音韻少諧，
> 不無鐵綽板唱「大江東去」之病；南曲絕無才情，若出兩手，何也？

臧氏對臨川之南曲持否定態度，此論王驥德《曲律》已駁之，王氏言：「夫臨
川所詘者，法耳；若才情正是其勝場」，認爲臧晉叔之言「非公論」，他說臨
川短少的是「法」不是「才情」。王驥德曾肯定湯顯祖爲「詞人之冠」，稱其

〔註5〕 吳山，〈還魂記或問〉，收於毛效同編《湯顯祖研究資料彙編》下冊，上海古
　　　 籍出版社，頁894。
〔註6〕 同註5所揭書，頁931。

爲「才士之曲」的「射雕手」，說他是「二百年來，一人而已」。

清尤侗、凌廷堪（仲子）對湯顯祖之南曲亦皆有評。尤侗於《西堂雜俎・梅村詩序》文中云：

> 有明才人，莫過於楊用修、湯若士。用修親抱琵琶，度北曲，而詞顧寥寥。若士「四夢」爲南曲野狐精，而塡詞，自賓白外，無聞焉，即詞與曲，亦有不相兼者，不可解也！

「野狐精」之說，大概指其不合於法，相近於前述王驥德之見。凌廷堪之見，有載於楊懋建之《夢華瑣簿》：

> 凌仲子在揚州局修曲譜，又定金、元、明人南北曲，論定別裁。於本朝獨推洪昉思《長生殿》爲第一；而明曲雅不喜玉茗堂。且謂「四夢」中以《牡丹亭》爲最下，其中北曲尚有疎快之作，南曲多不入格；至於「驚夢」、「尋夢」諸齣，世人所辦香頂禮者，乃幾如躍冶之金矣。余於曲學未涉藩蘺，固未敢奉一先生之說遽定指歸也。

亦以「不入格」評其南曲之缺失。

與前述意見相反，肯定湯顯祖之南曲者，如吳人〈還魂記或問〉云：

> 或問曰：「有明一代之曲，有工於《牡丹亭》者乎？」曰：「明之工南曲，猶元之工北曲也。元曲傳者無不工，而獨推《西廂記》爲第一。明曲有工有不工，《牡丹亭》自在無雙之目矣。」

吳人稱《牡丹亭》之南曲「無雙」。此外，姚燮《今樂考證》著錄六「明院本」記載：

> 馮家楨云：「湯若士善南，徐青藤（按：徐渭）善北。」

以臨川之南曲和徐渭之北曲相提並論，肯定二人各具南北曲之代表性。從上述諸家論說，可見湯顯祖之南曲，論者有兩極化之看法，有目爲「無雙」者，有評爲「野狐精」者，何以如此？吳梅〈怡府本還魂記跋〉的說解最佳，試見其論：

> 玉茗以善用元詞名，記中以北詞法塡南曲，其精處直駕元人而上之，自有詞家，無人能敵也。呂玉繩、臧懋循以南詞法繩之，又何怪鑿枘也。世人不知玉茗之所自，交口言其舛律，此少雅所以爲之訂譜歟？〔註7〕

〔註 7〕吳梅撰，〈怡府本《還魂記》跋〉一文，收於蔡毅編《中國古典戲曲序跋彙編》第二冊，齊魯書社出版，頁 1255。

指出論者之所以批評臨川之南曲，著眼於不合南曲之法，其實臨川是「以北詞法塡南曲」；北曲之法至明代已發展成熟，南曲則尚在發展演變中，此亦沈璟曲譜中多「又一體」之故；法既未定，故評湯氏南曲之論，呈現分歧現象。

《牡丹亭》中北曲最受批評的爲第二十三齣「冥判」胡判官唱之〔混江龍〕曲。此曲牌正格通常應爲九句，句格爲四、七、四、四、七、七、三、四、四。此曲可以增句，不限定。胡判官此曲唱至六十多句，場上搬演通常已不全唱。陳蓮〈曲海總目提要序〉言：

> 玉茗堂四夢，擅場一時；而《牡丹亭》之「冥判」，直是全不相干之一篇散文韻語而已。其他類此，不勝枚舉。所謂熟極而流，出神入化者。

吳梅《霜厓曲跋》卷一〈小桃紅跋〉亦指出：

> 〔混江龍〕增句，以《牡丹亭》「冥判」爲最多，洋洋數百言，於是洪昉思《長生殿》之「覓魂」，蔣心餘《臨川夢》之「說夢」，皆有意顯神通，多至千餘言，實可不必也。〔註8〕

〔混江龍〕增句太多，作者正藉以展其才情，然所招之議論亦隨之增多，爲劇中最受批評之北曲。

前述吳梅指《還魂記》「以北詞法塡南曲」，正述及湯氏受元曲之影響，此亦評論《牡丹亭》者之一論見。王驥德《曲律》卷三〈論引子第三十一〉即有言：

> 近惟《還魂》、「二夢」之引，時有最俏而最當行者，以從元人劇中打勘出來故也。

評論者每多言及臨川受元劇影響，此固不誤，湯顯祖家藏之元劇甚多，姚士粦《見只編》卷中記載：

> 湯海若先生妙於音律，酷嗜元人院本。自言篋中收藏，多世不常有，已至千種。有《太和正韻》所不載者。比問其各本佳處，一一能口誦之。

據此，則臨川不但家藏元劇豐富，且能背誦劇本中佳妙之處；如是則化爲己用，亦屬自然而必然之事，取法乎上，運以其才情，自是更勝於藍了。

再看朱彝尊《靜志居詩話》卷十五〈湯顯祖〉條云：「義仍塡詞，妙絕一

〔註 8〕吳梅，《霜厓曲跋》，載於《新曲苑》。

時。語雖斬新，源實出於關、馬、鄭、白。」梁廷枬《曲話》卷二記載：

> 《還魂記》云：「轉過這芍藥欄前，緊靠著這湖山石邊。」通曲已膾
> 炙人口，而不知實以喬夢符《金錢記》「我見他恰行這牡丹亭，又轉
> 過芍藥圃薔薇後」數語爲藍本也。

均指出元人對湯顯祖之影響。再看清人李漁《閒情偶寄》卷一〈詞采第二〉，
更細細指出《牡丹亭》中有得於元曲「意深詞淺」之佳處者，其實不在於一
般人雅愛的「驚夢」齣語：「裊晴絲吹來閒庭院，搖漾春如線」、「停半晌，整
花鈿，沒揣菱花，偷人半面」、「良辰美景奈何天，賞心樂事誰家院」等句子，
李漁說出自己的欣賞與愛好：

> 湯若士《還魂》一劇，世以配饗元人，宜也。問其精華所在，則以
> 「驚夢」、「尋夢」二折對。予謂二折雖佳，猶是今曲，非元曲也。
> ……此等妙語，止可作文字觀，不得作傳奇觀。至如末幅「似蟲兒
> 般蠢動，把風情搧」，與「恨不得肉兒般團成片也，逗的箇日下胭脂
> 雨上鮮」；「尋夢」曲云「明放著白日青天，猛教人抓不到夢魂前，
> 是這答兒壓黃金釧匾」，此等曲則去元人不遠矣。而予最賞心者，不
> 專在「驚夢」「尋夢」等折，謂其心花筆蕊，散見於前後各折之
> 中。「診祟」曲云：「看你春歸何處歸，春睡何曾睡？氣絲兒，怎度
> 的長天日」，「夢去知他實實誰，病來只送得箇虛虛的你。做行雲，
> 先渴倒在巫陽會」，「又不是因人天氣，中酒心期，魆魆的常如
> 醉」，「承尊覷，何時何日，來看這女顏回？」「憶女」曲云：「地老
> 天昏，沒處把老娘安頓」，「你怎撇得下萬里無兒白髮親」，「賞春香
> 還是你舊羅裙」。「玩眞」曲云：「如愁欲語，只少口氣兒呵」，「叫的
> 你噴嚏似天花唾，動凌波，盈盈欲下，不見影兒那」。此等曲則純乎
> 元人，置之《百種》前後，幾不能辨。以其意深詞淺，全無一毫書
> 本氣也。」

指陳湯氏曲詞、賓白與元人關係，是評論《牡丹亭》中一常見者；湯氏同
時代之呂天成、王驥德、臧晉叔、凌濛初均曾述及之。綜合上述諸端有關曲
詞之見，論者肯定湯顯祖才情造詣，批評多指向南曲，此則又與音律之法
相關。

三、有關於音律

音律問題一直是湯顯祖劇作被討論的話題，《牡丹亭》亦不例外。批評者

居多，如明沈德符《萬曆野獲編》卷二十五言：

> 湯義仍《牡丹亭夢》一出，家傳戶誦，幾令《西廂》減價。奈不諳
> 曲譜，用韻多任意處，乃才情自足不朽也。

明張琦《衡曲麈譚》言：

> 《杜麗娘劇》非不極美，但得吳中善按拍者，調協一番，乃可入耳。
> 惜乎摩劃精工，而入喉半拗，深爲致慨。

清黃圖珌《看山閣集閒筆・文學部・詞曲》云：

> 如玉茗之《牡丹亭》，詞雖靈化，而調甚不工，令歌者低眉蹙目，有
> 礙於喉舌間者。蓋曲之難，實有與詞倍焉。〔註9〕

以上「不諳曲譜」、「入喉半拗」、「調甚不工」多批評湯氏不合音律；吳梅《曲
學通論》更以「觸目皆是」指《牡丹亭》之不合律：

> 詞牌諸名，備載各譜。茲所謂體式者，蓋自來沿誤之處，自應辨別
> 而已。每一牌必有一定之聲，移動不得些微。往往有標名某宮某曲，
> 而所作句法，全非本調者，令人無從製譜，此不得以不知音三字諉
> 罪也。（按：原注此誤《牡丹亭》最多，多一句，少一句，觸目皆是，
> 故葉懷庭改作集曲。）

此外，另有認爲湯顯祖不合音律者爲「百之一、二」，非「皆嗓折」〔註10〕，
清人李漁則言湯氏「聲韻偶乖」，其《閒情偶寄》卷二〈音律第三〉「凜遵曲
譜」條，有如是說：

> 使曲無定譜，亦可日異月新，則凡屬淹通文藝者，皆可填詞，何元
> 人我輩之足重哉！「依樣畫葫蘆」一語，竟似爲填詞而發。妙在依
> 樣之中，別出好歹，稍有一線之出入，則葫蘆體樣不圓，非近於方，
> 則類夫匾矣。葫蘆豈易畫者哉。明朝三百年，善畫葫蘆者，止有湯
> 臨川一人。而猶有病其聲韻偶乖，字句多寡之不合者。甚矣，畫葫
> 蘆之難！而一定之成樣不可擅改也。

這種謹守曲譜的觀念，自是不合臨川主張的自然音律觀念。在「曲意」到時，
是不能「一一」顧九宮四聲的，這是湯顯祖〈答呂姜山〉書中已提及，表示
他亦自知「偶」有不合人工音律的九宮四調。然而，他主張「聲依永」的自

〔註9〕黃圖珌，字容之，康熙三十九年（1700）生。其《看山閣集閒筆》收於《中
國古典戲曲論著集成》第七冊。

〔註10〕見毛先舒，《詩辯坻》卷四〈詞曲〉條，引見毛效同《湯顯祖研究資料彙編》
下冊，上海古籍出版社，頁880。

然音律，此於緒論章已論之，不再贅述。

對《牡丹亭》音律持肯定態度者亦有之，如明萬曆十一年進士鄭元勳〈花筵賺序評語〉云：

> 曲祖元人，謂其無移宮入商之紊耳。若協律矣，而更加香豔，豈不更佳？此《還魂記》之遜《西廂》而凌《拜月》也。優人苦其文義幽深，不易入口，至議爲失律，冤矣。

鄭氏爲《還魂記》失律之說喊「冤」，可見其見解與前述諸家之評論已有不同。再看清江西南城人曾廷枚《西江詩話》之說：

> 臨川「四夢」，掩抑金元，而《牡丹》爲最，然非知音，未易度也。故詩云：「傷心拍遍無人會，自搯檀痕教小伶。」因思局促轅下者，不知輪扁斲輪，有不傳之妙。〔註11〕

曾廷枚已看到臨川曲中「不傳」之妙音，此應即爲自然音律之妙境。

對《牡丹亭》音律最肯定的或爲冰絲館刻《牡丹亭》凡例所言：

> 玉茗所署曲名，因填詞時得意疾書，不甚檢核宮譜，以故訛舛致多，然被之管弦，竟無一字不合，且無一音不妙；益服玉茗之神明於曲律也。近日吳中葉氏《納書楹譜》，考訂極精，爰另爲鋟板行世。是刻曲名，且仍舊貫，即宮調亦不復補注焉。

此說已能得湯顯祖之本意。不檢宮譜的曲詞，被於管弦，竟「無一音不妙」，不正證實湯曲中自然音律之存在。這也是葉堂能爲湯曲改調就詞的本質所在。鄒迪光〈臨川湯先生傳〉文中言湯氏製曲是：「每譜一曲，令小史當歌，而自爲之和，聲振寥廓，識者謂神仙中人云。」認眞之態度如是，「神仙」之境，非「知音」者眞不能解其妙處；故湯氏之精於曲，乃毋庸置疑者。

四、有關於改本

《牡丹亭》問世，即有人改編之，明代沈璟、呂玉繩、臧懋循、馮夢龍等人均有改本，湯顯祖對於改本，曾作〈見改竄牡丹詞者失笑〉詩表達反對態度：

> 醉漢瓊筵風味殊，通仙鐵笛海雲孤。總饒割就時人景，卻愧王維舊雪圖。（詩文集卷十九）

這詩顯然是針對呂玉繩改本而發。湯氏〈答凌初成〉書提及：「不佞《牡丹亭

〔註11〕引見《湯顯祖研究資料彙編》下冊，頁938。

記》，大受呂玉繩改竄，云便吳歌」，他以王維冬景芭蕉圖爲說，反對改作之「割蕉加梅」。此外，〈與宜伶羅章二〉書又告以「《牡丹亭》要依我原本。其呂家改的，切不可從。雖是增減一、二字，以便俗唱，都與我原做的意趣大不同了。」（詩文集卷四十九）湯顯祖對改本的反對如是，增減一、二字亦已不合其原作意趣，作者心意甚爲明白，如是，則爲利於場上搬演的諸多改作，當皆不爲湯顯祖所接受。

　　有關呂玉繩改本，論者有疑其爲沈璟改本，非有呂改本。這種懷疑，源自王驥德《曲律》之記載：

> 臨川之於吳江，故自冰炭。吳江守法，斤斤三尺，不欲令一字乖律，而毫鋒殊拙。臨川尚趣，直是橫行，組織之工，幾與天孫爭巧；而屈曲聱牙，多令歌者咋舌。吳江嘗謂：寧協律而不工，讀之不成句，而謳之始協，是曲中之工巧。曾爲臨川改易《還魂記》字句之不協者。呂吏部玉繩（按：原注鬱藍生尊人）以致臨川，臨川不懌，復書吏部曰：「彼惡知曲意哉！余意所致，不妨拗折天下人嗓子。」其志趣不同如此。鬱藍生謂臨川近狂而吳江近狷，信然哉！

文中提呂玉繩把沈璟改本給湯顯祖看，故認爲呂改本其實爲沈璟改本，乃湯氏誤爲呂改本，此說頗值商榷。徐扶明如是說：

> 根據王驥德《曲律》記載，呂玉繩曾把沈璟改本《還魂記》寄給湯顯祖。王驥德和呂天成是好友，記呂玉繩事，當不會有誤。我們知道，呂玉繩也曾把沈璟的《曲論》寄給湯顯祖（按：原注見《玉茗堂尺牘》卷四〈答呂姜山〉）。可見，呂玉繩常在沈、湯之間起著橋樑作用。那麼，就很可能是湯顯祖把沈改本誤爲呂改本。〈重刻清暉閣批點牡丹亭原刻凡例〉又把呂改本誤爲呂天成改本，一誤再誤。徐朔方校注本《牡丹亭》附錄〈關於版本的說明〉，亦沿此凡例之誤。近承朔方同志函告：「此是二十年前舊作。不僅無呂天成改本，也無他老子呂玉繩改本。湯氏本人說過有呂家改本，此乃沈璟改本之誤。」〔註12〕

徐扶明、徐朔方二先生皆爲湯顯祖研究深入有得之學者，其論見有其權威性。然於有無呂玉繩改本之事，吾人寧願相信湯顯祖兩次提及「呂改本」之

〔註12〕見徐扶明編著，《牡丹亭研究資料考釋》，上海古籍出版，1987年6月一版，頁54。

存在。

　　其實，沈改本與呂改本並非二選一的命題，王驥德《曲律》所提呂玉繩把沈璟改本寄與湯顯祖事，或不有誤；然沈改本之存在並不能代表無呂改本，況且湯氏二次言及「呂改本」，吾人毋寧信其有。清康熙間胡介祉序《格正還魂記詞調》有言：「只以不便於歌，遂受呂玉繩改竄，大非先生本意」，可見胡氏相信湯顯祖所言呂改本事，吾人亦如是以爲。

　　沈璟改本題作《同夢記》，亦即《串本牡丹亭》，今有四支殘曲收於沈自晉《南詞新譜》中，沈璟改動原曲文以求合律，意趣自已大異原作。毛晉編《六十種曲》收有徐日曦碩園改本《牡丹亭》，主要是採刪減原作方式，從五十五齣壓縮刪成四十三齣。

　　此外，萬曆年間臧懋循改本，據其〈玉茗堂傳奇引〉自述改作緣由云：

> 予病後，一切圖史悉已謝棄，閒取「四記」，爲之反覆刪訂；事必麗情，音必諧曲，使聞者快心而觀者忘倦，即與王實甫《西廂》諸劇並傳樂府可矣。雖然，南曲之盛無如今日，而訛以沿訛，舛以襲舛，無論作者，第求一賞音人不可得。此伯牙所以輟絃於子期，而匠石廢斤於郢人也。刻既成，撫之三嘆！（《負苞堂集》卷三）

臧氏對南曲「訛」、「舛」現象，有不得賞音人之嘆，由此亦知音律之尙未定，無怪乎湯顯祖之不能合律。臧改本《牡丹亭》，主要改動方法有三，一爲刪幷場子，二爲調換場次，三爲改動曲詞；目的在於合其律與利搬演〔註13〕。然明末茅暎於朱墨本《牡丹亭》凡例中評臧氏曰：「臧晉叔先生刪削原本，以便登場，未免有截鶴續鳧之嘆。」茅元儀〈批點牡丹亭記序〉亦評臧改本是「刪其采，剉其鋒，使合于庸工俗耳」，皆有批評。

　　明人改本《牡丹亭》中，馮夢龍的《墨憨齋重定三會親風流夢》，是受到較多肯定的本子，如吳梅《霜厓曲跋》卷三〈冰絲館本還魂記跋〉有言：「俗伶所歌『叫畫』一折，即是龍本，知者鮮矣。刪改本中以此爲最。」近人徐扶明、俞爲民亦認爲馮改本較佳〔註14〕，例如二人均肯定馮改本將劇中小道姑刪去，改由春香在麗娘死後，出家爲道姑，爲小姐守靈的情節處理。馮夢龍自認爲「春香出家，可謂義婢」，然湯氏原作中麗娘臨終前囑春香：「小心

〔註13〕同註12，頁57。

〔註14〕參徐扶明著，《湯顯祖與牡丹亭》，上海古籍出版，1993年11月版，頁107。俞爲民之說見《文學評論叢刊》第三十輯，中國社會科學出版社，1988年4月出版，頁329。

奉事老爺奶奶」，小小年紀的春香要她投入空門，是否合於人物自然之情？「義婢」之說太過教化，湯氏恐怕要反對春香出家為道姑之不合人情。

除上述明人改本外，清初鈕少雅《格正牡丹亭》採用「改調就詞」的方式，把湯氏不合律處，改作為集曲，亦即從同一宮調或聲情相近的宮調裡，在不同的曲牌中摘取一些詞段，聯綴成一個新的曲子，使不影響原作「意趣」，又能合於曲律以便歌唱；集曲誠非容易。乾隆年間葉堂（懷庭）編《納書楹玉茗堂四夢曲譜》亦以集曲來「改調就詞」，力求較鈕譜更為完善；然葉譜只有曲文，無賓白，只可供清唱。

上述諸多《牡丹亭》改本，或皆有違臨川之意，改動一、二字已為作者不許，遑論其他大幅更動；然諸改本亦皆臨川之功臣，《牡丹亭》之不斷流傳、搬演於舞臺之上，改本洵有其不可沒之功勞。

五、傳說與影響

在《牡丹亭》的評論中，有一些衛道人士從教化觀點，視之為「邪戲」、「淫書」，以為有壞風化。如清乾隆進士史震林《西青散記》卷二記載：

> 鳳歧嘗謂余曰：「才子罪業勝於佞臣。佞臣誤國害民，數十年耳；才子製淫書，傳後世，熾情欲，壞風化，不可勝計。近有二女，並坐讀《還魂記》俱得疾死。一少婦看演雜劇，不覺泣下。此皆緣情生感，緣感成癡，人非木石皆有情，蕙心紅粉，繡口青衫，以正言相勸，尚或不能自持，況導以淫詞，有不魂消心死者哉？……」〔註15〕

「才子罪業勝於佞臣」指責不可謂不大。再看清道光蘇州人周縉〈桃谿雪傳奇序〉言：

> 蓋自《會真》、《還魂》諸劇出，而燕溺淫僻之風遍于海宇，人心幾何其不熄，世教焉得而不衰？此迂曲之儒所由發憤太息，欲盡取其書投之水火而卒莫之挽者，則以無人焉，正其本而清其源故也。

周氏認為《牡丹亭》對世教有不良影響。

《牡丹亭》之毀譽出現兩極化不同，毀之者甚至有湯顯祖在地下受罪業之傳說。明末湯傳楹《湘中草》卷六〈閒餘筆話〉記載：

> 夜坐閱《牡丹亭》，因憶比來所傳：世上演《牡丹亭》一本，若士在

〔註15〕 本小節所引有關湯顯祖傳說之書，未另標註者，皆引自毛效同編《湯顯祖研究資料彙編》下冊。

地下受苦一日。未知人語鬼語，意甚不平。竊謂才如臨川，自當修
文地府，縱不能遇花神保護，亦何至摧殘慧業文人，令受無量怖苦，
豈冥途亦妒奇才耶？內子嘗旁語曰：「當係臨川不幸，遇著杜太守、
陳教授一般人作冥判耳。」予笑領之，徐曰：「若令我作判官，定須
覓一位杜小姐，判送絪縕司矣。」

傳說湯顯祖爲《牡丹亭》而地下受苦，此本於果報說法，定《牡丹亭》之罪
業。清乾隆年間顧公燮《消夏閒記》卷下也記載湯顯祖受「口孽」之傳說：

其所作《還魂記》傳奇，憑空結撰，污蔑閨閣，內有陳齋長即指眉
公。與唐元微之所作《會眞記》，元王實甫演爲《西廂》曲本，俱稱
塡詞絕唱。但口孽深重，罪干陰譴。昔有人遊冥府，見阿鼻獄中拘
繫二人甚苦楚，問爲誰，鬼卒曰：「此即陽世所作《還魂記》、《西廂
記》者，永不超生也。」宜哉！

一句「宜哉」，顯見顧氏不喜《牡丹亭》之態度。道光年間梁紹壬《兩般秋雨
盦隨筆》卷四也記載：

湯玉茗文章鉅公，「四夢」之成，特其游戲，乃猶以《牡丹亭》口業，
相傳永墮泥犁，況下此者乎？

民間傳說可化無爲有，甚至愈見眞切詳細，楊恩壽《詞餘叢話》則有「身荷
鐵枷」、「日笞二十」之記載：

嘗見《感應篇》註：「有入冥者，見湯若士身荷鐵枷。人間演《牡丹
亭》一日，則笞二十。」雖甚其辭以警世，亦談風雅者不敢不勉也。

繪聲繪影的傳說，從另一角度看亦代表《牡丹亭》倍受關切，影響力大，故
衛道者深爲不滿。清乾隆時期，《牡丹亭》被列爲禁書之一〔註16〕，又說明此
一劇作之爭議性。

「傳說」的背面，代表著影響力。《牡丹亭》尤其對閨閣影響最大，大受
女子嗜愛，著名者有俞二娘、內江女子、金鳳鈿、馮小青、商小玲及吳吳山
三婦等。吳梅《霜厓曲跋》卷二〈還魂記跋〉有言：

臨川此劇，大得閨闈賞音，小青「冷雨幽窗」一詩，最傳人口，至
播諸聲歌，賡續此劇（吳石渠《療妒羹》）。而婁江俞氏，酷嗜此詞，
斷腸而死。藏園復作曲傳之（蔣士銓《臨川夢》）。媲美杜女，他如

杭州女子之溺死（見西堂《艮齋雜說》），伶人商小玲之歌死（見焦
里堂《劇說》），此皆口犖流傳，足爲盛名之累。獨吳山三婦合評此
詞，名教無傷，風雅斯在；抉發蘊奧，指點禪理，更非尋常文人所
能辦矣。（卷二）

閨閤女子對《牡丹亭》之狂愛，除了上述較著名者之外，其不知名者更不知
凡幾；楊復吉〈三婦評牡丹亭雜記跋〉記載可窺知：

臨川《牡丹亭》數得閨閤知音，同時内江女子因慕才而至沈淵。兹
吳山三婦復先後爲之評點校刊，豈第玉簫象管出佳人口已哉！近見
吾鄉某氏閨秀又有手評本，玉綴珠編不一而足。身後佳話洵堪驕視
千古矣。

如「某氏閨秀」手評《牡丹亭》者，必定還有。李淑跋《吳吳山三婦合評牡
丹亭還魂記》文中亦有云：

俞娘之注《牡丹亭》也，當時多知之者，其本竟洇沒不傳。夫自有
臨川此記，閨人評跋不知凡幾，大都如風花波月，飄汨無存。今三
嫂之合評獨流布不朽，斯殆有幸有不幸耶？

吳山三婦爲陳同、談則、錢宜三人。李淑引俞二娘之注本不傳，而推想其餘
尚不知還有多少閨人評本不見，慶幸三婦本能流傳。

俞二娘嗜好《牡丹亭》事，有見於《湯顯祖集》中，湯氏爲之寫〈哭婁
江女子二首〉（有序）：

吳士張元長許子洽前後來言，婁江女子俞二娘秀慧能文詞，未有所
適。酷嗜牡丹亭傳奇，蠅頭細字，批注其側。幽思苦韻，有痛于本
詞者。十七惋憤而終。元長得其別本寄謝耳伯，來示傷之。因憶周
明行中丞言，向婁江王相國家勸駕，出家樂演此。相國曰：「吾老年
人，近頗爲此曲惆悵！」王宇泰亦云，乃至俞家女子好之至死，情
之於人甚哉！

畫燭搖金閣，眞珠泣繡窗。如何傷此曲，偏祗在婁江？

何自爲情死？悲傷必有神。一時文字業，天下有心人。

王相國指王錫爵，婁江是江蘇太倉州的別稱。由此知俞二娘批注《牡丹亭》
爲實有之事。此外，序中言及王相國「爲此曲惆悵」，可見傳說有云《牡丹亭》
乃刺王錫爵之作，實爲錯誤。其他傳說中女子嗜愛《牡丹亭》者，或眞有其
事，或爲附會傳說，如焦循《劇說》卷二引說内江女子願託終身於湯顯祖，

終因湯氏老醜而投水，恐未必眞事。清鄒弢《三借廬筆談》記載揚州女史金鳳鈿，因《牡丹亭記》而「願爲才子婦」，後湯若士出資爲之葬事，亦恐非實〔註17〕。馮小青挑燈閒看《牡丹亭》故事流傳頗廣，戲曲中以小青取材者有吳炳《療妒羹》、徐士俊《春波影》、朱京藩《風流院》、來集之《挑燈閒看牡丹亭》等等。杭州女伶商小玲擅場《牡丹亭》，演至〈尋夢〉竟氣絕台上，此說有見於《蝸房蛾術堂閒筆》、鮑倚雲《退餘叢話》、焦循《劇說》等書記載之。偌多流傳酷愛《牡丹亭》之女子，知此劇影響閨閣尤烈。湯氏地下受業罪之說，亦源於劇曲之流傳廣受喜愛。

《牡丹亭》之流傳致有人附會實有其事，清涼道人《聽雨軒筆記》、倪鴻《桐蔭清話》卷二記載南安都署有杜麗娘之梳妝臺、墳墓等附會之實。同治年間南安知府楊鐸有〈重建牡丹亭記〉：

> 大凡事之廢興有數，而人之棄取不同，各有所見也。署東有牡丹亭，人所共知。及觀郡志，備載古蹟，而斯亭不傳。豈以臨川湯氏詞曲一出，爲風化所關。故屛置不錄與？殊不知憑空結撰，傳奇家往往有之，究於是亭何尤。且園內樹木離奇，臺池掩映，實爲南郡名勝之區，宜乎湯氏之借景生情也。使必因湯氏之說而附會之，則失之鑿；然必因湯氏之說而擯斥之，亦失之拘。余蒞任以來，簿書之暇，偶涉東園。於園之東北隅，得斯亭舊址，訪之里人，據稱從前科第盛時，亭極壯麗。究不知建於何代，毀於何時。是亭之廢也，已有年矣。久欲修葺，因酬費維艱，遲至今歲仲春，始得擇吉鳩工，四閱月而告竣，并爲之記，明非因湯氏之寓言，而爲之實其事也，亦非因人所豔說，而爲之成其美也。誠以有是園，不可無是亭，有是亭何妨有是名。則予之重建斯亭也，不過仍其舊而已。適奉文採訪遺事，因述所見聞，以補入郡志，亦觀風者之責焉。

楊知府強調重建牡丹亭，非附會湯氏，乃郡中眞有是亭，實爲南郡名勝。不論南安郡之牡丹亭是否早於湯氏劇作，該亭將因劇作而更爲後人所知，楊鐸此記已道及此。

在《牡丹亭》主情思想的影響下，戲曲史上因有所謂「臨川派」〔註18〕

〔註17〕 參徐扶明，《牡丹亭研究資料考釋》，上海古籍出版，頁216。

〔註18〕 日本學者岩城秀夫於《中國戲曲演劇研究・湯顯祖的戲曲》第五章言：「湯顯祖是臨川派的代表人物，屬於這一派的作家有吳炳炳、孟稱舜、阮大鋮等」。王永健《明清傳奇》書中，則反對阮大鋮爲臨川派。

之說，其實主情是晚明浪漫文藝思潮主流，《牡丹亭》站在時代潮流之巔峰，受其影響者無以估計，前人評論中指出甚多，如沈璟《墜釵記》、孟稱舜《花前一笑》、吳炳《畫中人》、《療妒羹》、《情郵記》、袁于令《西樓記》、孔尚任《桃花扇》、洪昇《長生殿》、蔣心餘《臨川夢》、黃振《石榴記》、徐肅穎《丹青記》、陳軾《續牡丹亭》、王墅《後牡丹亭》等等劇作。此外，各地方戲曲中取材《牡丹亭》者實不可勝數；「春香鬧學」、「遊園驚夢」更是舞台上的經典好戲。

　　《牡丹亭》的影響還是國際性的：(1)英譯文有①哈羅德‧阿克頓選譯的〈春香鬧塾〉（Ch'un-hsiang Nao Hsueh），載《天下月刊》（Tien Hsia Monthly）第八卷（VIII）四月號（1939 年，頁 360～372）。② Tang, Shang Lily 的博士論文《湯顯祖的四夢》（The Four Dreams of T'ang Hsien-Tsu），1975 年發表于漢堡大學（University of Hambury）。③西里爾‧白芝著，熊玉鵬摘譯的〈「冬天的故事」和「牡丹亭」〉，1984 年。(2)法譯文有徐仲年譯著的《中國詩文選》有「腐嘆」摘譯文及評介文字。1933 年巴黎德拉格拉夫書局（Paris, Librarie Delagrave）出版，共 445 頁。(3)德譯文有五本洪濤生翻譯的本子，另有兩篇對其譯本評介的文字，作者分別是 A Fang 及弗格森（J C Ferguson），均發表於 1938 年。(4)俄譯文有孟列夫譯的《牡丹亭》片斷，收入《東方古典戲劇‧印度‧中國‧日本》一書。(5)日文研究論著有①八木澤元著〈牡丹亭版本的考察——臧懋循改訂本與茅氏朱墨本的關係〉，載《斯文》十九編十一號，1937年。②八木澤元〈論牡丹亭的版本及其成立年代〉，載《斯文》二十二編一號，1940 年。③東京理科大學文學部語文第二研究室編《還魂記校勘記‧語匯引得》，1951 年。④岩城秀夫〈還魂記的藍本〉載《吉川博士退休紀念中國文學論集》，1968 年。⑤岩城秀夫〈關於戲曲的夢〉，載於《亞細亞文化》1973 年10 月。〔註 19〕

　　日、英、法、德、俄皆有學者研究《牡丹亭》，日本學者青木正兒在《中國近世戲曲史》書中將湯顯祖（1550～1616）與英國莎士比亞（1564～1616）相提並論〔註 20〕，東西兩大戲劇家生年相近，卒年相同，此巧合又成爲戲曲

〔註 19〕　有關湯顯祖研究之國際部分，參考王麗娜編，《中國古典小說戲曲名著在國
　　　　　外》，上海：學林出版社，1988 年 8 月版，頁 527～529；及于曼玲編，《中國
　　　　　古典戲曲小說研究索引》，廣東高等教育出版。

〔註 20〕　見青木正兒，《中國近世戲曲史》上冊，台灣商務印書館，頁 230。書中青木
　　　　　正兒以湯顯祖卒年爲 1617 年，故言「後莎氏之逝世一年而卒」，此與吾人今

史上的一段佳話。徐朔方先生有〈湯顯祖和莎士比亞〉一文，探論東西戲劇之異同，其中有關於故事取材，他指出：「莎士比亞的三十六個劇本絕大部分取材於中世紀的口頭傳說，史詩和傳奇故事，只有個別例外。湯顯祖的五個戲曲則以唐人傳奇、《大宋宣和遺事》及明人筆記小說為依據。」又說「湯顯祖和莎士比亞筆下的人物都穿著古代的服裝，而在他們的胸中跳動著的卻是一顆同時代的心。」〔註21〕以更大的視野來擴大湯顯祖研究的領域，誠為可敬。從明清以來，《牡丹亭》各種角度的評論、研究，非可道盡，凡此種種，亦證明該劇於戲曲史上無以倫比的地位。

第二節　《牡丹亭》之取材探源

　　湯顯祖《牡丹亭還魂記》劇情梗概如下：杜麗娘為福建南安郡太守杜寶愛女。其父聘老儒陳最良為她講授經書，春香伴讀，一日，二人偷遊後園，引動麗娘懷春之思，竟夢與書生雲雨。從此一病不起，她自繪真容，囑藏於梅樹下。後來杜寶升官離任，有嶺南書生柳夢梅路經麗娘埋葬之梅花庵，拾得畫像，因而和麗娘幽魂成就好事。柳生依麗娘言，開棺使其復生，並同往臨安應試。另一方面，杜寶為降金之李全所困，賴以金錢說服楊娘娘乃解圍。此外，陳最良來告知有關麗娘墳被發掘事，又柳生應試之後，往杜安撫處說還魂事，卻反被以盜墓賊扣押，受拷打。此時科考放榜，柳生高中狀元，報喜者尋至，杜寶仍以還魂事涉妖妄，拒不相認，終賴聖旨敕命，乃大團圓收場。

　　對於《牡丹亭》的取材來源，應注意湯顯祖在題詞中之敘述，〈牡丹亭記題詞〉有言：

> 傳杜太守事者，彷彿晉武都守李仲文、廣州守馮孝將兒女事。予稍為更而演之。至於杜守收拷柳生，亦如漢睢陽王收拷談生也。（詩文集卷三十三）

其意說流傳的「杜太守事」和「李仲文」、「馮孝將」兒女故事相彷彿，他是取杜太守事「更而演之」為劇作，至於杜守收拷柳生一段，則又如睢陽王收拷談生事。指出杜太守、李仲文、馮孝將、談生等故事與《牡丹亭》之題材

日看法有異。湯顯祖之卒年應是 1616 年，與莎翁同年。

〔註21〕該文見收於徐朔方，著《論湯顯祖及其他》書中，上海古籍出版社，1983 年 8 月，頁 73～88。

相關。湯氏如此明白交待取材由來，或亦因其《紫簫記》引來「是非蜂起，訛言四方」之教訓，故此於故事由來特有指陳。然而，仍引來一些「塡詞有他意」的揣測，論者對於《牡丹亭》故事有諸般揣測，主要有四種「影射」說法提出，分別是刺王錫爵說、刺陳繼儒說、刺張居正說、刺鄭洛說。今學界大致已駁斥其爲錯誤、荒謬〔註22〕，此不再述之。「影射」觀點其實也是前人評論《牡丹亭》角度之一端，盛行影射說法，可謂風氣使然，打從明初《琵琶記》便已開始，或可視爲時代潮流之一，《牡丹亭》既享盛名，其遭人揣測自不可避免；即使湯顯祖在〈題詞〉中明確敘述其故事之原由，論著依然有許多題外聯想。

　　《牡丹亭》或有許多作者閱讀其他作品之影響融合於其創作中，但直接有所取的，仍要回歸〈題詞〉中湯氏所明白指陳的幾個故事。分述於后。

一、傳杜太守事

　　〈題詞〉所言「傳杜太守事」究竟何指，這個問題隨著〈杜麗娘慕色還魂〉話本的發現，爲《牡丹亭》研究開啓了重要新頁。首先是 1958 年譚正璧先生發表〈傳奇牡丹亭和話本杜麗娘記〉一文，文中言孫楷第著《日本東京所見中國小說書目》卷六附錄「通俗類書」裡有兩種《燕居筆記》〔註23〕，一爲何大掄的明刊本，其卷九下欄有《杜麗娘慕色還魂》一目；一爲余公仁的清初刊本，其卷八下欄有《杜麗娘牡丹亭還魂記》一目。後又在嘉靖進士晁瑮《寶文堂書目》中卷「子雜類」見有《杜麗娘記》，因而猜測《牡丹亭》故事出于此。然譚氏尚未見到該本杜麗娘故事。直到 1963 年，姜志雄在北京大學圖書館發現何大掄本《重刻增補燕居筆記》，兩相對照，因襲之跡甚明顯，於是肯定了《牡丹亭》乃據此話本擴大改作而成。

　　明何大掄輯《重刻增補燕居筆記》卷九〈杜麗娘慕色還魂〉話本原文如下：

〔註22〕 參徐扶明編著，《牡丹亭研究資料考釋》，上海古籍出版社，頁 43～59。程華平，〈論《牡丹亭》研究中的影射問題〉，《煙台師範學院學報》哲社版，1994年第一期。

〔註23〕 《燕居筆記》有兩種：一爲何大掄編，十卷。刊載傳奇小說三十一篇，內有五篇可能爲話本小說。一爲余公仁編，卷數不詳，日本有藏本，我國未見。刊載有傳奇小說六十篇，內話本小說七篇。又選自《初拍》及《古今小說》者三篇。以上《燕居筆記》之說參見胡士瑩，《話本小說概論》，丹青圖書公司，民國 72 年 5 月出版，頁 389。

閒向書齋覽古今，罕聞杜女再還魂。

聊將昔日風流事，編作新文勵後人。

話說南宋光宗朝間，有個官陞授廣東南雄府尹，姓杜，名寶，字光輝，進士出身。祖貫山西太原府人，年五十歲。夫人甄氏，年四十二歲，生一男一女：其女年一十六歲，小字麗娘，男年一十二歲，名喚興文，姊弟二人俱生得美貌清秀。杜府尹到任半載，請個教讀，於府中書院內教姊弟二人讀書學禮。不過半年，這小姐聰明伶俐，無書不覽，無史不通，琴棋書畫，嘲風詠月，女工針指，靡不精曉。府中人皆稱為女秀才。

忽一日，正值季春三月中，景色融和，乍晴乍雨天氣，不寒不冷時光，這小姐帶一名侍婢名喚春香，年十歲，同往本府後花園中遊賞，信步行至花園內，但見：

假山真水，翠竹奇花，普環碧沼，傍栽楊柳綠依依，森聳青峰，側畔桃花紅灼灼。雙雙粉蝶穿花，對對蜻蜓點水。梁間紫燕呢喃，柳上黃鶯睍睆。縱目台亭池館，幾多瑞草奇葩。端的有四時不謝之花，果然是八節長春之草。

這小姐觀之不足，觸景傷情，心中不樂，急回香閨中，獨坐無聊，感春暮景，俯首沉吟而嘆曰：「春色惱人，信有之乎？常見詩詞樂府，古之女子，因春感情，遇秋成恨，誠不謬矣。吾今年已二八，未逢折桂之夫，感慕景情，怎得蟾宮之客。昔日郭華偶逢月英，張生得遇崔氏，曾有《鍾情麗集》、《嬌紅記》二書，此佳人才子，前以密約偷期，似皆一成秦晉。嗟呼，吾生於宦族，長在名門，年已及笄，不得早成佳配，誠為虛度青春，光陰如過隙耳。」嘆息久之，曰：「可惜妾身，顏色如花，豈料命如一葉耶？」遂凭几晝眠，才方合眼，忽見一書生年方弱冠，丰姿俊秀，於園內折楊柳一枝，笑謂小姐曰：「姐姐既能通書史，可作詩以賞之乎？」小姐欲答，又驚又喜，不敢輕言，心中自忖，素昧平生，不知姓名，何敢輒入於此。正如此思間，只見那書生向前將小姐摟抱去牡丹亭畔，芍藥欄邊，共成雲雨之歡娛，兩情和合，忽值母親至房中喚醒，一身冷汗，乃是南柯一夢。忙起身參母，禮畢，夫人問曰：「我兒何不做些針指，或觀習

書史，消遣亦可，因何畫寢於此？」小姐答曰：「兒適在花園中閒玩，忽值春喧惱人，故此回房，無可消遣，不覺困倦少息，有失迎接，望母親恕兒之罪。」夫人曰：「孩兒，這後花園中冷靜，少去閒行。」小姐曰：「領母親嚴命。」道罷，夫人與小姐同回至中堂。飯罷，這小姐口中雖如此答應，心內思想夢中之事，未嘗放懷，行坐不寧，自覺如有所失，飲食少思，淚眼汪汪，至晚不食而睡。次早飯罷，獨坐後花園中，閒看夢中所遇書生之處，冷靜寂寥，杳無人跡。忽見一株大梅樹，梅子磊磊可愛，其樹矮如傘蓋。小姐走至樹下，甚喜而言曰：「我若死後得葬於此幸矣。」道罷回房，與小婢春香曰：「我死，當葬於梅樹下，記之記之！」次早，小姐臨鏡梳妝，自覺容顏清減，命春香取文房四寶，至鏡台邊，自畫一小影，紅裙綠襖，環珮玎璫，翠翹金鳳，宛然如活，以鏡對容，相像無一，心甚喜之，命弟將出銜去裱背店中裱成一幅小小行樂圖，將來掛在香房內，日夕觀之。一日，偶成詩一絕，自題於圖上：

> 近睹分明似儼然，遠觀自在若飛仙。
> 他年得傍蟾宮客，不在梅邊在柳邊。

詩罷，思慕夢中相遇書生，曾折柳一枝，莫非所適之夫姓柳乎？故有此警報耳。

自此麗娘慕色之甚，靜坐香房，轉添淒慘，心頭發熱，不疼不痛，春情難過，朝暮思之，執迷一性，憐憐成病，時年二十一歲矣。父母見女患病，求醫罔效，問佛無靈，自春至秋，所嫌者金風送暑，玉露生涼，秋雨瀟瀟，生寒徹骨，轉加沉重。小姐自料不久，令春香請母至床前，含淚痛泣曰：「不孝逆女，不能奉父母養育之恩，今忽夭亡，爲天之數也。如我死後，望母親埋葬於後園梅樹之下，平生願足矣。」囑罷，哽咽而卒，時八月十五也。母大痛，命具棺槨衣衾收殮畢，乃與杜府尹曰：「女孩兒命終時分付要葬於後園梅樹之下，不可逆其所願。」這杜府尹依夫人言，遂命葬之。其母哀痛，朝夕思之，光陰迅速，不覺三年任滿，使官新府尹已到，杜府尹收拾行裝，與夫人并衙內杜文興一同下船回京，聽其別選，不在話下。

且說新府尹姓柳名恩，乃四川成都府人，年四十，夫人何氏，年三十六歲。夫妻恩愛，止生一子，年一十八歲，喚作柳夢梅，因母夢見食梅而有孕，故此爲名。其子學問淵源，琴棋書畫，下筆成文，隨父來南雄府，上任之後，詞清訟簡，這柳衙內因收拾後房，於草茅雜沓之中，獲得一幅小畫，展開看時，卻是一幅美人圖，畫得十分容貌，宛如姮娥。柳衙內大喜，將去掛在書院之中，早晚看之不已。忽日，偶讀上面四句詩，詳其備細，「此是人家女子行樂圖也，何言不在梅邊在柳邊，此乃奇哉怪事也。」拈起筆來，亦題一絕以和其韻，詩曰：

> 貌若嫦娥出自然，不是天仙是地仙。
>
> 若得降臨同一宿，海誓山盟在枕邊。

詩罷，嘆賞久之。卻好天晚，這柳衙內因想畫上女子，心中不樂，正是不見此情情不動，自思何時得此女會合，恰似望梅止渴，畫餅充飢，懶觀經史，明燭和衣而臥，翻來覆去，永睡不著，細聽譙樓已打三更，自覺房中寒風習習，香氣襲人。衙內披衣而起，忽聞門外有人扣門，衙內問之而不答，少頃又扣，如此者三次，衙內開了書院門，燈下看時，見一女子，生得雲鬢輕梳蟬翼，柳眉顰蹙春山。其女趨入書院，衙內急掩其門，這女子斂衽向前，深深道個萬福。衙內驚喜相半，答禮曰：「妝前誰氏，原來黃夜至此。」那女子啓一點朱唇，露兩行碎玉答曰：「妾乃府西鄰家女也，因慕衙內之丰采，故奔至此，願與衙內成秦晉之歡，未知肯容納否？」這衙內笑而言曰：「美人見愛，小生喜出望外，何敢卻也？」遂與女子解衣滅燭，歸於帳內，效夫婦之禮，盡魚水之歡。少頃，雲收雨散，女子笑謂柳生曰：「妾有一言相懇，望郎勿責。」柳生笑而答曰：「賢卿有話，但說無妨。」女子含笑曰：「妾千金之軀，一旦付於郎矣，勿負奴心，每夜得共枕席，平生之願足矣。」柳生笑而答曰：「賢卿有心戀於小生，小生豈敢忘於賢卿乎？但不知姐姐甚何名？」女答曰：「妾乃府西鄰家女也。」言未絕，雞鳴五更，曙色將分，女子整衣趨出院門，柳生急起送之，不知所往。至次夜，又至，柳生再三詢問姓名，女又以前意答應，如此十餘夜。一夜，柳生與女子共枕而問曰：「賢卿不以實告於我，我不與汝和諧，白於父母，取責汝家。汝可實言姓

氏，待小生稟於父母，使媒妁聘汝爲妻，以成百年夫婦，此不美哉？」
女子笑而不言，被柳生再三促迫不過，只得含淚而言曰：「衙內勿驚，
妾乃前任杜知府之女杜麗娘也。年十八歲，未曾適人，因慕情色，
懷恨而逝，妾在日常所愛者後園梅樹，臨終遺囑於母，令葬妾於樹
下，今已一年，一靈不散，尸首不壞，因與郎有宿世緣姻未絕，郎
得妾之小影，故不避嫌疑，以遂枕席之歡。蒙君見憐，君若不棄幻
體，可將妾之衷情，告稟二位椿萱，來日可到後園梅樹下，發棺視
之，妾必還魂與郎共爲百年夫婦矣。」這衙內聽罷，毛髮悚然，失
驚而問曰：「果是如此，來日發棺視之。」道罷，已是五更，女子整
衣而起，再三叮嚀：「可急視之，請勿自誤，如若不然，妾事已露，
不復再至矣，望郎留心，勿使可惜矣。妾不得復生，必痛恨於九泉
之下也。」言訖，化清風而不見。

柳生至次日飯後，入中堂稟於母，母不信有此事，乃請柳府尹說知。
府尹曰：「要知明白，但問府中舊吏門子人等，必知詳細。」當時柳
府尹交喚舊吏人等問之，果有杜知府之女杜麗娘葬於後園梅樹之
下，今已一年矣。柳知府聽罷驚異，急喚人夫同去後園梅樹下掘開，
果見棺木，揭開蓋棺板，眾人視之，面顏儼然如活一般。柳知府教
人燒湯，移屍於密室之中，即令養娘侍婢脫去衣服，用香湯沐浴洗
之，霎時之間，身體微動，鳳眼微開，漸漸蘇醒。這柳夫人教取新
衣服穿了。這女子三魂再至，七魄重生，立身起來，柳相公與柳夫
人并衙內看時，但見身材柔軟，有如芍藥倚欄干，翠黛雙垂，宛似
桃花含宿雨。好似浴罷的西施，宛如沉醉的楊妃。這衙內看罷，不
勝之喜，教養娘扶女子坐下，良久，取安魂湯定魂散吃下，少頃，
便能言語，起身對柳衙內曰：「請爹媽二位出來拜見。」柳相公、夫
人皆曰：「小姐保養，未可勞動。」即喚侍女扶小姐去臥房中睡。少
時，夫人分付，安排酒席於後堂慶喜。當晚筵席已完，教侍女請出
小姐赴宴。當日杜小姐喜得再生人世，重整衣妝，出拜於堂下。柳
相公與杜小姐曰：「不想我愚男與小姐有宿世緣分，今得還魂，眞乃
是天賜也。明日可差人往山西太原去，尋問杜府尹家，投下報喜。」
夫人對相公曰：「今小姐過了旬日，可擇日與孩兒成親。」相公允之。
至次日，差人持書報喜，不在話下。

過了旬日，擇得十月十五吉旦，正是屏開金孔雀，褥隱繡芙蓉。大排筵宴，杜小姐與柳衙內含卺交盃，坐床撒帳。一切完備。至晚席散，杜小姐與衙內同歸羅帳，並枕同衾，受盡人間之樂。話分兩頭，且說杜府尹回至臨安府，尋公館安下。至次日，早朝見光宗皇帝，喜動天顏，御筆除授江西省參知政事，帶夫人并衙內上任已經兩載。忽一日，有一人持書至杜相公案下，相公問何處來的？答曰：「小人是廣東南雄府柳府尹差來。」懷中取書呈上。杜相公展開書看，書上說小姐還魂與柳衙內成親一事，今特馳書報喜。這杜相公看罷大喜，賞了來人酒飯：「待我修書回復柳親家。」這杜相公將書入後堂，與夫人說南雄府柳府尹送書來，說麗娘小姐還魂與柳知府男成親事，夫人聽知大喜，曰：「且喜昨夜燈花結蕊，今宵靈鵲聲頻。」相公曰：「我今修書回復，交伊朝晚在臨安府相會。」寫了回書付與來人，賞銀五兩，來人叩謝去了，不在話下。

卻說柳衙內聞知春榜動，選場開，遂拜別父母妻子，將帶僕人盤纏前往臨安府會試應舉。在路不則一日，已到臨安府，投店安下，逕入試院。三場已畢，喜中第一甲進士，除授臨安府推官。柳生馳書遣僕報知父母妻子，這杜小姐已知丈夫得中，任臨安府推官，心中大喜。至年終，這柳府尹任滿帶夫人并小姐回臨安府推官衙內投下，這柳推官拜見父母妻子，心中大喜，排筵慶賀，以待杜參政回朝相會。住不兩月，卻好杜參政帶夫人并子回至臨安府館驛安下，這柳推官迎接杜參政并夫人至府中與妻子杜麗娘相見，喜不盡言，不在話下。這柳夢梅轉升臨安府尹，這杜麗娘生兩子，俱爲顯宦，夫榮妻貴，享天年而終。

二、李仲文、馮孝將兒女事

〈牡丹亭題詞〉言：「傳杜太守事者，彷彿晉武都守李仲文、廣州守馮孝將兒女事，予稍爲更而演之。」故當先知其兒女事，乃得明白其中「彷彿」者如何。

晉武都守李仲文兒女事，見《太平廣記》卷三〇九引《法苑珠林》云：

> 晉時，武都太守李仲文，在郡喪女，年十八，權假葬郡城北。有張世之代爲郡。世之男，字子長，年二十，侍從在廨中，夢一女，年

可十七，顏色不常。自言：前府尹女，不幸早亡，今當更生，心相
愛樂，故來相就。如此五六夕，忽然晝見，衣服熏香殊絕，遂爲夫
婦，寢息，衣皆有污，如處女焉。後仲文遣婢視女墓，因過世之。
婢間入廟中，見此女一只履在子長床下，持歸以示仲文。仲文驚愕
遣問世之：君兒何由得亡女履邪？世之呼問，兒具陳本末。李、張
並謂可怪，發棺示之，女體已生肉，顏姿如故，惟左足有履爾。子
長夢女曰：「我比當生，今爲所發，自爾之後，肉爛遂死，萬恨之心，
當復何言。」泣涕而別。

廣州守馮孝將兒女事，見《太平廣記》卷二七六引《幽明錄》記載：

東晉馮孝將爲廣州太守。兒名馬子，年二十餘，獨臥廄中，夜夢一
女子，年十八九。言：「我是太守北海徐元方女，不幸早亡，往來出
入四年，爲鬼所枉殺，按生錄，當年八十餘，聽我更生，要當有依
憑，方得活，又應爲君妻，能從所委見活不？」馬子答曰：「可。」
因與馬子克期而出。至期，床前有頭髮，正與地平，令人掃去，愈
分明，始悟所夢者。遂屏左右，發視，漸見頭面，已而形體皆出。
馬子便令坐對榻上陳說，語言奇妙非常。遂與馬子寢息。每戒云：「我
尚虛。」借問何時得出，答曰：「出，當待本生日，尚未至。」遂往
廄中。言語聲音，人皆聞之。女計生日至，具教馬子出之養之方法。
語畢，拜去。馬子從其言。至日，以丹雄雞一只，黍飯一盤，清酒
一升，醊其喪前，去廄十餘步。祭訖，掘棺出，開視女身，完全如
故，徐徐抱出，著氈帳中，惟心下微暖，口有氣，令婢四守養護之。
常以青羊乳汁，瀝其兩眼。始開口，能咽粥。積漸能語，二月持杖
起行。一期之後，顏色肌膚氣力悉復常。乃遣報徐氏，上下盡來，
選吉日下禮，聘爲夫婦。生二男，長男字元慶，嘉禾初爲秘書郎。
小男敬度，作太傅掾。女適濟南劉子彥徵延世之孫。

兩故事皆有人鬼結合情事，女子還魂復生事則李仲文之女因發棺太早而不
成；馮孝將故事則由女子教以如何使其復生，終成功還魂，並結爲正式夫婦。
湯顯祖所言「彷彿」之兒女事，當即此二故事中皆有因夢結合，女子還魂之
情節，此與流傳之「杜太守事」相彷彿。〈題詞〉舉「杜太守」、「李仲文」、「馮
孝將」，皆是以故事中第一個人物爲題；李仲文女兒和張世之兒子，馮孝將兒
子與徐元方女兒，各有兒女人鬼結合及女子還魂之說。湯顯祖欲演「杜太守

事」而思及此二相「彷彿」之故事。

三、睢陽王收拷談生事

〈牡丹亭題詞〉言：「杜太守收拷柳生，亦如漢睢陽王收拷談生也。」收拷柳生情節為原話本故事所無，乃湯氏增演之，此部分則有取於睢陽王收拷談生故事。

談生故事見《太平廣記》卷三一六引《列異傳》記載：

> 談生者，年四十無婦，常感激讀書。經夜半，有女子，年可十五六，姿顏服飾，天下無雙，來就生為夫婦。自言：「我與人不同，勿以火照我也，三年之後，方可照。」生一兒，已二歲，不能忍，夜伺其寢後，盜照視之，其腰已上，生肉如人，腰下，但有枯骨。婦覺，遂言曰：「君負我，我垂生矣，何不能忍一歲，而竟相照也。」生辭謝，涕泣不可復生。云：「與君雖大義永離，然顧念我兒，暫隨我去，當遺君物。」生隨之去，入華堂，室宇器物不凡，以一珠袍與之。曰：「可以自給。」裂取生衣裾，留之而別。後生持袍詣布，睢陽王家買之，得錢千萬。王識之曰：「是我女袍，此必發墓。」乃收拷之。生具以實對，王猶不信，乃視女塚，塚完如故。發視之，果棺蓋下得衣裾。呼其兒，正類王女，王乃信之，即召談生，復賜遺衣，以為王婿，表其兒為侍中。

談生故事亦有人鬼結合事，然談生未遵守女子所言：「勿以火照我也，三年之後，方可照」，終至不能還陽，此部分較近前述李仲文故事。睢陽王認為談生發其女墳冢「乃收拷之。生具以實對，王猶不信」，「收拷」、「不信」之情節，為《牡丹亭》所取而更演之，五十三齣「硬拷」柳夢梅之劇情，由此引發。

四、馬絢娘故事

宋郭彖《睽車志》卷四有〈馬絢娘〉故事，寫發棺還魂故事，前賢論者有以其為《牡丹亭》故事所本之說。清乾隆間袁棟《書隱叢說》引《睽車志》之記載，言「湯若士《牡丹亭》乃全用其事」〔註24〕；焦循《劇說》亦言：「柳生、杜女始末，全與此合，知玉茗四夢，皆非空撰，而有所本也。」《睽車志》卷四所記載馬絢娘故事如下：

〔註24〕見毛效同編，《湯顯祖研究資料彙編》下冊，頁925。

有士人寓三衢佛寺，忽有女子，夜入其室。詢其所從來，輒云：「所
居在此。」詰其姓氏，即不答，且云：「相慕而來，何乃見疑？」士
人惑之。自此比夜而至。第詰之，終不言。居月餘，士人復詰之，
女子乃曰：「方將自陳，君宜勿訝。我實非人，然亦非鬼也，乃數政
前郡倅馬公之第幾女，小字絢娘，死于公廨，叢葬于此，即君所居
之鄰空室是也。然將還生，得接燕寢之夕，今體已甦矣。君可具斤
鋸，夜密發棺，我自于中相助。然棺既開，則不復能施力矣，當懵
然如熟寐，君但逼我，連呼我小字及行第，當微開目，即擁致臥
榻，飲之醇酒，令放安寢，既寤，即復生矣。君能相從，再生之
日，君之賜也，誓終身自奉箕帚。士人如其言，果再生之。曰：「此
不可居矣。」脫金把臂，俾士人辦裝，與俱遁去。轉徙湘湖間。數
年，生二子，其後馬倅來視，遷葬此女，視殯有損，棺空無物，大
驚。聞官，盡逮寺僧鞫之，莫知所從。馬亦疑若為盜發取金帛，則
不應失其屍。有一僧，默念數歲前，士人鄰居久之，不告而去。物
色訪之，得之湖湘間。士人先子然，後疑其有妻子，問其所娶，則
云馬氏女也。因逮士人，問得妻之由。女曰：「可並以我書寄父，業
已委身從人，惟父母勿念。」父得書，真其亡女手札，遣老僕往
視。女出與語，問家人良苦，無一遺誤，士人略述本末，而隱其
發棺一事。馬亦惡其涉怪，不復終詰，亦忌見其女，第遣人問勞之
而已。

在談論《牡丹亭》傳奇所本何處時，曾有各種說法，如蔣瑞藻《小說考證》
一書引《慵慵屑抹》書言其脫胎於「眞眞故事」〔註25〕，《堅瓠集》提出「木
生與杜女」為其所本〔註26〕，焦循《劇說》卷二曾提「亦本《碧桃花》、《倩
女離魂》」〔註27〕；諸多探源說法中，「馬絢娘」較近於《牡丹亭》，馬絢娘為
宋人故事，其與杜麗娘故事之相接近，或為輾轉流傳中互有影響者。湯顯祖
既已於題詞中明言「傳杜太守事」，故其創作時的藍本應是杜麗娘話本而非馬

〔註25〕 「眞眞故事」見《太平廣記》卷二八六〈畫工〉。

〔註26〕 《堅瓠集》為清褚人穫著，卷首有康熙乙亥（1695）孫致彌總序。此書晚於
《牡丹亭》，自不能為其本。

〔註27〕 《碧桃花》為元人無名氏雜劇，共四折，有《元曲選》本。《倩女離魂》本《太
平廣記》卷三五八〈王宙〉故事，唐陳玄祐有〈離魂記〉傳奇，元人鄭光祖
又編為《倩女離魂》雜劇。

絢娘。當然，湯顯祖既廣閱元人劇作，若「寫眞」、「還魂」等情節創作，由前人劇作中生發亦屬必然。

第三節　主題思想

話本〈杜麗娘慕色還魂〉記一段人鬼結合，女子還魂回陽，夫榮妻貴的異聞故事。杜、柳兩家對麗娘還魂之事，抱著樂觀其成的態度，柳夢梅的雙親且發棺助麗娘回陽，並使與其子擇吉日完婚，情節平順圓滿，主要「異事」在麗娘因夢而傷春病亡，死後一年竟又還魂再世。湯顯祖取此話本爲劇作藍本，正取其慕色及還魂事，李仲文、馮孝將兒女故事亦指向還魂之事。還魂之奇聞異事，本就具相當吸引力，六朝志怪以來，尤多還魂復生之怪誕故事，甚至有葬後五六百年還活的奇聞異載〔註28〕；諸多還魂故事中，《牡丹亭》卻成爲最動人的一部，其故安在？在話本奇異故事的基礎上，湯顯祖爲劇作注入女子追求愛情的自然本眞，禮教錮人的時代壓力，科舉與官場的種種現實景況，再加入匠心獨運的曲文、賓白，刻劃出一個個靈活生動的人物形象，深刻的思想內容與動人的藝術構思結合，使《牡丹亭》成爲最璨爛美好的一部戲。

一、追求「情至」的精神

平順的話本故事，經湯氏取材再創作，竟化腐朽爲神奇，人物生動了，內容複雜了，浪漫的生死至情，提高劇作之精神層次，憾人心弦；故《牡丹亭》一出，幾令《西廂》減價〔註29〕。「情至」的劇作精神獲得廣大迴響，藉著情節進行、人物刻劃，充分傳達了作者拋棄形骸，超越生死的「情至」理念。此劇作主旨，充分表露在其〈牡丹亭記題詞〉：

> 天下女子有情寧有如杜麗娘者乎。夢其人即病，病即彌連，至手畫形容傳於世而後死。死三年矣，復能溟莫中求得其所夢者而生。如

〔註28〕明謝肇淛《五雜組》卷五：「人死而復生者，多有物憑焉。道家有換胎之法，蓋煉形駐世者，易故爲新，或因屋宅破壞而借它人軀殼耳。此事晉、唐時最多。《太平廣記》所載或涉怪誕，至史書《五行志》所言，恐不盡誕也。其最異者，周時冢至魏明帝時開，得殉葬女子猶活，計不下五六百年，骨肉能不腐爛耶！溫韜、黃巢發墳墓遍天下，不聞有更生者，史之記載，亦恐未必實矣。」
〔註29〕見沈德符，《萬曆野獲編》卷二十五。

> 麗娘者，乃可謂之有情人耳。情不知所起。一往而深，生者可以死，
> 死可以生。生而不可與死，死而不可復生者，皆非情之至也。夢中
> 之情，何必非眞。天下豈少夢中之人耶。必因薦枕而成親，待掛冠
> 而爲密者，皆形骸之論也。

杜麗娘肯綮死生的「夢中之情」，是超越形骸，亦即屬於理想與精神境界的追尋。理想必須超脫現實，「理無情有者」，正指人性精神層次之追求。在理學家對天理與人欲各有論見的時代，《牡丹亭》的情至說，無疑掌握了時代最令人注目的問題，他肯定人欲，追求精神的深刻思想，是劇作成功之主因。

　　劇中，杜麗娘因讀《詩經》首章，「爲詩章，講動情腸」，她嘆道「聖人之情，盡見於此矣。今古同懷，豈不然乎？」此情自是人性自然之本眞，唯有此善感之心靈，乃能執著其情，生死不顧。遊園時見到滿園春色，感嘆自己虛度青春，埋怨「揀名門一例一例裡神仙眷。甚良緣，把青春拋的遠」。她「幽閨自憐」，竟夢與一持柳秀才其成雲雨之歡。爲此一夢，她日夜懷想，奄然病倒，但求「這般花花草草由人戀，生生死死隨人願，便酸酸楚楚無人怨」，她如此渴望春情，卻囿於禮教禁錮，心性被長期壓抑，無可「點活心苗」，終一病不起。麗娘的魂魄經冥判後，放出枉死城，繼續尋訪她的愛情。終與拾其畫像的柳夢梅，姻緣前定而人鬼結合，所謂「前日爲柳郎而死，今日爲柳郎而生」，因此「情根一點」，還魂再世。超越生死、形骸的「情至」思想，便在這樣的劇情中呈現出來，動人心骨。

　　清洪昇論《牡丹亭》說：「肯綮在死生之際，記中『驚夢』、『尋夢』、『診祟』、『寫眞』、『悼殤』五折，自生而之死；『魂遊』、『幽媾』、『歡撓』、『冥誓』、『回生』五折，自死而之生。其中搜抉靈根，掀翻情窟，能使赫蹏爲大塊，隃糜爲造化，不律爲眞宰，撰精魂而通變之。」〔註30〕「肯綮在死生之際」確是杜麗娘「情至」的重要表現，湯顯祖透過主角人物表達一個追求本眞的內在精神，此亦是作者一生「認眞」的人生態度，他把這樣的人生哲理透過人間最動人的男女愛情來傳達，用最好的題材寫最深刻的哲理，無怪乎其成就若此輝煌耀眼。主觀的精神理想比客觀的現實來得更爲重要與可貴，在追求人性自然本眞的面前，生死、形骸都可以不顧，都是微不足道的，就是這樣的人格精神創造了「情至」的杜麗娘，也是作者題詞中自我表跡的「第云

〔註30〕見吳之則，〈還魂記跋〉，收於毛效同編《湯顯祖研究資料彙編》下冊，頁907。
　　　　洪之則爲洪昇之女。

理之所必無，安知情之所必有邪！」瞭解湯顯祖的人格精神，就會更明白杜麗娘「情至」的追尋。

在湯氏第二本劇作《紫釵記》中，他凸顯「情」和「權」的對立，但亦在創作中發現李十郎囿於客觀現實，無法圓滿的人物形象，乃根源於客觀現實的困境無法解決，他轉而走向心靈的超脫，那是一個客觀之「理」所無法管轄的主觀「情」境，於是有了《牡丹亭》的創作。我們在劇作中看到作者有著展翅的心靈，因此，他萬曆二十六年棄官歸隱，若能由《牡丹亭》的創作主旨看，就更爲清楚明白了。從《紫釵記》到《牡丹亭》，正代表擺落現實，追求更爲寬廣的心靈世界。

《牡丹亭》劇作，相當符合湯氏〈宜黃縣戲神清源師廟記〉所揭諸的戲曲創作理論，同樣有著莊子傳神入道的思想精神。「人生而有情」，藉著「情至」的宣揚，戲曲之「道」，隨著杜麗娘執著的追尋，超脫生死與形骸，展現的力量正是「以人情之大竇，爲名教之至樂也」，在《牡丹亭》爲世人嘆賞不止中，〈廟記〉的理論已在《牡丹亭》得到印證。

二、反對錮人的僵化禮教

杜麗娘一夢而亡，「夢」代表著理想，徐朔方先生說得好：「她不是死於愛情被破壞，而是死於對愛情的徒然渴望。」〔註 31〕愛情渴望的不能實現，來自於她所處的時代與家庭，她生長於名門，父母要教養她成爲「知書達禮」的「淑女」，才是「父母光輝」。杜麗娘的生命覺醒，從讀《詩經》、遊園、驚夢、尋夢一步步走向自我，「慕色而亡」正用以凸顯禮教錮人的可怕，春香丫頭一語道破，她說：「昔氏賢文，把人禁殺」，杜父聘老儒來教她，便有意於要「拘束身心」，杜母也說「女孩兒只合香閨坐，拈花翦朶。問繡窗鍼指如何」，甚至自家花園都不許去遊，如此教養使成爲中規中矩的大家淑女。禮教錮人身心之嚴重，違背了生命的本眞，作者藉主腳人物的死，表達其對虛僞禮教的抗議與不滿。

明代是一個複雜的轉變時代，上層社會對禮教有更嚴更偏的要求，尤其宋明理學家嚴謹的要求，對人性有相當拘束，在婦女問題上，程頤《近思錄》卷六的「餓死事極小，失節事極大」是具有代表性的言論。《明史》卷三〇一

〔註31〕見徐朔方，《湯顯祖評傳》第三章，南京大學出版社，1993 年 7 月一版，頁129。

〈列女傳〉記載著一群封建思想禁錮下的節烈貞婦，其序言：

> 明興，著為規條，巡方督學歲上其事。大者賜祠祀，次亦樹坊表，
> 烏頭綽楔，照耀井閭，乃至僻壤下戶之女，亦能以貞白自砥。其著
> 於實錄及郡邑志者，不下萬餘人，誰間有以文藝顯，要之節烈為
> 多。嗚呼！何其盛也。豈非聲教所被，廉恥之分明，故名節重而蹈
> 義勇歟。

明代著錄中的節烈婦女，比其他時代多，樹牌坊來表彰激勵貞女烈婦，嚴酷
禮教下，婦女身心受到極大的扭曲。但小說、話本的俗文學中，我們又看到
相當開放的情欲社會，由於市井階層的壯大，商業經濟的繁榮，明代社會正
處於轉變中，有著兩極化的現象存在。湯顯祖是個求真的人，他明顯反對社
會上這種虛偽禮教，杜麗娘被禮教禁錮而死的情節，尤其感動無數閨閣女子，
正因為她們在麗娘身上看到自己的境遇。

在婚姻問題上，封建禮教的觀念是要「父母之命，媒妁之言」，第五十五
齣「圓駕」杜寶堅持貞節觀念，他不信麗娘還魂自婚，說：「論臣女呵，便死
葬向水口廉貞，肯和生人做山頭撮合。」皇帝也問：

> 〔內〕聽旨：朕聞有云：不待父母之命，媒妁之言，則國人父母皆賤
> 之。杜麗娘自媒自婚，有何主見？〔旦泣介〕萬歲，臣妾受了柳夢
> 梅再活之恩。

事實上，麗娘還魂回生之後，夢中自由之理想又難存在，她對不斷提起婚事
的柳夢梅推辭，便因「守禮」的觀念所致：

> 〔生〕姐姐，俺地窟裏扶卿做玉真，〔旦〕重生勝過父娘親。〔生〕便
> 好今宵成配偶，〔旦〕懵騰還自少精神。〔淨〕起前說精神旺相，則
> 瞞著秀才。〔旦〕秀才，可記的古書云：必待父母之命，媒妁之
> 言。〔生〕日前雖不是鑽穴相窺，早則鑽墻而入了，小姐今日又會起
> 書來。〔旦〕秀才，比前不同，前夕鬼也，今日人也。鬼可虛情，人
> 須實體。

她的自媒自婚，「曲成親事」是出於不得已的，因為陳最良要前往上墳，他們
只好連夜離開以避發墳之罪；二人結親，路上較為方便。固然，父母之命，
媒妁之言為聘娶婚之要素，但亦非一成不變；陳顧遠《中國婚姻史》言：

> 明律並規定，凡卑幼或仕宦買賣在外，其尊長為後定婚，而卑幼自
> 取妻或已成婚者，仍舊為婚，尊長所定之女聽其別嫁，是父母之言

在此一情形中已非絕對遵守之。〔註32〕

可知未有父母之命的婚姻，律法上是承認的。麗娘回生後，仍要守人間律法，作者劇情安排，必須在現實合理的範圍內才顯真切。「鬼可虛情，人要實禮」，理想寄託在夢中、鬼界，「情至」的精神追求肯綮在死生之間；一旦回生，麗娘要尋求的是愛情和禮教的和諧，她執著於理想愛情，又努力在現實中尋求「情」與「理」的和諧，杜寶代表封建禮教，他固執不通，於是皇帝的聖旨又成為化不可能為可能的最後力量。《牡丹亭》既理想又真實的描寫，亦是其成功的一大因素。

「門當戶對」為劇中提出的婚姻問題，麗娘病重時，杜母也後悔「若早有了人家，敢沒這病」。麗娘面對滿園春色時，她對父母「揀名門」而誤其青春，只能「遷延，這衷懷那處言？淹煎，潑殘生除問天」，滿懷心事無語問天。麗娘出生名門，婚姻重門第也是一種社會現象，謝肇淛《五雜組》卷十四有言：

> 昏姻不但當論門地，亦當考姓之所自，如姚陳胡田皆舜之後，姬周
> 魯衛曹鄭皆武王之後，俱不宜為昏，其餘可以推類。

由於這種門第、姓氏的時代風尚，於是《牡丹亭》寫杜寶「報家門」時，便特別有家世之介紹：

> 自家南安太守杜寶，表字子充。乃唐朝杜子美之後，流落巴蜀，年
> 過五旬。想二十歲登科，三年出守。清名惠政，播在人間。內有夫
> 人甄氏，乃魏朝甄皇后嫡派。此家峨嵋山，見世出賢德夫人。

這是話本小說所無，而戲曲反映了時代現象之一端，柳夢梅亦稱其為唐柳宗元之後代。主腳人物皆為名族之後，這又可從明陸容《菽園雜記》卷七的一段記載得到瞭解：

> 今世富家有起自微賤者，往往依附名族誣人以及其子孫，而不知逆
> 理忘親，其犯不韙甚矣。吳中此風尤甚，如太倉有孔淵，字世陞者，
> 孔子五十三世孫。其六世祖端越仕宋，南渡至其父之敬，任元通州
> 監稅，徙家崑山。元祐初，州治遷太倉，新作學宮，世陞多所經畫，
> 遂攝學事，號莘野老人；子克讓、孫士學，皆能世其業。士學家甚
> 貧，常州某縣一富家，欲求通譜，士學力拒之；歿後，無子，家人

〔註32〕陳顧遠，《中國婚姻史》第三章〈婚姻方法〉，上海書店出版，1992 年 1 月一版，頁 99。

> 不能自存，富家乃以米一船易譜去。以此觀之，則聖賢之後，爲小
> 人妄冒以欺世者多矣。

這一段孔子家譜易主的活生生記載，看到富人對「名族」的獵取，也正是虛僞不實的社會風氣使然。那麼，《牡丹亭》爲男女主腳加上小說所無的「名族」背景，正反映了時代的現象。「圓駕」齣，杜寶對柳生依然成見深，他說：「怕沒門當戶對，看上柳夢梅什麼來？」麗娘則答：

> 爹娘，人家白日裏高結綵樓，招不出個官婿。你女兒睡夢裏，鬼窟
> 裏，選著個狀元郎，還說門當戶對！則你個杜杜陵慣把女孩兒嚇，
> 那柳柳州他可也門戶風華。爹，認了女孩兒罷。

可見劇中人物安排爲杜甫、柳宗元之後代，有著「門當戶對」婚姻觀念的社會背景。戲曲多角度地呈現時代與社會，此爲一例。

《牡丹亭》在思想主題上，較前二劇更爲集中，劇情發展的主導在「情」，這和《紫釵記》由盧太尉的「權」爲情節主導，大爲不同。在「情至」主題的背面，最大的批評，是指向封建禮教的禁錮人心。

三、對地方官府的批評

就政治而言，湯顯祖明顯地將批評指向地方官府，而非朝廷。第二十一齣「謁遇」，柳夢梅來向苗舜賓自我推薦，以「現世寶」自喻，二人有如是對話：

> 〔淨〕這等，便好獻與聖天子了。〔生〕寒儒薄相，要伺候官府，尚
> 不能勾，怎見的聖天子？〔淨〕你不知，到是聖天子好見。〔生〕則
> 三千里路資難處。〔淨〕一發不難，古人黃金贈壯士，我將衙門常例
> 銀兩，助君遠行。

「聖天子」比「官府」好見，可見地方官府之難伺候。第二十三齣「冥判」中，胡判官對陽世判官有「金州判、銀府判、銅司判、鐵院判」的區分，愈是接近百姓的地方州判搜刮愈嚴重。苗舜賓口中的「衙門常例」正是貪賄的額外收入。謝肇淛《五雜組》卷十四〈事部二〉有記載：

> 上官蒞任之初，必有一番禁諭，謂之通行，大率胥曹勦襲舊套以欺
> 官，而官假意振刷以欺百姓耳。至於參謁有禁饋送，有禁關節，有
> 禁私謁，有禁常例，有禁迎送，有禁華靡，有禁左右人役需索，有
> 禁然皆自禁之而自犯之。朝令之而夕更之，上焉者何以表率庶職，
> 而下焉者何以令庶民也。至於文移之往來，歲時之申報，詞訟之招

詳，官評之冊揭，紛杳重積，徒爲數蠹薪炬之資，而勞民傷財不知
紀極。噫！弊也久矣！

赤裸裸地披露地方官府的積弊，「禁常例」等事均落得「自禁之而自犯之」，
地方官府對百姓影響更爲直接，湯顯祖自徐聞到遂昌，他任職於地方，尤有
感於官府之弊。

第四齣「腐嘆」，杜太守要爲小姐聘請個先生教書，地方官府有諸多好處，
所以成爲一個熱門的「缺」，劇中迂腐的老儒陳最良說：

昨日聽見本府杜太守，有個小姐，要請先生。好些奔競的鑽去，他
可爲甚的？鄉邦好說話，一也；通關節，二也；撞太歲，三也；穿
他門子管家，改竄文卷，四也；別處吹噓進身，五也；下頭官兒怕
他，六也；家裏騙人，七也。爲此七事，沒了頭要去。他們都不知：
官衙可是好踏的。

列舉「七事」，指出官府中的營私圖利現象。「撞太歲」指依託官府賺人財貨
者〔註33〕。仗著官府之名，從中牟取私利是普遍的地方現象，當然受害的便
是有苦難言的小老百姓。謝肇淛《五雜組》卷十三又有如是披露：

今之仕者，寧得罪於朝廷，無得罪於官長；寧得罪於小民，無得罪
於巨室。得罪朝廷者竟盜批鱗之名，得罪小民者可施彌縫之術，惟
官長巨室，朝忤旨而夕報罷矣。欲吏治之善，安可得哉！

「朝忤旨而夕報罷」，得罪官府招禍之速如是，無怪其比朝廷更爲「難伺
候」。

第九齣「肅苑」也藉春香和花郎的一段科諢，又點出官府中人的「好
處」：

【普賢歌】〔丑小花郎醉上〕一生花裏小隨衙，偷去街頭學賣花。令
史們將我楂，祇候們將我搭，狠燒刀險把我嫩盤腸生灌殺。

〔見介〕春姐在此。〔貼〕好打！私出衙前騙酒，這幾日菜也不送。〔丑〕
有菜夫。〔貼〕水也不挑。〔丑〕有水夫。〔貼〕花也不送。〔丑〕每
早送花，夫人一分，小姐一分。〔貼〕還有一分哩。〔丑〕這該打。〔貼〕
你叫什麼名字？〔丑〕花郎。〔貼〕你把花郎的意思，謅個曲兒俺聽。

〔註33〕明陸容，《菽園雜記》卷十四記載：「京師有依託官府賺人財貨者名『撞太歲』。
吳中名『賣廳角』，江西名『樹背張風』，蓋穿窬之行也。」廣文書局，民國
59 年 12 月初版。

謔的好，饒打。〔丑〕使得。

杜府小小花郎，在外如此「吃香」，仰仗的不是杜太守的官威嗎？春香說他「私出衙前騙酒」；作者在這些地方是有所指陳的。此外，「硬拷」齣的獄官和獄卒，也向被囚的柳生要「見面錢」、「入監油」，均披露官府之弊端。

　　把官府和朝廷對舉，顯然以官府為主要批評對象；至於朝廷，湯顯祖仍有較多的肯定與期待。如「耽試」一齣，柳夢梅赴舉時碰到李全兵亂，未及放榜，皇帝下旨：

　　〔內宣介〕聽旨：朕惟治天下有緩有急，乃武乃文。今淮揚危急，便著安撫杜寶前去迎敵，不可有遲。其傳臚一事，待干戈寧輯，偃武修文，可諭知多士。叩首。

揭示治天下的「偃武修文」，對皇帝仍有所肯定。劇末的團圓收場，也是賴皇帝下詔，但杜寶官居宰輔，其強悍無視皇命，必二次下旨才告結束，其中又有耐人尋思處。明代帝王和大臣之間，存在著權利之間的錯綜關係，黃仁宇《萬曆十五年》認為：

　　多少年來，文官已經形成了一個強大的力量，強迫坐在寶座上的皇帝在處理政務時擯斥他個人的意志。皇帝沒有辦法抵禦這種力量，因為他的權威產生於百官的俯伏跪拜之中，他實際上所能控制的至為微薄。名義上他是天子，實際上他受制於廷臣。〔註34〕

文官集團有著一股勢力，萬曆皇帝想冊立其寵愛的鄭貴妃之子常洵為太子，終因朝臣反對而無法如願。《牡丹亭》的杜寶對皇命表現的不馴態度，正是時代政治的面貌，他不肯接受柳生的中狀元事實，竟有「扯宮袍」的舉止：

　　〔外〕什麼宮袍？扯了他！

　　【收江南】〔外扯住冠服介〕〔生〕呀，你敢抗皇宣罵敕封，早裂綻我御袍紅。似人家女婿呵拜門也似乘龍，偏我帽光光走空，你桃天天煞風。〔老替生冠服插花介〕〔生〕老平章，好看我插宮花帽壓君恩重。

這一幕，自有作者深長的寓意，也是時代政治現實的反映。

　　劇中對朝廷直接有所批評的地方，應該便是第二十一齣派欽差識寶使臣「重價購求」寶物之事，苗舜賓奉旨到廣州香山嶴多寶寺來收番回所獻寶，「香

〔註34〕黃仁宇，《萬曆十五年》第三章，台北：食貨出版社，民國82年5月三版，頁94。

山嶴」本是個事多窒礙，雜沓居住的地方〔註35〕；這段情節也寫入湯顯祖貶
謫徐聞，對廣東風土民情的認識。其詩文集卷十一，也多寫到當地珠寶，如
「明珠海上傳星氣，白玉河邊看月光」（〈香嶴逢賈胡〉），「交池懸寶藏，長夜
發珠光」（〈陽江避熱入海，至潿洲，夜看珠池作，寄郭廉州〉），「藤帽斜珠雙
耳環，纈錦垂裙赤文臂」（〈黎女歌〉）等。劇末苗舜賓引柳生看「明珠美玉」，
介紹珠玉名稱：

> 【駐雲飛】〔淨〕這是星漢神沙；這是煮海金丹和鐵樹花。什麼貓眼
> 精光射，母碌通明差。嗟，這是靺鞨柳金芽；這是溫涼玉斝；這是
> 吸月的蟾蜍，和陽燧冰盤化。〔生〕我廣南有明月珠，珊瑚樹。〔淨〕
> 徑寸明珠等讓他，便幾尺珊瑚碎了他。

這些美玉，確為作者嶺南所見。「徑寸明月珠」事謝肇淛《五雜組》卷十一亦
有記載：

> 今海南所出者，皆蚌珠也。海中諸物蜃蛤蜆蠣之屬皆有珠；但不恆
> 有耳。萬曆初，吾郡連江人剖蛤得珠，不識也；烹之，珠在釜中跳
> 躍不定，火光燭天，鄰里驚而救之。問知其故，啟視已半枯矣，徑
> 一寸許，此真夜光明月之質也，而厄於俗子，悲夫。

除了這個發生於萬曆年間「徑寸明月珠」的「南土之珍」故事，曲文所提「西
崑之秘」的珠寶，《五雜組》卷十一亦記載：

> 今世之所寶者有貓兒眼、祖母綠、顛不剌、蜜臘、金鴉鶻、石臘子
> 等類，然皆鑲嵌首飾之用。惟琥珀、瑪瑙盛行於時，皆滇中產也。
> 犀則多矣，而通天臥魚，辟水駭雞皆未之見也。祖母綠云是金翅鳥
> 所成，出回回國，有紅剌一顆重一兩以上即值錢千緡，然亦不可多
> 得。

「謁遇」齣指朝廷「重價購求」，寓有作者之批評，如其詩文集卷十二〈感事〉
詩有「聖主求金日夜勞」的慨嘆。朝廷貪求寶物錢財，搜括民財之事，史傳
亦多有記載，如《明史》卷三○五〈陳增傳〉寫萬曆時：

> 通都大邑皆有稅監，兩淮則有鹽監，廣東則有珠監，或專遣，或兼
> 攝，大璫小監，縱橫繹騷，吸髓飲血，以供進奉。

朝廷在各地搜括財物如是：《牡丹亭》的苗舜賓則大類廣東珠監，為朝廷來求

〔註35〕明沈德符，《萬曆野獲編》卷三十有「香山嶴」條，記其地之住居、貿易、倭
　　　　奴等問題。

珠寶。第三十一齣杜寶守淮揚，他問：「前面高起如霜似雪，四五十堆，是何山也？」眾答：「都是各場所積之鹽，眾商人中納。」鹽稅堆積如山之多，人民血汗盡在其中。戲曲把如是民間疾苦赤裸地呈現吾人眼前，有良知者豈不有感！

　　綜上所述，湯顯祖貶謫以來所見所聞，他對地方官府的批評，是明顯見於《牡丹亭》；至於朝廷，藉著劇中嘲諷官員的「不適任」及求寶事物，也反映了作者一定程度的不滿。

四、對科考及讀書人的慨嘆

　　科舉考試與讀書人息息相關，經過考試拔擢人才方能發展其大好前程。《牡丹亭》有對科舉不公及書生時運不濟、貧窮、迂腐、無用，乃至謊騙錢財等的描寫。

　　劇中，時運不濟的柳夢梅前往「干謁」苗舜賓，並獲其「書儀」相贈。第四十一齣「耽試」，柳生赴京科考，又遇苗氏為典試官。看看這個昔日識寶的今日試官：

> 想起來看寶易，看文字難。為什麼來？俺的眼睛原是貓兒睛，和碧綠琉璃水晶無二，因此一見真寶，眼睛火出；說起文字，俺眼裡從來沒有。

寫出這樣的典試官，諷刺意甚濃。更大的嘲弄是試期已過方來應考的柳生，卻能「告收遺才」，准予「一視同仁」的收考：

> 〔生〕告遺才的，望老大人收考。〔淨〕唉也，聖旨臨軒，翰林院封進，誰敢再收。〔生哭介〕生員從嶺南萬里，帶家口而來，無路可投，願觸金階而死。〔生起觸階〕〔丑止介〕〔淨背云〕這秀才像是柳生，真乃南海遺珠也。〔回介〕秀才上來，可有卷子？〔生〕卷子備有。〔淨〕這等，姑准收考，一視同仁。〔生跪介〕千載奇遇。

科舉竟可「補考」，確是「千載奇遇」，作者以劇情對科舉考試的荒謬作了極大的諷刺。

　　若此荒唐考官，如何能拔取真才實學之優秀人才，第五十二齣「索元」，為瓊林宴到處尋找狀元的軍校有如是對話：

> 〔丑〕哥，人山人海，那裏淘氣去？俺們把一位帶了儒巾喫宴去，正身出來，算還他席面錢。〔老〕使不得，羽林衛宴老軍替得，瓊林宴進士替不得，他要杏苑題詩。〔丑〕哥，看見幾個狀元題詩哩。依你

說，叫去。〔行叫介〕狀元柳夢梅那裡？

對「狀元題詩」能力的懷疑，正是諷刺中舉者非具眞才實學。此可參看謝肇淛《五雜組》卷十四〈事部二〉之記載：

> 人之難知也，聖人猶然嘆之。今之取士也以文章，而紙上之談不足憑也。程官也以功狀，而矯誣之績不足信也。采之於月旦而沽名者進矣，覈之於行事而飾詐者售矣。居家而道學者，大盜之藪也；居官而建言者，大奸之托也。嗚乎，世安得眞才而用之。

虛僞不實的時代風氣由此可以知之。「取士以文章」但其實「不足憑」，世所用者並非「眞才」；劇中二軍校的對話雖然簡短，但所謂「看見幾個狀元題詩」，正諷刺科舉拔才之所選非眞才。黃新憲《中國考試發展史略》對明代科舉制度有如是論說：

> 明代前期，封建政權處於上升時期，尚有一定的調控能力，考核制度的嚴格施行，對官吏的不法和失職行爲產生了一種逆向牽制力。到了明代後期，政治腐敗，世風日下，這項制度受到來自皇帝、宦官、輔臣以及被考察者等方面的干擾，出現了一些弊端，最突出的是考核不實，教條化以至舞弊成風。時人稱這種狀況爲，朝廷甄別之典成爲人臣市交之資。又由於貪官污吏相互交通，懲辦貪贓之法徒爲虛名，所劾罷者大都是一些單寒軟弱之流，而那些大奸大惡者或有所不能問，或有所不能識；考核制度利鮮而弊叢，利小而害大，成爲腐敗的催化劑。〔註36〕

黃氏之說和《五雜組》之記載是相映的；戲曲則以搬演的方式，在詼諧中寓含深意。其實，唐、宋、明各代，皆有其一套設計看來嚴密的考試制度，但各代又有層出不窮的科舉弊端，可見「徒法不足以自行」，問題往往發生在其執行的過程中，故只有正史記載的選舉制度，也往往看不到當事人的困難。〔註37〕

　　對科舉制度下的讀書人，湯顯祖也頗不以爲然，他筆下描繪的是窮極、迂極，而且品德也有缺失的讀書人。陳最良、柳夢梅、韓子才，都是窮困而時運不濟的讀書人，迂腐不通更是陳最良的人物特寫，此留待人物一節再詳述之。生腳柳夢梅自稱「飽學名儒，腹中饑」，「鬧宴」齣他顯出迂腐可笑的

〔註36〕黃新憲，《中國考試發展史略》，福建人民出版社，1992年8月一版，頁134。
〔註37〕參劉虹，《中國選士制度史》，湖南教育出版社，1992年9月。

樣子，一身破衣、破帽、破傘、破褡袱的寒酸狼狽樣，正等著通報要見平章岳父大人；心裡擔心會被考一首「太平宴詩」或「軍中凱歌」，兀自在門外打起稿來。最後他「餓荒」了，「衝席」進去，作者以生花妙筆，呈現讀書人的窮迂與可笑。湯顯祖筆下的讀書人總是貧困不堪，柳生來到「漂母之祠」，他嘆道：「那韓信是個假齊王，尚然有人一飯；俺柳夢梅是個真秀才，要杯冷酒不能勾。」（四十九齣），連梳洗的水也沒有，巧老天「下雨」；對讀書人的窮困，作者是刻意凸顯，而這正是他的體會。

　　此外，讀書人的無用與無行，也在《牡丹亭》中呈現。第四十九齣「淮泊」，柳生往淮揚，他自言：

> 且喜殿試擾過卷子，又被邊報耽誤榜期。因此小姐呵，聞說他尊翁
> 淮揚兵急，叫俺沿路上體訪安危。親齎一幅春容，敬報再生之喜。
> 雖則如此，客路貧難，諸凡路費之資，盡出壙中之物。其間零碎寶
> 玩，急切典賣不來，有此成器金銀，土氣銷鎔有限；兼且小生看書
> 之眼，並不認得等子星兒；一路上賺騙無多，逐日裏支分有盡。

在考官通融下，他順利考試「擾過卷子」，生活中，書生「看書之眼」對日常生活事情卻很「無知」，真可謂百無一用；一路上「賺騙」又實在缺乏品德修養。就如同「秘議」齣中，石道姑也批評陳最良「謊了一府州縣士民人等許多分子，起了個生祠」，藉為杜老爺立祠事，這其中陳最良獲得錢財好處，一個「謊」字表示作者的貶意。石道姑說「天下少信掉書子，世外有情持素人」，對讀書人之不誠有所批評。謝肇淛《五雜組》卷十三記載：

> 今之號為好學者，取科第為第一義矣，立言以傳後者，百無一焉，
> 至於脩身行己則絕不為意矣，可謂倒置之甚。

讀書人在品德修養上不以為意的社會風氣，在《牡丹亭》的人物身上有此時代面貌之呈現。作者對科考有批評，對讀書人則同情、批評兼而有之。對追求「凡事認真」的湯顯祖而言，虛偽不實是他最反對的事。

第四節　關目情節

　　《牡丹亭》長達五十五齣，在傳奇中屬長篇。雖然篇幅長，但湯顯祖飛舞他如神之筆，駕馭此長篇鉅製，竟結構嚴謹，扣人心弦，並且趣味橫生，可說是深具場上搬演魄力的一部戲。湯氏友人潘之恒曾言「五觀」《牡丹亭》而病有起色，前所述劇作之影響閨閣及眾家論說，均證明《牡丹亭》有其引

人入勝之藝術效果。在經過二紫劇的創作經驗，《牡丹亭》融合了前二劇的優點，更上一層樓地寫出了不朽劇作，結合思想內容和藝術構思，創作出戲曲史上最璀璨的一頁。

　　《牡丹亭》以高度浪漫主義的手法，呈現禮教禁錮人心的社會現實；發揮戲曲長於抒情的特性，來表現最富爭議的思想命題，湯氏肯定人欲之自然，執著於追求理想至情。劇情結構上，《牡丹亭》有更靈活、自然的分合安排，藝術技巧較前二劇進步。

一、劇情發展及其中之疏密

　　祁彪佳《曲品》中提出：「作南傳奇者，構局為難，曲白次之。」可見戲劇結構之重要性。清洪昇首先對《牡丹亭》的劇情結構提出「肯綮在死生之際」的論見，洵為慧眼獨具者。死與生既是該劇的哲學思考，也是劇情重要結構處。麗娘的死與生主導著全劇情節發展，主人翁的力量被凸顯，也襯托「情至」理念之堅強；這種情節主導和《紫釵記》大有不同，戲劇效果自然迥異。《牡丹亭》的情節發展完全以麗娘的「情」為主導，人物形貌和主題思想於此獲得最大的發揮。《紫釵記》的情節發展受盧太尉牽制，在主腳人物和主題的密切結合上，自不如《牡丹亭》表現的強而有力。

　　全本五十五齣的《牡丹亭》，依其情節發展，可分為五大段。第一齣「標目」至第六齣「悵眺」為第一段，對劇中之主要人物及背景有所交待。第七齣「閨塾」到第二十齣「鬧殤」，寫麗娘慕色而亡的過程。第二十一齣「謁遇」到第三十五齣「回生」，寫麗娘由死復生。第三十六齣「婚走」到第四十八齣「遇母」，此段寫生旦人間結合，展開追求情理之和諧。第四十九齣「淮泊」到第五十五齣「圓駕」，劇情在奉旨團圓的爭執中落幕。茲先列各齣情節如下：

第 一 齣	標目	敘內容大要	正末引場
第 二 齣	言懷	柳夢梅敘其不遇及姻緣之夢	文細正場
第 三 齣	訓女	寫杜寶家庭景況	文靜正場
第 四 齣	腐嘆	杜府擬請迂儒陳最良前往教讀	過　場
第 五 齣	延師	陳最良正式為麗娘之師	中細正場
第 六 齣	悵眺	韓子才與柳夢梅嘆時運不濟	過　場
第 七 齣	閨塾	陳最良授詩經，春香鬧塾	文靜諧場

第 八 齣	勸農	杜寶出衙勸農，爲官清廉受歡迎	群戲大場
第 九 齣	肅苑	春香爲遊園事準備	中細正場
第 十 齣	驚夢	麗娘遊園傷春，回房而作雲雨之夢	神怪大場
第十一齣	慈戒	杜夫人訓戒春香引逗小姐事	過 場
第十二齣	尋夢	麗娘爲尋夢再度來花園	文細大場
第十三齣	訣謁	柳夢梅告訴郭跎，擬離家去干謁功名	中細小場
第十四齣	寫眞	麗娘自繪眞容	文細正場
第十五齣	虜諜	大金皇帝完顏亮有犯宋之心	過 場
第十六齣	詰病	杜夫人責打春香問麗娘之病因	中細正場
第十七齣	道覡	杜府來請石道姑祈禳	過 場
第十八齣	診祟	陳最良、石道姑分別爲麗娘看病	文細正場
第十九齣	牝賊	李全受封溜金王，欲擾淮揚	武 過場
第二十齣	鬧殤	麗娘死葬梅樹下，杜寶陞官離去	文細大場
第廿一齣	謁遇	柳夢梅謁苗舜賓獲書儀相贈	群戲正場
第廿二齣	旅寄	柳夢梅病倒遇陳最良救至梅花觀	中細短場
第廿三齣	冥判	陰司判決麗娘出枉死城尋其姻緣之夫	神怪大場
第廿四齣	拾畫	柳夢梅拾得麗娘繪像	文細正場
第廿五齣	憶女	老夫人與春香弔祭麗娘	小 過場
第廿六齣	玩眞	柳生叫畫中人並題詩和之	文細正場
第廿七齣	魂遊	麗娘魂回梅花觀	神怪正場
第廿八齣	幽媾	麗娘尋得柳生完其前夢	神怪大場
第廿九齣	旁疑	道姑懷疑柳生夜裡房中有女聲息	中細短場
第二十齣	歡撓	杜、柳二人被道姑敲門所干擾	神怪正場
第卅一齣	繕備	杜寶在淮揚備戰	文武正場
第卅二齣	冥誓	柳生誓盟後，麗娘道出眞象求助還魂	文細大場
第卅三齣	祕議	柳生與石道姑祕議掘墳事	粗細正場
第卅四齣	詗藥	石道姑向陳最良買藥	過 場
第卅五齣	回生	麗娘回生復活	群戲正場
第卅六齣	婚走	爲避陳最良上墳，杜、柳二人曲成親事連夜離去	文靜大場
第卅七齣	駭變	陳最良爲麗娘被盜墳往淮揚報信	文靜短場

第卅八齣	淮警	李全興兵淮揚	武　　場
第卅九齣	如杭	杜、柳抵臨安	文細正場
第四十齣	僕偵	郭跎尋主人遇癩頭而知婚走事	半　過　場
第四一齣	耽試	柳生應考，邊事告急暫緩放榜	群戲正場
第四二齣	移鎮	杜寶移鎮淮安，囑夫人往臨安	文武正場
第四三齣	禦淮	杜寶淮城被李全重重圍住	文武正場
第四四齣	急難	麗娘請柳生淮揚探其父母消息	文細正場
第四五齣	寇間	陳最良被賊擄，誤信老夫人被殺死	粗細半場
第四六齣	折寇	杜寶復遣陳最良傳書敵營	文武正場
第四七齣	圍釋	陳最良說服李全受封宋朝，賊兵退圍	文武大場
第四八齣	遇母	麗娘與母親臨安重逢	中細大場
第四九齣	淮泊	柳夢梅抵淮揚，貧困不堪	半　過　場
第五十齣	鬧宴	柳生求見杜寶反被囚送臨安監候	群戲大場
第五一齣	榜下	杜寶、陳最良因功受封，柳夢梅中狀元	半　過　場
第五二齣	索元	郭跎及官差遍尋狀元	群戲大場
第五三齣	硬拷	杜寶以柳生為盜墳者弔打，不信還魂事	群戲大場
第五四齣	聞喜	麗娘喜聞柳生中舉，奉令駕前勘對重生事	群戲大場
第五五齣	圓駕	經一番爭執，聖旨裁令團圓	南北大場

前述分場依張敬先生《明清傳奇導論》第四編第一節之分場。愛情戲曲必然文細場面較多，但並不會使場面太冷，作者在賓白、人物上運用許多詼諧趣味，來增添戲劇效果，此又其創作技巧之妙處。

在劇情場面之安排上，《牡丹亭》可說是前後相和，跳而不斷地前進發展。第二段的「閨塾」、「驚夢」、「尋夢」、「寫真」、「鬧殤」，都是主場，把杜麗娘慕色傷春之感情變化，表現地淋漓盡致。其中又合理地安排「肅苑」、「慈戒」、「訣謁」等短過場，既可調劑劇情，又可銜接場次，並使人物各有其表現之空間。

劇情安排的前後照應，也是《牡丹亭》的表現手法之一，第二段的「驚夢」和第三段的「幽媾」，「尋夢」和後來的「魂遊」，「寫真」和「玩真」都

在情節上前呼後應，使劇情顯得緊密相連，生與死的界線也在情節中打破，真幻虛實混合爲一，也營造「回生」之自然與眞實。劇情直到第三段的「回生」爲止，均以生旦愛情爲主線發展，「情至」的主題被強烈表達出來。第四段「婚走」開始，增加宋金戰爭之情節副線，場面熱鬧也紛雜些，使劇情落實到時代背景上，脫離虛幻的夢境與陰間；但也必經前面的二、三段死生過程，「情至」主題才有機會在現實中和禮教抗衡，柳生對麗娘的「重生」之恩使其取得與身爲父親的杜寶相對等地位；故「回生」事在劇情中有深刻意涵。愛情主線在劇情進行中，始終是有力的主導，使主題思想的表現較《紫釵記》更爲明白，更見進步。

宋金戰事之武場也使劇情、人物有巧妙之遇合，麗娘與母親臨安相逢；柳生受妻之託往淮揚探親，乃至有拷打狀元事端，陳最良因報盜墳事而身陷賊營，卻又巧立功勞。因此，一段淮揚兵事，造成人物之間諸多分合，情節隨之複雜，「圍釋」之後，劇情才眞正面對愛情與禮教的面對面衝突。《牡丹亭》在高潮迭起中落幕，此又其情節安排上的一高招。經聖旨確認麗娘重生無疑，下旨令其團圓相認，但杜寶拒不認女婿，柳生亦「不伏」丈人，各不相認，在明傳奇團圓收場的習套上，此劇可謂別開生面，於曲終人散時，又留無限意趣於其中。

在劇情推進，跳而不斷的分合發展中，「腐嘆」、「延師」、「閨塾」、「肅苑」、「驚夢」、「尋夢」，「寫眞」、「診祟」、「鬧殤」，「拾畫」、「玩眞」，「冥判」、「魂遊」，「幽媾」、「歡撓」，「祕議」、「回生」，「婚走」、「如杭」等，都是跳而不斷的前後銜接，劇末則「鬧宴」、「榜下」、「索元」、「硬拷」緊湊地有了戲劇衝突，然後收於「圓駕」的丈人、女婿又一番互不相讓的情節中。此環環相扣的劇情大抵在前後二、三齣中彼此相應，此外，亦有伏筆細密處，如下：

（一）第二齣「言懷」柳夢梅言夢見美人，至第二十六齣「玩眞」拾得畫像，他說「成驚愕，似曾相識，向俺心頭摸」，這種「相識」感其實呼應前夢之美人。在這段漫長過程，生旦還未謀面。

（二）第四齣「腐嘆」陳最良上場，他說「祖父行醫」，「有個祖父藥店，依然開張在此」；這個醫藥背景，到第三十三齣「祕議」又有呼應，商討麗娘回生時要「定魂湯藥」，石道姑說「陳教授開張藥舖」，而有三十四齣「詗藥」問藥之事；陳最良自「失館」之後，依然開藥舖。從第四齣到第三十四齣前後貫串，這個「藥舖」的針線伏筆也是構思相當細密的。

　　（三）第六齣「悵眺」柳生與友人韓子才會面，從二人之先祖唐時之柳宗元、韓愈數說起文人時運不濟的牢騷。韓子才建議他「干謁」圖進，並指名欽差識寶的苗舜賓會在番山嶴多寶寺賽寶，此情節至二十一齣「謁遇」得到映照，伏筆亦甚長。故第六齣乃為二十一齣作引，並由二人問答中轉出，安排甚為自然。

　　（四）花神在《牡丹亭》中上場僅二次，在情節上是貫串虛實、生死的重要針線。第十齣「驚夢」演出一段夢中雲雨的非現實浪漫劇情，此際「生強抱旦下」改由花神此一非現實人物上場，他「紅衣插花」的裝扮，說道：「吾乃掌管南安府後花園花神是也。因杜知府小姐麗娘，與柳夢梅秀才，後日有姻緣之分。杜小姐游春感傷，致使柳秀才入夢。咱花神專掌惜玉憐香，竟來保護他，要他雲雨十分歡幸也。」花神的現身說法，使虛幻的夢境彷彿真實，成為前定姻緣，他並交待柳生「夢畢之時，好送杜小姐仍歸香閣。吾神去也。」可知引導夢境中的秀才正是花神所為。這一夢致使杜麗娘走向慕色病亡。花神第二次上場是在「冥判」齣，為此一夢而亡之事作證，胡判官最後判麗娘放出枉死城去追尋其姻緣時，說「花神，休壞了他的肉身也」，那麼麗娘死後三年還魂的「肉身」問題，就在「冥判」中解決了。花神擔任現實與非現實之間的橋樑，其劇情意義甚大。「冥判」的最後，胡判官已下場，魂旦該往何處去追尋姻緣？花神說：「小姐，回後花園去來」，又指引了「魂遊」的方向，此簡短一句「回後花園去來」淡淡一語，正引導劇情之發展。花神所擔任的均是情節關鍵之轉折。

　　（五）第三十六齣「婚走」之際，石道姑問柳生，何物賞助其發棺的姪兒癩頭黿，柳生「解衣」贈之，此一「贈衣」細節，又有其作用。第四十齣「僕偵」郭駝尋主人，即因認出此主人衣服乃得知往臨安消息，由此再前行尋主。癩頭黿此人物上場僅三次，但均有其作用。於第十七齣「道覡」已先有伏筆，石道姑說「使喚的只一個猶子比兒，叫做癩頭黿愚蒙等誚」，「猶子」即侄兒，「愚蒙等誚」指其和無知的人一樣受人譏誚。此時他在「內」答：「姑娘罵俺哩，俺是個妙人兒」，癩童在此未上場，但已為人物設下伏筆。第三十四齣「祕議」發棺事時，石道姑提及「俺有個姪兒癩頭黿可用」，到第三十五齣「回生」他正式上場，任務是發棺。三十六齣「婚走」他得柳生衣服，四十齣「僕偵」則指引郭駝上臨安。此人物雖小，卻是作者的一針一線。

　　（六）第三十七齣「駭變」，陳最良發現盜墳事，他說「俺如今先去稟了

南安府緝拿。星夜往淮揚，報知杜老先生去。」「報官」一事只是他賓白所提，往後劇情陳最良是往淮揚去了。第四十齣「僕偵」，癩頭有一段話正映前「報官」事，他上場說道：

> 若要人不知，除非己不為。自家癩頭黿便是。這無人所在，表白一
> 會：你說姑娘和柳秀才那事，幹得好，又走得好。只被陳教授那狗
> 才，稟過南安府，拿了俺去。拷問姑娘那裏去了？

由他轉述了生旦「婚走」後所發生的事，陳最良「報官」一語也照映於此，可見小小環節，作者亦周密縫合，未草草放過；既有情節之埋伏照映，亦刻劃了癩頭此一逗趣腳色。

（七）第四十二齣「移鎮」杜寶要走旱路往鎮淮安，乃囑夫人「可徑走臨安」，此一節又伏下第四十八齣「遇母」臨安母女相逢情節。相逢之際，又有細節甚佳處，本來石道姑與麗娘正在客店閒談，因天黑，麗娘說要「上燈」，石道姑於是往主家去「借油」；此際，老夫人及春香上場，天黑之中看見麗娘，二人以為遇鬼，這當頭，借油的石道姑打著燈回來，證實非鬼。石道姑的借油及天黑中母女重逢的安排，都具細密巧思，戲劇搬演效果亦極佳。

（八）「春容」畫像在情節中扮穿針引線之作用。杜麗娘的「寫眞」，使生旦二人因畫而人鬼結合，畫像及其上之題詩是彼此確認姻緣前定的重要依據。第四十四齣「急難」，麗娘聞淮揚兵事擔心其父母而要柳生往探消息，並囑柳生帶「春容」為證，然此畫卻又成杜寶認定盜墳而拷打柳生的要素。「春容」一畫如前劇之紫玉釵，發揮以物件貫串人物、劇情之功能。

以上是除前後劇情照映的大節外，幾處可以稱道的細密伏筆。除此，《牡丹亭》有幾個勉強稱為疏漏的地方：

（一）第四十五齣「寇間」，陳最良為李全所擄，他說及杜府中事，言「義女春香，夫人伴房」；但自杜寶離開南安，他們便不曾碰面，此番是因為墳被盜乃往淮揚報知，見到杜寶是下齣（四十六齣）的事，此時何以知春香被收為義女？

（二）第四十八齣「遇母」，老夫人說「我相公是淮揚安撫遭兵難，我被擄逃生到此間」，「被擄」之事不見於前，在此之前是「移鎮」齣中杜寶要其妻往臨安；故此處「被擄」之說來得有些突兀。

（三）第四十九齣「淮泊」，柳生受麗娘託往探其父母，他窮困途中，稱是杜安撫女婿，店主人於是給他看杜老爺的告示，有：「不教子姪到官衙，從

無女婿親開雜」，店主說「這句單指相公」，他怕「扶同歇宿，罪連主家」，拒絕柳生投宿。此時杜寶知女兒墳被盜，但不知還魂回生事，何以有「女婿」之猜測，此又不甚妥貼。

上述三端均甚細小，雖略有不妥貼，又非全然不可者。作者在情節安排上幾乎已臻完善構思之境地，很難置喙，無怪其對時人改作有堅持不可的態度，必依其原本，創作者之自信由此見之。

近人賈百卿曾撰〈《牡丹亭》的一個漏洞〉之文，討論劇中麗娘是否獨生女；賈文指出在第一、三、五、七、十六、二十、二十三、二十五、二十八、四十二、四十五、五十三等齣，分別由杜寶、杜夫人、麗娘、陳最良、春香、花神等人口中知麗娘為杜府單生一女。但第七齣春香打諢語有「俺衙內關著個斑鳩兒，被小姐放去，一去去在何知州家」，賈氏認為「衙內」來自話本中麗娘有一個弟弟，其結論為：

> 劇本就在一個很不重要的場合，在丫頭開玩笑時泄漏了「天機」——
> ——「俺衙內」如何如何。看來作家確是疏忽了，因為整個劇本任何
> 地方都未關照這個「俺衙內」：於是便造成一個小小的漏洞。

依前述情節分析看，湯氏於劇作安排甚為自然、合理、細密，何有賈百卿指陳之「漏洞」？其實「衙內」之說是賈文之錯誤判斷。固然，話本中杜府有一個「衙內」，但湯氏再創作時已刪去此人，春香口中的「俺衙內」應是指「我們府中」而言，非指人物，乃是說府中本養個斑鳩兒，被小姐放了。再看「衙」字在劇中其他地方亦出現多次，可知是湯氏之用詞，如第五齣「延師」，杜寶知陳最良來到，便說「就請衙內相見」，即最好明證；「衙內」非指人也。故賈文所指「小小漏洞」是不存在的。

二、情節與話本之異同

（一）相近似者

短篇話本小說通常以一首詩或詞為開頭篇首，〈杜麗娘慕色還魂〉亦如是，其詩云：

> 閒向書齋覽古今，罕聞杜女再還魂。
> 聊將昔日風流事，編作新文屬後人。

可見杜女還魂是一個民間原有的傳說，此番又經「編作新文」而有「慕色還魂」之話本。由於人物名稱和其中相當措辭為戲曲所取用，湯氏《牡丹亭》

本於此話本當無疑議。

話本演杜、柳二家兒女結親事，戲曲則只取杜府一家。情節相近者，其實也只有在麗娘「回生」前的故事，此後之情節則可說是湯顯祖之創新部分。但「回生」已演至三十五齣，占全齣 64% 左右，半數以上劇情是以話本為取材藍本，其兩者相同者，如(1)麗娘之父為杜寶，母親甄氏，人名相同。(2)杜寶請教讀於府中，麗娘知書達禮。(3)麗娘暮春遊園，觸景傷情，晝眠而有夢中雲雨事。(4)杜母告訴麗娘，花園冷靜少去閒行。(5)麗娘有死後葬梅樹下之願。(6)麗娘自繪真容並題詩。(7)自春至秋，麗娘慕色而亡於八月十五日。(8)柳生拾畫而與麗娘魂結秦晉之歡。(9)柳生助麗娘回生並結為夫婦。(10)柳生往臨安赴舉得中狀元。

上述十端，是話本與戲曲情節相同者。此外，比較二者文字敘述有若干程度相同或相近，但比起《紫簫記》與《紫釵記》，其文字與小說相近似者仍少許多，顯示作者創作時更有彈性，受原傳小說之牽引明顯減少。《牡丹亭》取話本之意，每能師其意而不師其辭，更由作者自主的心靈主宰其文字。

《牡丹亭》與〈杜麗娘慕色還魂〉話本之文字近似處，列一表見之：

齣目	牡丹亭	杜麗娘慕色還魂
十 驚夢	（旦唱）觀之不足由他繾，便賞遍了十二亭臺是惘然，到不如興盡回家閒過遣。	這小姐觀之不足，觸景傷情，心中不樂，急回香閣中。
十 驚夢	〔低首沉吟介〕天呵，春色惱人，信有之乎？常觀詩詞樂府，古之女子，因春感情，遇秋成恨，誠不謬矣。吾今年已二八，未逢折桂之夫；忽慕春情，怎得蟾宮之客？昔日韓夫人得遇于郎，張生偶逢崔氏，曾有《題紅記》、《崔徽傳》二書，此佳人才子，前以密約偷期，後皆得成秦晉。〔長嘆介〕吾生於宦族，長在名門。年已及笄，不得早成佳配，誠為虛度青春，光陰如過隙耳，〔淚介〕可惜妾身顏色如花，豈料命如一葉乎！	俛首沉吟而嘆曰：「春色惱人信有之乎？常觀詩詞樂府，古之女子因春感情，遇秋成恨，誠不謬矣。吾今年已二八，未逢折桂之夫。感慕景情，怎得蟾宮之客？昔日郭華偶逢月英，張生得遇崔氏，曾有《鍾情麗集》、《嬌紅記》二書。此佳人才子，前以密約偷期，似皆一成秦晉。嗟乎，吾生於宦族，長在名門，年已及符，不得盍成佳配，誠為虛度青春。光陰如過隙耳。」嘆息久之，曰：「可惜妾身顏色如花，豈料命如一葉耶！」
十 驚夢	（旦）隱几而眠。〔睡介〕〔夢生介〕……〔生〕恰好花園內折取垂柳半枝，姐姐，你既淹通書史，可作詩以賞此柳枝乎？〔旦作驚喜欲言又止介〕〔背云〕這生素昧平生，何因到此？	憑几書眠。纔方合眼，忽見一書生，年方弱冠，丰姿俊秀，於園內折柳一枝，笑謂小姐曰：「姐姐既能通書史，可作詩以賞之乎？」小姐欲答，又驚又喜，不敢輕言。心中自忖，素昧平生，不知姓名，何敢輕入於此？
十 驚夢	忽直母親來到，喚醒將來。我一身冷汗，乃是南柯一夢。	忽值母親至房中喚醒，一身冷汗，乃是南柯一夢。

十 驚夢	〔老〕我兒何不做些鍼指，或觀玩書史，舒展情懷？因何晝寢於此？〔旦〕兒適花園中閒玩，忽值春喧惱人，故此回房，無可消遣，不覺困倦少息。有失迎接，望母親恕兒之罪！〔老〕孩兒，這後花園中冷靜，少去閒行。〔旦〕領母親嚴命。	夫人問曰：「我兒何不做些針指，或觀玩書史消遣亦可。因何晝寢於此？」小姐答曰：「兒適花園中閒玩，忽值春喧惱人，故此回房。無可消遣，不覺困倦少息。有失迎接，望母親恕兒之罪！」夫人曰：「孩兒，這後花園中冷靜，少去閒行。」小姐曰：「領母親嚴命。」
十 驚夢	奴家口雖無言答應，心內思想夢中之事，何曾放懷？行坐不寧，自覺如有所失。	這小姐口中雖如此答應，心內思想夢中之行，未嘗放懷。行坐不寧，自覺如有所失。
十二 尋夢	怎生這般淒涼冷落，杳無人跡？……忽然大梅樹下一株，梅子磊然可愛。〔二犯么令〕偏則他暗香清遠，傘兒般蓋的周全……我杜麗娘若死後，得葬于此，幸矣。	冷靜寂寥，杳無人跡。忽見一株大梅樹，梅子磊磊可愛。其樹矮如傘蓋。小姐走至樹下，甚喜而言曰：「我若死後，得葬於此，幸矣。」
十四 寫眞	〔旦〕那夢裡書生，曾折柳一枝贈我，此莫非他日所適之夫姓柳乎？故有此警報耳。偶成一詩，暗藏春色，題于幀首之上，何如？〔貼〕卻好。〔旦題吟介〕近睹分明似儼然，遠觀自在若飛仙。他年得傍蟾宮客，不在梅邊在柳邊。	一日偶成詩一絕，自題於圖上。「近睹分明似儼然，遠觀自在若飛仙。他年得傍蟾宮客，不在梅邊在柳邊。」詩罷，思慕夢中相遇書生，曾折柳一枝，莫非所適之夫姓柳乎？故有此警報耳。
十八 診祟	春遊一夢，臥病如今，不癢不疼，如癡如醉，知他怎生？	心頭發熱，不疼不痛，春情難過。朝暮思之，執迷一性，懨懨成病。
二十 鬧殤	〔旦〕不孝女兒順無終。娘呵，此乃天之數也。……這後花園中一株梅樹，兒心所愛，但葬我梅樹之下可矣。	含淚痛泣曰：「不孝逆女不能奉父母養育之恩，今忽夭亡，為天之數也。如我死後，望母親埋葬於後園梅樹下，平生願足矣。」
廿六 玩眞	此乃人間女子行樂圖也。何言不在梅邊在柳邊？奇哉怪事哩！……小生待畫餅充飢，小姐似望梅止渴。	此是人家女子行樂圖也。何言「不在梅邊在柳邊」？此乃奇哉怪事也。……恰似望梅止渴，畫餅充飢。
廿六 魂遊	〔丑〕翠翹金鳳，紅裙綠襖，環珮玎璫，敢是眞仙下降？〔淨〕咳，這便是杜小姐生時樣子，敢是他有靈活現？	紅裙綠襖，環珮玎璫，翠翹金鳳，宛然如活。以鏡對容，相像無二，心甚喜之。
廿八 幽媾	〔生〕小娘子黃夜下顧小生，敢是夢也？〔旦笑介〕不是夢，當眞哩。還怕秀才未肯容納。〔生〕則怕未眞，果然美人見愛，小生喜出望外，何敢卻乎？	衙內驚喜相半，答禮曰：「粧前誰氏？原來黃夜至此。」……答曰：「妾乃府西鄰家女也。因慕衙內之丰采，故奔至此，願與衙內成秦晉之歡，未知肯容納否？」這衙內笑而言：「美人見愛，小生喜出望外，何敢卻耶？」
廿八 幽媾	〔旦〕妾有一言相懇，望郎恕責。〔生笑介〕賢卿有話，但說無妨。〔旦〕妾千金之軀，一旦付與郎矣。勿負奴心，每夜得共枕，平生之願足矣。〔生笑介〕賢卿有心戀于小生，小生豈敢忘于賢卿乎？	女子笑謂柳生曰：「妾有一言相懇，望郎勿責。」柳生笑而答曰：「賢卿有話，但說無妨。」女子含笑曰：「妾千金之軀，一旦付與郎矣，勿負奴心，每夜得共枕蓆，平生之願足矣。」柳生笑而答曰：「賢卿有心戀於小生，小生豈敢忘於賢卿乎！……」
卅二 冥誓	〔旦〕可急視之，不宜自誤。如或不然，妾事已露，不敢再來相陪。願郎留心，勿使可惜。妾若不得復生，必痛恨君於九泉之下矣！	再三叮嚀：「可急視之，請勿自誤。如若不然，妾事已露，不復再至矣。望郎留心，勿使可惜矣。妾不得復生，必痛恨於九泉之下也。」

由上表所列十五條文字對照，可見在「驚夢」、「尋夢」、「寫眞」、「診祟」、「鬧殤」、「玩眞」、「魂遊」、「幽媾」、「冥誓」等齣，《牡丹亭》與話本有著直接關係。由於杜麗娘的身分仍是太守千金，所以文字移至戲曲中時，無需特別改造，此和前二劇之霍小玉身分由倡妓到王女，人物身分改變，故諸多用語必須重新斟酌，此劇則大致相近、相同。

（二）相異者

在杜麗娘回生之後的情節，戲曲和小說的發展是在不同的背景上各自發展，相異甚大，屬《牡丹亭》新增情節部分。回生之前，又與小說同中有異，試比較之：

1. 時代不同

話本寫「南京光宗朝事」，戲曲為添加戰爭情事，故時代改為南宗高宗朝，乃可有金主完顏亮南侵之戰事加入。

2. 家庭景況之改變

話本之杜府家人比戲曲多了一個「杜衙內」，此男年十二，名喚興文。湯顯祖刪去此人物，一則可使麗娘在家中之地位更形重要，其婚姻，其生死均成為杜府之最大事；且人物減少，頭緒亦隨之減少而可全力於麗娘一人身上。再說柳府，話本之柳夢梅為繼杜府尹之新任府尹獨生子，家世與麗娘相當，符合「門當戶對」的古代婚姻觀念。戲曲的柳生，則為「自小孤單」，是個時運不濟的貧苦書生，只有一個相依的種樹老駝。湯顯祖把柳生由話本中府尹公子改為貧寒書生，如是則拉長兩家背景地位之距離，其婚姻之關係亦因此有了不合時宜的懸殊，更能凸顯作者所要表達的禮教錮人的社會問題。

3. 柳夢梅名字由來

話本記載「因母夢見食梅而有孕，故此為名」，湯顯祖運其巧思，將原本無甚意義之命名，賦予深刻又全新之意義。柳母既不見於戲中，「夢」依然和名字相關，但改由柳生自夢，其言：「每日情思昏昏，忽然半月之前，做下一夢。夢到一園，梅花樹下，立著個美人。不長不短，如送如迎。說道：柳生，柳生，遇俺方有姻緣之分，發跡之期。因此改名夢梅，春卿為字。」此一夢與麗娘之夢持柳書生前後相映，梅樹又和麗娘囑葬梅樹下呼應，故柳生此夢包含生旦愛情與理想的追求，又有綰合劇情發展之作用。原本「食梅」之夢在湯顯祖筆下化為姻緣之夢，有了無窮盡的意義與作用。「命名」一事雖小，

卻是作者再創作時的神奇一筆。

4. 麗娘周遭之人物

話本之杜麗娘年十六，戲曲改為十八歲，其周圍人物除父母、弟弟之外，主要有一個十歲的春香丫頭及父親聘來教姐弟讀書的教讀先生。對於麗娘的教養，話本只寫了母親對其晝眠及遊園的「嚴命」，杜府尹倒未對女兒有所限制。春香和教讀先生都未著墨描述。湯顯祖取材再創作時，既已刪去柳夢梅家人，其重點即落在杜府一家，杜寶成了一個嚴格禮教的父親，杜氏夫婦在教養態度上是一致的。春香在戲曲中為年紀十三、四歲，正是青春年華，比話本的十歲丫頭年長一些，引逗小姐遊園的人正是此少不更事的丫頭。小說中十歲的春香只是陪小姐遊園，戲曲中她則主動逗引，此小處又見作者改變其年紀是很細心而合理的安排。教讀先生在話本中無姓名，湯顯祖豐富了此角色，給他一個迂儒名字「陳最良」，用此人物刻劃不知變通的腐儒。麗娘身邊的杜府中人物在戲曲中有了新的生命與豐富意義，話本中只有一個稍見嚴格的母親，戲曲中更著力寫了具威嚴又不通情的父親。

5. 裱畫人

話本中由弟弟柳衙內幫麗娘之「寫真」圖畫拿去裱背，戲曲中改由打掃花園的花郎，並藉此又寫了官府人出外辦事的社會現實。

6. 冥　判

話本無此一節，因此杜麗娘的「慕色而亡」及還魂事，便只能是一段人鬼奇聞怪談。戲曲在生死間增加冥判一段，使麗娘的還魂與「情至」不捨的精神相貫連，凸顯人物追求理想生死不渝的崇高精神，一段奇聞有了真實感，其動人亦在此轉折所生發出之無窮曲意。

7. 拾畫地點

話本柳衙內是在「收拾後房，於草茅雜紙之中，獲得一幅小畫」，戲曲的春容畫像，麗娘於臨死之前囑春香「葬我之後，盛著紫檀匣兒，藏在太湖石底」，後為柳生拾得此「檀香匣兒」。對於畫像的安排，話本中似乎是任意棄置，彷彿拋棄在一堆不要的雜紙中；戲曲的安排有明顯「珍藏」意味，春香對主子如此交待，有其不解，她問「這是主何意兒？」麗娘告以「有心靈翰墨春容，儻直那人知重」，面對死亡，仍抱持「心靈」可以期待的想法，《牡丹亭》的劇作精神在「真容」一事可以看到。

8. 和詩不同

話本與戲曲有杜麗娘相同的題詩於畫像上，至於柳生拾畫之後的和詩則不一樣。話本之和詩為「貌若嫦娥出自然，不是天仙是地仙。若得降臨同一宿，海誓山盟在枕邊。」戲曲中柳生和詩為：「丹青妙處卻天然，不是天仙即地仙。欲傍蟾宮人近遠，恰些春在柳梅邊。」「天然」二字映照女主腳「一生兒愛好是天然」的性情，後二句更寫著柳生自己，和他「玩真」時心情的「活似提掇小生一般」的情境相應。由話本到戲曲，柳生的背景改變較大，所以麗娘的題詩可以不改，柳生的和詩則改作較原作更精緻、更貼切於情節。

9. 發棺回生

話本中麗娘是死後一年回生，助其還魂的人為柳府尹一家人，並喜悅地為二人主持婚事，也通知杜參政（已升官）知道；雙方家庭對還魂事是以「報喜」心情看待，也因此〈杜麗娘慕色還魂〉會成為一部奇談而已，因為此荒誕情節不曾引起異議且圓滿收結，自然只是個脫離現實的「故事」而已。《牡丹亭》則不如此，且拉長麗娘回生時間為三年，更顯其還魂事之不符現實，所以杜寶的肯定其女為妖魔，是合理地站在現實論事，如此衝突在凸顯作者要傳達的「情至」精神。戲曲中既無柳生家人，那麼發棺之事改由石道姑幫助柳生完成，也使石道姑此一人物在情節中獲得人物情性之刻劃。

以上九點，是話本與戲曲在杜麗娘回生前的若干相異情節，至於回生之後的諸多事端，則可說是湯顯祖創新之部分。

三、主要增加之情節

（一）肯綮死生之冥判

在杜麗娘還魂回生之前的主要情節，如「閨塾」、「驚夢」、「尋夢」、「寫真」、「鬧殤」、「拾畫」、「玩真」、「幽媾」諸多精彩關目，在話本中均有其端倪可依循；舞台上頗受歡迎的「春香鬧學」雖為湯氏巧思建構，然話本中是有請個「教讀」先生於杜府中。至於「冥判」一齣，則全不見於原話本故事，此則純然為湯氏匠心獨運之情節。

「冥判」一如夢境，是戲中非現實的部分，柳夢梅因夢而改名，杜麗娘因夢而亡，二人都把夢幻當作真實看待，一如莊周夢蝶：

> 昔者莊周夢為蝴蝶，栩栩然蝴蝶也，自喻適志與，不知周也。俄然
> 覺，則蘧蘧然周也。不知周之夢為蝴蝶與？蝴蝶之夢為周與？周與

蝴蝶，則必有分矣，此之謂物化。(《莊子‧齊物》)

這是一段眞幻混合難分的夢，湯顯祖在〈牡丹亭記題詞〉所說「必因薦枕而成親，待掛冠而爲密者，皆形骸之論也」，已看到湯氏有外形骸的莊子思想。因爲夢是不必計較其合理性，所以便成爲作家主情的表現手法，湯氏自言「因情成夢，因夢成戲」(〈復甘義麓〉)即揭示此點。然而湯顯祖要強調夢的眞實，至情是可以穿越生死，得到永恆；夢代表精神與理想。但如何「以虛作實」？湯顯祖的「冥判」作用在此。

一夢而亡本是不合理事，胡判官聽麗娘說「爲此感傷，壞了一命」，他的反應是「謊也。世有一夢而亡之理？」理之所無，卻可以是情之所有，湯氏言：「志也者，情也」，情志屬於精神面，麗娘慕色而亡後，其精神仍要繼續堅持於「情」，由死到生的重要關鍵，便是「冥判」的安排，由於冥判使麗娘得以放出枉死城，得以魂遊，終得回生。「冥判」的搬演使不合理的夢與生死事不再虛假，從虛幻走向眞實。杜麗娘在第五十四齣「聞喜」如是言：「春園夢一些，到陰司裡有轉折。夢中逗的影兒別，陰司較迫的情兒切」，陰間反而眞實。就整個劇情而言，「冥判」彷彿畫龍點睛的那一筆，也是與話本最大的差異點，話本停留於「奇談」，戲曲卻走向「眞實」，這種轉變，固作者創作之旨意，在情節安排上，則端賴「冥判」之扭轉。

「冥判」除了情節功能之外，也藉此將陰間法庭和陽世作一對比，最後一齣「圓駕」，杜麗娘奉令見駕，她走上金殿，左右「喝介」：「甚的婦人衝上御道，拿了！」麗娘「驚介」道：「似這般猙獰漢叫喳喳，在閻浮殿見了些青面獠牙，也不似今番怕」，明白指人間殿堂比陰間更可怕。這種對比，作者有其思想上之含義。胡判官上場時說「因陽世趙大郎家和金達子爭占江山，損折眾生，十停去了一停。因此玉皇上帝，照見人民稀少，欽奉裁減事例。」陰間的政治看來較爲合理。

作者也藉胡判官來嘲弄金錢貪賂的官場，持筆的小鬼說「筆乾了」，胡判官言「要潤筆，十錠金十貫鈔，紙陌錢財」；又有說「比著陽世那金州判、銀府判、銅司判、鐵院判白虎臨官，一樣價打貼刑名催伍作」，官府貪賄不法在此有刻意凸顯，寫陰間其實對應著陽世。然胡判官又比陽世官吏好，看他判愛歌唱的趙大爲黃鶯兒，喜沈香泥壁的錢十五爲燕兒，使花粉錢的孫心爲蝴蝶，好男風的李候兒爲蜜蜂，他說「俺初權印，且不用刑」，判完後又有「可憐見小性命」的仁慈念頭。當女鬼麗娘上場，他爲之驚艷，小鬼在旁說：「判

爺，權收做個後房夫人」，胡判官斥道：「哇！有天條，擅用囚婦者斬」，陰間律法及判官，顯得較爲公正可取；藉著「冥判」，其實也嘲弄著「陽判」種種不法事。

（二）李全亂事

李全亂事是杜柳愛情主線外的一條副線情節，一文一武，正可調劑整個場面之冷熱氣氛。和戰事有關的齣目包括：第十五齣「虜諜」、十九齣「牝賊」、三十一齣「繕備」、三十八齣「淮警」、四十二齣「移鎮」、四十三齣「禦淮」、四十五齣「寇間」、四十六齣「折寇」、四十七齣「圍釋」，共計九齣戲。亂事消息的正式登場在三十八齣「淮警」以後，而三十七齣「駭變」演至陳最良知墳被盜要往淮揚報信。由此知必結束南安府麗娘回生事後，主要人物一一離開南安，往淮揚、臨安等地，才正式把李全亂事搬上場面，展開另一番理想與現實之爭執。李全亂事正是諸多人物之間關係串連的引線，情節作用極爲重要。

在「淮警」之前，李全亂事已先有伏筆於前，第十五齣「虜諜」大金皇帝完顏亮上場，他說：

> 自家大金皇帝完顏亮是也。身爲夷虜，性愛風騷。俺祖公阿骨都，搶了南朝天下，趙康王走去杭州，今又二十餘年矣。聽得他妝點杭州，勝似汴梁風景。一座西湖，朝歡暮樂。有個曲兒，說他三秋桂子，十里荷花。便待起兵百萬，吞取何難！兵法虛虛實實，俺待用個南人，爲我鄉導。喜他淮安賊漢李全，有萬夫不當之勇，他心順溜于俺，俺先封他爲溜金王之職，限他三年內，招兵買馬，騷擾淮揚地方，相機而行，以開征進之路。唉喲！俺巴不到西湖上散悶兒也。

引動完顏亮南侵意圖的「曲兒」，正是北宋柳永描寫杭州風景的〈望海潮〉詞：

> 東南形勝，三吳都會，錢塘自古繁華。煙柳畫橋，風簾翠幕，參差十萬人家。雲樹繞堤沙。怒濤捲霜雪，天塹無涯。市列珠璣，戶盈羅綺競豪奢。重湖疊巘清嘉，有三秋桂子，十里荷花。羌管弄晴，菱歌泛夜，嬉嬉釣叟蓮娃。千騎擁高牙。乘醉聽簫鼓。吟賞煙霞。異日圖將好景，歸去鳳池誇。

這首詞本爲柳永獻給當時駐節杭州的兩浙轉運使孫何的，詞中詠杭州湖山之

美及物阜民康的繁華景象。北宋經過八十多年的休養生息，到仁宗在位時，確已有繁榮、富庶的面貌，尤其在杭州更顯如此。完顏亮因柳永詞而興南侵野心，此有見於宋羅大經《鶴林玉露》卷一記載：

> 孫何帥錢塘，柳耆卿作〈望江潮〉詞贈之……此詞流播，金主亮聞歌，欣然有慕於「三秋桂子，十里荷花」，遂起投鞭渡江之志。近時謝處厚詩云：「誰把杭州曲子謳，荷花十里桂三秋。那知卉木無情物，牽動長江萬里愁。」余謂此詞雖牽動長江之愁，然卒為金主送死之媒，未足恨也。至於荷艷桂香，粧點湖山之清麗，使士夫流連於歌舞嬉遊之樂，遂忘中原，是則深可恨耳。因和其詩云：「殺胡快劍是清謳，牛渚依然一片秋。卻恨荷花留玉輦，意志煙柳汴宮愁。」〔註38〕

謝處厚和羅大經對柳永此詞各有不同想法。柳永詞之傳唱一時，亦由此可見。

「虜諜」齣中完顏亮所言「已潛畫工，偷將他全景來了。那湖上有吳山第一峰，畫俺立馬其上。俺好不狠也！」他陶醉在征服者的美夢中，想「立馬在吳山最高」，野心勃勃。這段情節，亦有所本，宋岳珂《桯史》卷八記載：

> 金酋亮未篡，偽封岐王，為平章政事。頗知書，好為詩詞，語出輒崛彊，憖憖有不為人下之意。……及得志，將圖南牧，遣我判臣施宜生，來賀天申節。隱畫工於中，使圖臨安之城邑，及吳山西湖之勝以歸，既進繪事，大喜，睊然有垂涎杭樂之想。亟命撤坐間軟屏，更設所獻，而於吳山絕頂，貌己之狀，策馬而立，題其上曰：「萬里車書盡混同，江南豈有別疆封。提兵百萬西湖上，立馬吳山第一峰。」〔註39〕

完顏亮「立馬吳山」之說，《大金國志》卷十四「正隆五年」條亦有類似記載。正隆五年即南宋高宗紹興十九年（1160），這個金人犯邊的時代和劇中所提「淮揚賊」李全的時代是不同的，此處湯顯祖取材宋史，但變動其事甚大，作者自我作主地編排其劇情，用史事而不為史事所羈絆。

完顏亮只有出現在第十五齣「虜諜」，乃用他來引出李全事，其言「俺待用個南人，為我鄉導。喜他淮揚賊漢李全，有萬夫不當之勇，他心順溜于

〔註38〕見宋羅大經，《鶴林玉露》卷一，收於《筆記小說大觀》第二十九編第一冊。
〔註39〕見宋岳珂，《桯史》卷八，收於《筆記小說大觀》第二十八編第三冊。

俺，俺先封他為金王之職，限他三年內，招兵買馬，騷擾淮揚地方，相機而行，以開征進之路。唉喲！俺巴不到西湖上散悶兒也。」李全騷擾淮揚為正史所有，但他是個抗金有功之人，《牡丹亭》卻改為助金人南侵，此大異史實。《宋史》卷四七六、四七七有〈李全傳〉，歸其為於列傳中之「判臣」，他的時代是在南宋寧宗、理宗之際，而不是完顏亮所處的南宋高宗時代。《宋史》記載：「李全者，濰州北海農家子，同產兄弟三人。全銳頭鼃目，權謔善下人，以弓馬趫捷，能運鐵槍，時號『李鐵槍』」（卷四七六），寧宗嘉定十二年，他戰金兵大捷，受封為達州刺史，其妻楊氏封令人。後來他引兵北歸山東。理宗寶慶二年，「大元兵攻青州，全大小百戰，終不利，嬰城自守。大元築長圍，夜市狗砦，糧援路絕。」到寶慶三年，「時全在圍一年，食牛馬及人且盡，將自食其軍。初軍民數十萬，至是餘數千矣。四月（按：寶慶三年四月）辛亥，全欲歸于大元，懼眾異議，乃焚香南向再拜，欲自經，而使鄭衍德、田四救之，曰『譬如為衣，有身，愁無袖耶？今北歸蒙古，未必非福。』全從之，乃約降大元。大元兵入青州，承制授全山東行省。」他被困一年，後來投降元人，但仍安排一場「自經」的戲碼來排除反對的聲音。

李全以糧少為詞而南擾淮揚，大宋仍有主張招降他的聲音，提議：「朝廷莫若裂地王之，與增錢糧，使當邊境。」此際，宋廷對李全有「遣餉不絕」之助，也因而招來「養北賊戕淮民」的太息語。到理宗紹定三年，才決定討伐李全，下詔其罪：

> 君臣，天地之常經；刑賞，軍國之大枋。順斯柔撫，逆則誅夷。惟我朝廷兼愛南北，念山東之歸附，即淮甸以綏來。視爾遺黎，本吾赤子，故給資糧而脫之餓殍，賜爵秩而示以寵榮，坐而食者踰十年，惠而養之如一日，此更生之恩也，何負汝而反耶？蠢茲李全，儕於異類，蜂屯蟻聚，初無橫草之功；人面獸心，曷勝擢髮之罪！繆為恭順，公肆陸梁。因饋餉之富，以嘯集儔徒；挾品位之崇，以脅制官吏。凌蔑帥閫，殺逐邊臣，虔劉我民，輸掠其眾。狐假威以為畏己，犬吠主旁若無人。姑務包含，愈滋猖獗，遂奪攘於鹽邑，繼掩襲於海陵，用怨酬恩，稔惡恣暴。為封豕以洊食，貪婪無厭；怒螳螂而當車，滅亡可待。故神人之共憤，豈覆載之所容！舍是弗圖，孰不可忍！李全可削奪官爵，停給錢糧。敕江、淮制臣，整諸軍而討伐；因朝野僉議，堅一意以勤除。蔽自朕心，誕行天罰。（《明

史》卷四七七）

詔下並重賞官爵、錢銀給擒斬李全的人。紹定四年李全爲宋將趙葵、趙范所敗殺。故知史傳上之李全，其實是起自山東擁兵自重的盜賊，他乍逆乍順，先歸宋又叛而降元，但始終未曾依附金人。他善觀時勢，此際金人之勢已不如南宋初期，且又敗於元兵，李全自不會依歸金兵。《宋史紀事本末》卷八十七有〈李全之亂〉，其評有云：

> 張溥曰：李全之亂，皆史彌遠爲之也。全起北海農家，私通楊鞍兒妹，賊徒漸繁，窺金衰微，來歸中國。貫涉隸之忠義，收爲我用。得地殺虜，豈盡無功；但彼劇盜，性同犬羊，恩威節制，使奉奔走，紅襖諸賊，皆吾左右手也。寵以上將，生其驕心，官爵有限，血氣無窮，亂乃長矣。

張氏將李全擾淮揚之事，歸罪理宗宰相史彌遠之姑息坐大，有以致之。認爲李全「窺金衰微，來歸中國」是有見地的看法。《牡丹亭》將劇作之戰爭亂事，演在南宋高宗朝，故改李全爲順溜金人之「溜金王」，此全異於正史人物之記載，然擾淮揚事則爲史傳上之大事。

劇中和李全同進退，並成爲淮揚「圍釋」的關鍵人物，即李全妻「楊婆」，正史稱其「楊姑姑」。第十九齣「牝賊」爲一武過場戲，介紹李全、楊婆二人：

> 【北點絳脣】〔淨李全引眾上〕世擾羶風，家傳雜種。刀兵動，這賊英雄，比不得穿牆洞。
>
> 野馬千啼合一群，眼看江海盡風塵。漢兒學得胡兒語，又替胡兒罵漢人。自家李全是也，本貫楚州人氏。身有萬夫不當之勇，南朝不用，去而爲盜，以五百人出沒江湖之間，正無歸著。所幸大金皇帝遙封我爲溜金王，央我騷擾淮揚，看機進取。奈我多勇少謀，所喜妻子楊氏娘娘，能使一條梨花鎗，萬人無敵。夫妻上陣，大有威風。則是娘娘有些喫醋，但是擄的婦人，都要送他帳下。便是軍士們，都只畏懼他。正是：山妻獨霸獅吞象，海賊封王蛇變龍。

「穿牆洞」及「漢兒學得胡兒語，又替胡兒罵賊人」都頗符合此一人物之眞實，然把其「北海」出身改爲「楚州人氏」，又不合史實；李全懼內則不見於正史。描述「楊婆」，一則強調其武勇，二則寫其妒婦。楊氏之「武」，爲史實所載，「妒婦」則爲湯顯祖所加添。《宋史》記「安兒妹四娘子，狡悍善騎

射」；她與李全的婚事，是楊安兒安排。宋周密《齊東野語》記載其事：

> 李全，淄州人。第三。以販牛馬來青州，有北永州牛客張介，引至
> 漣水，時金國多盜，道梗難行，財本寖耗，遂投充漣水尉司弓卒，
> 因結群不逞，爲義兄弟。任俠狂暴，剽掠民財，黨與日盛，莫敢誰
> 何，號爲「李三」。統轄後復還溜業屠，嘗就河刷牛馬於游土中，蹴
> 得鐵槍，桿長七八尺，於是就上打成，鎗頭重可四十五斤，日習擊
> 刺，技日以精，爲眾推服，因呼「李鐵鎗」。遂挾其徒，橫行溜青間，
> 出沒抄掠。溜青界內有楊家堡，居民皆楊氏。以穿甲製靴爲業，堡
> 主曰楊安兒，有力強勇，一堡所服，亦嘗爲盜於山東，聚眾至數萬。
> 有妹曰小姐姐，年可二十，臂力過人，能馬上運雙刀，所向披靡。
> 全軍所過，諸堡皆載牛酒以迎，獨楊堡不以爲意，全知其事，故攻
> 劫之。安兒亦出兵對壘，謂全曰：「你是好漢，可與我妹挑打一番，
> 若贏時，我妹妹與你爲妻。」全遂與酣戰，終日無勝負，全忿且慚；
> 適其處有叢篠，全令二壯士執鉤刀夜伏篠中，翌日再戰，全佯北，
> 楊逐之，伏者出以刀鉤止，大呼，全回馬挾之以去。安兒乃領眾備
> 牛酒迎歸成姻。遂還青州，自是名聞南北。〔註40〕

李全與楊氏是武打而結姻。楊氏的「梨花鎗」，亦有見於《宋史》，李全敗亡
後，宋兵薄淮安，與賊兵大戰，楊氏「絕淮而去」：

> 楊氏諭鄭衍德等曰：「二十年梨花鎗，天下無敵手，今事勢已去，撑
> 拄不行。汝等未降者，以我在故爾。殺我而降，汝必不忍。若不圖
> 我，人誰納降？今我欲歸老漣水，汝等宜告朝廷，本欲圖我來降，
> 爲我所覺，已驅之過淮矣。以此請降可乎？」眾曰：「諾。」翼日，
> 楊氏絕淮而去。（《宋史》卷四十七）

她回歸老家山東。湯顯祖寫她「一枝鎗灑落花風，點點梨花弄」，「一條梨花
鎗，萬人無敵」，是合於史傳她「二十年梨花鎗，天下無敵手」的記載。

劇中李全亂事的結束，是杜寶採用利誘楊婆的方式，並在李全得罪大金
使者及懼內的情節配合下，陳最良奉令來傳書信，說宋朝封楊婆爲「討金娘
娘」，「受了封詔後，但是娘娘要金子，都來宋朝取用。因此叫做討金娘娘。」
李全也封了「討金王」，於是寫下降表，結束一場淮揚兵事。這段李全亂事在
情節上，導致杜寶與夫人分離，麗娘託柳生淮揚探親而夫妻分別，但也使杜

〔註40〕見周密，《齊東野語》卷九，收於《筆記小說大觀》第十三編第四冊。

夫人與女兒在臨安重逢，杜寶收拷柳生，人物的分合都因李全亂事而來。戰事致使科考放榜延遲，於是杜寶升官、陳最良得官及柳夢梅中舉事便集中到李全亂平之後，形成一片熱鬧的「大收煞」。

在李全亂淮揚的情節安排中，作者思想亦表現其中，對李全作亂，有如是言「便休兵，隨聽招，免的名標在叛賊條」，李全在《宋史》正列於「叛臣」；然而平定亂事所採的錢財利誘，亦爲湯氏所不滿，「圓駕」齣中，當杜寶說「俺有平李全大功」時，柳生卻反譏其「你那裡平的個李全？則平的個李牛。」說「你則哄的個楊媽媽退兵，怎哄的全？」明顯表示對金錢利誘方式的批評。雖然利誘退兵之事與史實不符，但卻和明朝廷處理俺答邊事有類似處。蒙古諸部以俺答最盛，自嘉靖以來便常犯邊，隆慶四年以後，明朝採款貢和邊，封俺答爲順義王，其妻三娘子爲忠順夫人，厚給幣帛，邊境二十年無事；此《明史記事本末》卷六十〈俺答封貢〉有詳細記載。

萬曆十八年，邊事又啓，湯顯祖有〈邊市歌〉詩：

> 中興漢水天飛龍，天街月氣何雄雄。已深吉囊占河曲，偏多俺答嘯
> 雲中。二十年中俱老死，分頭住牧多兒子。一從先帝許和戎，盡說
> 銷兵縱行李。也知善馬不能來，去去金繒可復回。未愁有虜驚和市，
> 且是無人上敵臺。別有帳中稱寫契，解誘邊人作奸細。上郡心知虜
> 騎熟，西州眼見孤軍綴。也先種色何紛紜，五千餘里瞰胡群。不說
> 遼邊小王子，殺降前後李將軍。（詩文集卷九）

吉囊爲俺答之兄，占地河套。「也先」指蒙古部落。「小王子」爲蒙古部落酋長之稱號。蒙古諸部，以俺答最盛。明朝廷對俺答一直是採取金帛和邊的政策，湯氏又有〈朔塞歌二首〉：

> 白道徐流過五重，青春繡甲隱蒙茸。
> 歸驄莫緩遊鄉口，噪鵲長看小喜峰。
> 獨上偏頭笑一回，娘娘灘上繡旗開。
> 金珠不施從軍婦，順義夫人眼裏來。（詩文集卷九）

順義夫人指俺答三娘子，其人深具權威，和《牡丹亭》的楊婆形貌較爲接近；明沈德符《萬曆野獲編》卷二十七〈釋道〉記載：

> 俺答死，其子黃台吉襲封，黃台吉死，其子扯力克台吉襲封，以至
> 于今。而三娘子者，係俺答嫡外孫女。自俺答晚年，即爲房中哈屯。
> 哈屯者，即閼氏可敦之轉語，實正配也。其子其孫，相繼烝之，世

爲哈屯。其帳自別，有精騎數萬，虜部畏服，勝于順義王。虜酋代立，未與結伉儷，則支部皆不歸命。以故牝晨者四十餘年，且有權謀，能以恩威制部落，奉佛極精嚴，每以入犯內地爲戒。予見其畫像，面圓秀媚，身亦纖長，不類虜婦。頸間掛數珠，手中復有一串，作數佛號狀，亦氈罽中異人也。蓋自庚午辛未迄今，佛法更盛行于沙漠，因之邊陲晏然，其默祐聖朝不淺矣。

俺答三娘子的權威於此記載可知，至於其人信佛事則未關戲曲內容。湯顯祖以南宋李全爲人物，其實寫入明代邊事，由其詩作之「順義夫人眼裡來」，知湯氏於此時事之關心，劇作中乃再次表示其對金錢邊事有所批評。

「耽試」齣中，有一段「和戰守三者孰便」的內容，作者對於戰事之態度，可於此見之。苗舜賓原先取「主戰者」爲第一名，「主守者」第二，「主和者」第三。後來柳生來「告遺才」獲考，其主張爲：

〔生〕生員也無偏主，天下大勢，能戰而後能守；能守而後能戰；可戰，可守，而後能和。如醫用藥，戰爲表，守爲裏，和在表裏之間。

柳生「不必然」的見解，是相當代表湯顯祖的人生態度。但是，在和戰之間，仍以「戰爲表」，他偏向於不屈服，故金錢和邊的作法，自爲湯氏所譏評。藉李全亂事，除用以製造人物分合的情節作用外，也表露作者的人生思想態度。

（三）拷打狀元

由李全亂事所引導的劇情發展到四十七齣「圍釋」告一段落，李全和楊婆二人受大宋招降而結束亂事。這一場戰事中杜寶立功升官，此際，應是科舉放榜的時候，也是愛情要面對現實禮教的時候，戲劇衝突的表面化，其實要到這一段情節才正式搬上臺面。從第四十八齣「遇母」到第五十五齣「圓駕」，分別代表「理」與「情」的杜寶和柳夢梅二人終於正式碰面，全戲中他們也僅在「鬧宴」、「硬拷」、「圓駕」三齣戲中同臺演出，高潮情節也在這幾齣。

收拷狀元的情節，爲話本所無，湯顯祖稱「如漢睢陽王收拷談生」，此已略述於前取材一節。睢陽王初以盜墓賊「收拷」談生，「不信」其言。但證實之後，睢陽王承認談生爲王婿，《牡丹亭》則不如此。戲中代表禮教與權威的杜寶，把代表「情至」的柳夢梅以盜墳賊的罪名弔打一番。這情節是前有伏筆的，第四十六齣「折寇」，陳最良來到淮揚，報說「老公相去後，道姑招了

箇嶺南遊棍柳夢梅爲伴。見物起心，一夜劫墳逃去。屍骨丟在池中。因此不遠千里而告。」偏杜麗娘託柳生往淮揚探其父母消息時，又要他帶著「春容」圖畫爲證，杜寶一見畫幅，又問知此正是到過南安之人，便認定眼前正是「開棺劫財」應當論斬的可恨賊人，弔打正因爲盜墳事。在此之前，杜寶原只當他是「假充門婿」的「棍徒」，所以柳生向他說「岳丈大人拜揖」時，他是「坐笑介」，但覺眼前的「寒酸」可笑而已。

拷打狀元的情節，展現的是「情」、「理」之間的衝突，《牡丹亭》劇作之〈題詞〉有：「第云理之所必無，安知情之所必有邪！」還魂事不爲杜寶接受，他視柳生「著鬼」，取桃條打之，他堅信「理之所必無」這種「成精作怪」事，決定要「奏聞滅除」此「妖孽之事」。作者藉劇作要表達「理」所無卻是「情」所有，肯定精神與理想超越現實而存在；但此觀念不能換成說「理有者情必無」，理和情不是絕對對立的。作者強調的是「情有」，不是「理無」，用麗娘的一夢而亡、冥判魂遊、回生還魂等情節來肯定至情的力量，最後仍要面對現實禮教，期望尋求「至情」的被接受，亦即打破禁錮人心的封建禮教。杜寶「硬拷」之強硬態度，代表其不信還魂之妖孽事情，「圓駕」齣在聖旨斷定麗娘爲人非妖後，他仍不肯承認女婿，主要在於這段自媒自婚的婚姻是不合於禮教的，他要麗娘「離異了柳夢梅，回去認你」，仍堅持門當戶對的封建婚姻觀念。此時，麗娘哭稱：「見了俺前生的爹」，亦即「回生」一事使柳夢梅的地位已如「重生父母」，也因此可以和「前生的爹」相抗衡。由此可知，作者是一步步經營建構其劇作之情節，用以呈現主題精神。在一切外在條件都完成後，才讓代表「情」、「理」的雙方正式面對面，把衝突具現在舞台上。

該如何處理代表理想的「情至」和代表現實的「禮教」？「圓駕」齣中除杜寶外，其餘人物都站到「情」的一邊，理想已被現實所接受，說「情」勝了「理」亦未嘗不可。陳最良原是劇中一迂腐守禮之人，劇末他也承認了「情至」的一方，他要麗娘勸和：

〔末〕朝門之下，人欽鬼伏之所，誰敢不從！少不得小姐勸狀元認了平章，成其大事。〔旦作笑勸生介〕柳郎，拜了丈人罷。〔生不伏介〕

【北水仙子】〔旦〕呀呀呀，你好差。〔扯生手按生肩介〕好好好，點著你玉帶腰身把玉手叉。〔生〕幾百個桃條。〔旦〕拜拜拜，拜荊條曾下馬。〔外扯介〕〔旦〕扯扯扯，做太山倒了架。〔指生介〕他他他，

　　　點黃錢聘了咱。俺俺俺，逗寒食喫了他茶。〔指末介〕你你你，待求
　　　官報信則把口皮喳。〔指生介〕是是是，是他開棺見槨滀滁罷。〔指
　　　外介〕爹爹爹，你可也罵勾了咱這鬼也邪。

這一段曲文自然的「北水仙子」，演來必定十分討喜。

　　杜寶和柳夢梅所產生的衝突，在「圓駕」齣聖旨下令團圓，並未見二人
握手言歡，柳生依然「不伏」，如此收結，正不落俗套，並啓人無限思緒。李
漁《閒情偶寄》卷三論「大收煞」有言：

　　　全本收場，名爲大收煞。此折之難，在無包括之痕，而有團圓之趣。
　　　如一部之內，要緊腳色，共有五人，其先東西南北，各自分開，到
　　　此必須會合，此理誰不知之；但其會合之故，須要自然而然，水到
　　　渠成，非由車扉，最忌無因而至，突如其來，與勉強生情，拉成一
　　　處，令觀者識其有心如此，與恕其無可奈何者，皆非此道中絕技，
　　　因有包括之痕也。骨肉團聚，不過歡笑一場，以此收鑼罷鼓，有何
　　　趣味。水窮山盡之處，偏宜突起波瀾，或先驚而後喜，或始疑而終
　　　信，或喜極信極而反致驚疑，務使一折之中，七情俱備，始爲到底
　　　不懈之筆，愈遠愈大之才，所謂有團圓之趣者也。……收場一齣，
　　　即勾魂攝魄之具，使人看過數日，而猶覺聲音在耳，情形在目者，
　　　全虧此齣撒嬌，作臨去秋波那一轉也。

《牡丹亭》的大收煞，確可謂「波瀾」突起，仍作「臨去秋波那一轉」。這一
段情節出自作者機杼，用以完成其主旨思想，當然人物刻劃亦在情節中。

四、重視表演與詼諧有趣之情節

（一）重視表演之劇情

　　在《牡丹亭》的情節中，可以發現作者在編劇時，更能站在搬演的角度
來設計，所以產生一些和台下觀眾對話的賓白，這是前二劇所沒有的現象，
試列舉之：

第二十齣「鬧殤」，女主角杜麗娘傷春病亡，春香丫頭哭上台來：

　　　〔貼哭上〕我的小姐！我的小姐！天有不測之風雲，人有無常之禍
　　　福。我小姐一病傷春死了也，痛殺了我家老爺，我家奶奶。列位看
　　　官們怎了也？待我哭他一會：

　　　【紅衲襖】小姐，再不叫咱把領頭香心字燒，再不叫咱把剔花燈紅淚

繳，再不叫咱拈花側眼調歌鳥，再不叫咱轉鏡移肩和你點絳桃。想
著你夜深深放翦刀，曉清清臨畫稿。提起那春容，被老爺看見了，
怕奶奶傷情，分付殉了葬罷。俺想小姐臨終之言，依舊向湖山石兒
靠也，怕等得個拾翠人來把畫粉銷。

老姑姑也來了。〔淨上〕你哭得好，我來幫你。

春香的「列位看官們怎了也？待我哭他一會」，石道姑接著上來也說「你哭得
好，我來幫你」，是充滿了「表演」味道的賓白。

再看第四十六齣「折寇」，陳最良來報說杜夫人及春香都被殺了，杜寶「哭
倒」：

> 【玉桂枝】相夫登第，表賢名甄氏吾妻。稱皇宣一品夫人，又待伴俺
> 立雙忠烈女。想賢妻在日，想賢妻在日，淒然垂淚，儼然冠帔。〔外
> 哭倒眾扶介〕〔末〕我的老夫人，老夫人，怎了！你將官們也大家哭
> 一聲兒麼！〔眾哭介〕老夫人呵。

在一段傷心場面，陳最良對著旁邊的人說「將官們也大家哭一聲兒麼」，如同
前舉之麗娘死時石道姑來「幫哭」一樣，製造出一種「疏離」的戲劇效果，「演
戲」的意味極為濃厚。

第四十七齣「圍釋」，李全和楊婆要結束屬於他們的情節時，二人有如是
對話：

> 〔淨作惱介〕唉喲，俺有萬夫不當之勇，何懼南朝！〔丑〕你真是個
> 楚霸王，不到烏江不止。〔淨〕胡說！便作俺做楚霸王，要你做虞美
> 人，定不把趙康王占了你去。〔丑〕罷，你也做楚霸王不成，奴家的
> 虞美人也做不成，換了題目做。〔淨〕什麼題目？〔丑〕范蠡載西
> 施。〔淨〕五湖在那裏？去做海賊便了。

「換了題目做」，又是一句明白的「搬演」話，演戲的意味很明顯。此外，如
「祕議」齣言：「大明律開棺見屍，不分首從皆斬哩。你宋書生是看不著皇明
例，不比尋常，穿籬挖壁」，這樣的內容，都是游離出原本的劇情情境，彷彿
對台下的人說起話來一般，給人一種演戲的感覺。這是《牡丹亭》和前二劇
大為不同的表現方式，亦見作者更注意到「表演」一事。

（二）詼諧有趣之情節

夏志清先生在〈湯顯祖筆下的時間與人生〉一文中指出《牡丹亭》的普

遍流傳,「在於它的詼諧有趣」,又言:「湯顯祖處理這個難於令人相信的故事,充分運用了編製喜劇的天才,所有劇中大小配角,都顯得生氣勃勃。」〔註41〕對於《牡丹亭》,這是深有見地的見解。如同前節所引例,在原本悲傷的場面,作者卻利用場上其他次要腳色來製造滑稽與逗趣的輕鬆效果,沖淡了原本屬於悲傷的場面。《牡丹亭》比起前二個霍小玉故事,明顯地充滿了趣味性,從第二齣到第五十五齣,不斷地出現詼諧有趣的情節,乃至終場,又是趣味性十足,《牡丹亭》的深受喜愛,其中諸多詼諧細節,是功不可沒的。是它們襯托這部思想意境極高的作品,使更具鮮活力,如紅花綠葉相得益彰。

表現詼諧趣味的方式,主要有四種:其一,以諧音科諢為趣味。其二,以滑稽事情為趣味。其三,以顛倒錯誤為趣味。其四,以文字遊戲為趣味。分述於下:

1. 以諧音科諢為趣味

《牡丹亭》明顯地多用諧音來製造情節中的趣味,試列見之:

① 「綿」諧音「眠」。第三齣「訓女」,杜寶(外)與春香(貼)的對話:

〔外〕叫春香,俺問你:小姐終日繡房,有何生活?〔貼〕繡房中則是繡。〔外〕繡的許多?〔貼〕繡了打綿。〔外〕什麼綿?〔貼〕睡眠。

② 「患」諧音「飯」。第四齣「腐嘆」,陳最良(末)與府學門子(丑)的對話:

〔丑〕杜太爺要請個先生教小姐,掌教老爹開了十數名去都不中,說要老成的。我去掌教老爹處稟上了你,太爺有請帖在此。〔末〕人之患在好為人師。〔丑〕是人之飯,有得你喫哩。

③ 「河之洲」諧音「何知州」。第七齣「閨塾」,春香(貼)與陳最良(末)的對話:

〔末〕聽講:關關雎鳩,雎鳩,是個鳥;關關,鳥聲也。〔貼〕怎樣聲兒?〔末作鳩聲〕〔貼學鳩聲諢介〕〔末〕此鳥性喜幽靜,在河之洲。〔貼〕是了。不是昨日是前日,不是今年是去年,俺衙內關著個斑鳩兒,被小姐放去,一去去在何知州家。

④「閒」諧音「鹹」。第十二齣「尋夢」，麗娘（旦）與春香（貼）的對話：

　　〔旦作惱介〕哇！偶爾來前，道的咱偷閒學少年。〔貼〕咳，不偷閒，偷淡。

⑤「瘳」諧音「抽」。第十八齣「診祟」，陳最良（末）爲麗娘診病：

　　〔末〕這般說，毛詩病，用毛詩去醫。那頭一卷就有女科聖惠方在哩。〔貼〕師父，可記的毛詩上方兒？〔末〕便依他處方，小姐害了君子的病，用的史君子。毛詩：既見君子，云胡不瘳？這病有了君子抽一抽，就抽好了。

⑥「道姑」諧音「稻穀」。第二十齣「鬧殤」，陳最良（末）與石道姑（淨）爭祭田事：

　　〔老〕老爺，須置些祭田纔好。〔外〕有漏澤院二頃虛田，撥資香火。
　　〔末〕這漏澤院田，就漏在生員身上。〔淨〕咱號道姑，堪收稻穀。你是陳絕糧，漏不到你。〔末〕秀才口喫十一方，你是姑姑，我是孤老，偏不該我收糧。〔外〕不消爭，陳先生收給。

⑦「棺」諧音「官」。第三十五齣「回生」，柳生與癩童（丑）爲麗娘發棺：

　　〔丑淨鍬土介〕這三和土一謎鉏，小姐呵，半尺孤墳你在這的無？
　　〔生〕你們十分小心。〔看介〕到棺了。〔丑作驚丟鍬介〕到官沒活的了。〔生搖手介〕禁聲！

⑧「賤房」諧音「箭坊」。第三十八齣「淮警」，李全（淨）和眾軍的科諢，因音誤製造笑料：

賊子豪雄是李全，忠心赤膽向胡天。靴尖踢倒長天塹，卻笑江南土不堅。俺溜金王，奉大金之命，騷擾江淮三年。打聽大金家兵糧湊集，將次南征，教俺淮揚開路，不免請出賤房計議。中軍快請。〔眾叫介〕大王叫箭坊。〔老旦軍人持箭上〕箭坊俱已造完。〔淨笑惱介〕狗才，怎麼說？〔老旦〕大王說請出箭坊計議。〔淨〕胡說，俺自請楊娘娘，是你箭坊？〔老旦〕楊娘娘是大王箭坊，小的也是箭坊。〔淨喝介〕

⑨「南」諧音「男」。第四十五齣「寇間」，李全（淨）和陳最良（末）一段有關孔子的對話：

〔淨〕這是怎麼說？〔末〕則因彼時衛靈公有個夫人南子同座，先師所以怕得講話。〔淨〕他夫人是「南子」，俺這娘娘是婦人。

⑩「元」諧音「圓」。第五十二齣「索元」，軍校（丑）尋找狀元，和王大姐（貼妓）的對話：

〔貼〕昨日有個，雞不著褲去了。〔眾〕原來十分形現，敢柳遮花映做葫蘆纏。有狀元麼？〔貼〕則有個狀匾。〔丑〕房兒裏狀匾去。〔進房搜介〕〔眾諢貼走下介〕

上述十條皆取諧音以增添情節中的趣味性。

2. 以滑稽事情為趣味

滑稽事情的表現，通常藉著人物的語言、動作來傳達，擔綱的是劇中次要腳色，這些人物確是場上的「甘草」，湯顯祖充分掌握了這些人物的戲劇作用。茲列述《牡丹亭》的趣味場面如下：

①春香鬧閨塾。第七齣「閨塾」，春香奉令爲小姐的伴讀，陳最良教「關關睢鳩」時，她在一旁「學鳩聲諢介」；麗娘寫「美女簪花之格」的字，她說「俺寫個奴婢學夫人」；一會兒她又要「領出恭牌」，去了老半天，溜到花園去。陳最良上課時，她又一旁唱反調：

〔末〕古人讀書，有囊螢的，趁月亮的。〔貼〕待映月耀蟾蜍眼花，待囊螢把蟲蟻兒活支煞。〔末〕懸梁刺股呢？〔貼〕比似你懸了梁，損頭髮；刺了股，添疤納；有甚光華？

因冒犯老師被罰之後，又在背後〔指末罵介〕:「村老牛！癡老狗！一些趣也不知。」這一場「閨塾」的戲，春香充滿了滑稽趣味。

②陳最良診病。第十八齣「診祟」，陳最良開出的藥方及其看脈時按錯地方，都藉著事情表現詼諧有趣的戲劇效果；面對氣息奄奄的杜麗娘，作者卻又不忘製造一番「輕鬆」趣味。陳最良上場叫:「春香賢弟」，便呈現一種詼諧笑鬧，再看他開出的「毛詩」藥方：

〔貼〕還有甚藥？〔末〕酸梅十個。詩云：標有梅，其實七兮。又說：其實三兮。三個打七個，是十個。此方單醫男女過時思酸之病。〔旦歎介〕〔貼〕還有呢？〔末〕俺看小姐一肚子火，你可抹淨一個大馬桶，待我用梔子仁、當歸瀉下他火來，這也是依方，之子于歸，言秣其馬。〔貼〕師父，這馬不同那「其馬」。〔末〕一樣髀鞦窟洞下。〔旦〕好個傷風切藥陳先生。〔貼〕做的按月通經陳媽媽。〔旦〕師

父不可執方，還是診脈爲穩。〔末看脈錯按旦手背介〕〔貼〕師父，討個轉手。〔末〕女人反此背看之，正是王叔和《脈訣》。也罷，順手看是。〔脈介〕咳！小姐脈息，到這個分際了。

③褲襠爲藥。第三十四齣「詗藥」，石道姑爲杜麗娘回生事預作準備，她到陳最良的藥舖問安魂藥，二人因藥物事演一段科諢：

【女冠子】〔淨上〕人間天上，道理都難講。夢中虛証，更有人兒，思量泉壤。

陳先生利市哩！〔末〕老姑姑到來。〔淨〕好鋪面，這「儒醫」二字，杜太爺贈的。好道地藥材，這兩塊土中甚用？〔末〕是寡婦床頭土，男子漢有鬼怪之疾，清水調服，良。〔淨〕這布片兒何用？〔末〕是壯男子的褲襠，婦人有鬼怪之病，燒灰喫了，效。〔淨〕這等，俺貧道床頭三尺土，敢換先生五寸襠。〔末〕怕你不十分寡？〔淨〕啐！你敢也不十分壯？

④癩頭與郭駝。第四十齣「僕偵」，癩頭黿因盜墓事被南安府拿去刑問，他癩頭上的化膿，竟被誤以爲腦漿，反救了他一命。他搖擺著衣服，洋洋得意地說這一段笑話，情節上也很新鮮有趣，未料癩頭之膿竟還真管用。看這一段癩頭（丑）和郭駝（淨）的對話爭吵，二人僅在外貌上便已呈現一幅令人發噱的畫面：

〔丑〕你道俺更不聰明，卻也頗頗的，則掉著頭不做聲。那烏官喝道：馬不弔不肥，人不拷不直。把這廝上起腦箍來。唉也！唉也！好不生疼。原來用刑人，先撈了板一架金鐘玉磬，替俺方便，稟說：這小廝夾出腦髓來了。那烏官呵道：撈上來瞧。瞧了大鼻子一颩，說道：這小廝真個夾出腦漿來了。不知是俺癩頭上膿，叫鬆了刑，著保在外。俺如今有了命，把柳相公送俺這件黑海青，擺將起來。〔唱介〕擺搖搖，擺搖搖，沒人所在，被俺擺過子橋。〔淨向前叫揖介〕小官唱喏。〔丑作不回揖大笑唱介〕俺小官子腰閃價，唱不的子喏。比似你個跎子唱喏，則當伸子個腰。〔淨〕這賊種！開口傷人。難道做小官的，背偏不跎？〔丑〕刮這跎子嘴！偷了你什麼？賊！〔淨認丑衣介〕別的罷了，則這件衣服，嶺南柳相公的，怎在你身上？

〔丑〕咳呀，難道俺做小官的，就沒件干淨衣服？便是嶺南柳家的。隔這般一道梅花嶺，誰見俺偷來？〔淨〕這衣帶上有字，你還不認？

　　叫地方！〔扯丑作怕倒介〕罷了，衣服還你去囉。

接著，癩頭又騙郭駝說其主人柳夢梅因劫墳偷壙犯罪；他著實唬了郭駝一番：

　　〔丑〕但偷墳見屍者，依律一秋。〔淨〕怎麼秋？〔丑作案淨頭介〕
　　這等秋。〔淨驚哭介〕俺的柳秀才呵，老跎沒處投奔了。〔丑笑介〕
　　休慌，後來遇赦了，便是那杜小姐活轉來哩。〔淨〕有這等事？〔丑〕
　　活鬼頭還做了秀才正房，俺那死姑娘到做了梅香伴當。〔淨〕何往？
　　〔丑〕臨安去，送他上路，賞這領舊衣裳。〔淨〕嚇俺一跳，卻早喜
　　也。

二個小人物為情節增添詼諧趣味，尤其人物外貌設計，一老一少，一駝一癩，竟又如是滑稽。作者在人物、情節上的巧思，令人嘆服。

　　⑤獻妻與託妻。第四十三齣「禦淮」，面對李全兵亂，淮安城的文官（老旦）武將（淨丑），有一段安頓妻小的科諢：

　　〔老旦〕俺們是淮安府行軍司馬，和這參謀，都是文官。遭此賊兵
　　圍緊，久已迎取安撫杜老大人，還不見到。敢問二位留守將軍：有
　　何計策？〔丑〕依在下所見，降了他罷。〔老〕怎說這話？〔丑〕不
　　降，走為上計。〔老〕走的一丁，走不的十個。〔丑〕這般說，俺小
　　奶奶那一口，放那裏？〔淨〕鎖放大櫃子裏。〔丑〕鑰匙呢？〔淨〕
　　放俺處。李全不來，替你託妻寄子。〔丑〕李全來呢？〔淨〕替你出
　　妻獻子。〔丑〕好朋友，好朋友。

　　⑥尋找狀元。第五十二齣「索元」，場上為尋找狀元一事，又是一片趣味。軍校們（丑）叫喊「柳夢梅也天」，先是撞進王大姐的煙花戶，引來一陣諢介；接著又在長安街上和一樣叫喊主人名字的郭駝（淨）撞成一堆。這樣的情節，有意呈現出滑稽，博人一笑：

　　〔丑作撞跌淨〕〔淨叫介〕跌死人！跌死人！〔丑作拿淨介〕俺們叫
　　柳夢梅，你也叫柳夢梅，則拿你官裏去。〔淨叩頭介〕是了，梅花觀
　　的事發了，小的不知情。〔眾笑介〕定說你知情，是他什麼人？

　　⑦打狀元與打平章。第五十三齣「硬拷」，老駝找到主人，卻看到弔打場面，柳生被以「桃條」打鬼，「眾諢打鬼介」及「噴水介」，都是很戲劇化的有趣場面；郭駝見狀，奮不顧身即上前以拐杖打平章，互扯跌倒，這一幕演來又是一場有趣的戲：

〔外〕這賊都說的是什麼話，著鬼了。左右，取桃條打他，長流水噴他。〔丑取桃條上〕要的門無鬼，先教園有桃。桃條在此。〔外〕高弔起打。〔眾弔起生作打介〕〔生叫痛轉動〕〔眾譚打鬼介〕〔噴水介〕〔淨郭駝拐杖同老旦貼軍校持金瓜上〕天上人間忙不忙，開科失卻狀元郎。一向找尋柳夢梅，今日再尋不見打老跎。……〔淨向前哭介〕弔起的不是相公也？〔生〕列位救俺。〔淨〕誰打相公來？〔生〕是這平章。〔淨將拐杖打外介〕拼老命打這平章。〔外惱介〕誰敢無禮！〔老貼〕駕上的，來尋狀元柳夢梅。〔生〕大哥，柳夢梅便是小生。〔淨向前解生〕〔外扯淨跌介〕〔生〕你是老跎，因何至此？

前述七條，皆是情節進行中穿插的趣味事件，場上因而活潑不少。

3. 以顛倒錯誤為趣味

以「顛倒」或「錯誤」來製造趣味，是戲曲表演常見的手法。《牡丹亭》亦有多處此種趣味方式，試述之：

①人名之顛倒。陳最良與石道姑，此二人物的命名，即帶著相當趣味性。陳最良其實並不最良，石道姑則為人不石，反是個「識趣」的人，她和陳最良成為一組相映成趣的人物，正如癩童與郭駝般。此外，胡判官之不胡，平定李全其實不全，但是「李半」，皆以命名之顛倒為趣。「顛倒」的命名手法，明謝肇淛《五雜組》卷十五有記載：

胡元瑞曰：「凡傳奇以戲文為稱也，無往而非戲也。故其事欲謬悠而無根也，其名欲顛倒而亡實也，故曲欲熟而命以生也，婦宜夜而命以旦也，開場始事而命以末也。塗污不潔而名以淨也，凡以顛倒其名也。」此語可謂先得我心矣，然元瑞既知為戲，一語道盡而於《琵琶》、《西廂》、董永、關雲長等事，又娓娓引證辯論不休，豈胸中技癢耶！

胡元瑞即胡應麟（1551～1602），對生旦淨末有顛倒命名的見解，此確為戲曲表演之一趣味方式。

②春香錯拿筆墨紙硯。第七齣「閨塾」有一段春香錯拿文房四寶的戲，藉此既演出一段科諢趣味，又凸顯人物之不同特色：

〔末〕書講了，春香，取文房四寶來模字。〔貼下取上〕紙筆墨硯在此。〔末〕這甚麼墨？〔旦〕丫頭，錯拿了。這是螺子黛，畫眉的。

〔末〕這甚麼筆？〔旦作笑介〕這便是畫眉的細筆。〔末〕俺從不曾見，拿去，拿去。這是甚麼紙？〔旦〕薛濤箋。〔末〕拿去，拿去，只拿那蔡倫造的來。這是甚麼硯？是一個？是兩個？〔旦〕鴛鴦硯。〔末〕許多眼。〔旦〕淚眼。〔末〕哭甚麼子？一發換了來。〔貼背介〕好個標老兒，待換去。

③石道姑錯解遺愛記。第二十齣「鬧殤」，石道姑（淨）不知官場舊規，把「遺愛記」誤解爲「遺下與令愛作表記」，又鬧一段笑話，也藉以諷官場陋習：

〔末〕便是老公相高陞，舊規有諸生遺愛記，生祠碑文，到京伴禮送人爲妙。〔淨〕陳絕糧，遺愛記是老爺遺下與令愛作表記麼？〔末〕是老公相政跡歌謠，甚麼令愛？〔淨〕怎麼叫做生祠？〔末〕大祠宇塑老爺像供養，門上寫著杜公之祠。〔淨〕這等，不如就塑小姐在傍，我普同供養。〔外惱介〕胡說！但是舊規，我通不用了。

④陳最良錯講兵法。第四十五齣「寇間」，陳最良（末）被李全賊兵所擄，李全（淨）問他「兵法」，他卻答一段孔子話語，演出牛頭不對馬嘴的可笑內容，也凸顯人物之迂腐不堪：

〔眾放末綁介〕〔末叩頭介〕叩謝大王娘娘不殺之恩。〔淨〕起來，講些兵法俺聽。〔末〕衛靈公問陳於孔子，孔子不對，說道吾未見好德如好色者也。

⑤杜寶「斂袵」楊婆。第四十七齣「圍釋」，陳最良（末）帶來杜寶給李全（淨）及楊婆（丑）的勸降書信，其致楊婆的「斂袵」用辭成爲一般科諢。在明代，「斂袵」已屬女子專用：

〔笑介〕這書勸我降宋，其實難從。外密啓一通，奉呈尊閫大人。〔笑介〕杜安府也畏敬娘娘哩。〔丑〕你念我聽。〔淨看書介〕通家生杜寶斂袵楊老娘娘帳前。咳也，杜安撫與娘娘，又通家起來。〔末〕大王通得去，娘娘也通得去。〔淨〕也通得去。只漢子不該說斂袵。〔末〕娘娘肯斂袵而朝，安撫敢不斂袵而拜。

⑥誤以「沒奈何」爲人名。第五十齣「鬧宴」，一身破爛的柳夢梅要見杜老爺，和把門（丑）有一段叫錯名字的科諢：

〔生上〕腹稿已吟就，名單還未通。〔見丑介〕大哥替我再一稟。〔丑〕老爺正喫太平宴。〔生〕我太平宴詩也想完一首了，太平宴還未完。

〔丑〕誰叫你想來？〔生〕大哥，俺是嫡親女婿，沒奈何稟一稟。〔丑進稟介〕稟老爺，那個嫡親女婿沒奈何稟見。

上述六條，皆以錯誤情事製造趣味。

4. 以文字遊戲為趣味

《牡丹亭》中有兩大段作者任才使力的文字遊戲，一為第十七齣「道覡」，引用《千字文》一百多句，放進石道姑的長長說白中，文人遊戲筆墨之興甚濃；這是很特殊的一段長白，作者任才使力，確為戲曲中少見，故引來之批評亦多。湯氏有意藉此製造文字趣味是可以想見，至於搬演效果如何，又端視表演者之工力如何耳。

再者，「冥判」齣一段〔後庭花滾〕曲，演胡判官與花神論花名，二人一口氣對說了三十八種花名，又是一段長長的文字遊戲，作者不凡之才力可見，也是刻意製造的文字趣味。

此外，第三十九齣「如杭」，柳生赴試前，生旦二人把酒話別。作者將一至十的數字依序寫入曲中，各唱一曲，亦有意製造出文字趣味，二人對唱，效果更佳：

【小措大】喜的一宵恩愛，被功名二字驚開。好開懷，這御酒三杯，放著四嬋娟人月在。立朝馬五更門外，聽六街裏喧傳人氣概。七步才，蹬上了寒宮八寶臺。沈醉了九重春色，便看花十里歸來。

【前腔】〔生〕十年窗下，遇梅花凍九月纔開。夫貴妻榮，八字安排。敢你七香車穩情載，六宮宣有你朝拜，五花誥封你非分外。論四德，似你那三從結願諧。二指大泥金報喜，打一輪皂蓋飛來。

在舞文弄墨的文字遊戲趣味之外，也有一些關涉男女隱私的性趣文字，如第九齣「肅苑」春香和花郎的〔梨花兒〕曲及第四十七齣「圍釋」中，番將藉著言語，直指楊婆私處。這些充滿俗情的趣味，都由相應的人物來表現，鄙俚粗俗的語言，無不符合人物的身分與性格，也因此更呈現多樣不同的場上趣味。

《牡丹亭》的千古傳唱，其劇中多樣豐富的詼諧趣味，實為一主因；歷來論者，明清學者重其音律曲文，近代學者重其創作思想，至於該劇之活潑生趣，卻較少為論者重視。柳浪館評《紫釵記》時認為呆呆度曲，枯燥乏味，由此一角度觀察，則《牡丹亭》較前劇大大進步；「生機蓬勃」是由《紫釵記》到《牡丹亭》的明顯變化。

第五節　人物刻劃

一、腳色分配與人物上場概況

（一）腳色分配

　　《牡丹亭》重視場上搬演，此又可從人物腳色之分配上看到。《紫釵記》只對部分腳色作了分配，《牡丹亭》則全部上場的腳色，作者皆有分配，把全部五十五齣中九十個不同上場的人物，分爲生、旦、外、末、淨、貼、老旦、丑等八類腳色，另外還有「眾」未便計算。如此豐富的人物，作者有條不紊地駕馭與安排，便見其不易，《牡丹亭》藝術構思之精細，此即一證。

　　除「眾」之外的九十個人物，湯顯祖所作腳色分配如下：

　　　生：柳夢梅、父老、鬼犯、中軍、報子

　　　旦：杜麗娘、桑婦、女樂

　　　外：杜太守、皂卒、鬼犯、舟子、老樞密、巡哨、馬夫、軍校

　　　末：陳最良、父老、花神、通事、鬼犯、商人、報子、文官、公差、
　　　　　開場者

　　　淨：家僮、皂隸、田夫、茶婦、郭駝、番王、石道姑、李全、苗舜
　　　　　賓、判官、武官、報子、獄官、將軍

　　　貼：春香、門子、皂卒、吏、小道姑、文官、辦事官、通事、報子、
　　　　　女樂、妓、堂候官、軍校

　　　老旦：杜母、公人、桑婦、僧、鬼犯、商人、軍人、文官、巡哨、
　　　　　　番將、軍校、中軍、將軍、堂候官

　　　丑：門子、皂隸、韓子才、縣吏、公人、牧童、茶婦、院公、府差、
　　　　　楊婆、番鬼、鬼、徒弟、疙童、掌門、報子、驛丞、武官、巡
　　　　　哨、店主、軍校、將軍、獄辛

每一腳色都扮演幾個不同的場上人物，「生」扮五種人物，「旦」扮三種，「外」扮八種，「末」扮十種，「淨」扮十四種，「貼」扮十三種，「老旦」扮十四種，「丑」扮二十三種。其中生旦因爲主要人物，戲份較重，故擔任其他腳色最少；但生腳柳夢梅上場計有二十一齣次，旦腳杜麗娘有十九齣，然「旦」擔任其他腳色較「生」少，此或因所需人物性別之考量，也或因旦腳行當甚多，其改裝較爲不便。

　　話本〈杜麗娘慕色還魂〉，是以杜、柳兩府人物爲主，展開一個奇異的愛

情還魂故事。小說中兩府人物如下：

人物＼家庭	父	母	子	女	其　他
杜　府	杜　寶（五十歲）	甄　氏（四十二歲）	杜興文（十二歲）	杜麗娘（十六歲）	教讀先生春香丫頭（十歲）
柳　府	柳思恩（四十歲）	何　氏（三十六歲）		柳夢梅（十八歲）	養娘、侍女

　　由話本到戲曲，人物已繁富許多，從十多個人物演至九十多個人物；從一個短篇的話本演為長篇傳奇，湯顯祖取材再創作已增添太多屬於自己的創新內容。就杜、柳兩府人物而言，在杜府主要刪去獨生子杜興文，以凸顯女主角的唯一地位。柳府則僅保留柳夢梅一人，以凸顯他孤獨不濟的窮厄命運。取捨之間，已見作者運匠心於人物安排之去取。

（二）人物上場概況

　　由人物上場的安排，可一覽作者藝術構思之縝密。五十五齣的長篇故事如何展開其分分合合，情節發展中，人物上場如何安排先後與交替，在在需費思量。茲列表一見全劇人物上場概況，亦可明白作者之用心安排：

人物＼齣目	1柳夢梅	2杜寶	3杜夫人	4杜麗娘	5春香	6陳最良	7門子	8皂隸	9韓子才	10花郎	11花神	12郭駝	13公	14石道姑	15李全	16楊婆	17苗舜賓	18胡判官	19小道姑	20疙童	21老駝密	22文武官	23報子	24軍校	25眾	26其他人物
1.標目																										
2.言懷	✓																									
3.訓女		✓	✓	✓	✓																					
4.腐嘆						✓																				府學門子
5.延師		✓		✓	✓	✓	✓	✓																		家僮
6.悵眺	✓								✓																	
7.閨塾				✓	✓	✓																				
8.勸農		✓					✓	✓																✓		縣吏、父老、公人、田夫、牧童、茶桑婦
9.肅苑				✓	✓					✓																
10.驚夢	✓		✓	✓	✓						✓															

齣目＼人物	1 柳夢梅	2 杜寶	3 杜夫人	4 杜麗娘	5 春香	6 陳最良	7 門子	8 皂隸	9 韓子才	10 花郎	11 花神	12 郭駝	13 公	14 石道姑	15 李全	16 楊婆	17 苗舜賓	18 胡判官	19 小道姑	20 疙童	21 老樞密	22 文武官	23 報子	24 軍校	25 眾	26 其他人物
11.慈戒			✓		✓																					
12.尋夢				✓	✓																					
13.訣謁	✓											✓														
14.寫眞				✓	✓					✓																
15.虜諜																									✓	番王
16.詰病		✓	✓	✓									✓													
17.道覡														✓												府差
18.診祟			✓	✓	✓									✓												
19.牝賊															✓	✓									✓	
20.鬧殤		✓	✓	✓	✓	✓							✓	✓												
21.謁遇	✓																✓									老僧、通事、皁卒、番鬼
22.旅奇	✓					✓																				
23.冥判				✓							✓							✓								鬼、犯、吏
24.拾畫	✓													✓												
25.憶女			✓		✓																					
26.玩眞	✓																									
27.魂遊				✓										✓					✓						✓	徒弟
28.幽媾	✓			✓																						
29.旁疑						✓								✓					✓							
30.歡撓	✓		✓											✓					✓							
31.繕備		✓																				✓			✓	商人
32.冥誓	✓			✓																						
33.秘議	✓													✓												
34.詗藥						✓								✓												
35.回生	✓													✓						✓						
36.婚走	✓			✓										✓						✓						舟子
37.駭變						✓																				
38.淮警															✓	✓									✓	軍人

人物＼齣目	1 柳夢梅	2 杜寶	3 杜夫人	4 杜麗娘	5 春香	6 陳最良	7 門子	8 皂隸	9 韓子才	10 花郎	11 花神	12 郭駝	13 公	14 石道姑	15 李全	16 楊婆	17 苗舜賓	18 胡判官	19 小道姑	20 疙童	21 老樞密	22 文武官	23 報子	24 軍校	25 眾	26 其他人物
39.如杭	✓			✓										✓												
40.僕偵												✓								✓						
41.耽試	✓						✓										✓				✓			✓		
42.移鎮		✓	✓		✓																	✓				驛丞
43.禦淮		✓													✓	✓						✓	✓		✓	辦事官
44.急難	✓			✓																						
45.寇間					✓										✓	✓									✓	巡哨、中軍
46.折寇		✓			✓																				✓	
47.圍釋					✓										✓	✓								✓	✓	馬夫、通事、番將
48.遇母			✓	✓	✓									✓											✓	
49.淮泊	✓																									店主
50.鬧宴	✓	✓					✓															✓			✓	女樂、中軍
51.榜下					✓												✓									將軍
52.索元												✓												✓	✓	妓
53.硬拷	✓	✓			✓							✓					✓							✓	✓	獄官、獄卒、公差、吏、堂侯
54.聞喜			✓	✓	✓	✓						✓												✓		
55.圓駕	✓	✓	✓	✓	✓				✓					✓												將軍
出場齣數	21	12	10	19	16	16	4	2	2	2	2	5	2	14	5	5	4	1	3	3	2	3	3	3		

　　上表可以看到劇中主要人物上場之安排更為合理，生旦二人均無連續上場三齣的情形發生，此為主要之進步。甚至，連續上兩齣戲的情形亦不多，柳夢梅只有四處：二十一及二十二，三十二及三十三，三十五及三十六，四十九及五十等齣。杜麗娘則僅有兩處：二十七及二十八齣，五十四及五十五齣。生腳有二十一齣上場，占全劇齣次的 38.18%；旦腳有十九齣上場，占全劇齣次的 34.55%，比起前兩劇的李益和霍小玉戲份過重情形，已見更合理改善。此外，除生旦之外，杜寶、杜夫人、春香、陳最良、石道姑均有十齣以上的戲，表示重要腳色戲份的分配更為合理，不致差別太大，情節中有份量

的腳色，都有其相應的戲份，這和《紫釵記》中盧太尉、黃衫客戲太少的情形又大爲不同。

二、杜麗娘的眞善

人物形貌之生動光采，是《牡丹亭》藝術成就璨爛傲人的一頁；杜麗娘尤是最受喜愛的劇中人物。她是作者劇作精神的化身，「情至」思想的代言人，也是劇中唯一的完全正面人物，作者以嚴肅的心情來塑造其動人而又完美的形象。唯其完美，故能千古傳誦，備受稱譽；設若杜麗娘是個離經叛道的女子，面對古老中國，她絕不可能享有如此廣大而崇高的喜愛。

話本中慕色還魂的杜麗娘，其家庭背景和《牡丹亭》之描述，大同小異，然戲曲賦予人物較深刻之思想內涵，話本則爲一簡單故事。話本於人物介紹時，特別強調杜麗娘的學識，此則又與戲曲之描述有輕重差別。小說如是記述：「這小姐聰明伶俐，無書不覽，無史不通。琴棋書畫，嘲風詠月，女工針指，靡不精曉。府中人皆稱爲女秀才。」若此之杜麗娘比起湯顯祖筆下「老成尊重」的形貌，大有異趣。戲曲中固然亦寫其知書成誦，但強調其爲受禮教約束的「淑女」，不刻意張顯「女秀才」的稱呼。

杜麗娘在戲曲中始終是個守禮的名門淑女形貌，表現出良好的品格與教養。戲中，她是杜府唯一的掌上明珠，接受嚴格家教，爲知書有禮的溫婉女子。當杜寶爲白日睡眠事訓她，即應答：「從今後茶餘飯飽破工夫，玉鏡臺前插架書」，表現對父母的恭順。孝親是麗娘形貌之一，「驚夢」齣，她一場好夢過後，正巧母親來到，杜母告誡「花園中冷靜，少去閒行」，她又恭順回答：「領母親嚴命」。「尋夢」齣春香要她「回轉」，她本還怪春香「欺奴善」，當知道「這是夫人命，道春多刺繡宜添線，潤逼鑪香好膩箋」，即說：「知道了，你好生答應夫人去，俺隨後便來」，作者用細筆描繪麗娘的孝親。病重之際，她說：「願來生把萱椿再奉」她執著於心中的愛情，追尋理想，至死不悔，但對於父母，她沒有憤怒與不滿，臨死之際，她仍是一個順從的女兒。「冥判」的地曹陰府裡，她要求一望揚州爹娘，情不自禁地「待飛將去」，被花神給「扯住」，告以：「還不是你去的時節」。還魂回生後，得知金兵殺過淮揚。她焦慮於雙親安危：

〔旦哭介〕天也，俺的爹娘怎了！〔泣介〕〔生〕直恁的活擦擦，痛生生腸斷了，比如你在泉路裏可心焦？

在這些細微處，作者刻劃了一個孝順不忘親的杜麗娘，傳達人物善良的品格，

這也緣於她出身的嚴格家教。許多論文太強調麗娘的「反抗」精神，而忽略了她良善溫和的品格，這其實是她動人的重要因素。

麗娘彬彬有禮的教養，也見於「閨塾」齣，當陳最良訓斥「須要早起」，即回答「以後不敢了」，春香則在一旁表示意見：「今夜不睡，三更時分，請先生上書」。課堂中，陳最良責打春香「引逗小姐」而彼此發生衝突時，麗娘立即嚴訓春香：

> 〔貼搶荊條投地介〕〔旦〕死丫頭！唐突了師父，快跪下。〔貼跪介〕
> 〔旦〕師父恕他初犯，容學生責認一遭兒。
>
> 【掉角兒】手不許把鞦韆索拿，腳不許把花園路踏。〔貼〕則瞧罷。
> 〔旦〕還嘴，這招風嘴把香頭來綽疤，招花眼把繡針兒簽瞎。〔貼〕瞎了中甚用！〔旦〕則要你守硯臺，跟書案，伴詩云，陪子曰，沒的爭差。〔貼〕爭差些罷。〔旦摑貼髮介〕則問你幾絲兒頭髮？幾條背花？敢也怕些些，夫人堂上，那些家法？

這一場戲，麗娘頗有乃母之風。杜麗娘手禮有分的行為，尊師道的品格修養，這一切也符合劇中人物的家庭背景，杜寶正是以「淑女」來教養其成長。善良是此人物不變的基本性格，故「回生」之後，她說「鬼可虛情，人須實禮」，努力追求符合「善」的結局。對於終身大事，她說：「揚州問過老相公老夫人，請個媒人方好」，又說「必待父母之命，媒妁之言」，在在顯示麗娘是人間守禮的女子。最後，不得已而成婚是因為擔心發棺事被陳最良知道，才接受石道姑提出「曲成親事」的建議：

> 〔淨〕怎了？怎了？陳先生明日要上小姐墳去，事露之時，一來小姐有妖冶之名；二來公相無閨閫之教；三來秀才坐迷惑失識；四來老身招發掘之罪。如何是了？〔旦〕老姑姑，待怎生好？〔淨〕小姐，這柳秀才待往臨安取應，不如曲成親事，叫童兒尋隻贛船，黃夜開去，以減其蹤，意下何如？〔旦〕這也罷了。〔淨〕有酒在此，你二人拜告天地。〔拜把酒介〕

這個「不得已」的婚姻，雖沒有父母之命，媒妁之言，但仍有個堅強有力的前提，即助其回生的柳夢梅是「重生勝過父母親」，緣此，這個原本不合人間禮法的婚姻，又有了可以諒解的合理性存在。

作者藉杜麗娘來宣揚追求人性本真及執著理想的信念。「閨塾」之前她的成長背景是嚴格禮教，春香口中稱其「老成尊重」的小姐，拜陳最良為師時，

她告訴春香：「丫頭，那賢達女，都是古鏡模，你便略知書，也做好奴僕」，她心中是依循著傳統禮教。但《詩經》首章「窈窕淑女，君子好逑」卻觸動她少女情懷，心靈被一點點引動起來，開始「動心」起了變化。雖然爲唐突老師而責備春香，但陳最良一走，她立即問起「花園」事：

〔貼作從背後指末罵介〕村老牛！癡老狗！一些趣也不知。〔旦作扯介〕死丫頭！一日爲師，終身爲父，他打不的你？我且問你：那花園在那裏？〔貼作不説〕〔旦笑問介〕〔貼指介〕兀那不是？〔旦〕可有什麼景致？〔貼〕景致麼？有亭臺六七座，鞦韆一兩架，遠的流觴曲水，面著太湖山石，名花異草，委實華麗。〔旦〕原來有這等一個所在。且回衙去。

既刻意詢問，卻又淡淡地說「原來有這等一個所在，且回衙去」，麗娘在禮教下養成含蓄內斂的性格，由這樣的賓白呈現出來；其內心和外表之間的矛盾也在淡淡一語中很細膩地傳達，她言行中依然保持其有教養的淑女面貌。如此深刻細膩的人物刻劃，臧晉叔改本《還魂記》卻把最後一句改爲：

〔旦〕原來有這等一個所在，得空我和你看去。〔下〕

馮夢龍改本《風流夢》則寫成：

〔旦〕原來有這等一個所在，得空我和你瞧去。聞說西園好踏青，綠陰終惜暫時行。

「點金成鐵」由此觀知。如是一改，杜麗娘深刻的內心，便一筆勾消了，難怪湯顯祖曾交待宜伶，一定要依其原本演戲，他是如此深心地經營其筆下的人物，即是短短一句「且回衙去」，杜麗娘故作無事的淡語正見人物被禮教壓抑的心靈。詢問花園之際，其實已洩露她潛藏躍動的心，也必須是這樣的矛盾，才能和「肅苑」齣春香的話語前後連貫起來：

看他名爲國色，實守家聲。嫩臉嬌羞，老成尊重。只因老爺延師教授，讀到《毛詩》第一章，窈窕淑女，君子好逑，悄然廢書而嘆曰：聖人之情，盡見於此矣。今古同懷，豈不然乎？春香因而進言，小姐讀書困悶，怎生消遣則個？小姐一會沈吟，逡巡而起，便問道：春香，你教我怎生消遣那？俺便應道：小姐，也沒個甚法兒，後花園走走罷。小姐說：死丫頭！老爺聞知怎好？春香應說：老爺下鄉，有幾日了。小姐低頭不語者久之，方纔取過曆書選看，說：明日不佳，後日欠好，除大後日，是個小遊神吉期。預喚花郎，掃清花逕。

> 我一時應了，則怕老夫人知道，卻也由他。且自叫那小花郎分付去。
> 呀，迴廊那廂，陳師父來了。正是：年光到處皆堪賞，說與癡翁總
> 不知。

杜麗娘被禮教拘束的心是這樣一步步被打開來，過程中有一番心理掙扎，從春香述敘的「沈吟」、「逡巡」、「低頭不語久之」、「取黃曆」等過程可以看到麗娘是再三思量才下遊園的決定。春香的陳述正側寫出杜麗娘的心理變化，也使遊園事一步步合理地展開。

　　因此，遊園前她小心、羞怯而又慎重其事的打扮自己，「停半晌、整花鈿，沒揣菱花，偷人半面，迤逗的彩雲偏。步香閨怎便把全身現」，這般心情便顯得自然又合理，因為這是幾經心理突破之後的大膽行動，也是她期待下來臨的日子，終於依照內心本真的願望行動，第一次擺脫禮教的約束。「不到園林，怎知春色如許」，年華二八的她，竟不曾到過自家的花園，作者刻意凸顯森嚴禮教不合理的禁錮，也愈凸顯人物在這次遊園所引起深刻的震撼：

> 【皂羅袍】原來姹紫嫣紅開遍，似這般都付與斷井頹垣。良辰美景奈
> 何天，賞心樂事誰家院。恁般景致，我老爺和奶奶再不提起。〔合〕
> 朝飛暮卷，雲霞翠軒。雨絲風片，煙波畫船。錦屏人忒看的這韶光
> 賤。

她有一顆何其善感的心，滿園春色付與斷井頹垣，不正像自己的「恰三春好處無人見」！鶯聲燕語，姹紫嫣紅的春天，「天然」如她，但誰珍惜這「韶光」呢？思及「春歸」，便已「悶然」、「興盡」，一切景語都成了情語。惱人春色引發她「不得早成佳配，誠為虛度青春」，黯然淚下地埋怨「揀名門」誤她青春年華：

> 【山坡羊】〔旦〕沒亂裏春情難遣，驀地裏懷人幽怨。則為我生小嬋
> 娟，揀名門一例一例裏神仙眷。甚良緣，把青春抛的遠。俺的睡情
> 誰見？則索因循靦腆。想幽夢誰邊？和春光暗流轉。遷延，這衷懷
> 那處言？淹煎，潑殘生除問天。

這一番遊園引來的傷春情懷，對豆蔻年華的少女，是很真實的人性把握。在這樣「沒亂裏春情難遣，驀地裏懷人幽怨」的情緒下，接著而來的一場雲雨夢境，也就順理成章而又十分真實，是符合人類心理的描寫。

　　作者用〔山桃紅〕、〔鮑老催〕、〔山桃紅〕三支曲子細膩地描寫杜麗娘慕色之夢，生腳之上場、下場都彷如真實般自然安排，中間還由花神穿插其中，

使夢境有若干程度的真實感；執是，往後麗娘尋夢、鬧殤才有其合理的劇情基礎。經過遊園驚夢後，原本恭敬順從禮教約束的麗娘，已逐步展開其心靈自主的思考，從看到滿園春色付與斷垣的那一刻起，便反省了禮教禁錮的違背人性之自然。最明顯的反省表露在尋夢之前，春香送來早膳：

> 【月兒高】梳喜了纏匀面，照臺兒未收展。睡起無滋味，茶飯怎生咽？〔貼〕夫人分付：早飯要早。〔旦〕你猛說夫人，則待把饑人勸。你說為人在世，怎生叫做喫飯？〔貼〕一日三餐。〔旦〕咳！甚甌兒氣力與擎拳，生生的了前件。

她要春香「你自拿去喫便了」，用行動表明人生在世不是只有物質的「喫飯」事。對於「猛說夫人」代表的禮教約束，也第一次有反抗心理表現。隨著情節，麗娘內心有逐步的深化。

遊園驚夢，使麗娘「竟夜無眠」，她「背卻春香」，再度來到花園，滿懷春心去尋昨日之夢：

> 【懶畫眉】最撩人春色是今年，少甚麼低就高來粉畫垣，原來春心無處不飛懸。〔絆介〕唉，睡荼蘼抓住裙衩線，恰便是花似人心好處牽。

對麗娘而言，確是「最撩人春色是今年」，想著「素乏平生半面」的書生，那夢境真是「美滿幽香不可言」，然而尋來尋去，但見牡丹亭、芍藥欄「怎生這般悽涼冷落」，夢中綺旎的花園，此刻是「昨日今朝，眼下心前，陽臺一座登時變」，無限淒涼，希望既已落空，「忽然」見到大梅樹，而萌「葬于此」的意念：

> 【江兒水】偶然間心似繾梅樹邊。這般花花草草由人戀，生生死死隨人願，便酸酸楚楚無人怨。待打并香魂一片，陰雨梅天，守的個梅根相見。

「梅者媒也」，《紫釵記》有墮釵掛梅梢的拾釵情節，此處「忽」見梅樹，亦充滿浪漫的象徵意味。〔江兒水〕曲文充分表露杜麗娘已蛻變出一顆完全自覺的心靈，生死形骸都比不上內心本真的重要。擁有這份「真」的認知，那麼「寫真」情節便更耐人尋味，她說「精神出現留與後人標」，此際，她已能坦誠地向春香說出遊園夢中有個人；不再刻意掩飾內心的本真。作者是以工筆細膩描繪杜麗娘的人物形象。

遊園一夢使杜麗娘奄奄不起，她執著於夢中情人，望著「春去偌多時」，「井梧聲刮的我心兒碎」，終因為一場春夢，慕色而亡。但也是這「一靈未歇，

潑殘生堪轉折」，「爲鍾情一點，幽契重生」，再度還陽，死與生皆因著一個「情」字。魂遊「回生」之後，石道姑問「可認得貧道？」「可記得這後花園？」她茫然不語，開口但問：「只那個是柳郎」，爲柳郎而生的意象，充分具現在這回生的一語中。

　　從遊園、驚夢、尋夢、鬧殤、冥判、魂遊、幽媾到回生，杜麗娘爲一夢而亡，又因情而回生，這種近乎不可能的事，正如陰間胡判官的反應：「豈有一夢而亡之理」，然而作者要表達的正是：「第云理之所必無，安知情之所必有邪！」唯其是夢，乃更能代表非現實的理想境界；選擇男女情欲來表述，因爲這是人性最普遍的課題。因此，杜麗娘的慕色而亡，不是爲情欲而情欲，乃追求人性本眞的精神與理想，作者深長的用心在於此。杜麗娘的死，代表禮教禁錮人性本眞的嚴重性，當心中沒有活苗時，生命便失去力量；也必待尋到愛情時，麗娘才又得以回生。魂遊之際，再無禮教約束，魂旦的她主動赴約，眞實面對心中的渴慕，眞是「陰司較迫的情兒切」，眞實面對自我。也必歷此一番精神追尋之後，生旦正式成爲人間夫妻，柳生問「新婚佳趣，其樂何如」時，麗娘則稱「今日方知有人間之樂也」，這種「人間之樂」是靈肉的結合，是「情至」的完美善境。前此的「數度幽期」都只是非現實的夢境理想：

　　〔旦歎介〕幽姿暗懷，被元陽鼓的這陰無賴。柳郎，奴家依然還是女
　　身。〔生〕已經數度幽期，玉體豈能無損？〔旦〕那是魂，這纔是正
　　身陪奉。伴情哥則是遊魂，女兒身依舊含胎。

用非現實的情境來包裝理想，使杜麗娘的至情得以完美無瑕，人物形象之美好，來自作者如是苦心孤詣的經營。

　　回生之前杜麗娘是作者執著追求眞我的代言人，重生之後，杜麗娘依然要守人間禮法，她尋求情與理的和諧，始終表現著良善的品格，作者賦予人物的形象是眞與善的結合。回顧湯顯祖其人的品格志節，將發現杜麗娘和湯氏「凡事認眞」的眞性情，「根性已定」的執著不屈，事親至孝的善性，何其神似。明白湯顯祖，亦將明白杜麗娘的眞與善。

三、柳夢梅的情痴

　　從〈杜麗娘慕色還魂〉到《牡丹亭》，人物變動較大的即男主腳柳夢梅，他從一個官宦子弟變成貧苦無依的窮書生，小說中的形象其實較戲曲中美好些，此或亦因背景差異所致。話本記述他：「學問淵源，琴棋書畫，下筆成

文」，飽學的形象大致一樣，然人物性格上，話本的柳生較具有主見，尤其在與麗娘鬼魂共枕之後，他再三詢問女子姓名，均未獲正面回答，最後柳生逼問：

> 一夜，柳生與女子共枕而問曰：「賢卿不以實告訴我，我不與汝和諧，白於父母，取責汝家。汝可實言姓氏，待小生稟於父母，使媒妁聘汝為妻，以成百年夫婦，豈不美哉。」女子笑而不言。被柳生再三促迫不過，只得含淚而言曰：「衙內勿驚。妾乃前任杜知府之女杜麗娘也。……」

杜麗娘無奈地含淚說出實情，然而戲曲則改由杜麗娘主動準備告訴柳生真象，「冥誓」齣她已打算「今宵不說，只管人鬼混纏，到甚時節」，由麗娘主導揭開這般人魂情事。就此情節而言，話本柳生表現的性格較決斷有主見，此與其身為府尹公子的身分背景亦甚切合。戲曲的柳生則依從麗娘意見行事，主見不足，但情痴有餘。

湯顯祖筆下的柳夢梅，「情痴」是其人物性格之一特色。他因夢美人立於梅花樹下，而改名為夢梅，即已透露其情痴之性向。柳生重情形象的舖寫，主要集中於「玩真」、「幽媾」、「歡撓」、「冥誓」等齣，大筆揮灑出一個痴情男子，其餘則又用工筆在情節細微處呈現其重情痴心。

「玩真」齣他對著拾到的畫像，自言自語，最先以為是觀音大士，但開展圖畫，卻又懷疑「甚威光不上蓮座？再延俄，怎湘裙直下，一對小凌波？」小腳洩露消息，不是觀音則是嫦娥，他說「是嫦娥，一發該頂戴了」，但又背景不對，「怎影兒外沒半架祥雲托？樹皴兒又不似桂叢花瑣。」經一番仔細端詳，他驚愕於畫中美女「似曾相識」：「不是觀音，又不是嫦娥，人間那得於此？成驚愕，似曾相識，向俺心頭摸。」這種相識正照應其曾經夢見之美人。確定為一美女圖後，他開始思索是畫工所作，還是美人自描？畫中之人「似恁般一個人兒，早見了百花低躲。總天然意態難模，誰近得把春雲淡破？」這種天然神態恐非畫工可描，於是猜測「多敢他，自己能描會脫」，他被畫中人的神態吸引，再三揣測，最後才注意到畫首上的小字題詩，確定為一人間女子行樂圖。詩中「他年得傍蟾宮客，不在梅邊在柳邊」，此又引他遐思：

> 【集賢賓】望關山梅嶺天一抹，怎知俺柳夢梅過？得傍蟾宮知怎麼？待喜呵端詳停和，俺姓名兒直麼？費嫦娥定奪。打摩訶，敢則是夢

魂中眞個。

好不回盼小生。

【黃鶯兒】空影落纖蛾，動春蕉散綺羅，春心只在眉間鎖。春山翠拖，
春煙淡和，相看四目誰輕可？恁橫波，來迴顧影，不住的眼兒睃。

卻怎半枝青梅在手？活似提掇小生一般。

柳生把畫像當眞，他說「小生待畫餅充飢，小姐似望梅止渴」，眼下畫中之人
「只少口氣兒呵」，孤寂潦倒的柳夢梅，對著這一幅似曾相識的畫像，有一種
莫名的情感，〔黃鶯兒〕、〔二郎神慢〕、〔鶯啼序〕、〔集賢賓〕、〔黃鶯兒〕、〔鶯
啼序〕、〔簇御林〕、〔尾聲〕連續八支曲子，都是他對著畫像自言自語，從看
畫到拜畫、叫畫，柳生情痴狀具現於此。試看最後二曲：

【簇御林】他能綽幹，會寫作，秀入江山人唱和。待小生狠狠叫他幾
聲：美人！美人！姐姐！姐姐！向眞眞啼血你知麼？叫的你噴嚏似
天花唾。動凌波，盈盈欲下，不見影兒那。

咳，俺孤單在此，少不得將小娘子畫像，早晚玩之，拜之，叫之，
贊之。

【尾聲】拾的個人兒先慶賀，敢柳和梅有些瓜葛？小姐，小姐，則怕
你有影無形看殺我。

可見「梅邊柳邊」的題詩引動柳生更眞實的想像，幻想成可以像唐代進士趙
顏那般，「呼其名百日」終於把畫中的「眞眞」叫出來〔註42〕。「噴嚏」也是
「思念」之代稱，明代民歌《掛枝兒》曲便有〈噴嚏〉一首：

對粧臺，忽然間打箇噴嚏。想是有情哥思量我。寄箇信兒，難道他
思量我剛剛一次。自從別了你。日日淚珠垂。似我這等把你思量也，

〔註42〕 馮夢龍，《情史》卷九「情幻類」記載〈眞眞〉故事如下：唐進士趙顏，於畫
工處得一軟障，圖一婦人，甚麗。顏謂畫工曰：「世無其人也！如何令生，某
願納爲妻。」畫工曰：「余神畫也。此亦有名，曰『眞眞』，呼其名百日，畫
夜不歇，必應。應則以百家彩灰酒灌之，必活。」顏如其言，遂呼之，百日
晝夜不止，乃應曰：「諾。」急以百家彩灰酒灌，遂活。下步言笑，飲食如常，
曰：「謝君召妾，妾願事箕帚。」終歲生一兒，兒年兩歲，友人曰：「此妖也！
必與君爲患，余有神劍，可斬之。」其夕，乃遺顏劍。劍才及顏室，眞眞乃
泣曰：「妾南岳地仙也。無何爲人畫妾之形，君又呼妾名，既不奪君願，君今
疑妾，妾不可住。」言記，攜其子卻上軟障，嘔出先所飲百家彩灰酒。睹其
障，惟添一孩子，皆是畫焉。（出《聞奇錄》）

想你的噴嚏兒常似雨。〔註43〕

可知「叫的你噴嚏似天花唾」正代表無窮盡的思量。柳生就這樣「早晚玩之，拜之，叫之，贊之」；這一場獨角戲，端看生腳作工，所要呈現便是「痴」狀。

柳生對著春容畫像，「日夜思念」，他「高聲低叫」，「聲音哀楚」，終於把魂遊尋「那人」的麗娘給叫來。「幽媾」齣魂旦麗娘主動上門，柳生正在一種思美人的情緒下，懷疑「敢是夢也」，一時之間他倒未想到畫中之人，畢竟「艷色」當前，正中他懷春之情，又何暇思慮其他，對於美人所提事他都依從，說「這都領命！只問姐姐貴姓芳名」，然亦又未追問，但期待「以後准望賢卿逐夜而來」，其餘不顧，情痴如是。後來，他打著盹等待佳人，魂旦說：「他端然睡瞌，恁春寒也不把繡衾來摸，多應他祗候著我」，柳生等待的心情由此見知。又因被道姑破壞好事，於是隔天在麗娘來之前，他說：「前夕美人到此，並不隄防姑姑攪攘。今宵趁他未來之時，先到雲堂之上，攀話一回，免生疑惑。」主動先找道姑攀話一回，以免又被破壞好事，心思設想正見其志誠情意。麗娘鬼魂在表明身分之前說「俺則怕聘則為妻奔則妾，受了盟香說」，他即依言發誓：

【滴溜子】〔生旦同拜〕神天的，神天的，盟香滿爇。柳夢梅，柳夢梅，南安郡舍。遇了，這佳人提挈。作夫妻，生同室，死同穴。口不心齊，壽隨香滅。

〔旦泣介〕〔生〕怎生弔下淚來？〔旦〕感君情重，不覺淚垂。

誓言的安排，亦是作者縝密設思，發誓一事確可為人物作一番心理準備；待麗娘說出「是鬼」時，柳生「驚介」，但隨後言「你是俺妻，俺也不害怕了」，可知作者預先安排之盟誓，使人物、情節更為妥貼。其後，柳生依指示找石道姑商量發棺事，他既不畏鬼也不畏法，但依麗娘交待行事。一旦還魂，即注意到「此處風露，不可久停，好處將息去」，柳生情痴之形象具現在這些細節中，他凡事但為伊人著想，心眼中只有對方，作者用此行動傳達「情痴」。

「回生」一事是《牡丹亭》具重大意義的情節，「死裡淘金情似海」，堅實了生旦二人的愛情，也賦予柳生現實地位的提升，重生如同「再生爺」，唯有經由不合理的非現實情節，才能扭轉人間既定的現實。「如杭」齣夫妻來到

〔註43〕見馮夢龍編，《掛枝兒》卷三「想部」，收於《明清民歌時調集》，上海古籍出版社。

臨安，話及當初，麗娘說前生是「一點色情難壞，再世爲人」，柳生則言：

> 【江兒水】〔生〕是話兒聽的都呆答孩，則俺爲情癡信及你人兒在。
> 還則怕邪淫惹動陰曹怪，忌亡墳觸犯陰陽戒，分書生領受陰人愛。
> 勾的你色身無壞，出土成人，又看見這帝城風采。

「情癡」確是柳生最適切的形容；爲此情他甚至誤了試期，原本熱中功名而離家干謁前程的柳生，面對愛情他幾乎忘卻其從嶺南北上的功名目的。

科考過後，他依麗娘要求往淮揚探消息，又見其對伊人體貼入微。紛擾戰事中，他一路困頓，甚至無處可居，這一切辛苦但爲替麗娘走尋父母消息。最後，卻被杜寶以盜墳賊弔打，對於杜寶指稱「把他玉骨拋殘心痛」事，他反駁：

> 〔生〕誰見來？〔外〕陳教授來報知。〔生〕生員爲小姐費心，除了天知地知，陳最良那得知！

> 【雁兒落帶得勝令】我爲他禮春容叫的凶，我爲他展幽期耽怕恐。我爲他點神香開墓封，我爲他唾靈丹活心孔。我爲他偎熨的體酥融，我爲他洗發的神清瑩。我爲他度情腸款款通，我爲他啓玉肱輕輕送。我爲他軟溫香把陽氣攻，我爲他搶性命把陰程迸。神通，醫的他女孩兒能活動。通也麼通，到如今風月兩無功。

曲中十個「我爲他」，句句眞心語，用北曲帶過曲〔雁兒落帶得勝令〕更見聲情之美；奈何杜寶不信此無稽鬼話，反以爲他「著鬼」，更取桃條打之。在如此皮肉痛苦淒慘狀況之際，傳來中狀元消息時，他第一個反應是「眞個的，快向錢塘門外報杜小姐喜」，這確是柳生以行動表現「情癡」的感人一語，心眼中但以麗娘爲第一優先。

「圓駕」齣，眾人奉旨在皇帝面前辨眞假，杜寶堅持麗娘必爲鬼，他奏請「金階一打」，柳生立即泣下反對：

> 【南畫眉序】臣女沒年多，道理陰陽豈重活？願俺王向金階一打，立見妖魔。〔生作泣〕好狠心的父親！〔跪奏介〕他做五雷般嚴父的規模，則待要一下裏把聲名煞抹。〔起介〕〔合〕便閻羅包老難彈破，除取旨前來撒和。

柳生的眞情令人感動，他如是護衛麗娘，一片志誠，和杜寶堅持道理，成了強烈對比。

開棺、尋親件件依她，作者以情節刻劃出一個「情癡」的柳夢梅，在兩

人的世界裡，柳生心中眼下但有麗娘一人，完全站在伊人的立場來體貼她，作者如是塑造其情痴形象。就人物性格而言，作者並未使其如麗娘一般完美，柳生的干謁求名、貪取財物，呈現出若干缺點。「悵眺」一齣安排柳生與友人韓子才談論書生窮困不遇，從二人唐代祖先柳宗元和韓愈數說起，作者感嘆讀書人窮困時運的心跡甚為明白。以丑角演韓愈之後，也一定程度反映湯顯祖心中對唐代韓柳二人之評價。湯顯祖在〈明故朝列大夫國子監祭酒劉公墓表〉一文中，論劉應秋因附和張位主戰而與之同時被劾罷去，他以柳宗元依王叔文而因永貞革新〔註44〕被貶為例，發表了心中深刻的時事論見：

> 叔文瞯然發端，雖未竟其謀，不可謂無呂葛之心矣。權略之劫，蓋
> 其事後中官所為，史因而惡之。當其未敗時，但意其名正而事成，
> 唐室可興，安見夫叔文之不可暱就也。況夫張公者，負經濟而言道
> 德，二十年以來，天下所仰為名相者耶。《易》之觀曰：「觀我生，
> 進退。」又曰：「觀其生。」我者，我也。其者，世也。我可而世不
> 可，則無傷我。世可而我不可，則無傷世。如此以觀，則我與世機
> 可以相用相生而不死。若君之進退，非不詳於所觀。蓋子厚所謂大
> 人欲速其功耳。天下士亦安可以成敗論也。嗟夫，子厚已矣，友莫
> 若韓退之。退之序子厚死，但記其易播一事。至其委屈用世之志，
> 不為發揮一言。意退之亦猶人之見乎！予故哭士和君之墓，而表其
> 所存所虧，以告後之君子欲有為于世者。（詩文集卷四十一）

文中湯顯祖肯定柳宗元為「天下之才俊賢人也」，對其「友莫若韓退之」的不能為柳氏「委屈用世之志」發揮一言，頗有微辭。其實，《紫簫記》中湯氏已嘲弄過韓愈，故知韓柳二人在湯顯祖心目中有不同地位，由此文觀之，則更可明白《牡丹亭》劇中安排柳、韓為好朋友，但分扮生、丑二腳，自有其高低地位，也吻合作者的認知。然湯氏亦未多貶韓子才，劇中主要藉二人刻劃

〔註44〕「永貞革新」為唐順宗永貞元年（805）發生，原是一場政治改革運動，本為
　　　　革除德宗末年的亂政及宦官、藩鎮勢力；但在宦官劉文琦、俱文珍與割據勢
　　　　力的韋皋、嚴綬、裴均等人聯合夾攻下，永貞革新夭折。憲宗即位，即鎮壓
　　　　了領導永貞革新的「二五八司馬」，亦即王伾、王叔文、韋執誼、柳宗元、韓
　　　　泰、劉禹錫、凌准、陳諫、程異、韓曄等人。王叔文為一歷史評論兩極化之
　　　　人，湯顯祖以其「世之所謂狂劣無底者也」，但明萬曆年間張燧《千百年眼》
　　　　卷八有「王叔父之冤」，又為之抱不平，認為「叔父誠非賢人君子，然其禍自
　　　　宦官，不五日而身被惡名以死，此其情有可原者，故為表之。」看法因人而
　　　　異，蓋棺亦難論定也。

書生不遇的窮困。

柳夢梅爲功名干謁苗舜賓，誇大自稱是「眞正現世寶」、「世上應無價」，苗氏則笑說：「只怕朝廷之上，這樣獻世寶也多著」。對於柳生抱「打秋風」心態干謁之行止，作者藉郭駝之口說出批評：「秀才，不要攀今弔古的，你待秋風他，道你滕王閣，風順隨。則怕魯顏碑，響雷碑。」（「訣謁」齣語）勸他「不如依本分登科及第」，郭駝此一腳色，倒見比書生更爲腳踏實地的人物形象。

綜上所述，柳夢梅的人物形象是複雜多樣，作者著力於凸顯其愛情上的純然情痴，在他凡事以麗娘爲重的情節上，其實也表現了對婦女人格的尊重，「敬妻」的形象具有作者一定的「曲意」。在功名追求上則又寫其僥倖不實，是現實中活生生的典型人物。

四、杜寶的古執

杜麗娘之父杜寶，在《牡丹亭》劇中是象徵衝突代表封建禮教的主要人物。話本中的杜寶，只是個官運順利的人，他由府尹陞參政，對女兒還魂事「大喜」，立即「修書回覆柳親家」，故事中也未見他如戲曲中擺出威嚴管教的父親形象。湯顯祖於取材再創作時，賦予此人物豐富的象徵性與代表性，成爲劇作主要批評的對象。

《牡丹亭》之杜寶，上場有十二齣次，占全劇的 21.82%。戲中對他有多重描述，在家中他代表固守禮教的嚴父，在外是清廉愛民的太守，劇末他又是勢大逼人的平章。就性格而言，他則始終是個古執不通的人，是禮教的堅持者。杜麗娘慕色傷春，一夢而亡，她的死其實來自於禮教對人心的禁錮，這張無形的網，即由杜寶展開。他對女兒的期望是「古今賢淑，多曉詩書」，「刺繡閒餘，有架上圖書，可以寓目」，當他從丫頭春香口中知麗娘「白日眠睡」，立即叫來訓斥，同時也責怪夫人「縱容女孩兒閒眼，是何家教！」杜寶的威嚴於此傳達，杜夫人亦唯其命是從。「家教」二字正是人心之拘禁，亦杜寶威嚴之所在。麗娘對父親的畏懼，尤其表現在心想遊花園，卻擔心「老爺聞知怎好？」一語道盡杜寶在家中的威嚴地位。

在選擇塾師及揀選名門二事也看到杜寶的古執和權威。他決定爲女兒聘教書先生時，多少人奔競而去，但都不中他意，最後要個「老成」的陳最良，希望由「老儒」來「拘束身心」；至於讀什麼書，他的選擇是：

〔外〕小女《四書》，他都成誦了，則看些經旨罷。《易經》以道陰陽，

義理深奧;《書》以道政事,與婦女沒相干;《春秋》《禮記》,又是孤經。則《詩經》開首,便是后妃之德。四個字兒順口,且是學生家傳,習《詩經》罷。其餘書史儘有,則可惜他是個女兒。

選擇「后妃之德」的《詩經》,要讀與婦女相干的書籍。在選師及選書事上,皆反映杜寶古執保守之心態。

至於杜麗娘年已及笄,然婚姻事卻遲遲未定,即因「揀名門」而使女兒虛度青春,麗娘孤寂的內心成為致命的因素,她描繪春容嘆道:「春香,也有古今美女,早嫁了丈夫相愛,替他描模畫樣;也有美人自家寫照,寄與情人。似我杜麗娘寄誰呵?」耽誤麗娘青春的顯然來自杜寶;杜夫人看到女兒奄奄病倒,也認為「若早有了人家,敢沒這病。」杜寶則依然未改變其想法,仍堅持古執的心態:

〔外〕咳!古者,男子三十而娶,女子二十而嫁。女兒點點年紀,知道個什麼呢?

【駐馬聽】怎恁憨生,一個哇兒甚七情?則不過往來潮熱,大小傷寒,急慢風驚。則是你為母的呵,真珠不放在掌中擎,因此嬌花不奈這心頭病。〔泣介〕〔合〕兩口丁零,告天天半邊兒是咱全家命。

呈現一個不反省自己,反而責怪妻子的封建家長心態,他古執不通而又威嚴逼人。女兒的病與死,都不能改變他,作者藉著生死大事來呈現如此固執不改變的人物性格,也見世俗禮教如何頑固地封閉了一個人的思想與頭腦。如是,杜麗娘只有在禮教禁錮下,黯然逝去。如是杜寶,在明代社會是具有代表性的,周亮工《書影》記載:「相傳海忠介(瑞)有五歲女方啖餌,忠介問餌誰與?答曰:僮某。忠介怒曰:『女子豈能漫取童餌?能即餓死,方稱吾女。』女即涕泣不飲啖,家人有計進食,卒拒之,七日而死。」〔註45〕海瑞是史上廉吏、能臣的典範,他對禮教的古執態度,和《牡丹亭》的杜寶何其相似。這一則海瑞資料,也許含杜撰成分,但可以說明「存天理、滅人欲」的禮教問題之嚴重,此亦湯顯祖在戲劇中所呈現出的現實。

劇末,又再次凸顯杜寶始終不變的古執與威權心態。「硬拷」齣他原本以騙子來審問柳生,待發現春容畫像,認定眼前為盜墳之人,杜寶態度轉為憤怒,立即要「左右,采下打」,此一細節其實反映他心中對女兒深藏的愛心,面對盜墳事勾起他的「心痛」,於是化為弔打柳生的行動。既對柳生已有成見,

〔註45〕轉引自俞樾《茶香室續抄》卷四。

故柳生中狀元一事，他又說「敢不是他」，充分反映杜寶威權而又自以爲是的性格。對於麗娘還魂的妖孽情事，杜寶說要「誅除妖賊事」，堅持於「理」的保守思想，使他無法相信若此不合理事；柳生在殿前說「感此眞魂，成其人道」，他則堅持：「此人欺誑陛下，兼且點污臣之女也。論臣女呵，便死葬向水口廉貞，肯和生人做山頭撮合」，女子守貞的觀念存在他保守的思想底層。固執於「理」使他面對還魂的女兒，竟然不見人情之喜悅，咬定其爲妖邪，聲聲「鬼也邪」，不理她哭泣，反道「青天白日，小鬼頭遠些」；即令杜夫人上殿證明女兒確爲還魂，他一並作鬼看待：「此必妖鬼捏作母子一路，白日欺天」，杜寶眞箇是「半言難入」〔註46〕的古執之人。面對原本認爲已不存人世的妻女，僵硬的禮教認知扼殺了應有的人性本眞。

湯顯祖並未以反面人物的形象來刻劃杜寶，只是用以呈現社會上堅守禮教者的面貌。劇中杜寶亦有其正面形象，如「勸農」齣演百姓小民贊頌他是「慈祥端正，弊絕風清」，能體恤百姓，義倉社學，造福地方的父母官，「官也清，吏也清，村民無事到公庭，農歌三兩聲」，這樣的政治情境，彷彿湯顯祖任遂昌的作風，寓含作者的政治理想，也刻劃出杜寶廉吏的形象。面對喪女之痛，又奉令「鎮守淮揚，即日起程」，他國事爲重的態度由此表現；離去之際，陳最良提出建生祠碑文，表彰其政績，則被他拒絕，這些情節，杜寶有他正面的人格形象。鎮守淮揚，退李全之圍，雖然是採金錢主和，但亦見爲國事奔走辛勞，出生入死；陳最良找到淮揚，見面時說道：「老公相頭通白了」，僅三年而「白首相看」，人物辛勞於國事盡在其中矣。

杜寶拘理不通，但並非無情之人。「鬧殤」齣，麗娘臨死之前，可見父女眞情：

　　〔旦作醒介〕〔外〕快甦醒，兒，爹在此。〔旦作看外介〕唉喲！爹爹，
　　扶我中堂去罷。〔外〕扶你也，兒。〔扶介〕

　　【尾聲】〔旦〕怕樹頭樹尾不到的五更風，和俺小墳邊立斷腸碑一統。
　　爹，今夜是中秋？〔外〕是中秋也，兒。〔旦〕禁了這一夜雨，〔嘆
　　介〕怎能勾月落重生燈再紅？〔並下〕

這是杜麗娘死前最後一幕，接著由春香上場說其小姐已死。此處作者未直接

〔註46〕王思任，〈批點玉茗堂牡丹亭詞敘〉言：「杜安撫搖頭山屹，強笑河清；一味做官，半言難入。」見《湯顯祖研究資料彙編》下冊，上海古籍出版社，頁857。

在舞台上演死去的一幕，倒是由杜寶扶著女兒下場，父女之情在一個「扶」的動作中，已具現在觀眾面前。再看他由陳最良口中得知夫人為賊所殺，立即「哭倒」，隨後又強忍其痛，把「理」字擺前頭：

〔外作惱拭淚介〕呀，好沒來由，夫人是朝廷命婦，罵賊而死，理所當然。我怎為他亂了方寸，灰了軍心？身為將，怎顧的私？任恓惶，百無悔。陳先生，溜金王還有講麼？〔末〕不好說得，他還要殺老先生。〔外〕咳，他殺俺甚意兒？俺殺他全為國。

「身為將，怎顧的私」，品格何其感人，他不但以禮教禁錮了麗娘，導致其死；自己本身也是受禮教禁錮，壓抑著應有的人情。「理」鉗制「情」，於此情節中清楚看到。

太平宴上，又見杜寶情感流露的細節，賊亂既平，但他已妻女皆不在，一曲〔節節高〕，嘆道「閃英雄淚倩盈盈袖，傷心不為悲秋瘦」，他「心痛如割」，真情藏於心底。又，金殿上辨別麗娘是人是鬼時，他固執不願承認不合「理」的妖事，雖皇帝裁定「父子夫妻相認」，他威嚴的心態不肯認輸，依然講究「門當戶對」，一味「執古妝蹻」，要麗娘「離異了柳夢梅，回去認你」，麗娘為此「悶倒」，杜寶則「驚介」，喊出「俺的麗娘兒」，再一次透露人物內心的真情。湯顯祖在這些細節上，刻劃一個外表拘守禮教，其實有其內心真情的杜寶。他亦是受禮教禁錮之人。

湯顯祖刪除話本中原有的杜府衙內，此舉一則提高杜麗娘在家中「掌上明珠」的唯一地位。二則也藉以凸顯封建家長的保守思想，劇中讓杜寶夫婦總表現一種無子的憂愁。杜寶存有男尊女卑的觀念，所以在家中他最具威權，沒有兒子成為他終生的遺憾和悲傷：

【玉山積】吾家杜甫，為漂零老愧妻孥。〔淚介〕夫人，我比子美公公更可憐也！他還有念老夫詩句男兒，俺則有學母氏畫眉嬌女。〔老旦〕相公休焦，儻招得好女婿，與兒子一般。〔外笑介〕可一般呢？〔老旦〕做門楣古語，為甚的這叨叨絮絮，纏到的中年路。

重視兒子正是一種古老而傳統的心態，為了沒有兒子，杜寶因而有納妾的想法，呈現出社會上普遍的現實。這個細節也對保守的杜寶作了一次人物形象之刻劃。

五、陳最良的迂腐

陳最良上場十六齣次，占全劇 29.09%，僅次於生旦。話本小說僅提及杜

府尹請個教讀於府中，教麗娘姐弟二人讀書，戲曲中則活脫脫地創作一個在劇中象徵迂腐的老儒生，筆下含相當嘲弄意味。

《紫釵記》與《牡丹亭》都刻意強調書生貧寒可悲之景況，陳最良又稱「陳絕糧」，戲曲之人物名稱，或正或反地說出人物在劇中之情況。陳最良的名稱殊絕：其一，「最良」其實指其迂腐至極，墨守儒教而不知變通。其二，「最良」與「絕糧」又音近。其三，孔子有在陳絕糧事，劇中迂腐陳最良正是處處喜歡引用孔子話語行事的人，名字與人物習性堪稱絕配，《牡丹亭》之人物命名，令人拍案叫絕。

陳最良以一個迂腐不通的窮困老儒形貌出現在劇中。「腐嘆」齣他上場一段自白：

> 咳嗽病多愁酒盞，村童俸薄減廚煙。爭知天上無人住？弔下春愁鶴髮仙。自家南安府儒學生員陳最良，表字伯粹。祖父行醫，小子自幼習儒，十二歲進學，超增補廩，觀場一十五次。不幸前任宗師，考居劣等停廩；兼且兩年失館，衣食單薄；這些後生都順口叫我陳絕糧。因我醫卜地理，所事皆知，又改我表字伯粹做百雜碎。明年是第六個旬頭，也不想甚的了。有個祖父藥店，依然開張在此。

似乎所有的不幸都集中在這個被「儒冠」所誤的老儒身上，他貧病交加，又連連不第，觀場十五次，年近六十依然功名未有，一生都斷送在考場上。湯氏有四舉不第的經驗，明代若此一考再考的讀書人不在少數，作者誇大陳最良的十五次觀場，突顯的正是讀書人的艱辛歷程。三年一考，十五次則歷經四十五年，令人慨嘆！

作者刻劃陳最良為拘泥不通的讀書人，主要藉著其凡事墨守書上言語及行為的保守，來傳達出此人物之可笑迂腐。他總墨守書中語句，不務實際的引經據典來做事，如下列幾則可見之：

（一）「閨塾」齣，麗娘好意主動要為年已六十的陳師母繡對鞋兒作壽，她說要「請個樣兒」，陳最良則答稱：「依《孟子》上樣兒，做個不知足而為屨罷了」，他搬出《孟子・告子篇》語作答，確是個「沒趣」的讀書人。

（二）「診祟」齣，麗娘病不起色，陳最良因為通醫理，杜寶找他來診病。他又對麗娘引訓古書，開出《毛詩》藥方：

> 〔末〕學生，學生，古書有云：學精於勤，荒于嬉。你因為後花園湯風冒日，感下這疾，荒廢書工。我為師的在外，寢食不安。幸喜老

公相請來看病，也不料你清減至此。……小姐，望聞問切，我且問你：病症因何？〔貼〕師父問甚麼？只因你講《毛詩》，這病便是「君子好求」上來的。〔末〕是那一位君子？〔貼〕知他是那一位君子！〔末〕這般說，《毛詩》病，用《毛詩》去醫。那頭一卷就有女科《聖惠方》在哩。

（三）「旁疑」齣，石道姑懷疑柳生房中的女兒聲息為投宿的小道姑，二人為此起爭執，巧陳最良來：

【一封書】〔末上〕閒步白雲除，問柳先生何處居？扣梅花院主。〔見扯介〕呀，怎兩個姑姑爭施主？玄牝同門道可道，怎不韞櫝而藏姑待姑？俺知道你是大姑，他是小姑，嫁的個彭郎港口無？

他勸阻二人，說告官「壞了柳秀才體面」，開口引經用《老子》書中的「玄牝之門」、「道可道」及《論語‧子罕》篇中「子貢曰：『有美玉於斯，韞櫝而藏諸？求善賈而沽諸？』子曰：『沽之哉，沽之哉！我待善賈者也。』」，姑、沽諧音為用。陳最良開口閉口，總是引經據典，襯托他一個腐儒形象。

（四）「駭變」齣，他發現麗娘墳冢被挖開，驚駭萬分，即認為是石道姑、柳夢梅所為，他當下的決定：

先師云：虎兕出於柙，龜玉毀于櫝中，典守者不得辭其責。俺如今先稟了南安府緝拿，星夜往淮揚，報知杜老先生去。

「先師云」又引經據典作為行為之指引，於是「星夜往淮揚。其拘守典籍如是。

（五）「寇間」齣，他在往淮揚途中被李全（淨）賊兵所擄，楊婆（丑）要他說「兵法」，他卻引《論語》語句作答：

〔末〕饒命！大王。〔淨〕你是個細作，不可輕饒。〔丑〕勸大王鬆了他，聽他講些兵法到好。〔淨〕也罷，依娘娘說，鬆了他。〔眾放末綁介〕〔末叩頭介〕叩謝大王娘娘不殺之恩。〔淨〕起來，講些兵法俺聽。〔末〕衛靈公問陳於孔子，孔子不對，說道吾未見好德如好色者也。

把《論語‧衛靈公篇》和〈子罕篇〉不相干的文字串連於此。答非所問，又凸顯出一個食古不化的讀書人。

除了以上所舉陳最良滿口經典所呈現的迂腐形象外，他的行為、思想也同樣表現了此人物迂極的特色。如「閨塾」授《詩經》，他只是「依註解書」，

呆板一如其人。他「從不曾見」眉筆（「閨塾」齣），知道麗娘要遊花園，他說：「論娘行，出入人觀望，步起須屏幛」，亦即《禮記·內則篇》所言：「女子出門，必擁蔽其面」，不可以隨便讓人看見，也忒保守了。他自己是「六十來歲，從不曉得傷個春，從不曾遊個花院」，奉守「孟夫子說得好：聖人千言萬語，則要人收其放心」，故不敢春遊。陳最良守住經典古語，身體力行，拘禁一生。充滿青春活力的小春香最不同意他老先生，總在背後罵他，說「年光到處皆堪賞，說與癡翁總不知。」

第二十二齣「旅寄」，老少寒儒半途相遇，柳生掉到水裡，陳最良本想「由他去」，但聽其喊「救人」，二人一段科諢：

〔末〕聽說救人，那裏不是積福處，俺試問他。〔問介〕你是何等之人，失腳在此？〔生〕俺是讀書之人。〔末〕委是讀書之人，待俺扶起你來。〔末扶生相跌諢介〕〔末〕請問何方至此？

本來不欲理會，知道是「讀書之人」則扶起他，言行之間甚為迂腐可笑。二個寒儒，一老一少，這一場戲也充滿趣味。再看「駭變」齣，他到道觀，找不到柳生，口中批評到「來不參，去不辭，沒行止，沒行止」；找不到石道姑，又說「沒行止，沒行止」，正反映他心目中「行止」的重要性，總是謹守著禮節。

陳最良在杜寶眼中，正是個「迂儒」，當他千辛萬苦來到淮揚，杜寶說：「這迂儒，怎生飛進來？」一語道出「迂儒」二字，正是此人物在劇中主要形象。因為「迂」，遇事反應亦較遲鈍，杜寶要他去敵營送書信，他說「恐遊說非書生之事」，依然一副食古不化的頭腦，杜寶則稱「看他開圍放你而來，其意可知。你這書生，正好做傳書用」，此事杜寶顯然比起陳最良頭腦靈活許多，明白必是對方有意放行，陳最良反而思慮不及此。此外，李全敵營本不知杜府中事，乃由陳最良口中得知，如是，則所取二婦人首級欺騙說是杜夫人及春香，未知陳最良何以「眼花」至此，輕易被騙。正如他見麗娘墳被盜，也輕易地認定屍骨拋棄在池水中，傳了訛誤的消息。因此，「圓駕」齣柳生的一番批評正是作者對該人物的評論：

〔生認介〕老黃門可是南安陳齋長。〔末〕惶恐，惶恐。〔生〕呀，先生，俺於你分上不薄，如何妄報俺為賊？做門館報事不真，則怕做了黃門，也奏事不以實。

「胡塗」也是陳最良在故事中的形貌之一。「奏事不以實」是湯顯祖對官場的

批評。

劇中對迂腐不知變通的陳最良，固多貶意，但其人亦有正面可取之處，尤其知恩義一事。他稱杜寶為「恩官」，不辭辛勞去報盜墳事，也因為心中對杜寶聘他教書，撥祭田給他收租，存有感激之心。「硬拷」齣，他對自己老來得官一事，又感恩於杜寶，說道：

> 〔末扮陳黃門上〕官運精神老不眠，早朝三下聽鳴鞭。多沾聖主隨朝來，不受村童學俸錢。自家陳最良，因奏捷，聖恩可憐，欽授黃門。此皆杜老相公抬舉之恩，敬此趨謝！〔丑上見介〕正來相請，少待通報。〔進報〕〔見介〕〔外笑介〕可喜，可喜，昔為陳白屋，今作老黃門。〔末〕新恩無報效，舊恨有還魂。適聞老先生三喜臨門：一喜官居宰輔；二喜小姐活在人間；三喜女婿中了狀元。〔外〕陳先生，教的好女學生，成精作怪哩。〔末〕老相公，胡盧提認了罷。〔外〕先生差矣，此乃妖孽之事，為大臣的，必須奏聞減除為是。〔末〕果有此意，容晚生登時奏上，取旨何如？〔外〕正合吾意。

他祝賀杜寶「三喜臨門」，表示對於還魂事，他較杜寶看法較開通些，似乎不再像前段情節的泥守成規，不知變通。他對杜寶因感恩而順服之，杜寶既不承認鬼怪事，他則言「容晚生登時奏上，取旨何如」；知恩報恩，可說是陳最良此人物形象正面的地方。

六、石道姑的通達

石道姑是湯顯祖增加的故事人物，她上場十四齣次，占全劇 25.45%，戲份頗重，她成為女主角身邊伴隨之人。「婚走」之際，疙童一句「禿廝兒權充道伴，女冠子真當梅香」，一語道出石道姑在劇中之地位，她幾乎相當於一般傳奇中，旦腳身邊的梅香；馮夢龍主張由春香出家為小姑姑，使繼續陪伴杜麗娘，然湯氏創作的石道姑，更是一種不落套的人物安排。到第十七齣「道覡」石道姑才登場，這又異於一般傳奇創作，其主要人物必在第十齣以前上場的作法。呂天成《曲品》稱許：「杜麗娘事，甚奇。而著意發揮，懷春慕色之情，驚心動魄，且巧妙疊出，無境不新，真堪千古矣。」洵為確論。「巧妙疊出，無境不新」正是湯氏創作思想所強調的新變怪奇；石道姑此一腳色，也相當程度展現作者不落俗套的人物安排。

石道姑在劇中是個通情達理之人，戲中她每和陳最良相映成趣，僅就名字，作者便很巧思地予以二人顛倒相反的命名；事實上，陳最良不良，石道

姑不石也。

第十七齣「道觀」，作者以一段長長的《千字文》賓白，敘述石道姑令人慨嘆的生平遭遇。她說「俗家原不姓石，則因生爲石女，爲人所棄，故號石姑。」所謂「石女」，明謝肇淛《五雜組》卷五有如是記載：

> 晉惠帝時，京洛有人，兼男女體，亦能兩用人道者，今人謂之半男女也。又有一種「石女」，一云「實女」，無女體而亦無男體。近聞毘陵一搢紳夫人，從子至午則男，從未至亥則女，其夫亦爲置妾媵數輩侍之，有伎親承枕席，出以語人云，與男子殊無異，但陽道少弱耳。

此外，沈德符《萬曆野獲編》卷二十八亦有「人疴」條，記載半男半女之人。不論「半男半女」或者「不男不女」，都是天生異常，值得同情之人。「石女」爲無女體亦無男體之人，石道姑雖有生理之殘，但卻有良善心地，其言「長恨人心不如石」。作者創作如此一個「石女」，來對比陳最良、杜寶這些太拘「理」而心如石的人，用意曲折深遠。

石道姑本身是受傳統婚姻觀之害者，她因天生之殘，本打算「守娘家孝當竭力」，不準備嫁人，但「可奈不由人諸姑伯叔，聒噪俺入奉母儀」，於是在媒妁之言下出嫁；然夫妻之間，性事難諧，她說「要留俺怕誤了他嫡後嗣續，要嫁了俺怕人笑飢厭糟糠」，於是勸丈夫娶妾，說「俺情願推位讓國，則要你得能莫忘」，充分表現石姑爲丈夫著想的善良。誰道後來「做小的寵增抗極」，石姑卻被撚去。她說「不怨他只省躬譏誠，出了家罷俺則垂拱平章」，從此出家爲道姑。她退讓不怨，寬厚爲人卻反遭妒悍之婦排擠，從石姑不幸的婚姻遭遇看到她善良、有情、厚道、隨順自然的個性，眞的是「人心不如石」。

作者刻劃了一個通達有情的石道姑，除了面對自己的婚姻，她有通達情理之表現外，她受杜知府之託守麗娘神位，三年之後，主動爲麗娘開設道場度她亡魂：

> 【孝南歌】鑽新火，點妙香，虔誠爲因杜麗娘。〔眾拜〕香靄繡旛幢，細樂風微颺。仙眞呵，威光無量，把一點香魂，早度人天上。怕未盡凡心，他再作人身想。做兒郎，做女郎，願他永成雙，再休似少年亡。
>
> 〔淨〕想起小姐生前愛花而亡，今日折得殘梅，安在淨瓶供養。〔眾

神主介〕

她說「瓶兒空像，世界包藏，身似殘梅樣。有水無根，尚作餘香想」，話語充滿一種人生認知。她為麗娘度魂的「虔誠」心意，正見人物真情之流露，她並非奉命行事，只是一片真心。麗娘魂遊到此，亦為之感動：

> 【下山虎】我則見香煙隱隱，燈火熒熒。呀，鋪了些雲霞幰，不由人打個讚挣。是那位神靈？原來是東岳夫人，南斗真妃。〔稽首介〕仙真，仙真，杜麗娘鬼魂稽首。魆魆地投明證明，好替俺朗朗的超生注生。再看這青詞上，原來就是石道姑在此住持。一壇齋意，度俺生天。道姑，道姑，我可也生受你呵！再瞧這淨瓶中，咳，便是俺那塚上殘梅哩。梅花呵，似俺杜麗娘半開而謝，好傷情也。則為這斷鼓零鐘金字經，叩動俺黃梁境。俺向這地坼裏梅根迸幾程，透出些兒影。〔泣介〕姑姑們這般志誠，若不留些蹤跡，怎顯的俺鑒知他？就將梅花散在經臺之上。〔散花介〕抵甚麼一點香銷萬點情。

或許是這樣的「交流」，所以麗娘囑託還魂之事，便想到找石道姑幫忙。

幫助柳生發棺以助麗娘回生，是石道姑在情節上最重要的一段戲。她說「大明律開棺見屍，不分首從皆斬哩。你宋書生是看不著皇明例，不比尋常，穿籬挖壁」，把劇情從宋代拉至眼前明代律法，搬演現實的意味甚為濃厚。依明代律例〈刑律〉有「發塚」條例，言「凡發棺墳塚見棺槨者，杖一百，流三千里。已開棺槨見屍者，絞。」萬曆間刑條例有：「如有糾眾發塚起棺，索財取贖者，比依強盜得財律，不分首從，皆斬。」的記載。尤可注意的是《大明律疏附例》新例一款有：

> 嘉靖四年九月刑部題：看得巡撫江西都御史陳洪謨所奏，發掘墳塚，委係江西積弊。合准所奏，止行江西。等因。奉聖旨：是。今後發掘墳塚的，不拘有無開棺，不分首從，俱發煙瘴地面，永遠充軍。欽此。〔註47〕

提及「發棺墳塚」是江西積弊，陳洪謨奏准從嚴之法，也「止行江西」。湯顯祖正是江西人，石道姑這一段「大明律」之說，正是直指地方之弊，時代意義由此見之。

「大明律開棺見屍，不分首從皆斬」，這是何等大事，當柳生來找她商議

〔註47〕本段所引大明律，參見黃彰健編著，《明代律例彙編》，中央研究院歷史語言研究所，民國68年3月出版，頁787～790。

人鬼相會事，為取信於石姑，麗娘魂也顯靈驗之：

> 〔淨〕既是秀才娘子，可曾會他來？〔生〕便是這紅梅院，做楚陽臺，
> 偏倍了你。〔淨〕是那一夜？〔生〕是前宵你們不做美。〔淨驚介〕
> 秀才著鬼了，難道？難道？〔生〕你不信時，顯個神通你看。取筆
> 來，點的他主兒會動。〔淨〕有這等事，筆在此。〔生點介〕看俺點
> 石為人，靠夫作主。

你瞧，你瞧。〔淨驚介〕奇哉！奇哉！主兒真個會動也。小姐呵。

石道姑答應幫助柳生，就人物形貌而言，一則見她實為有情之人。二則也見
她迷信於不可知的世界，這也符合其作為道姑之認知，神主之動正反映神明
存在。由於發棺事為「小姐自家主見」，石道姑於是信之，她說：

> 【五更轉】是泉下人，央及你，個中人誰似伊？〔淨〕既是小姐分付，
> 待俺檢個日子。〔看介〕恰好明日乙酉，可以開墳。〔生〕喜金雞玉
> 犬非牛日，則待尋個人兒，做開山力士。〔淨〕俺有個侄兒癩頭黿可
> 用，只事發之時怎麼？〔生〕但回生，免聲息，停商議，可有偷香
> 竊玉劫墳賊，還一事，小姐倘然回生，要些定魂湯藥。〔淨〕陳教授
> 開張藥鋪，只說前日小姑姑黨了凶煞，求藥安魂。〔生〕煩你快去了，
> 這七級浮圖，豈同兒戲。

她如此輕易的相信了柳生，準備去做一件殺頭的事。這種「信」和杜寶「不
信」還魂，在前後劇情中，存在著一種對比。柳生便曾說「則那石姑姑識趣
拿奸縱，卻不似你杜爺爺逞拿賊威風」，便把二人作一番比較。「有情」正是
石道姑的重要形象。

作者也讓石道姑和陳最良成為戲中一組對比，二人曾為「祭田」收糧，
及「訶藥」一事，場上對手，他們是思想相反的人，言語中多有不合。「秘議」
齣，石道姑有評：

> 俺這梅花觀，為著杜小姐而建。當初杜老爺分付陳教授看管，三年
> 之內，則是他收取祭租，並不常川行走。便是杜老爺去後，謊了一
> 府州縣士民人等許多分子，起了個生祠。昨日老身打從祠前過，豬
> 屎也有，人屎也有。陳最良，陳最良，你可也叫人掃刮一遭兒。到
> 是杜小姐神位前，日逐添香換水，何等莊嚴清淨！正是：天下少信
> 弔書子，世外有情持素人。

石道姑的志誠有情和陳最良的迂腐不實，在人物形象上彼此襯托，得到凸顯

的效果。直到劇末終場之際，石道姑再上場來，她依舊和陳最良針鋒相對：

> 【南鮑老催】官前定奪，官前定奪。〔打望介〕原來一眾官員在此，
> 怎的起狀元小姐嘴骨都站一邊。眼見他喬公案斷的錯，聽了那喬教
> 學的嘴兒嗑。〔末〕春香賢弟也來了，這姑姑是賊。〔淨〕啐！陳教
> 化，誰是賊？你報老夫人死哩，春香死哩。做的個，紙棺材，舌鍬
> 撥。

用石道姑的「實」與「情」來對比陳最良的不實與拘「理」乏情。此外，石道姑的言語賓白，較為粗鄙，和每每引經據典的陳最良又形成另一種相異，不假修飾的話語，反又見相當真實。

創作石道姑這個腳色，作者確表現出過人之「巧思」，石姑與杜府的關係原來自於老夫人請她驅邪；後來，她竟扮演助鬼還魂之人，事件、人物均有無窮巧思於其中。麗娘和老夫人重逢時，杜夫人感激「老姑姑，也虧你守著我兒」，她則自覺一切是「奇緣」：

> 【番山虎】〔淨〕近的話不堪提嗹，早森森地心疎體寒。空和他做七做中元，怎知他成雙成愛眷。〔低與老介〕我捉鬼拿奸，知他影戲兒做的恁活現。〔合〕這樣奇緣，這樣奇緣，打當了輪迴一遍。

綜言之，石道姑的形象是其心不「石」，其人「實」而有情，面對事情所表現的「通達」勝過堅持禮教，拘泥不通的杜寶與陳最良。

七、杜夫人的軟弱

〈杜麗娘慕色還魂〉話本中的杜夫人，是府中較有決定權的人物，她育有一子一女，或者因為有兒子，使她在家中地位較為穩固，此不同於《牡丹亭》。話本中訓女、教女的主動人物都是杜母，麗娘則「領母親嚴命」。慕色病倒時，麗娘「請母親至床前」痛泣而別，要求葬梅樹下。話本敘述杜寶為：「杜府尹依夫人言，遂令葬之。其母哀痛，朝夕思之。」可見家務事是杜夫人主導，杜寶只是「依夫人言」行事，就此處觀之，由小說到戲曲，杜府二老在人物形象上有主被動之互異。

杜夫人甄氏於《牡丹亭》中，性格顯得較為軟弱，一則因杜寶威權太重，二則她未生兒子；心中有著潛藏的憂慮。就思想觀念而言，甄氏和杜寶是相同的，他們守著禮教的傳統來教養麗娘。她上場十齣次，是主要腳色中戲份最輕的。

「出嫁從夫」的女德在杜夫人的身上明顯反映，她沒有自己的意見。當

杜寶問及女兒婚事：「他日嫁一書生，不枉了談吐相稱。你意下如何？」她則表示「但憑尊重」，簡短四字其實正是杜府實情。在管教女兒事上，杜寶每怪責夫人，如白日睡眠之事，他說「都是你娘親失教」；遊園傷病事又怪「縱他閒遊」。甄氏總順著丈夫之意來教誨麗娘，當杜寶「訓女」晝眠不該，她亦言：

> 【玉飽肚】〔老旦〕眼前兒女，俺爲娘心蘇體劬。嬌養他掌上明珠，出落的人中美玉。兒呵，爹三分說話你自心模，難道八字梳頭做目呼。

看到杜氏夫婦的管教態度一致。「驚夢」齣她要女兒做鍼指、觀書史，少去花園閒行，也「怪他裙衩上，花鳥繡雙雙」，採取防堵的方式來拘禁其心，即連衣服上花鳥成雙亦有以怪之，保守心態至此。此處，杜夫人倒有幾分相似《西廂記》的「夫人怕女孩兒春心蕩，怪黃鶯兒作對，怨粉蝶兒成雙」，防範甚嚴。

「慈戒」一齣最能看到老夫人的傳統禮教心態，她知麗娘遊園晝眠，即找春香來問話，認爲「他年幼不知，凡少年女子，最不宜艷妝，戲遊空冷無人之處。這都是春香賤才引逗他。」由此細節知老夫人對女兒性情有相當瞭解，她明白順從乖巧的女兒是不會主動去遊園的；事實上，麗娘也的確經過一番猶豫才大膽行動。因此，她找春香來訓斥，說道：

> 【征胡兵】女孩兒只合香閨坐，拈花翦朵。問繡窗鍼指如何？逗工夫一線多。更晝長閒不過，琴書外自有好騰那，去花園怎麽？
>
> 〔貼〕花園好景。〔老〕丫頭，不說你不知。
>
> 【前腔】後花園窣靜無邊闊，亭臺半倒落。便我中年人要去時節，尚兀自裏打個磨陀。女兒家甚做作，星辰高猶自可。
>
> 〔貼〕不高怎的？〔老〕廝撞著也甚不著科，教娘怎麽？

由曲文知其保守心態一如杜寶；此外，她又多了幾分迷信。因此當麗娘一病半年不起，她責打春香，得知爲「夢」所引起，即認爲「著鬼」，要找人禳解。

在老夫人身上，作者刻劃了婦女迷信的現象。知道麗娘病因乃夢所致，她說：

> 【駐馬聽】說起心疼，這病知他是怎生？看他長眠短起，似笑如啼，有影無形。原來女兒到後花園遊了，夢見一人，手執柳枝，閃了他去。〔作嘆介〕怕腰身觸污了柳精靈，虛囂側犯了花神聖。老爺呵，急與禳星，怕流星趕月相刑迸。

杜寶對此不以爲然，他說「則是些日炎風吹，傷寒流轉，便要禳解。不用師巫，則叫紫陽宮石道婆，頌些經典可矣。古語云：『信巫不信醫，一不治也。』」，杜寶仍持一貫重「理」的態度，但杜夫人面對女兒病重，她有了較強的主見，不完全依杜寶意思，仍找了石道婆來禳解。祈禳的情節也是社會現實的呈現，湯顯祖既貶謫徐聞，對閩廣一帶風土民情有所見聞，「道覡」之事由此而來。明人謝肇淛《五雜組》卷六記載：

> 今之巫覡，江南爲盛，而江南又閩廣爲甚。閩中富貴之家，婦人女子其敬信崇奉無異天神；少有疾病即禱賽祈求，無虛日亦無遺鬼。楮陌牲醪，相望於道，鐘鼓鐃鐸，不絕於庭，而橫死者日眾。惜上之人無有禁之者，哀哉！

又云：

> 閩俗最可恨者瘟疫之疾，一起即請邪神香火，奉事於庭，惴惴然朝夕禮拜，許賽不已，一切醫藥付之罔聞。……病者十人九死。

由以上記載，可知杜寶「信巫不信醫，一不治也」的理性看法及杜夫人的相信禳解，正是明代社會現實的呈現。

　　作者也刻劃了杜夫人慈母愛女心，眼看麗娘病倒，她其實埋怨丈夫：「無官一身輕，有子萬事足。我看老相公則爲往來使客，把女兒病都不瞧，好傷懷也！」認爲杜寶重男輕女，故「只有娘憐女」；這樣的心情其實包含老夫人心中無子的慨嘆。麗娘亡故，她痛殺心腸，「一寸肝腸做了百寸焦」，再不見「每日遶娘身有百十遭」的愛女，再聽不見「從今後誰把親娘叫」，失去唯一女兒，寂寞和思念長伴甄氏。「憶女」齣尤其刻劃杜夫人思女心切，睹物思人，傷懷不已：

> 【玩仙燈】〔老旦上〕地老天昏，沒處把老娘安頓。思量起舉目無親，招魂有盡。〔哭介〕我的麗娘兒也，在天涯老命難存，割斷的肝腸寸寸。

說道：「春香，自從小姐亡後，俺皮骨空存，肝腸痛盡。但見他讀殘書本，繡罷花枝；斷粉零香，餘簪棄履；觸處無非淚眼，見之總是傷心。算來一去三年，又是生辰之日。」爲亡女祭禱，杜夫人悲哭「你怎拋下的萬里無兒白髮親」，「無兒」二字又點出她心中深藏的傷懷；且看她和春香這段對話：

> 〔跪介〕稟老夫人：人到中年，不堪哀毀。小姐難以生易死，夫人無以死傷生。且自調養尊年，與老相公同享富貴。〔老哭介〕春香，你

> 可知老相公年來因少男兒，常有娶小之意。止因小姐承歡膝下，百
> 事因循。如今小姐喪亡，家門無託，俺與老相公悶懷相對，何以為
> 情？天呵！〔貼〕老夫人，春香愚不諫賢，依夫人所言，既然老相
> 公有娶小之意，不如順他，收下一房，生子為便。〔老〕春香，你見
> 人家庶出之子，可如親生？〔貼〕春香但蒙夫人收養，尚且非親是
> 親；夫人肯將庶出看成，豈不無子有子？〔老〕好話！好話！

「娶小」與「生子」為杜夫人心中憂思。情節中刻劃了人物的心理，也傳達
了作者「非親是親」、「無子有子」，不必然如何的人生態度。後來在「移鎮」
齣中，甄氏主動向杜寶提出「趁在揚州，尋下一房，與相公傳後，尊意何如？」
然杜寶以「王事恩恩，何心及此！」拒絕此話題，劇中看到杜夫人的賢德，
也看到杜寶的公忠。

　　杜夫人雖然教養女兒的思想較為保守，但慈母的腳色仍使她顯得較通情
理；在臨安和還魂的女兒相遇，知道真有個書生，她並未堅持媒妁之言的
禮教，當下即說「這等是個好秀才，快請相見」，她心裡已接受這個未曾謀
面的女婿。「圓駕」齣她上金殿為女兒還魂作證，此時和柳生初遇，她如是
反應：

> 〔老旦喜介〕今日見了狀元女婿，女兒再生，千十分喜也。狀元，先
> 認了你丈母罷。〔生揖介〕丈母光臨，做女婿的有失迎待，罪之重
> 也！〔旦〕官人，恭喜！賀喜！〔生〕誰報你來？〔旦〕到得陳師
> 父傳旨來。〔生〕受你老子的氣也。〔末〕狀元，認了丈人翁罷。〔生〕
> 則認的十地閻君為岳丈。

杜夫人滿心歡喜地承認了女婿，可見麗娘病亡之事，已使她悟及「早有了人
家，敢沒這病」，「恨不呵早早乘龍，夜夜孤鴻，活害殺俺翠娟娟雛鳳。一場
空，是這答裡把娘兒命送。」她心中已有深刻省悟，此際，喜得女兒回生，「情」
勝過保守禮教，她顯得通情達理，難掩心中萬分喜悅。

　　面對杜寶的家長威權，杜夫人的人物性格顯得較為軟弱，缺乏主見，她
以夫為專，以夫為主，是傳統中順從的妻子。在麗娘成長過程中，她受丈夫
之命嚴格管教女兒，成為劇中保守的母親，但女兒病死，也為她帶來無比創
傷，從悲傷走過，劇末她顯然有了一些「自己」。

八、春香的天真

　　話本中但有個十歲侍婢春香，再不言及其他。

　　《牡丹亭》的春香上場有十六齣次，占 29.09%，其出場甚多。此亦有其因，麗娘病亡之前，她陪伴旦腳上場，後半段則成爲老夫人身邊伴隨之人，故始終有其戲。作者於春香之腳色安排，考慮甚爲周到，使春香和石道姑「話做了兩頭分拍」（「如杭」齣語），以麗娘生死爲斷，人物安排有所接續，如是幫忙發棺的石道姑有了著落，老夫人身邊也有了著落，人物可充分利用發揮，劇情構思實可讚嘆。設若如馮夢龍《風流夢》總評言「今改春香出家，即以代小姑姑；且爲認眞容張本，省卻葛藤幾許。」春香出家使繼續陪伴麗娘，則石道姑及老夫人之侍婢皆無所著落，整體之腳色運用未若湯氏安排之巧妙。就《牡丹亭》而言，湯氏的安排最是妥貼。

　　春香在《牡丹亭》劇中，是以一個活潑的小丫頭面貌上場，她總在言語上插科打諢，爲台上帶來許多輕鬆氣氛。前段情節中，杜寶、杜夫人、陳最良個個老成，即令麗娘，亦是恭謹莊重，唯獨春香，是充滿活力的可愛腳色。「訓女」齣，她一上場就是「繡了打綿」的諢語，腳色的特色已然表現。「閨塾」齣是她最重要的戲，「春香鬧學」也成爲一段精彩引人的折子戲。逗趣是舞台上偏愛這段戲的緣故，小春香和老最良相映成趣，春香總對陳最良唱反調、捉弄，甚至搶其荊條等，在語言、動作中，處處有戲，麗娘則在二人中間調停，責罰丫頭無禮。春香的戲以伴讀這一情節，人物最有表現，她始終逗趣，當陳最良說「須要早起」，她則答「今夜不睡，三更時分，請先生上書」；她拿錯文房四寶，又藉「出恭」去遊花園，最後還在背後指罵陳最良「村老牛，痴老狗，一些趣也不知。」「趣」正是場上人物之間的對比；「閨塾」的春香充滿趣味。

　　春香的戲主要在「鬧殤」前，她共十六齣次上場，其中有十一齣於此段，可知此腳色主要之刻劃集中於前段伴隨旦腳時。在杜麗娘眼中，春香是個敏點的「賊牢」丫頭，此見「急難」齣，柳生問及怎樣向二老稟明：

〔生〕問時，怎生打話？〔旦〕則說是天曹，偶然注定的姻緣到，驀踏著墓墳開了。〔生〕說你先到俺書齋纏好。〔旦羞介〕休喬，這話教人笑，略說與梅香賊牢。

在老成尊重謹守禮教的麗娘眼中，春香確是活潑、機伶，花樣多的丫頭。鬧塾、遊園的事都見春香天眞爛漫的形象，劇中她自言：「花面丫頭十三四，春來綽約省人事」，十三、四歲其實還是個孩子，春香的天眞也很符合其年齡。第九齣「肅苑」她自述：

　　【一江風】〔貼上〕小春香，一種在人奴上，畫閣裏從嬌養。侍娘行，
　　弄粉調朱，貼翠拈花，慣向妝臺傍。陪他理繡床，陪他燒夜香。小
　　苗條喫的是夫人杖。

蔣星煜〈湯顯祖與《西廂記》──有關崔鶯鶯、杜麗娘比較研究的一些看法〉
文中指「陪他理繡床」三句為受《西廂記》之影響。湯氏既愛《董西廂》，吸
取其優點巧妙運用亦為必然而然者。「小苗條喫的是夫人杖」確令人想起《西
廂記》老夫人拷紅娘之一幕；但春香自不同於紅娘，她沒有紅娘的能言善道
與心思細密，春香較為天真爛漫，像春天開放的花朵，單純為其形貌之一。

　　春香的天真和杜麗娘的老成，是劇中又一個形象對比，麗娘的心事春香
不能得知，她只是天真地好玩、笑鬧，沒有太多心機。鼓動麗娘去遊花園，
她其實也想到杜夫人的責備，當麗娘慎重其事地取曆書挑選到花園的日子，
吩咐要掃除花逕；她心中想著「我一時應了，則怕老夫人知道，卻也由他。」
這個小小的情節，又刻劃了春香年少率性的形象，明知不妥，「卻也由他」，
遊園的吸引力更大。正是在這樣一個充滿天真玩興的年齡，還不懂得思前顧
後，謹慎行事，也才有「慈戒」齣被訓斥及「詰病」齣被責打的下場。趁杜
太守下鄉勸農時，主僕展開遊園計劃，她出的賊主意卻正吻合了主人心中暗
藏的心思。當陳最良來上書，她一口說：「俺小姐這幾日沒工夫上書」，且又
唬說「老爺怪你哩！」〔一江風〕曲中道：

　　〔貼〕老師父還不知，老爺怪你哩。〔末〕何事？〔貼〕說你講《毛
　　詩》，毛的忒精了。俺小姐呵，為詩章，講動情腸。〔末〕則講了個
　　關關睢鳩。〔貼〕故此俺小姐說：關了的睢鳩，尚然有洲渚之興，可
　　以人而不如鳥乎？書要埋頭，那景致則擡頭望。如今分付，明後日
　　遊後花園。〔末〕為甚去遊？〔貼〕他平白地為春傷，因春去的忙，
　　後花園要把春愁漾。

打發了陳最良，她「且喜陳師父去了」，接著又抓住花郎「私出衙前騙酒」，
捉弄他「謅個曲兒俺聽。謅的好，饒打。」二人又一場逗趣的戲。春香不同
於紅娘，便在於她的單純與天真。

　　「驚夢」齣是旦腳重頭戲，也是場上生旦第一次同臺。此齣春香只有一
句「注盡沈煙，拋殘繡線，恁今春關情似去年」的唱詞，此曲詞又甚貼切表
達出人物之心情，她對歲月沒有太多感覺，今春和去年看似一樣。但麗娘於
「尋夢」則言「最撩人春色是今年」，「春色」一事雖小，但已細膩呈現不同

人物的不同心情，麗娘對春天有深刻感覺，和春香的「不覺」又成一對比。
作者刻劃人物，設身處地之深入，由此短短一語中見之。春香是一個沒有
太多心思的丫頭，她猜不透麗娘心事，然而看到小姐因遊園而傷懷不已，她
自責：

> 〔貼〕小姐，你自花園遊後，寢食悠悠，敢爲春傷，頓成消瘦？春香
> 愚不諫賢，那花園以後再不可行走了。〔旦〕你怎知就裏？這是春夢
> 暗隨三月景，曉寒瘦減一分花。

春香「怎知就裡」，最後在畫眞容之時，麗娘才主動告訴她有個人在夢中。老
夫人「詰病」心急而責打春香：

> 〔貼跪介〕春香實不知。〔老〕因何瘦壞了玉娉婷？你怎生觸損了他
> 嬌情性？〔貼〕小姐好好的拈花弄柳，不知因甚病了？〔老惱打貼
> 介〕打你這牢承，嘴骨稜的胡遮映。

春香雖已知有個夢，但她仍「不知」何以至此，天眞爛漫的小春香，委實無
法明白麗娘深沈的心思。

麗娘臨死之前對春香說：「你生小事依從，我情中你意中」，「依從」道出
主僕相處情況，場上二人從未有半語不合，麗娘囑其藏春容畫，春香則是「他
一星星說向咱傷情重」；一曲〔紅衲襖〕她唱出五個「再不叫咱」，回憶小姐
生前種種，憂傷痛懷。此後，春香一如老夫人，上場總是思念著麗娘。「憶
女」齣，她說「想起小姐平常恩養，病裡言詞，好不傷心也！」前述天眞逗
趣的面貌再不復見，她懂事並收斂多了。這其實也相映於人物年齡，「憶女」
齣已是時過三年，昔日鬧學的十三、四歲丫頭今已十六、七歲，且她又爲杜
夫人收爲義女，身分、年齡使其不同於前述之天眞。且看她爲麗娘生辰祭祀
的唱曲：

> 【前腔】（香羅帶）名香叩玉眞，受恩無盡，賞春香還是你舊羅裙。
> 〔起介〕小姐臨去之時，分付春香，長叫喚一聲。今日叫他小姐，
> 小姐呵，叫的一聲聲小姐可曾聞也？〔老旦貼哭介〕〔合〕想他那情
> 切，那傷神，恨天天生割斷俺娘兒直恁忍。〔貼回介〕俺的小姐人兒
> 也，你可還向這舊宅裏重生何處身？

恩義有情於此見之，她還以「無子有子」的道理寬勸老夫人；如是春香，何
其不同於陪伴麗娘時之活潑逗趣。人物形貌有其成長與變化，作者雖以天眞
賊牢之春香爲描繪重點，後半段情節其人物居陪襯地位，然作者亦未草率下

筆，仍細心經營每一個細節，春香前後形貌之差異即爲一例。

九、其　他

《牡丹亭》的人物個個生動，充滿生機，除前述八個上場較多的人物外，郭駝的忠義，胡判官的通情，花神的端正，李全的怕老婆，楊婆的「軍中母大蟲」，韓子才的貧寒，苗舜賓的昏昧，疙童的勇敢，場上人物皆有其靈動生趣之致。是偌多人物營造出《牡丹亭》鮮活的對劇張力，好戲連連，始終引人入勝。試舉李全與楊婆「淮警」齣曲詞爲例，見此二人之形象：

> 〔丑〕依奴家所見，先圍了淮安，杜安撫定然赴救，俺分兵揚州，斷其聲援，於中取事。〔淨〕高，高。娘娘這計，李全要怕你了。〔丑〕你那一宗兒不怕了奴家。〔淨〕罷了，未封王號時，俺是個怕老婆的強盜；封王之後，也要做怕老婆的王。〔丑〕著了！快起兵去攻打淮城。
>
> 【青天歌】撥轉磨旗峰，促緊先鋒。千兵擺列，萬馬奔沖。鼓通通，鼓通通，謤的那淮揚動。
>
> 【前腔】軍中母大蟲，綽有威風。連環陣勢，煙粉牢籠。哈哄哄，哈哄哄，哄的那淮揚動。
>
> 〔丑〕溜金王，行軍到處，不許你搶占半名婦女。如違，定以軍法從事。〔淨〕不敢。

明王季思〈批點玉茗堂牡丹亭詞敘〉，對於劇中人物，有如是評語：

> 其款置數人，笑者眞笑，笑即有聲，唬者眞唬，唬即有淚；歎者眞歎，歎即有氣。杜麗娘之妖也，柳夢梅之癡也，老夫人之軟也，杜安撫之古執也，陳最良之霧也，春香之賊牢也，無不從筋節竅髓，以探其七情生動之微也。杜麗娘雋過言鳥，觸似羚羊，月可沈，天可瘦，泉臺可瞑，獠牙判髮可狎而處。而梅柳二字，一靈咬住，必不肯使劫灰燒失。柳生見鬼見神，痛叫頑紙，滿心滿意，只要插花。老夫人智是血（疑爲「白」字之誤）描，腸鄰斷草，拾得珠還，蔗不陪檗。杜安撫搖頭山屹，強笑河清，一味做官，半言難入。陳教授滿口塾書，一身襯氣，小要便益，大經險怪。春香眨眼即知，錐心必盡，亦文亦史，亦敗亦成。如此等人，皆若士元空中增減朽塑，而以毫風吹氣生活之者也。

沈際飛獨深居本〈牡丹亭題詞〉亦論及劇中人物：

> 柳生駿絕，杜女妖絕，杜翁方絕，陳老迂絕，甄母愁絕，春香韻
> 絕，石姑之妄，老駝之勘，小癩之密，使君之識，牝賊之機，非臨
> 川飛神吹氣爲之，而其人遁矣。若乃眞中覓假，呆處藏點，繹其指
> 歸，□□則柳生未嘗癡也，陳老未嘗腐也，杜翁未嘗忍也，杜女未
> 嘗怪也。理於此確，道於此玄，爲臨川下一轉語。震峰沈際飛書於
> 獨深居。

王、沈二人均有見《牡丹亭》人物形象之特色，成功的人物刻劃常是多角度
地呈現，戲如人生，而人心本是複雜而多樣，唯其合於眞實，乃能引發觀眾
共鳴。本節所論劇中主要腳色之形象，亦舉其最大特色爲標題，人物複雜之
面貌，則於文中詳論之。

第六章　結　論

　　本論文對湯顯祖《紫簫記》、《紫釵記》及《牡丹亭》三戲曲，在主題、情節、人物等方面作較爲深入而仔細的分析探討，心得論見，一一散述於前述各章節。本章總結全文，有幾點綜合之結論，分述如下。

一、愛情與婚姻，追求尊重當事人與家庭和諧

　　此三本愛情戲曲，無疑地將可見到湯顯祖對愛情、婚姻與家庭關係之態度。對於愛情，他強調當事人意願之最重要，此種精神甚爲進步，值得尊敬。《紫簫記》的家長爲鄭六娘，當鮑四娘爲李益來說媒時，六娘的反應是：「女兒小時定人，由在母親。如今長成了，也要與他商量定了，便著櫻桃回話。」這是何等難得的婚姻觀念，「商量」二字表現了對婚姻當事人意願的尊重，必須和女兒商量之後才「回話」。湯氏提出「商量」的觀念，在明代是很難得的，即令今日，亦有弗及之者。

　　再看《紫釵記》所表現的愛情觀，作者安排霍小玉和李益一段拾釵定情的元宵觀燈之遇，更表現當事人彼此的愛情是婚姻的先決條件。鮑四娘來說媒時，亦先尋問霍小玉之意見，再度表現當事人意願爲最重要；然而霍小玉答以「此事須問老夫人」，老夫人則說「婚姻須問女兒情願」，彼此尊重的態度充分表露，湯氏筆下的家庭是一片和諧，此亦其以親情爲「人間至樂」的思想表現。

　　《牡丹亭》杜麗娘生死以之的愛情追尋，同樣呈現以當事人意願爲最重要的婚姻觀念；麗娘的行動表現了「問世間情是何物，直教人生死相許」（元好問詞）的情至思想。尊重與和諧的精神仍存在於《牡丹亭》，麗娘回生之後，

她說「鬼可虛情，人須實禮」，婚姻事要「揚州問過了老相公老夫人，請個媒人方好」，仍表示對「父母之命、媒妁之言」的尊重；因此，杜、柳二人在劇中的「婚走」是「不得已」的。金殿上奉旨團圓，仍看到杜麗娘努力尋求愛情、婚姻與家庭之間的和諧。這正是作者思想精神的體現，愛情以當事人的意願為主，並追求尊重與和諧的家庭關係，湯顯祖的思想若是。杜麗娘在禮教禁錮下不能自由追尋愛情，為之殉命，也顯露出湯氏看到時代現實和心中理想之距離，但他沒有放棄努力於和諧。《牡丹亭》在明代所造成的震憾，即因它既堅持理想，而又不離經叛道。

二、主題思想反映作者人生之經歷

湯顯祖的愛情三劇，幾乎也代表了他人生三部曲。《紫簫記》傳達了他未入仕途的人生思想，愛情與功名為其時二大要事；《紫釵記》充分反映他仕途所感受的權勢逼人；《牡丹亭》則見他更追求心靈自主，由劇作思想將可明白其萬曆二十六年棄官歸里，是符合他人生思想的做法，不是一件意外偶發的事，只是水到渠成罷了。

《紫簫記》撰寫於萬曆四年以前，湯氏尚未踏入仕途，二十多歲的年少情懷，使劇作中呈現一片美好氣息。李益和霍小玉的愛情順利，科考亦順利，又有石雄、尚子毗、花卿等知交情誼，《紫簫記》寫愛情、功名、友情件件圓滿，平順無波的劇情，正是作者單純生活的反映。尤其值得一提的是，除了李益追求功名之外，劇中霍王、杜秋娘、杜黃裳則有出世之決定；即使是李益，亦有充滿淡泊心情的如是曲子：

> 【香柳娘】惹春風鬢絲，惹春風鬢絲，南來北去，飄風泊浪寧由自。
>
> 信人生馬蹄，信人生馬蹄，愁殺路傍兒，紅塵蔽千里。要封侯怎的？
>
> 要封侯怎的？賣藥修琴，浮生一世。

湯顯祖的思想以儒家為主，佛道兼而有之，此第一本劇作中的佛道思想可看到家庭對他早期的人生思想有所影響，已在他心靈深處播下種子。二十多歲之際，竟能有淡泊心聲吐露，這也正是湯氏人格特質之所在；從他一生行事之認真，仕途之不苟看，他顯然不是唯名利是求之人。《紫簫記》同時寫愛情、功名與佛道三事，一則可見其創作之際的關注，二則湯氏看淡名利的人格特質已然見於此第一本劇作。

《紫釵記》主要撰寫於任職南京時，湯氏看盡仕途上「假人」面貌，權

勢逼人之害，《紫釵記》有著化不開的沈鬱，這其實是作者心境的呈現，和前劇的活潑開朗大有異趣。更為現實的遭遇是貧困一事，《紫釵記》極力刻劃讀書人的貧困窘境，這也是湯氏生活中的體驗，清趙翼《廿二史箚記》卷三十二有記明代官俸最薄事，湯顯祖亦自言南都任官，有其經濟上精打細算的考慮。貧窮一事，並不見於前劇，《紫簫記》的李益雖不富有，但亦非窮困之人，如「友集」齣演教坊來歌舞後，李益尚且可以說「青兒，取錦帕銀錢，賞他們去」，劇中沒有金錢困窮之說；但《紫釵記》則大力描寫書生之貧窮，這也是作者仕途上的生活經歷及見聞慨嘆。

《牡丹亭》的撰寫已是貶謫遂昌之際，湯氏本非熱中功名之徒，此際更看淡於此，眼光從外在客觀的現實轉移至內在心靈之追尋。客觀環境既難以改變，內在心靈卻是可以完全自主，不受外力干擾的世界。杜麗娘的精神追尋正表現作者此際之人生思想，也相當程度表現莊子心靈無限的哲學思想觀念。從《牡丹亭》重視自我心靈的劇作思想，則可以明白湯氏在萬曆二十六年棄官之舉，正是這種人生思想的化為行動；在棄官之後三個月，他正式完成此劇，故由《牡丹亭》的劇作思想，可更真切瞭解作者的人生抉擇。

書生貧困的形貌依然出現於《牡丹亭》中，柳夢梅、韓子才、陳最良諸儒生，個個困窮；可知除了未舉功名的年少家居生活外，步入仕途後作者對士人貧困一事有深刻體悟。《紫釵記》與《牡丹亭》均反映讀書人困窘之悲哀，但《牡丹亭》未若前劇之著力於此。

三、取材再創作，由實到虛

《紫簫記》與《紫釵記》取材唐傳奇小說〈霍小玉傳〉，人物多史傳所有。《紫簫記》雖情節異於原傳小說，但其中人物如李益、杜黃裳、花卿、石雄、郝玭、閻朝、杜秋娘、尚綺心、郭娘娘等皆實有其人。《紫釵記》的李益、劉濟、韋夏卿，乃至與盧太尉相關的盧杞，皆為史傳上人物。湯顯祖創作之際，人物形貌有其依據，但亦有其牽絆；尤其生腳李益，作者對之有相當了解，對唐代歷史亦有相當認知，因此描繪人物不能完全自我作主。

《牡丹亭》改取話本故事為藍本，內容已擺脫歷史之限制，人物創作不必顧慮其歷史真實。又架構夢與陰間地府之情節，運用非現實之虛構情境，更可以使創作者完全自由地開展其思想意志。王驥德《曲律・雜論第三十九上》言：

> 戲劇之道，出之貴實，而用之貴虛。《明珠》、《浣紗》、《紅拂》、《玉
> 合》，以實而用實者也；《還魂》、「二夢」，以虛而用實者也。以實而
> 用實也易，以虛而用實也難。

吳梅《顧曲麈談》「論作劇法」亦言：

> 用故事，則不可一事蹈虛；用臆造，則一事不可徵實。此則詞家當
> 奉爲科律也。……古今傳奇用故事之最盛者，莫如《桃花扇》，用臆
> 說之最勝者，莫如《牡丹亭》。……《牡丹亭》之杜麗娘，以一夢感
> 情，生死不渝，亦已動人情致。而又寫道院幽媾之悽艷，野店合昏
> 之潦草，無一不出乎人情之外，卻無一不合人情之中。

運用虛構非現實之情節以表達理想，其曲意則「無一不合人情之中」，《牡丹
亭》以虛而用實即在於此「人情之中」。

　　就取材運用上看，《紫簫記》、《紫釵記》作者受史傳人物若干拘限，《牡
丹亭》則完全自主運用其巧思，即令其中有李全亂事之情節，亦非南宋初年
抗金之李全，已不爲史實所限。善於用虛，爲《牡丹亭》情節結構最巧妙處，
其曲意正藉虛而非實之夢與還魂事來展現，用以道現實之不可，寫現實之不
能，「虛」之妙用在此，作者藝術創作技巧之進步亦由此見。

四、三劇六夢與作者之夢經驗相關

　　《紫簫記》寫了一個夢，《紫釵記》有三個夢，《牡丹亭》則有二個關鍵
劇情的夢。湯顯祖擅長寫夢，夢在情節上的運用及其思想上象徵的意義，三
劇皆見精彩有致。

　　《紫簫記》的夢境在第十一齣「下定」，李十郎等待鮑四娘說媒之音信未
回。此際，他翻閱《昭明文選》第十九卷的〈高唐賦〉、〈神女賦〉、〈好色賦〉、
〈洛神賦〉，想到「由來才子，都是這般有情」，就在這般情境下，他做下一
個雲雨之夢；夢境被來訪的櫻桃打破，李十郎敘述其夢：

> 〔李即驚醒介〕呀！恰睡著，有一佳人，貌甚奇麗，含笑含嚬，如來
> 如去，在咱眼前回顧，青衣向前相訊。正交接間，只聽得紅蕉摔雨，
> 翠竹敲風，原來就是陽臺一夢。真個夢裏不知身是客，醒來那辨雨
> 爲雲。原來不是雨打風敲，卻是人來户響。

李十郎的「陽臺一夢」幾分神似於《牡丹亭》杜麗娘纏綿的雲雨之夢，創作
經驗的發展可以在前後兩個雲雨之夢看到。十郎夢境較爲簡單、含蓄，又夢

中「青衣」，依敦煌遺書《解夢書》之說：「夢見著青衣者，得官。」夢中「青衣」或亦代表十郎心中渴求功名之潛意識反映於夢中。《紫簫記》此夢無關情節發展，但有人物心理刻劃之作用。

《紫釵記》的三個夢境寫在「榮歸燕喜」、「女俠輕財」及「曉窗圓夢」；前二齣之夢以霍小玉懷念十郎之心情為主，有所思故入夢來。「曉窗圓夢」為小玉夢黃衣人遞與小鞋，此夢對劇情發展具有預兆之作用，和前二夢主心理刻劃者不同。《紫釵記》的夢境前文已有專節論述，此從略。

《牡丹亭》的二個夢境寫在「言懷」及「驚夢」，前者為柳生夢見梅花樹下之美人，並說「遇俺方有姻緣之分，發跡之期」，此夢固可代表人物心理追求婚姻與功名之潛意識；更重要的作用在情節發展上，《牡丹亭》的創作方法是以虛為實，柳夢梅的夢境關涉劇情發展。此夢和杜麗娘春容畫上題詩之「他年傍得蟾宮客，不在梅邊在柳邊」，前後相銜，創作出「敢則是夢魂中真個」的情境。柳生與杜麗娘「幽媾」情節也就在這種姻緣前定的情節安排下發展，柳生之夢有其象徵意義及劇情作用。

「驚夢」則為杜麗娘的雲雨之夢，夢前情境相似於《紫簫記》，做夢之前，其人皆蕩漾著春情之思，故有綺旋夢境。但前述幾個夢皆由做夢之人口述，唯麗娘之「驚夢」則演柳生上場來，有一段彷如真實的夢境搬演，凸顯「以虛為實」的象徵意義，後來的《南柯夢記》、《邯鄲夢記》可說是在此基礎上擴大發展而來。

《牡丹亭》的二個夢境呈現「情至」之主旨，也具有使柳生和杜麗娘結合的情節作用，麗娘一夢而亡，生死以之地追尋夢中持柳書生，柳生則夢想著梅樹下佳人，兩人之夢境架構出一段人鬼姻緣，情節作用甚大。

湯氏愛情三劇總共有六個夢境描述，後三個夢已由前三個刻劃人物思情較為單純的心理之夢，轉為預兆及架構劇情之夢，藝術技巧之進步有目共睹。夢境的以虛作實，也與作者對夢之瞭解相應，從湯氏詩集中若干寫夢的詩篇看，他是頗相信夢兆的；詩題涉「夢」者有下列十六首：

1. 〈與謝獻可。獻可吾師徐子拂之子之才婿也，就讀東縣，夢余有寄。乃昆友可朝寶蓋去，一宅清齋。獻可忽來商揚鴻寶之事，取阿難華嚴經而去，即事贈之〉，寫謝獻可因夢而來。

2. 〈赴師生夢作〉，其序言「夢生於情，情生於適」，他相信夢境為真，詩云：「夢與形骸真」。此夢前文有引述。

3. 〈辛卯夏謫尉雷陽，歸自南都，痁瘧甚。夢如破屋中月光細碎黯淡，覺自身長僅尺，摸索門戶，急不可得。忽家尊一喚，霍然汗醒二首〉，詩題對夢境有一番描述，其病中惡夢，幸賴父親喚回，否則恐怕要「炎海更招魂」；他視夢如真。

4. 〈甲午秋在平昌夢遷石阡守，并為兒蘧夢得玉床，自占石不易阡，素床豈秋兆，漫志之〉，對於夢床之事有所猜測，亦見其相信夢兆。

5. 〈遺夢〉，為萬曆二十六年家居之夢，將夢寫成詩篇，「幽意偶隨春夢蝶，生涯真作武陵漁」心境如是。

6. 〈夢覺篇〉並序，寫夢見達觀寄書來，他以夢為真：

戊戌歲除，達公過我江樓，弔石門禪，登從姑哭明德先生往反。己亥上元，別吳本如明府去棲鑪峰，別予章門。予歸，春中望夕寢于內後，夜夢床頭一女奴，明媚甚。戲取畫梅裙著之。忽報達公書從九江來，開視則剉成小冊也。大意本原色觸之事，不甚記。記其末有大覺二字，又親書海若士三字。起而敬志之。公舊呼予寸虛，此度呼予廣虛也。

花朝風雨深，同人醉三市。尋常獨眠睡，此夜興偶爾。
雞鳴床帳前，何得小皓齒？瘦生巧言笑，青衣乃裙綺。
窺帷映窗旭，歷爍如可喜。忽忽堂上音，云是達公使。
有書似剉剚，印以金粟紙。裝縹若禪夾，璘璨字盈指。
床頭就披盥，開讀不及几。似言空有真，并究色無始。
送末有弘願，相與大覺此。向後指輪筆，自書海若士。
如癡復如覺，覽竟自驚起。達公今何處？宛自宮亭止。
起念在一微，九江有千里。達公雖心通，何得便飛耳！
感此重恩念，淚如花墜蕊。中觀誠淺悟，大覺有深旨。
瓶破烏須飛，薪窮火將徙。骷髏半百歲，猶自不知死。
頂禮雙足尊，回旋寸虛子。（詩文集卷十四）

此後，湯氏以「海若士」為號，可知他看重夢事，視之如真。「如癡復如覺，覽竟自驚起」，夢與真實自然連貫；夢耶，真耶，對湯氏而言已無區分。

7. 〈丁未夏初，雨夜夢見右武，悽然之色，哽咽有言，記之〉，丁右武為湯氏至友，二人同年生、又同年舉試，交誼匪淺。詩題已述夢中所見，湯氏誠摯真情亦由其夢得知。

8. 〈丁未浴佛日，夢蘧兒持書頗樂，且語地下成進士，嘆笑久之，覺而成句〉，這是一個特別的夢，夢見其已逝的長子在地下中進士；「嘆笑」二字，包含多少複雜心情，士蘧的早逝，是湯顯祖心中永遠的痛。其詩云：

萬卷都拋作紙錢，傷心才在數人前。黃泉尚有書生業，同學誰登第六天。（詩文集卷十六）

9. 〈戊申首夏初夕，夢為何國長恐懼搜索，背人作書生誦哀公問政章，醒而成韻〉，戊申為萬曆三十六年（1608），這是個不愉快的恐懼之夢。

10. 〈庚戌初夏夢侍漳浦朱澹翁尚書奉常〉，庚戌為萬曆三十八年，此年朱澹翁卒，朱氏於萬曆十五、六年任南京太常卿，湯顯祖為其部屬。詩云：「二十年來才一夢，牡丹相向後堂中」，湯氏聞朱氏卒，故有此夢；蓋至情之人總會因情成夢。

11. 〈夢回〉，記其夢，詩云「醒時心換醉時心」，醉醒之間，其心如一也。

12. 〈五日夢梅客生如秣陵競渡時二首〉，為思念友人詩，言「五日更頭思夢深」，說道「夢中還有好顏色」，夢境歷歷在目。

13. 〈夢惟審如送粵行時別淚二首〉，帥機（惟審）是湯顯祖忘年至交，《紫釵記》完成時，湯氏曾言要送與帥生幽賞，思念深長，二人至深交誼每見於湯氏詩文。此詩云：

半百忘年好弟兄，笑談魂夢覺平生。

自從痛別東堂後，三市五峰何處行？

死友吾生更不聞，似存華屋氣紛紜。

羅浮夢斷無人笑，殘月蒼蒼說似君。（詩文集卷十八）

「三市五峰」皆昔日共聚之處，今則何處可行？皆因惟審不在故；「殘月蒼蒼說似君」，情親見君，一一寫向詩中，實至情之詩。

14. 〈夢亭〉，詩云：「知向夢中來，好向夢中去。來去夢亭中，知醒在何處。」有人生如夢的想法。《牡丹亭》柳生寫梅樹下美人而改名夢梅，有言「正是：夢短夢長俱是夢，年來年去是何年」，意同此詩。

15. 〈夢譚見日祁羡仲韓博羅區海目如昔日下第出長安，潞河雪舟言別成韻，後絕余和者，羡仲拋盞落地，愴然罷起，覺而紀之二首〉，為紀夢

之詩，詩題每敘其夢中景況甚詳。

16. 〈玄都曉夢〉，寫夢後之思，其言「好懷幽夢亦相隨」，認爲夢與心境
    相隨。

　　從以上十六首詩題有「夢」之詩觀看，可瞭解湯氏之夢經驗，他相信夢，
也常常有「因情成夢」之事，帥機、士蘧、達觀、丁右武等情感甚深之人均
入其夢，即爲一證。詩題每多夢境之描述，其善長寫夢已可由此見到端倪。
湯顯祖在〈復甘義麓〉書有言「因情成夢，因夢成戲」，一語道出其對「夢」
所持態度，「因情成夢」，已可從其詩作見之，「因夢成戲」更可明白其戲曲創
作乃藉夢表達「情至」曲意。非現實的夢境，更可自由無拘束的表露心中理
想，瞭解湯氏的夢經驗及認知，將可更清楚其創作中的夢境描寫。

五、腳色分配與上場之安排更臻完善

　　愛情三劇在腳色分配上，湯顯祖有明顯變化與進步，《紫簫記》全以人名
爲稱，未見腳色分配；《紫釵記》作了部分人物之腳色分配，包括生、旦、老
旦、淨、外、末、丑、雜等，但非所有上場之人物均有所分配。《牡丹亭》九
十個上場人物，作者全部加以分配腳色，並比《紫釵記》多了「貼」的腳色，
由此知作者對表演一事更爲注重。

　　若以劇中男女主腳上場齣次之比例及連續上場之情況加以比較，又可見
《牡丹亭》有更完善之安排。試將三劇生旦上場情況各列一表比較其不同：

項目　劇名	生腳上場齣次	占全劇比例	連續三齣以上者
紫簫記	十九齣次	55.88%	14 15 16 17、19 20 21 22、24 25 26
紫釵記	二十八齣次	52.83%	12 13 14、16 17 18、23 24 25 26.、50 51 52 53
牡丹亭	二十一齣次	38.18%	無

項目　劇名	旦腳上場齣次	占全劇比例	連續三齣以上者
紫簫記	十四齣次	41.18%	15.16.17.18.19. 20
紫釵記	二十二齣次	41.51%	23.24.25
牡丹亭	十九齣次	34.55%	無

　　由上列二表可見在《紫簫記》與《紫釵記》中，生旦腳色之戲份均甚重，連續上場情況較多，《紫簫記》的霍小玉竟有連上六齣次的情形。《紫釵記》長達五十三齣，其連續上場之情況比起僅三十四齣的《紫簫記》，顯然比例已減低；《牡丹亭》則運用更多腳色來穿插於生旦中，即使連續二齣上場亦不多，生腳有四處（二十一、二十二，三十二、三十三，三十五、三十六，四十九、五十等齣），旦腳僅二處（二十七、二十八，五十四、五十五等齣），可見作者在情節、人物之安排上更為靈活，更適合搬演。

六、愛情三劇各有所長

　　湯顯祖的五本劇作中，《紫簫記》最未受到仔細評論，其佳處亦掩而不為人見。就曲文言，《紫簫記》是湯氏劇作中最為穠麗的一本，此亦反映其早期學習六朝文所受的影響。試以李十郎上場第一支曲子〔珍珠簾〕為例，見《紫簫記》與《紫釵記》風格之異：

> 【珍珠簾】〔李十郎上〕春明曉燦青帝瑞，臨東觀，雲氣光華重旦。
> 紅日麗長安，人傍靈臺風轉。芳椒今已獻慶元，會萬年觴滿。綵勝
> 出宮花，柳色青袍欲換。（《紫簫記》）

> 【珍珠簾】〔生上〕十年映雪圖南運，天池浚，兀自守泥塗清困。獻
> 賦與論文，堪咳唾風雲。羈旅消魂寒色裏，悄門庭報春相問；才情
> 到幾分？這心期占，今春似穩。（《紫釵記》）

前者穠麗，後者自然，各有其美；然《紫釵記》既烹鍊又自然的曲詞，顯見文字造詣之進步。

　　此外，《紫簫記》賓白多，因而使劇作顯得較為活潑多趣，尤其人物得以藉賓白傳其神采；如櫻桃之俏皮可人，小玉莊重中不失其伶俐等等，賓白使《紫簫記》更為靈動有致。若以情節論，則《紫簫記》最是平順無奇，從「衝突」的角度看，《紫簫記》劇情平平推進，缺少跌宕，此或亦因其僅完成前半部戲，後半段應該有較多起伏變化者尚未寫入，正如《紫釵記》的衝突劇情亦要在第二十二齣「權嗔計貶」之後才逐步展開。雖然戲劇情節缺少衝突矛盾之變化，但情節層層推進，針線之細密，又為其勝處，此前文已專論之。《紫簫記》寫霍李愛情頗富趣味，靈動有致，主要便在其人物刻劃之成功，戲曲生動與否最重要在於人物形象上。近人林清奇〈中國戲曲與中國美學〉一文言：

> 中國戲曲的戲劇性，一般不存在於戲劇衝突之中，而存在於人物悲
> 歡離合的命運中。〔註1〕

因此，《紫簫記》雖乏戲劇衝突，在劇中霍小玉、鮑四娘、鄭六娘等人的愛情
離合中，仍充滿了戲劇性。

《紫釵記》有完整的劇情衝突，正反面人物的對立帶來一波波情節變
化，起伏跌宕，此為《紫釵記》較《紫簫記》進步之所在，曲詞較自然，又
為一佳。但作者沈鬱之心境，使《紫釵記》輕鬆之趣味不如前劇，尤其十郎
與小玉成婚前的情節，反面人物尚未加入，作者明顯地減少曲詞賓白之篇
幅，致使劇作關目有柳浪館所評之「呆板」；增加反面人物後，情節始多變
化，仿如倒吃甘蔗。劇情衝突中所表現的「曲意」現實，為《紫釵記》劇作
之特色。

《牡丹亭》有《紫簫記》之「趣」，《紫釵記》之「意」，兼前二劇之長，
進入「神」的境地。運用非現實之夢境，深刻道出禮教禁錮人心之不合理；
妙筆生花，既包含深刻曲意又有豐富之藝術技巧，已達湯顯祖創作之最高境
界。超越生死的情至思想，及一個個生動有致的大小人物，使《牡丹亭》始
終生趣盎然，鮮活引人。

七、兩點看法

其一：許多研究湯顯祖的論文、書籍，總會因湯氏拒絕張居正而科舉不
第，強調二人關係之惡，因而指《紫簫記》有影射張居正者。吾人由湯氏品
格、志節，已知其人之認真、重情，非汲汲功名之徒，湯氏有達觀性情，如
〈癸丑火，書畫盡燬，失去褚蘭亭為歉，思萬乘之力有不能存所寶，亦復了
無恨耳〉詩，此一火燬書籍之憾事，能言「無恨」，見其性情中有「不必然為
我所有」之人生態度；名利之事，他一向未刻意強求，其人之性情如此，則
知誇大張居正事，不符湯公之為人志節。

其二：許多研究者，高舉湯顯祖「抗理」之旗幟，使其帶著濃重的反叛

〔註1〕林清奇，〈中國戲曲與中國美學〉文中認為：「戲曲要表現人物新奇曲折的命
　　　　運，也就必然有衝突。但是中國戲曲的獨特之處在於，它並不著重展示這種
　　　　衝突本身，並不像歐美話劇那樣，按照開端、發展、高潮、結局的順序，從
　　　　頭到尾表現衝突的全過程，而是把衝突當作展開戲劇情境的背景，著重表現
　　　　在這個背景下各種不同人物命運的轉化和情感活動。」見《中華戲曲》第六
　　　　輯，1988年2月號，山西人民出版社，頁210。

色彩。以愛情三劇觀之，湯顯祖「主情」思想可以無疑，「抗理」則有待商榷。在〈沈氏弋說序〉文中他曾說：「事固有理至而勢違，勢合而情反，情在而理亡」，觀察事理，湯氏抱持不偏執一端的基本態度；回至作者本身去瞭解，湯顯祖強調真情至性，他的思想仍屬儒家傳統者，其人孝親、愛子、重視倫理，實為溫厚其性之人，故凸顯「抗」字有失湯公性情之本真。《牡丹亭》仍追求家庭之和諧，口未出惡言，反對的是拘禁人性本真之禮教，論者所言「抗理」二字過於含糊，和湯顯祖之性情為人，亦不切合。《牡丹亭》劇作思想中所反對的是迂腐的禮教，尤其不准婦女舒展其個人意願，勉強限制其心靈等不合理作法。〈題詞〉所云「理之所無」，當指劇中還魂、回生等涉妖孽事，為人世所無之「事理」，但卻是「人情」之所有，強調心靈世界是可以自主的，方寸之地，操之在我。然而，唯有「真情至性」之人，方知真理之所在，有情之人，豈為無理者？情理並非對立，甚且是相得益彰者！有真情之人乃可守其真理，貞定不移，如湯顯祖即是，他一生「認真」，為真情之人，其「根性已定」，心中自有透徹之事理，不隨風傾倒。其實，真情不虛偽之人乃能明白真理所在，情與理豈相悖哉！

　　前述七點為本論文之綜合心得，其餘各劇之分析探論，具見各章節中。

參考書目

本論文之參考書目，主要分爲專著、學位論文、期刊論文三部分。專著部分包含（一）湯顯祖作品及專著；（二）史料；（三）文學史、戲曲史；（四）劇作、曲論；（五）筆記小說；（六）別集；（七）專論；（八）資料彙編等。以類相從，同類再略依出版年月之先後爲序。

一、專　著

（一）

1. 湯顯祖撰，《新刻出像點板音註李十郎紫簫記》，明富春堂刊本。
2. 湯顯祖撰，《柳浪館批評玉茗堂紫釵記》，明柳浪館本。
3. 湯顯祖撰，《牡丹亭》，明朱墨刊本。
4. 湯顯祖撰，《南柯夢》，明萬曆間刻本。
5. 湯顯祖撰，《邯鄲夢記》，明天啓間刊本。
6. 徐朔方箋校，《湯顯祖集》（詩文集），洪氏出版社，民國 64 年 3 月 1 日。
7. 錢南揚校點，《湯顯祖集》（戲曲集），里仁書局，民國 70 年 11 月。
8. 湯顯祖著，徐朔方、楊笑梅校注，《牡丹亭》，人民文學出版社，1993 年。
9. 徐朔方，《湯顯祖年譜》，中華書局。
10. 龔重謨，《湯顯祖傳》，江西人民出版社，1986 年。
11. 黃芝岡，《湯顯祖編年評傳》，北京中國戲劇出版社，1992 年 8 月一版。
12. 徐朔方，《湯顯祖評傳》，南京大學出版社，1993 年一版。
13. 侯外盧，《論湯顯祖劇作四種》，北京中國戲劇出版社，1962 年。

14. 毛效同編,《湯顯祖研究資料彙編》,上海古籍出版社,1986 年一版。

15. 徐扶明,《牡丹亭研究資料考釋》,上海古籍出版社,1987 年一版。

16. 周育德,《湯顯祖論稿》,北京文化藝術出版社,1991 年一版。

17. 徐朔方,《論湯顯祖及其他》,上海古籍出版社,1983 年一版。

18. 梁冰枏,《紫簫記與紫釵記兩劇的比較研究》,台南友寧出版社,民國 77 年 2 月版。

19. 徐扶明,《湯顯祖與牡丹亭》,上海古籍出版社,1993 年 11 月一版。

20. 費海磯,《湯顯祖傳記之研究》,台灣商務印書館,民國 63 年 5 月初版。

21. 江西省文學藝術研究所編,《湯顯祖研究論文集》,中國戲劇出版社,1984 年。

(二)

1. 唐·房玄齡等,《晉書》,台北鼎文書局,民國 72 年 7 月四版。

2. 唐·李延壽,《南史》,台北鼎文書局,民國 74 年 3 月四版。

3. 後晉·劉昫等,《舊唐書》,台北鼎文書局,民國 74 年 3 月四版。

4. 宋·歐陽修等撰,《新唐書》,台北鼎文書局,民國 74 年 2 月四版。

5. 元·托克托等,《宋史》,台北鼎文書局,民國 67 年 9 月一版。

6. 元·托克托等,《金史》,台北鼎文書局,民國 69 年。

7. 清·張廷玉等,《明史》,台北鼎文書局,民國 71 年 11 月四版。

8. 元·馬端臨,《文獻通考》,新文豐出版社。

9. 宋·鄭樵,《通志》,景印文淵閣四庫全書本。

10. 宋·王溥等,《唐會要》,世界書局,民國 57 年。

11. 明·陳邦瞻,《宋史紀事本末》,三民書局,民國 62 年 4 月再版。

12. 清·谷應泰,《明史紀事本末》,三民書局印行,民國 74 年 9 月再版。

13. 清·趙翼,《廿二史箚記》,世界書局,民國 57 年 9 月四版。

14. 陳寅恪,《唐代政治史論稿》,商務印書館。

15. 黃彰健編著,《明代律例彙編》,中央研究院歷史語言研究所出版,民國 68 年 3 月。

16. 王道成,《科舉史話》,國文天地出版社,民國 79 年 3 月初版。

17. 黃新憲,《中國考試發展史略》,福建人民出版社,1992 年 8 月一版。

18. 劉虹,《中國選士制度史》,湖南教育出版社,1992 年 9 月一版。

19. 溫功義,《明代的宦官和宮廷》,重慶出版社,1989 年 3 月一版。

20. 朱子彥、陳生民,《朋黨政治研究》,上海華東師範大學出版社,1992 年 3 月一版。

21. 衛建林，《明代宦官政治》，山西人民出版社，1991 年 11 月一版。

22. 袁庭棟，《古代職官漫話》，成都巴蜀書社，1992 年 2 月二版。

23. 江西省社會科學院歷史研究所編，《嚴嵩與明代政治》，上海社會科學院出版社，1989 年 12 月一版。

24. 黃仁宇，《萬曆十五年》，食貨出版社，民國 82 年 5 月 23 日版。

（三）

1. 劉大杰，《中國文學發達史》，台灣中華書局，民國 63 年 2 月台五版。

2. 鄭振鐸，《插圖本中國文學史》，作家出版社，1988 年版。

3. 錢基博，《明代文學》，台灣商務印書館，民國 73 年 4 月二版。

4. 中華文化復興運動推行委員會編，《中國文學講話》（九）明代文學，巨流圖書出版，民國 77 年 3 月二版。

5. 葉慶炳，《中國文學史》，台灣學生書局出版，民國 79 年 9 月二版。

6. 吳志達，《明清文學史》，武漢大學出版社，1991 年 12 月一版。

7. 趙景雲、何賢鋒著，《中國明代文學史》，北京人民出版社，1994 年 4 月一版。

8. 譚帆、陸煒，《中國古典戲劇理論史》，北京中國社會科學出版社，1993 年 4 月一版。

9. 吳國欽，《中國戲曲史漫話》，木鐸出版社。

10. 日·青木正兒，《中國近世戲曲史》，台灣商務印書館，民國 65 年 10 月台三版。

11. 盧冀野，《中國戲劇論》，台北清流出版社，民國 65 年 12 月三版。

12. 錢南揚，《戲文概論》，台北木鐸出版社，民國 71 年 2 月初版。

13. 吳國欽，《中國戲曲史漫話》，木鐸出版社，民國 72 年 8 月初版。

14. 張庚、郭漢城，《中國戲曲通史》，台北丹清圖書有限公司，民國 75 年台一版。

15. 周續賡、張燕瑾、董興文，《中國古代戲曲十九講》，北京出版社，1986 年 2 月一版。

16. 唐文標，《中國古代戲劇史》，北京中國戲劇出版社，1986 年 8 月二版。

17. 沈達人、顏長珂主編，《古典戲曲十講》，北京中華書局出版，1989 年 8 月一版。

18. 朱存樸、曾慶全，《明清傳奇概說》，板橋滄浪出版社，民國 76 年 2 月。

19. 葉長海，《中國戲劇史稿》，板橋駱駝出版社，民國 76 年 8 月。

20. 盧前，《明清戲曲史》，台灣商務印書館，民國 77 年 6 月台三版。

21. 陳竹，《明清言情劇作學史稿》，武昌華中師範大學出版社，1991 年 8 月

一版。

22. 胡忌、劉致中,《崑劇發展史》,北京中國戲劇出版社,1989 年 6 月一版。

23. 王永健,《明清傳奇》,江蘇教育出版社,1989 年 11 月一版。

24. 張庚、郭漢城主編,《中國戲曲通論》,上海文藝出版社,1993 年 11 月二版。

25. 張燕瑾,《中國戲劇史》,台北文津出版社,民國 82 年 7 月一版。

26. 余從、周育德、金水,《中國戲曲史略》,北京人民音樂出版社,1993 年 12 月一版。

27. 許金榜,《中國戲曲文學史》,北京中國文學出版社,1994 年 5 月。

28. 曾永義,《明雜劇概論》,學海出版社印行,民國 68 年 4 月初版。

29. 盧元駿,《曲學》,台北黎明文化事業股份有限公司,民國 69 年初版。

30. 李昌集,《中國古代散曲史》,上海華東師範大學出版社,1991 年 8 月一版。

31. 羊春秋,《散曲通論》,長沙岳麓書社,1992 年 12 月一版。

32. 周樹人,《中國小說史》,谷風出版社。

33. 王運熙、顧易生主編,《中國文學批評史》,上海古籍出版社,1991 年 4 月四版。

34. 朱維之,《中國文藝思潮史稿》,天津南開大學出版社,1988 年 4 月一版。

35. 劉再生,《中國古代音樂史簡述》,北京人民音樂出版社,1991 年 6 月二版。

36. 楊建文,《中國古典悲劇史》,湖北武漢出版社,1994 年 4 月一版。

37. 敏澤,《中國美學思想史》,山東齊魯書社出版,1987 年 7 月一版。

38. 范煙橋,《中國小說史》,長安出版社,民國 66 年 9 月台一版。

39. 胡士瑩,《話本小說概論》,丹青圖書出版社,民國 72 年 5 月初版。

40. 劉上生,《中國古代小說藝術史》,湖南師範大學出版社,1993 年 6 月。

41. 羅傳奇、張世俊,《臨川文化史》,廣東高等教育出版社,1993 年 11 月一版。

42. 王書奴,《中國娼妓史》,上海書店,1992 年 1 月一版。

43. 陳顧遠,《中國婚姻史》,上海書店,1992 年 1 月一版。

44. 傅正谷,《中國夢文學史》,北京光明日報出版社,1993 年 5 月初版。

(四)

1. 明・臧晉叔,《元曲選》,中華書局據明刊本校刊。

2. 《全明傳奇》，天一出版社，民國 72 年。

3. 明・毛晉，《六十種曲》，北京中華書局，1982 年二版。

4. 陳萬鼎主編，《全明雜劇》，鼎文書局。

5. 梅鼎祚，《李卓吾先生批評玉合記》，明容與堂本。

6. 鄭之文，《重校旗亭記》，明繼志齋刊本。

7. 朱京藩，《小青娘風流院傳奇》，明德聚堂刊本。

8. 孟稱舜，《節義鴛鴦塚嬌紅記》，明崇禎刊本。

9. 馮夢龍改訂，《墨憨齋重定三會親風流夢》，明墨憨齋刊本。

10. 王季思校注，《西廂記》，河洛圖書出版社，民國 69 年 8 月。

11. 明・徐渭，《四聲猿》，華正書局出版，民國 74 年 6 月初版。

12. 清・蔣士銓，邵海清校注，《臨川夢》，上海古籍出版社，1989 年 5 月。

13. 唐・崔令欽，《教坊記》，收於《中國古典戲曲論著集成》，中國戲劇出版社，1982 年四版，（下同）。

14. 明・徐渭，《南詞敘錄》，收於《中國古典戲曲論著集成》。

15. 明・李開先，《詞謔》，收於《中國古典戲曲論著集成》。

16. 明・何良俊，《曲論》，收於《中國古典戲曲論著集成》。

17. 明・王世貞，《曲藻》，收於《中國古典戲曲論著集成》。

18. 明・王驥德，《曲律》，收於《中國古典戲曲論著集成》。

19. 明・凌濛初，《譚曲雜箚》，收於《中國古典戲曲論著集成》。

20. 明・張琦，《衡曲塵談》，收於《中國古典戲曲論著集成》。

21. 明・沈寵綏，《弦索辨訛》，收於《中國古典戲曲論著集成》。

22. 明・沈寵綏，《度曲須知》，收於《中國古典戲曲論著集成》。

23. 明・祁彪佳，《遠山堂曲品》，收於《中國古典戲曲論著集成》。

24. 明・徐復祚，《三家村老曲談》，收於任中敏編《新曲苑》，中華書局出版。

25. 明・呂天成，《曲品》，收於《中國古典戲曲論著集成》。

26. 清・黃周星，《製曲枝語》，收於《中國古典戲曲論著集成》。

27. 清・黃圖珌，《看山閣集閒筆》，收於《中國古典戲曲論著集成》。

28. 清・李調元，《雨村曲話》，收於《中國古典戲曲論著集成》。

29. 清・焦循，《劇說》，收於《中國古典戲曲論著集成》。

30. 清・梁廷枏，《曲話》，收於《中國古典戲曲論著集成》。

31. 清・楊恩壽，《詞餘叢話》，收於《中國古典戲曲論著集成》。

32. 清・姚燮，《今樂考證》，收於《中國古典戲曲論著集成》。

33. 清・梁紹壬,《兩般秋雨盦曲談》,收於《新曲苑》。

34. 清・陳棟,《北涇草堂曲論》,收於《新曲苑》。

35. 清・吳梅,《霜厓曲跋》,收於《新曲苑》。

36. 王季烈,《螾廬曲談》,商務印書館,民國 17 年。

37. 吳梅,《顧曲麈談》,台灣商務印書館出版,民國 77 年 11 月四版。

38. 明・沈璟原編,鞠通生刪補,《新訂南九宮曲譜》,麗正堂板藏。

39. 明・沈自晉編,《南詞新譜》,學生書局出版。

40. 齊森華,《曲論探勝》,上海華東師範大學出版社,1985 年 4 月一版。

41. 潘之恒,《潘之恒曲話》,北京中國戲劇出版社,1988 年 8 月一版。

42. 夏寫時,《論中國戲劇批評》,濟南齊魯書社,1988 年 10 月一版。

43. 沈堯,《戲曲與戲曲文學論稿》,北京中國戲劇出版社,1986 年 10 月一版。

44. 蔡鐘翔,《中國古典劇論概要》,北京中國人民大學出版社,1988 年 10 月一版。

45. 趙山林,《中國戲曲觀眾學》,上海華東師範出版社,1990 年 6 月一版。

46. 馬也,《戲劇人類學論稿》,北京文化藝術出版社,1993 年 9 月一版。

47. 王季思,《玉輪軒曲論三編》,北京中國戲曲出版社,1988 年 12 月一版。

48. 馬文彬,《中國古典悲劇論》,西安西北大學出版社,1990 年 5 月一版。

49. 張法,《中國文化與悲劇意識》,北京中國人民大學出版社,1989 年 11 月二版。

50. 周國雄,《中國十大古典喜劇論》,廣東暨南大學出版社,1991 年 6 月一版。

51. 王洲明、武潤婷編,《雜劇與傳奇》,山東文藝出版社,1992 年 9 月一版。

52. 趙景深,《元明南戲考略》,北京人民文學出版社,1990 年 10 月一版。

53. 譚霈生,《論戲劇性》,北京大學出版社,1984 年 4 月修訂二版。

54. 劉彥君、廖奔,《中國戲劇的蟬蛻》,北京文化藝術出版社,1989 年 3 月一版。

55. 日・八木澤元,《明代劇作家研究》,台北中新書局有限公司,民國 66 年 4 月初版。

56. 章培恒主編,《十大戲曲家》,上海古籍出版社,1990 年 7 月一版。

57. 徐朔方,《晚明曲家年譜》,浙江古籍出版社,1993 年 12 月一版。

58. 鄧長風,《明清戲曲家考略》,上海古籍出版社,1994 年 12 月一版。

59. 亞里斯多德,傅東華譯,《詩學》,商務印書館。

60. 鄧綏寧，《編劇方法論》，正中書局印行，民國 68 年 10 月初版。

61. 趙如琳譯著，《戲劇藝術之發展及其原理》，東大圖書出版社，民國 66 年 11 月初版。

（五）

1. 唐‧李冗，《獨異志》，稗海本，見藝文印書館百部叢書集成。

2. 唐‧王仁裕，《開元天寶遺事》，收於《筆記小說大觀》，新興書局，民國 70 年 12 月（下同）。

3. 唐‧王定保，《唐摭言》，收於《筆記小說大觀》。

4. 唐‧劉餗，《隋唐嘉話》，收於《筆記小說大觀》。

5. 宋‧羅大經，《鶴林玉露》，收於《筆記小說大觀》。

6. 宋‧郭象，《睽車志》，收於《筆記小說大觀》。

7. 宋‧周密，《齊東野語》，收於《筆記小說大觀》。

8. 宋‧周密，《武林記事》，收於《筆記小說大觀》。

9. 宋‧李昉，《太平廣記》，收於《筆記小說大觀》。

10. 宋‧劉斧，《青瑣高議》，收於《筆記小說大觀》。

11. 宋‧岳珂，《桯史》，收於《筆記小說大觀》。

12. 宋‧王楙，《野客叢書》，收於《筆記小說大觀》。

13. 宋‧趙鼎，《建炎筆錄》，收於《筆記小說大觀》。

14. 宋‧洪邁，《容齋隨筆》，收於《筆記小說大觀》。

15. 宋‧孟元老，《東京夢華錄》，收於《筆記小說大觀》。

16. 宋‧王讜，《唐語林》，收於《筆記小說大觀》。

17. 宋‧張邦幾，《侍兒小名錄拾遺》，稗海本，見藝文印書館百部叢書集成。

18. 宋‧溫豫，《侍兒小名錄續補》，稗海本，見藝文印書館百部叢書集成。

19. 元‧辛文房，《唐才子傳》，收於《筆記小說大觀》。

20. 明‧沈德符，《萬曆野獲編》，扶荔山房本。

21. 明‧謝肇淛，《五雜組》，收於《筆記小說大觀》。

22. 明‧張燧，《千百年眼》，收於《筆記小說大觀》。

23. 明‧胡侍，《真珠船》，收於《筆記小說大觀》。

24. 明‧黃姬水，《貧士傳》，收於《筆記小說大觀》。

25. 明‧陸容，《菽園雜記》，台北廣文書局，民國 59 年 12 月初版。

26. 清‧尤侗，《西堂雜俎》，廣文書局，民國 59 年 12 月。

27. 清‧湯傳楹，《閒餘筆話》，收於《筆記小說大觀》。

28. 清・吳人，《三婦評牡丹亭雜記》，收於《筆記小說大觀》。

29. 清・王應奎，《柳南隨筆》，收於《筆記小說大觀》。

30. 黎烈文編點，《新刊大宋宣和遺事》，世界書局。

（六）

1. 汪辟疆，《唐人傳奇小說集》，世界書局出版社。

2. 明・何大掄輯，《重刻增補燕居筆記》，中央研究院傅斯年圖書館藏。

3. 宋・朱熹，《詩集傳》，台灣中華書局，民國 62 年 3 月台五版。

4. 屈萬里，《尚書釋義》，中國文化大學出版部印行，民國 69 年 6 月。

5. 孫希旦，《禮記集解》，文史哲出版社，民國 62 年 10 月再版。

6. 宋・朱熹集註，蔣伯潛廣解，《孟子》，啓明書局。

7. 錢穆，《莊子纂箋》，東大圖書公司，1989 年版。

8. 梁・昭明太子編，《昭明文選》，文化圖書出版社，民國 64 年 8 月 1 日再版。

9. 趙仲邑譯注，《文心雕龍譯注》，貫雅文化事業有限公司，民國 80 年 5 月。

10. 世界書局，《全上古三代秦漢三國六朝文》，民國 52 年 5 月二版。

11. 《全漢三國晉南北朝詩》，世界書局出版。

12. 盤庚出版社，《全唐詩》，民國 68 年 2 月 15 日一版。

13. 唐孟棨等撰，《本事詩・續本事詩・本事詞》，上海古籍出版社，1991 年 4 月一版。

14. 王亦軍、裴豫敏編註，《李益集註》，甘肅人民出版社，1989 年 12 月。

15. 楊倫編輯，《杜詩鏡銓》，華正書局，民國 64 年 6 月。

16. 唐・韓愈，《韓昌黎文集》，華正書局出版。

17. 龍榆生箋，《東坡樂府箋》，華正書局，民國 63 年 6 月。

18. 元・夏庭芝，《青樓集箋注》，北京中國戲劇出版社，1990 年 10 月一版。

19. 宋・司馬光，《書儀》，文淵閣四庫全書本。

20. 宋・朱熹，《程子語錄》，廣文書局，民國 76 年。

21. 明・宋濂，《宋學士全集》，文淵閣四庫全書本。

22. 明・方孝孺，《遜志齋集》，四部備要本。

23. 葉鈞點註，《傳習錄》，商務印書館，民國 67 年 2 月五版。

24. 明・王艮，《王心齋全集》，廣文書局。

25. 明・張居正，《張文忠公全集》，商務印書館。

26. 明・徐渭，《徐文長二集》，國立中央圖書館編印。

27. 明・徐渭，《徐文長逸稿》，台北長安出版社，民國 64 年 9 月初版。

28. 明・李贄，《焚書》，台北漢京文化事業有限公司。

29. 明・李贄，《藏書》，台北學生書局，民國 63 年 5 月。

30. 明・梅禹金，《鹿裘石室集》，天啓癸亥梅氏玄白堂刊本。

31. 明・釋眞可，《紫柏老人集》，明天啓間于潤甫刊。

32. 明・李贄，《李溫陵集》，文史哲出版社。

33. 明・袁宏道，《袁中郎全集》，世界書局印行，民國 53 年 2 月。

34. 明・張岱，《陶庵夢憶》，新文豐出版社，民國 71 年版。

35. 明・羅洪先，《念庵集》，清文淵閣四庫全書本。

36. 明・馮夢龍編，《明清民歌時調集》，上海古籍出版，1987 年 9 月。

37. 宋・計有功，《唐詩記事》，中華書局，民國 59 年。

38. 明・高棅，《唐詩品彙》，學海出版社，民國 72 年。

39. 清・錢謙益，《列朝詩集小傳》，世界書局，民國 54 年二版。

40. 清・方東樹，《昭昧詹言》，廣文書局，民國 51 年八月。

41. 清・吳喬，《圍爐詩話》，廣文書局，民國 62 年九月。

42. 清・王國維，《人間詞話》，河洛圖書出版社，民國 64 年 10 月。

43. 敏澤撰，《李贄》，萬卷樓圖書有限公司，民國 82 年 6 月初版。

44. 張新建，《徐渭論稿》，北京文化藝術出版社，1990 年 9 月一版。

45. 張建業，《李贄評傳》，福建人民出版社，1992 年 11 月一版。

46. 曹國慶、趙樹貴、劉良群，《嚴嵩評傳》，上海社會科學院出版社，1989 年 8 月一版。

47. 朱東潤，《張居正傳》，湖南海南出版社，1993 年 7 月一版。

（七）

1. 張敬，《明清傳奇導論》，台北華正書局，民國 75 年 10 月。

2. 王安祈，《明代傳奇之劇場及其藝術》，台灣學生書局，民國 75 年 6 月。

3. 馬積高，《宋明理學與文學》，長沙湖南師範大學出版社，1989 年 10 月一版。

4. 郭英德，《明清文人傳奇研究》，台北文津出版社，民國 80 年 1 月出版。

5. 郭英德，《痴情與幻夢》，三聯書店出版，1992 年 6 月一版。

6. 郭英德、過常寶，《明人奇情》，北京師範大學出版社，1993 年 9 月一版。

7. 陳萬益，《晚明小品與明季文人生活》，台北大安出版社，民國 77 年 5 月初版。

8. 夏咸淳，《晚明士風與文學》，中國社會科學出版社，1994 年 7 月一版。

9. 廖可斌，《明代文學復古運動研究》，上海古籍出版社，1994 年 12 月一版。

10. 鄭傳寅，《傳統文化與古典戲曲》，湖北教育出版社，1990 年 8 月一版。

11. 周樹人，《古小說鉤沈》，盤庚出版社，民國 67 年 10 月 15 日一版。

12. 劉開榮，《唐代小說研究》，台灣商務印書館，1964 年 4 月初版。

13. 王夢鷗，《唐人小說研究》，藝文印書館，民國 67 年 10 月。

14. 王夢鷗，《唐人小說校釋》，正中書局，民國 72 年。

15. 吳志達，《唐人傳奇》，群玉堂出版社，民國 80 年 11 月初版。

16. 談鳳梁，《古小說論稿》，杭州浙江古籍出版社，1989 年 2 月一版。

17. 陳寅恪，《元白詩箋證稿》，里仁書局，民國 71 年 9 月。

18. 杜芳琴，《女性觀念的衍變》，河南人民出版社，1988 年 10 月一版。

19. 高國藩，《敦煌古俗與民俗流變》，南京河海大學出版社，1989 年 12 月一版。

20. 李春林，《大團圓》，北京國際文化出版公司，1988 年 10 月一版。

21. 楊子慧、張慶五，《中國歷代的人口與戶籍》，天津教育出版社，1991 年 11 月一版。

22. 延濤、林聲，《中國古代的「士」》，河南人民出版社，1992 年 8 月一版。

23. 周文英等，《江西文化》，瀋陽遼寧教育出版社，1993 年 6 月一版。

24. 李才棟，《江西古代書院研究》，江西教育出版社，1993 年 10 月。

25. 陳永正，《三言二拍的世界》，遠流出版社，民國 78 年 6 月 1 日初版。

26. 冉欲達，《文學描寫技巧》，北京中國青年出版社，1992 年 4 月三版。

27. 嘯馬，《中國古典小說人物審美論》，上海華東師範大學，1990 年 6 月一版。

28. 譚正璧，《話本與古劇》，上海古籍出版社，1985 年 4 月一版。

29. 李澤厚，《美的歷程》，元山書局出版，民國 75 年 8 月。

30. 朱光潛，《文藝心理學》，開明書店出版。

31. 姚一葦，《美的範疇論》，台灣開明書店印行，民國 67 年 9 月初版。

32. 《中國古代美學範疇》，木鐸出版社，民國 76 年 7 月。

33. 周來祥主編，《中國美學主潮》，山東大學出版社，1992 年 6 月。

34. 葉桂剛、王貴元主編，《中國古代十大傳奇賞析》，北京廣播學院出版社，1993 年 2 月一版。

35. 徐培均、范民聲主編，《中國古典名劇鑒賞辭典》，上海古籍出版社，

1993 年 9 月二版。

36. 佛洛依德，賴其萬、符傳孝譯，《夢的解析》，志文出版社，1992 年 8 月二版。

37. 晉・葛洪，葉明鑒編譯，《夢林玄解》，北京朝華出版社，1993 年 1 月初版。

38. 姚偉鈞，《神祕的占夢》，廣西人民出版社，1992 年三版。

39. 洪丕謨、姜玉珍，《夢與生活》，北京中國文聯出版社，1993 年 6 月初版。

40. 曉峰編，《中國圓夢寶典》，西安西北工業大學出版社，1993 年 9 月初版。

41. 焦潤明主編，《中國傳統解夢大全》，瀋陽遼瀋書社，1993 年 5 月初版。

42. 閻勤民，《夢幻世界》，山西教育出版社，1994 年 1 月一版。

43. 王萬莊，《王實甫及其「西廂記」》，長春時代文藝出版社，1990 年 4 月一版。

44. 周樹人，《魯迅全集》，北京人民文學出版社，1989 年四版。

45. 郭紹虞，《照隅室古典文學論集》，丹青圖書出版社，民國 74 年 10 月一版。

46. 葉德均，《戲曲小說叢考》，北京中華書局出版社，1979 年 5 月一版。

47. 曾永義，《中國古典戲劇論集》，聯經出版社，民國 64 年 10 月初版。

48. 曾永義，《說俗文學》，台北聯經出版事業公司，民國 73 年 12 月二版。

49. 曾永義，《詩歌與戲曲》，聯經出版社，民國 77 年 4 月初版。

50. 汪志勇，《說俗說戲》，台北文史哲出版，民國 80 年 1 月。

51. 郭漢城，《戲曲劇目論集》，上海文藝出版社，1981 年 7 月一版。

52. 劉輝，《小說戲曲論集》，台北貫雅文化專業有限公司，民國 81 年 3 月初版。

53. 王季思等，《論古代戲曲詩歌小說》，廣州中山大學出版社，1985 年 3 月一版。

54. 聶石樵、鄧魁英，《古代小說戲曲論叢》，北京中華書局出版，1985 年 5 月。

55. 中國唐代文學會，《唐代文學研究》，山西人民出版社，1988 年 3 月。

56. 德江縣民族事務委員會編選，《儺戲論文選》，貴州民族出版社，1987 年 10 月一版。

57. 美・倪豪士編選，《美國學者論唐代文學》，上海古籍出版社，1994 年 12 月一版。

58. 余冠英等，《古代文學研究集》，北京中國文聯出版社，1985 年 2 月一版。

59. 羅聯添主編,《中國文學史論文選集》,學生書局,民國 68 年 3 月。

60. 中國藝術研究院戲曲研究所編,《中國戲曲理論研究文選》,上海文藝出版社,1985 年 6 月一版。

61. 王季思,《王季思學術論著自選集》,北京師範學院出版,1991 年 8 月。

(八)

1. 清・黃文暘原本,《曲海總目提要》,天津古籍書社影印,1992 年 6 月。

2. 《傳奇彙考》,書目文獻出版社據古今書室刊本影印,1994 年 3 月。

3. 蔡毅,《中國古典戲曲序跋彙編》,濟南齊魯書社,1989 年 10 月一版。

4. 寧宗一、陸林、田桂民,《明代戲劇研究概述》,天津教育出版社,1992 年 8 月一版。

5. 中國藝術研究院編,《中國戲曲研究書目提要》,中國戲劇出版社,1992 年 7 月一版。

6. 侯忠義編,《中國文言小說參考資料》,北京大學出版社,1985 年 4 月一版。

7. 賢文昭編,《中國古代文論類編》,福建海峽文藝出版社,1990 年 12 月一版。

8. 隗芾、吳毓華編,《古典戲曲美學資料集》,北京文化藝術出版社,1992 年 10 月一版。

9. 《文學理論資料彙編》,丹青圖書出版社,民國 77 年再版。

10. 王麗娜編著,《中國古典小說戲曲名著在國外》,上海學林出版社,1988 年 8 月一版。

11. 安平秋、章培恒主編,《中國禁書大觀》,上海文化出版社,1990 年 3 月一版。

12. 郭紹虞主編,《中國歷代文論選》,上海古籍出版社,1990 年 3 月十版。

13. 姜亮夫,《歷代名人年里碑傳總表》,商務印書館,民國 59 年 5 月二版。

14. 吳榮光編,《歷代名人年譜》,上海書店出版,1989 年 10 月一版。

15. 清・永瑢等,《四庫全書總目提要》,商務印書館,民國 74 年 5 月三版。

16. 袁世碩主編,《元曲百科辭典》,山東教育出版社,1989 年 4 月一版。

17. 上海藝術研究所編,《中華戲曲曲藝詞典》,上海辭書出版社,1985 年 2 月三版。

18. 方齡貴主編,《元明戲曲中的蒙古語》,上海漢語大詞典出版社,1991 年 10 月一版。

19. 王鍈、曾明德,《詩詞曲語辭集釋》,北京語文出版社,1991 年 10 月一版。

20. 張習孔、田珏主編,《中國歷史大事編年》,北京出版社,1991 年 3 月二版。

21. 張華主編,《古書情節辭典》,江西教育出版社,1990 年 10 月二版。

22. 杜聯喆輯,《明人自傳文鈔》,藝文印書館,民國 66 年 1 月。

二、學位論文

1. 凌靜濤,《湯顯祖考述》,台灣師範大學國文研究所碩士論文,民國 63 年。

2. 宋丹昂,《湯顯祖與牡丹亭還魂記》,台灣大學中文研究所碩士論文,民國 54 年。

3. 潘群英,《湯顯祖牡丹亭考述》,政治大學中文研究所碩士論文,民國 56 年。

4. 楊振良,《牡丹亭研究》,台灣師範大學國文研究所博士論文,民國 77 年。

5. 呂凱,《湯顯祖南柯記考述》,政治大學中文研究所碩士論文,民國 58 年。

6. 姜姈妹,《湯顯祖邯鄲夢記研究》,台灣師範大學國文研究所碩士論文,民國 78 年。

7. 盧惠淑,《枕中記、南柯太守傳與邯鄲記、南柯記之比較研究》,台灣師範大學國文研究所博士論文,民國 77 年。

三、期刊論文

1. 俞為民,〈明代曲論中的本色論〉,《中華戲曲》第一輯,山西人民出版社。

2. 俞為民,〈宋元婚變戲與明代的翻案戲〉,《中華戲曲》第二輯,山西人民出版社。

3. 葉明生,〈試論軍儺及其藝術形態〉,《中華戲曲》第六輯,山西人民出版社。

4. 周華斌,〈商周古面具和方相氏驅鬼〉,《中華戲曲》第六輯,山西人民出版社。

5. 林清奇,〈中國戲曲與中國美學〉,《中華戲曲》第六輯,山西人民出版社。

6. 延保全,〈古代鬼魂戲美學特徵初探〉,《中華戲曲》第六輯,山西人民出版社。

7. 譚源材,〈綜論古典戲曲理論中的人物論〉,《中華戲曲》第六輯,山西人民出版社。

8. 庹修明,〈貴州儺戲的生態環境〉,《中華戲曲》第十二輯,山西人民出版社。

9. 毛禮鎂、流沙，〈江西的跳儺與儺戲〉，《中華戲曲》第十二輯，山西人民出版社。

10. 薛若鄰，〈關索的由來和關索戲的緣起〉，《中華戲曲》第十二輯，山西人民出版社。

11. 張增元，〈李開先曲論初探〉，《中華戲曲》第十四輯，山西人民出版社。

12. 余大喜，〈贛儺二題〉，《中華戲曲》第十四輯，山西人民出版社。

13. 吳國欽，〈改革派・創新家・開拓者——論湯顯祖〉，《中華戲曲》第十四輯，山西人民出版社。

14. 馮俊杰，〈鄭光祖雜劇三題〉，《中華戲曲》第十四輯，山西人民出版社。

15. 俞為民，〈明代戲曲創作傾向的變遷〉，《中華戲曲》第十四輯，山西人民出版社。

16. 周續賡，〈關於湯劇的改編演出及其他〉，《戲曲研究》第二十四輯，北京文化藝術出版，1987 年 12 月。

17. 郭英德、李真瑜，〈論湯顯祖文化意識的悲劇衝突〉，《戲曲研究》第二十四輯，文化藝術出版社。

18. 吳錫澤，〈玉茗四夢的作者與作品〉，《東方雜誌復刊》第五卷第十二期，1973 年 6 月。

19. 徐朔方，〈湯顯祖的思想發展和他的四夢〉，《戲曲研究》第九輯，文化藝術出版社。

20. 張清華，〈湯顯祖五傳創作思想淺探〉，《學術研究輯刊》第二期，1980 年。

21. 萬斌生，〈淺談臨川四夢的非佛道思想〉，《江西大學學報》（社會科學版）第二期，1982 年。

22. 王季思，〈怎樣探索湯顯祖的曲意〉，《文學評論》第三期，1963 年。

23. 徐作聖，〈湯顯祖的玉茗堂四夢〉，《藝文誌》第七十九期。

24. 徐朔方，〈湯顯祖和晚明文藝思潮〉，收於《湯顯祖研究論文集》，中國戲劇出版社，1984 年（下同）。

25. 錢英郁，〈湯顯祖的創作道路〉，收於《湯顯祖研究論文集》。

26. 黃文錫，〈論湯顯祖創作思想的發展〉，收於《湯顯祖研究論文集》。

27. 蔣星煜，〈湯顯祖對張居正之認識及其在劇作中的曲折反映〉，收於《湯顯祖研究論文集》。

28. 樓宇烈，〈湯顯祖哲學思想初探〉，收於《湯顯祖研究論文集》。

29. 陳仰民，〈臨川四夢中真善美的統一〉，收於《湯顯祖研究論文集》。

30. 王永健，〈玉茗堂派初探〉，收於《湯顯祖研究論文集》。

31. 彭德緯、錢貴成，〈酌奇而不失其真，玩華而不墜其實——簡論湯顯祖劇

詩中的心理描寫〉，收於《湯顯祖研究論文集》。

32. 范國明，〈湯顯祖創作思想管見〉，《國際關係學院學報》第四期，1992年。

33. 黃仁生，〈論「臨川四夢」關於人的哲學思考〉，《江西師範大學學報》（哲學社會科學版）第三期，1987年。

34. 王煜，〈湯顯祖的儒釋道三向〉，《中國文化月刊》第一一二期，民國 78年2月。

35. 呂凱，〈湯顯祖邯鄲記的道化思想和明代中葉以後之社會〉，《漢學研究》六卷一期，民國77年6月。

36. 夏志清，〈湯顯祖筆下的時間與人生〉，《純文學》第一卷第三期，民國56年3月。

37. 孫小英，〈由湯顯祖的文學觀看其曲論〉，《華夏學報》第六期，民國 67年5月。

38. 葉長海，〈沈璟曲學辯爭錄〉，《文學遺產》，1981年3月。

39. 龍華，〈湯顯祖的戲劇理論〉，《古代文學理論研究叢刊》第六輯，上海古籍出版社，1982年9月。

40. 王政，〈論臨川派的戲曲美學理論〉，《古代文學理論研究叢刊》第九輯。

41. 周育德，〈湯顯祖文藝思想初探〉，《江西師院學報》（哲學社會科學版）第一期，1982年。

42. 藍凡，〈湯顯祖的戲曲美學思想〉，《江西大學學報》（社會科學版）第二期，1982年。

43. 曾永義，〈論說「拗折天下人嗓子」〉，收於《王叔岷先生八十壽慶論文集》，民國82年6月。

44. 高宇，〈我國導演學的拓荒人湯顯祖〉，《戲劇藝術》第一期，1979年。

45. 蔡孟珍，〈湯顯祖「拗折天下人嗓子」質疑──兼談牡丹亭的腔調問題〉，《教學與研究》第十六期，民國83年6月。

46. 饒龍隼，〈論湯顯祖的二重文學觀〉，《江西社會科學》第一期，1991年。

47. 楊忠，〈湯顯祖心目中的情與理〉，《中國典籍與文化》第三期，1993年。

48. 龔重謨，〈也談湯顯祖的「情」〉，《海南師院學報》第六卷第三期，1993年第三期。

49. 華瑋，〈世間只有情難訴──試論湯顯祖的情觀與他劇作的關係〉，《大陸雜誌》八十六卷第六期，民國82年6月。

50. 孫玫，〈湯顯祖愛情劇一解〉，《蘇州大學學報》（哲學社會科學版）第二期，1985年。

51. 金丹元，〈論明清時期的藝術審美思維〉，《上海社會科學院學術季刊》第

四期，1994 年。

52. 萬斌生，〈湯顯祖忠君思想之衍變及湯劇皇帝形象〉，《江西社會科學》第十期，1994 年。

53. 劉清陽，〈從民間歌謠看明清之際人民的反禮教思潮〉，《西北大學學報》（哲學社會科學版）第四期，1993 年。

54. 闕真，〈論元代愛情四大愛情劇的大團圓結局〉，《廣西師範大學學報》（哲社版）第四期，1992 年。

55. 程遙，〈論唐代愛情婚姻小說的道德理想〉，《遼寧大學學報》（哲學社會版）第三期，1992 年。

56. 周紹良，〈〈霍小玉傳〉箋證〉，《文學遺產》第二期，1986 年。

57. 萬斌生，〈從〈霍小玉傳〉到《紫釵記》的得失〉，收於《湯顯祖研究論文集》。

58. 吳俐雯，〈鮑蘸血淚寫平康──〈霍小玉傳〉探析〉，《大陸雜誌》八十五卷第五期，民國 81 年 11 月。

59. 劉坤儀，〈論〈霍小玉傳〉悲劇結局的必然性〉，《中外文學》十五卷第九期，民國 76 年 2 月。

60. 羅秋昭，〈湯顯祖的《紫簫記》與《紫釵記》〉，《台北師專學報》十四期，民國 76 年 6 月。

61. 朱昆槐，〈一篇不平凡的唐朝小說〈霍小玉傳〉試評〉，《現代文學》四十四期，民國 60 年 9 月。

62. 王夢鷗，〈〈霍小玉傳〉之作者及故事背景〉，《書目季刊》第七卷第一期，民國 61 年 9 月。

63. 峽谷，〈霍小玉傳奇始末〉，《今日中國》第三十二期，民國 62 年 12 月。

64. 傅錫壬，〈試探蔣防霍小玉傳的創作動機〉，《古典文學》第二集，民國 69 年 12 月。

65. 王夢鷗，〈霍小玉傳之作者及其寫作動機〉，《政治大學學報》第十九期。

66. 卞孝萱，〈霍小玉傳是早期牛李黨爭的產物〉，《社會科學戰線》第二期，1986 年。

67. 唐異明，〈讀霍小玉傳，兼論鶯鶯傳及李娃傳〉，《文學遺產》第三期，1983 年。

68. 段啓明，〈《紫簫記》散論〉，《西南師範學院學報》第一期，1984 年。

69. 陳宗琳，〈《紫釵記》淺析──談湯顯祖對〈霍小玉傳〉的改造〉，《貴州大學學報》第四期，1987 年。

70. 姚品文，〈《紫釵記》思想初探〉，《江西師院學報》（哲學社會科學版）第三期，1983 年。

71. 王河，〈從《紫釵記》到《牡丹亭》──湯顯祖創作思想的飛躍〉，《江西社會科學》第五期，1983年。

72. 吳小如，〈關於《牡丹亭》的幾件小事〉，收於《湯顯祖研究論文集》。

73. 何寅，〈再說《牡丹亭》〉，《山西師大學報》（社會科學版）第二十一卷第二期，1994年4月。

74. 李正民，〈略論《牡丹亭》和《哈姆萊特》〉，《中華戲曲》第七輯，山西人民出版社。

75. 張燕瑾，〈論《牡丹亭》的繼承和發展〉，《中華戲曲》第十輯，山西人民出版社。

76. 日·岩城秀夫，〈湯顯祖和他筆下的《還魂》夢〉，《中華戲曲》第十四輯，山西人民出版社。

77. 張海鷗，〈《牡丹亭》的雙重文化題旨〉，《殷都學刊》（安陽）第一期，1993年。

78. 周錫山，〈《牡丹亭》人物三題〉，《戲曲研究》第四十輯，1992年3月。

79. 賈百卿，〈牡丹亭的一個漏洞〉，《文學遺產》第二期，1985年。

80. 鷗纈芳，〈湯顯祖及其還魂記〉，《大陸雜誌》第二十二卷第九期。

81. 俞爲民，〈評《牡丹亭》的明清改本〉，《文學評論叢刊》第三十輯，中國社會科學出版社1988年4月。

82. 溫凌，〈談《牡丹亭》〉，《文學遺產》第一○二期，1956年4月。

83. 程華平，〈論《牡丹亭》研究中的影射問題〉，《煙台師範學院學報》（哲社版）第一期，1994年。

84. 程華平，〈論明清《牡丹亭》創作心理研究〉，《齊齊哈爾師範學院學報》第六期，1993年。

85. 孫康宜，〈明傳奇的結構──《琵琶記》與《牡丹亭》析論〉，《中國文哲研究通訊》第四卷第一期。

86. 張齊，〈「還魂」之後有精華〉，收於《湯顯祖研究論文集》。

87. 蔣星煜，〈湯顯祖與《西廂記》──有關崔鶯鶯、杜麗娘比較研究的一些看法〉，《江西師範大學學報》（哲社版）第三期，1984年。

88. 馬樹國，〈崔鶯鶯與杜麗娘〉，《太原師專學報》（哲社版）第二期，1987年。

89. 鄒自振，〈崔鶯鶯、杜麗娘之比較〉，《撫州師專學報》第一期，1985年。

90. 陳慶惠，〈談《牡丹亭》的戲劇衝突〉，《浙江師範大學學報》（社會科學版）第四期1985年。

91. 寧宗一，〈愛情題材：從發展層次上觀照──兼論《西廂記》與《牡丹亭》之異同〉，《戲曲藝術》第二、三期，1922年。

92. 朱偉明，〈「鬼可虛情，人須實禮」──杜麗娘形象的心理分析〉，《湖北大學學報》（哲社版）第五期，1922 年。

93. 徐保衛，〈走出牡丹亭──湯顯祖和他的世界〉，《藝術百家》第四期，1989 年。

94. 陳慧樺，〈論湯顯祖的《牡丹亭》〉，《幼獅月刊》第四十一卷第四期。

95. 陳錦釗，〈李氏焚書對湯顯祖牡丹亭之影響〉，《文海》第十九期，民國 60 年 5 月。

96. 徐觀超，〈牡丹亭還魂記之研究與考證〉，《致理學報》第六期，民國 75 年 11 月。

97. 呂凱，〈明代傳奇尚律崇辭二派比較研究〉，《中華學苑》第十三、十四期。

98. 程華平，〈明清《牡丹亭》曲律研究述論〉，《戲劇藝術》第四期，1993 年。

99. 徐保衛，〈臨川四夢與湯顯祖夢境心理分析〉，《華東師範大學學報》（哲社版）第一期，1987 年。

100. 沈鴻鑫，〈臨川四夢的劇詩系統〉，《藝術百家》第二期，1989 年。

101. 黃霖，〈《杜騙新書》與晚明世風〉，《文學遺產》第一期，1955 年。

102. 李元貞，〈元明愛情團圓劇的思想框架〉，《中外文學》第十卷第一期，民國 70 年 6 月。

103. 方溢華，〈論才子佳人小說的成因〉，《廣州師院學報》（社科版），1991 年 4 月。

104. 姚品文，〈李漁「立主腦」論辨析〉，《江西師範大學學報》（哲學社會科學版）第二十五卷第一期，1992 年 1 月。

105. 黃榮志、徐正英，〈古典戲曲大團圓現象一解〉，《中國古代、近代文學研究》第七期，1994 年。

106. 沈金浩，〈論明代文學的演進軌跡、內容結構及其成因〉，《廣州師院學報》（社會科學版）第二期，1994 年。

107. 毛名勇，〈淺論明清士商關係之變化〉，《貴州大學學報》第二期，1994 年。

108. 方志遠、黃瑞卿，〈再論明代中後期的棄學經商之風〉，《江西師範大學學報》（哲學社會科學版）第二十六卷第一期，1993 年 1 月。

109. 〈丁邦新，從聲韻學看文學〉，《中外文學》第四卷第一期。

110. 臺靜農，〈論唐代士風與文學〉，《中國文學史論文選集》第三冊，學生書局。

111. 陳貞吟，〈明傳奇中夢的運用〉，《文學評論》第六、七集，書評書目出版社。

112. 路劍，〈韓柳瑣議〉，《漳州師院學報》第一期，1994 年。

附　錄

附錄一：湯顯祖世系簡表

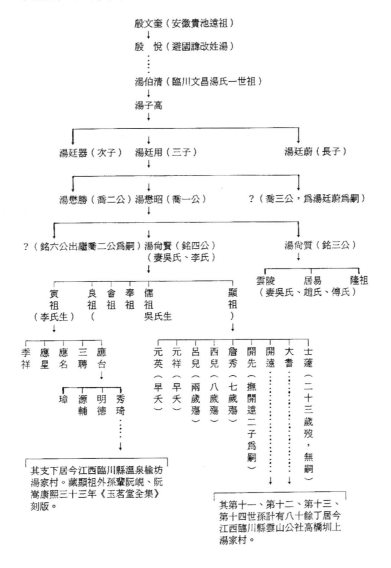

殷文奎（安徽貴池遠祖）
↓
殷　悅（避國諱改姓湯）
┆
湯伯清（臨川文昌湯氏一世祖）
湯子高
↓
湯廷器（次子）　湯廷用（三子）　　　　　湯廷蔚（長子）

湯懋勝（喬二公）湯懋昭（喬一公）　　　？（喬三公，爲湯廷蔚爲嗣）

？（銘六公出繼喬二公爲嗣）湯尙賢（銘四公）　　湯尙質（銘三公）
　　　　　　　　　　　　　　（妻吳氏、李氏）
　　　　　　　　　　　　　　　　　　　　雲陵　　居易　　隆祖
　　　　　　　　　　　　　　　　　　　（妻吳氏、趙氏、傅氏）

貢　良　會　奉　儒　　　　　顯
祖　祖　祖　祖　祖　　　　　祖
（李氏生）（　　吳氏生　　　）

季　應　應　三　應　　元　元　呂　西　詹　開　開　大　士
祥　星　名　聘　台　　英　祥　兒　兒　秀　先　遠　耆　蕖
　　　　　　　　　　　（早　（早　（兩　（八　（七　（撫　　　　　　（二
　　　　　　　　　　　夭）　夭）　歲　歲　歲　開　　　　　　十
　　　　　　　　　　　　　　　　殤）　殤）　殤）　遠　　　　　　三
璋　源　明　秀　　　　　　　　　　　　　　　二　　　　　　歲
　　輔　德　琦　　　　　　　　　　　　　　子　　　　　　殁
　　　　　　　　　　　　　　　　　　　　爲　　　　　　，
　　　　　　　　　　　　　　　　　　　　嗣　　　　　　無
　　　　　　　　　　　　　　　　　　　）　　　　　　嗣
　　　　　　　　　　　　　　　　　　　↓　　↓　　　　）

其支下居今江西臨川縣溫泉楡坊
湯家村。藏顯祖外孫輩阮峴、阮
嵩康熙三十三年《玉茗堂全集》
刻版。

其第十一、第十二、第十三、
第十四世孫計有八十餘丁居今
江西臨川縣雲山公社高橋圳上
湯家村。

附錄二：湯顯祖年表

紀　　　年	公元	年齡	記　　　　　　　　事
明世宗嘉靖二十九年	1550	1	八月十四日（公曆九月二十四日）生于江西撫州府臨川縣城東文昌里（今屬撫州市橋東太平街）。 父，尚賢，二十三歲。母，吳氏，二十一歲。
嘉靖三十三年	1554	5	上家塾讀書，能對對子。
嘉靖三十八年	1559	10	二月六日，同母弟儒祖生。
嘉靖四十年	1561	12	譚綸將海鹽腔傳入宜黃。作《亂后》詩。
嘉靖四十一年	1562	13	向徐良傳學古文詞，同時又向王學左派三傳弟子羅汝芳學習理學，開始接受王學左派思想。
嘉靖四十二年	1563	14	補縣諸生。
嘉靖四十三年	1564	15	向徐良傳學習古今文字聲歌之學。
嘉靖四十五年	1566	17	羅汝芳在南城從姑山建前峰書屋，湯顯祖負籍從游。
穆宗隆慶二年	1568	19	羅汝芳往南京援救老師顏鈞出獄。
隆慶三年	1569	20	友帥機，講古今文字聲歌之學。始讀漢魏《文選》。與周無懷，饒伯宗結交。十二月與吳氏結婚。
隆慶四年	1570	21	中江西鄉試第八名舉人。題《蓮池墜簪題壁》詩于西山雲峰寺壁上。
隆慶五年	1571	22	春試不第，在京與姜奇方結交。
隆慶六年	1572	23	正月，張居正加少師兼太子少師。正月穆宗死。六月，神宗即位，張居正為首輔。
神宗萬曆二年	1574	25	春試不第。
萬曆三年	1575	26	《紅泉逸草》刊行于臨川。
萬曆四年	1576	27	春，在宣城作客，結識沈懋學、梅禹金並與姜奇方等同游南京國子監。 《紫簫記》約作於此年之前。
萬曆五年	1577	28	春試，因拒張居正結納不第。游南京國子監，師張位。回臨川作《廣意賦》，從此以海若為號。又娶趙夫人。
萬曆六年	1578	29	多，吳氏夫人生長子士蘧于臨川。
萬曆七年	1579	30	《問棘郵草》刊行于臨川。祖母魏夫人去世，年九十二歲。
萬曆八年	1580	31	二月，吳氏夫人生次子大耆于臨川。因不與張居正三子張懋修結交，春試又下第。再游南京國子監，為老師戴洵所賞識。秋，離南京返臨川。